KB162558

한국 현대시의 근대성과 미적 부정성

한국 현대시의
근대성과 미적 부정성

김지율

역락

머리말

　돌이켜 보면 시는 언제나 현실 속에서 새로운 현실을 살고 있다. 여전히 시는 현실을 배반하며 그 현실을 어쩌지 못해 매번 실패한다. 그럼에도 시는 현실로부터 자유롭지 못하다. 근대성과 미적 부정성은 그러한 새로운 현실의 혼돈과 불안을 견디며 다가섬과 물러남이라는 모순된 양가적 감정 속에 있다.

　우리 현대시의 근대성과 미적 부정성은 여전히 시작점이고 언제 끝날지 모를 미지 속에서 복잡하고 불투명한 여지를 매순간 안고 있다. 시를 연구할수록 해결되지 않고 남은 질문들이 이 근대성과 미적 부정성의 자장 안에 있었고, 그것은 매혹과 미혹의 두 얼굴로 언제나 새롭게 다가왔다. 이러한 근대성과 미적 부정성에 대해서는 그동안 다양한 기의와 해석들이 있었다. 그럼에도 불구하고 그것이 한 시대에 어떻게 수용되었고 그 시대의 시인과 시에 새롭게 닿아 움직였는지를 살피는 것이 이 글의 목적이다. 한 시대를 보내고 또 한 시대를 맞이하며 이 '근대성'과 '미적 부정성'은 당대 사회의 맥락과 현실 속에서 치열하게 고민하며 '얼굴 없는 희망'으로 존재하였다. 또한 그것은 뜨거운 불행과 반란의 힘으로 현실을 견디기도 하고 때로는 현실과 불가능한 타협을 시도하며 더 치열한 말과 새로운 시대정신을 찾아 나서는 것이기도 하다.

　현대시의 근대성은 우리나라의 식민지 현실에 부딪히면서 다양한 모습의 결을 보인다. 근대성이라는 '낯선' 주체의 얼굴은 합리성에서 부정성까지 여러 명암을 가지고 있는데, 1부에서는 그러한 근대성의 다양한 모습을 살피려고 하였다. 특히 오장환과 백석 시에 나타나는 시의 주체가 이 근대성을 어떻게 인식하고 있는지, 무엇보다 근대의 위기상황이나 모순을 어떻게 미적으로 대응하고 있는지를 살폈다. 오장환의 시에는 식민지 근대와 봉건적 잔재가 공존하는 현실 속에서 갈등과 환멸을 겪는 근대 주체들의 모습이 등장하는데 이러한 모습을 통해 근대성의 징후를 파악하고자 하였다. 또한 백석의 시에서는 다양한 근대적 장소에서 드러나는 주체 시선에 주목하였다. 백석이 시 속에 선택하고 배제한 근대적 장소에는 시인의 고유하고 차별화된 근대적 시선이 존재하기 때문이다.

2부의 현대시의 미적 부정성 또한 현실의 동일화된 규범을 끊임없이 이탈하며 새로운 시의 내용과 형식으로서 그것에 대항하는 것이었다. 특히 1960년대 김수영, 김종삼, 전봉건은 부정과 환멸의 세계를 예민하게 탐지하면서 그것을 증언해야 한다는 윤리적 책임으로부터 자유로울 수 없었고, 시와 예술에 대한 미적 자율성으로부터도 놓여날 수 없었다, 김수영 시의 '전위'와 김종삼 시의 '숭고' 그리고 전봉건 시의 '그로테스크'는 군부독재와 자본주의 근대화 이면의 모순과 부조리를 드러낸 미적 부정성의 양상들이다. 이러한 미적 부정성은 문학의 범주 내에서의 저항이며 그 실현에 대한 가능 혹은 불가능을 예측하지 않고 그 자신의 한계를 끝까지 밀고 나감으로써 시대의 부정과 화해하지 않으려는 것임을 이 시기 세 시인의 시를 통해 논구하였다.

고백하자면 근대성과 미적 부정성은 여전히 너무 크고 낯설다. 그러한 시 또한 언제나 변화와 모험의 형식으로 세상에 나올 수밖에 없다. 이 책에 인용한 시인들은 그 모험과 새로움의 역사적 실체를 확인하고 또 상상할 수 있도록 내게 힘을 주었다. 그들이 역사와 현실의 한복판에서 시로 맞선 갈등의 순간들을 부족한 내 언어로 받아들이는 일은 너무 벅찬 일이었고 동시에 내 능력의 한계치를 훨씬 넘는 일이었다. 그럼에도 그동안 썼던 연구들과 학위 논문을 수정·보완하여 정리하였다. 그것은 지금의 한계를 확인하는 동시에 앞으로 나아가야 할 연구의 방향을 살피는 일이기도 하다. 부끄럽지만 그런 아쉬움과 두려움을 더 진전된 연구의 발판으로 삼고자 한다. 무엇보다 그들의 고투를 살피는 일은 오늘날 나를 향한 질문이기도 하다. 모더니즘과 싸우는 모더니스트로, 근대성과 미적 부정성 또한 현실보다 더 낯선 현실을 견디며 그 새로운 변화의 두려움을 온몸으로 뚫고 나가는 과정임을 살펴나가는 것이 전혀 의미 없는 노력은 아니기를 기대한다.

　한 발짝을 옮기는 동안 시와 연구에 대한 믿음을 포기하지 않게 용기와 힘을 주고, 흔들리지 않고 한 길을 묵묵하게 갈 수 있도록 지도하고 지지해 주신 장만호 교수님께 가장 먼저 감사드린다. 또한 부족한 글들을 너그럽게 읽어 주시고 여러 도움말을 주신 김경복, 박정선, 정영훈 그리고 최병구 교수님께 어떻게 송구함과 고마움을 표해야 할지 모르겠다. 앞으로 더 나은 연구로 보답하려고 한다. 그리고 이 책이 나오기까지 따뜻한 힘을 실어 준 동료들과 애써 주신 역락의 이태곤 선생님과 편집진 선생님들께도 깊이 감사드린다. 무엇보다 가장 가까이서 나의 모든 것을 견뎌 주고 응원해 준 가족들에게 진심을 다해 고마움을 전한다.

2021년 2월
김지율

차례

제2부 현대시의 미적 부정성과 문학적 전망

1부

식민지 현대시의 내면의식과 근대성

제 1 장

식민지라는 시대적 배경과 근대성의 자장

1. 근대성의 명암과 문학적 현실

한국 근대 문학에서 식민지 시대는 그 어느 때보다 근대의 명암이 뚜렷하다. 문학이 그 자체로 사회의 발언이자 현실 참여의 한 방식이라면 시대에 대응하는 주체들의 내면세계를 드러내는 것은 문학의 오랜 숙명이다. 이 시대는 과학의 발달과 진보라는 근대의 명분 뒤에 제국주의의 권력과 힘에 대한 야욕이 숨어 있었는데 이러한 근대의 이중성이 근대성[1]의 가장 큰 핵심이라 할 수 있을 것이다. 그러므로 이

---

1) 근대성은 단순하고 명료하게 인식되거나 해석될 수 없는 다소 복합적이고 불투명한 명제이자 논의이다. 즉 '근대' 혹은 '근대성'의 개념과 그 범주가 다분히 모호하고 광범위할 뿐더러 그것을 해석하고 평가하는 기준 또한 그 편차가 크기 때문이다. 무엇보다 보편적으로 사용하고 있는 '근대(近代)'라는 용어는 정치적으로는 '국민국가(nation-state)'를 전제로 하고 사회·경제적으로는 자본주의적 생산 양식을 지향하는 일련의 의식적이고 물리적인 시스템을 가리키는 개념이다. 때문에 식민과 분단체제라는 왜곡된 조건 속에서 '근대'를 맞이한 우리에게 '근대'가 가지고 있는 맹목적 추종과 그것에 대한 반성적 성찰은 동전의 양면과도 같은 것이라 할 수 있다. (유성호, 「식민지시대 한국 시의 근대성」, 『한국문학의 근대와 근대성』, 소명출판, 2006, 125~129면)

시기 시에서 식민지 현실의 모순이나 이중성에 대한 틈을 찾는 것은 근대를 비판하는 동시에 그 대안의 가능성을 모색하는 것이기도 하다.

식민지 시대의 시단은 이러한 대안으로써 시가 새로워져야 한다는 강박적 명분에 많은 공감대를 형성하고 있었지만, 그 방향성에 대해서는 다양한 의견들이 상충하였다. 이 '새로움'의 시대적 요청은 불가피한 것이었으므로 이에 민감한 시인들은 시의 새로운 변화를 위해 여러 방법들을 모색 실현하였다.

근대 서구 문명이 제국주의 열강의 자본이나 군대와 함께 유입되면서, 식민지 조선의 유교적 전통과 가치는 점차 효력을 잃어 갔으며 기존의 문화나 지식 체계는 도전을 받게 되었다. 이 시기 근대 주체는 대상이나 세계를 임의의 표상으로 설정하고 주변 관계들을 새롭게 수립하는 등 적극적인 탐색을 시도하였다. 이러한 근대성은 시간과 공간, 자아와 타자 그리고 식민지의 지배와 피지배 등[2] 대부분 주체들의 근대 식민지의 경험에서 비롯되었다고 볼 수 있다. 모순된 전통과 근대 자본의 문명이 상충하고 있는 식민지 시대의 현실에서 적어도 이 시기 시인들이 보는 근대의 기만성과 전통의 위선은 다른 것이 아니

서구의 '모더니티modernity'를 번역한 이 '근대성'은 '사회적 삶의 독특한 형태로서 근대 사회의 특성을 나타내는' 개념으로 철학적·정치사회적·경제적·미학적 층위에서 광범위하게 논의되고 있다. 칼리니스쿠는 이 근대성을 과거의 비판적 입장과 함께 변화와 미래의 가치에 대한 헌신을 내포하는 개념으로 두 가지 근대성 대해 언급하였다. 즉 진보의 원리, 과학 기술에 대한 확신, 추상적인 인본주의 등으로 대표되는 부르주아 모더니티와 그것이 가져온 소외와 물화 현상 그리고 부르주아 속물성을 철저히 반대하는 미적 모더니티가 그것이다. (마테이 칼리니스쿠, 『모더니티의 다섯 얼굴』, 이영욱 외 역, 1993. 53-54면) 또한 미셸 푸코는 이 근대를 지금 이 삶의 자리, 이 순간에 가까운 시대이며 이 순간의 삶을 형성하는 동시에 삶에 분쟁을 일으키고 있는 시대의 표상으로 보았다. 또한 이 '근대성'을 일종의 시대 개념을 전제로 하는 이 순간의 삶과 가까운 시대의 특질을 표상하는 것이라고 보았다. (김성기, 「개항기의 한국사회와 근대성의 형성」, 『모더니티란 무엇인가』, 민음사, 1994, 349면)
2) 엄성원, 『한국 현대시의 근대성과 탈식민성』, 보고사, 2006, 17면.

었다. 무엇보다 식민지라는 현실은 근대적 가치와 새로운 이념을 왜곡
하고 굴절시켰는데, 근대화가 일본에 의해 수용되고 강요되었다는 점
에서 애초에 그것은 충돌과 갈등을 내포할 수밖에 없었다. 그러므로
식민지 근대의 주체들은 근대를 적극적으로 수용하면서 동시에 그 근
대의 모순을 비판하고 극복해야 하는 이중의 과제를 안고 있었다.

특히 1930년대는 일본이 만주사변을 통해 제국주의의 야심을 본격
화하였던 시기로 조선을 병참기지화하면서 통제와 수탈을 일삼았다.
또한 그들은 문화정치라는 이름하에 일본어 교육을 시행하고 신문이
나 잡지 등의 출판과 언론 검열을 대폭 강화하였다. '식민지'와 '근대'
라는 특수하고 복합적인 시대적 상황에서 피식민주의의 개인들은 이
러한 근대의 다층적인 모순들에 노출될 수밖에 없었다. 그 과정 속에
서 형성된 근대 문명에 대한 열망과 전통 지향에 대한 갈등의 방식이
곧 근대 주체의 자기 정립의 방식이기도 하다. 이러한 근대 패러다임
안에는 타자에 대한 모방과 저항이라는 주체의 이중적 위치와 선택이
그대로 드러나 있기 때문이다.[3]

이 시기 문학은 일정한 수준 속에서 다양한 문학적 경향을 보였는
데, 특히 시에서는 이러한 '근대적 주체'의 사유나 행동이 그대로 투영
되어 있다. 이는 1910년대부터 근대 문학을 본격적으로 수용하여, 많
은 실험과 시행착오를 겪은 1920년대를 거쳐 형성된 것이기도 하다.
특히 이 시기에는 카프가 해체되고 프로문학이 쇠퇴하는 등 문학의
순수성과 예술성을 지향하는 시문학파와 구인회의 활동이 두드러진
다. 이로 인해 지금까지 한국 현대시는 1930년대의 시가 설정한 기본
적인 테두리에서 크게 벗어나지 못하였다고 할 정도로 이 시기 현대

---

3) 김춘식, 「근대 체계와 문학관의 형성」, 『근대성과 민족문학의 경계』, 역락, 2003, 13면.

시의 발전이 활발하였던 것 또한 사실이다.

이러한 시의 '근대성'을 새롭게 탐색하고 재구성하려는 노력은 어느 시대에나 있었다. 특히 식민지 근대의 현대시는 우리 시의 근대성을 가늠하는 중요한 지점이다. 왜냐하면 중세에서 벗어나기 시작한 근대 초기의 시에서는 근대적 주체를 발견하고 설정하는 방식으로서의 근대성과 식민지 근대를 거부하고 거기에 저항하는 미적 주체의 근대성이 복합적으로 내면화되어 있기 때문이다.

이 근대성의 또 하나의 핵심을 '주체'의 문제로 본다면, 이 주체는 자신에 대한 인식과 실천적 자율성을 획득하고 나아가 세계를 이해하는 다양하고 폭넓은 관점을 지향한다고 볼 수 있다. 즉 절대적이었던 이성의 권위가 무너지고 그에 기반한 주체의 개념 또한 흔들리게 되면서 근대의 위기가 시작되었다. 무엇보다 이러한 위기는 결국 식민지에 대한 지배와 착취를 통해 자신의 존립 기반을 구축하려는 제국주의와 함께 더욱 가속화되고 본격화된 셈이다.

이로 인해 시인들은 근대의 경계에 서 있었으며 자신의 결핍을 시적 개성과 자율성의 확보라는 시의 근대성으로 적극 실현해 나갔다. 이 때문에 이들의 시에는 전통과 근대의 분열, 식민지의 현실과 근대의 갈등 속에서 소외나 경계인으로서의 근대 주체의 다양한 모습을 보였던 것이다. 근대의 시적 혁명이 시인의 이러한 자아와 개성 그리고 자유를 토대로 형성된다면 시인은 근대의 낯설고 새로운 경험들을 심미적으로 내면화하게 된다. 무엇보다 시적 주체를 자아로 설정하는 미적 근대성 또한 주체의 개성과 자유에서 벗어날 수 없다. 이러한 사회적 근대의 부정과 저항으로서의 미적 근대성은 물질과 자본으로부터 소외된 자아 중심적 내면세계로 귀결된다. 그리하여 이들은 미학적 실험과 모색을 반복하며 예술적이고 미학적인 인식에 몰입하거나 제

국주의 이데올로기에 저항하는 등 혼돈과 불안을 되풀이하며 자신의
시세계를 구축해 나갔다.

근대는 늘 지금 현재를 살고 있는 우리가 다다를 수 없는 지평 저
너머에 있다. 그런 점에서 최원식[4]은 이러한 근대의 맹목적인 추종과
낭만적인 근대 부정을 넘고, 자본주의와 일국 사회주의를 넘어서, 근
대성의 쟁취와 근대의 철폐를 자기 안에 통일할 것을 진지하게 성찰
해야 한다고 하였다.

식민 근대의 다양한 경험이 현대시에 끼친 영향을 살피는 것은 시
적 주체의 자율성과 개성이 어떻게 확보되었는가를 확인하는 것이다.
동시에 그것은 시인들의 식민지 체험이 시의 구조나 내용에 어떤 영
향을 미쳤는지를 탐색하는 것이며 이 시기 시의 위상을 살피는 또 다
른 방법이기도 한다.

2. 1930년대 모더니즘 시의 특징과 시대적 과제

식민지 근대 지식인들은 일본 유학이나 여행을 통해 근대의 문화나
다양한 지식들을 습득하였다. 시인들 또한 이러한 새로운 지식과 문학
양식들을 시에 적극적으로 도입하였다. 특히 1930년대 모더니즘 시인
들은 근대성에 대한 문학적 자각과 자의식을 시에 과감하게 드러냈
다.[5] 그들은 문명적·문화적 근대성을 시적으로 형상화하며 예술과

---

4) 최원식, 「한국문학의 근대성을 다시 생각한다」, 『생산적인 대화를 위하여』, 창작과비평
   사, 1997, 38면.
5) 1930년대 모더니즘 시에 관한 연구는 크게 세 가지 관점에서 이루어져 왔다. 첫째, 개별
   시인들에 관한 연구이다. (김윤식, 『이상 연구』, 문학과 지성사, 1977; 강은교, 「1930년
   대 김기림의 모더니즘 연구」, 연세대학교 박사학위논문, 1987; 장영수, 「오장환과 이용

시의 여러 문제에 대한 예리한 인식을 통해 새로운 미학을 창조하려
고 하였다. 하지만 그동안 이 시기 모더니즘 혹은 모더니즘 시는 근대
성이 불철저하고 표피적으로 수용되고 있다는 점에서 시의 당위적 명
제를 충족시키지 못하였다는[6] 지적을 많이 받아 왔다. 그러한 비판과
한계들을 수용한다고 하더라도 이 시기 모더니즘 시는 근대성과 탈식
민성이 복합적으로 어우러져 구시대에 머물러 있는 한국문학에 압축
성장적 이식과정으로써 20세기적인 특징을 가장 잘 보여 주고 있다는
점[7]은 간과할 수 없다.

> 당시의 한국 모더니즘 문학은 1930년대 초기의 정치적 상황의 약
> 화에 따른 1920년대 이래의 '카프(KAPF)' 중심의 리얼리즘 문학의
> 상대적 침체, 급격한 도시화의 과정 속에서 자란 도시 세대의 집합
> 체인 '구인회'(1933)의 결성과 새로운 문학운동, 서구의 대도시를 중
> 심으로 하여 일어난 모더니즘 운동(전위예술 운동)의 국내 확산 등
> 의 요인이 복합적으로 작용하는 가운데 나타났다.[8]

악의 비교 연구」, 고려대학교 박사학위논문, 1987; 최정례, 「백석 시의 근대성 연구」, 고
려대학교 박사학위논문, 2005; 김태형, 「김기림 초기시론의 적용양상 연구」, 경희대학교
석사학위논문, 2019) 둘째, 서구 모더니즘의 수용 양상과 영향관계를 텍스트나 사조의
영향관계를 중점으로 해명한 비교문학적 관점의 연구이다. (김우창, 「한국시와 형이상」,
『궁핍한 시대의 시인』, 민음사, 1977; 김은전, 「30년대 모더니즘 시운동에 대한 비교문
학적 연구(上)」, 『국어교육』 31집, 1977; 홍은택, 「영미 이미지즘 이론의 한국적 수용 양
상」, 『국제어문』 27호, 2003) 셋째, 모더니즘의 역사적 개념과 미적 주체로서 식민지 현
실을 어떻게 인식하는가를 고찰한 인식론적 관점이다. (김유중, 「1930년대 후반기 한국
모더니즘 문학의 세계관 연구」, 서울대학교 박사학위논문, 1995; 문혜원, 『한국시와 모
더니즘』, 신구문화사, 1996; 유성호, 「식민지시대 한국 시의 근대성」, 『한국문학의 근대
와 근대성』, 소명출판사, 2006) 넷째, 모더니즘 시인들의 미학적 원리나 창작기법에 초점
을 맞춘 수사학적 관점의 연구이다. (이혜원, 「근대성의 지표와 과학적 시학의 실험」, 『근
대문학과 구인회』, 상허문학회 편, 깊은샘, 1996; 박현수, 『모더니즘과 포스트모더니즘의
수사학』, 소명출판, 2003)
6) 유성호, 앞의 책, 136면.
7) 최원식, 「'리얼리즘'과 '모더니즘'의 회통」, 『현대한국문학 100년』, 민음사, 1999, 624면.
8) 서준섭, 「한국 모더니즘 문학 연구」, 일지사, 1988, 13면.

이 시기 모더니즘은 1929년 세계 대공황의 여파로 지식인이 정신노동자로 전락하는 위기뿐만 아니라 리얼리즘 문학의 침체와 더불어 다다나 표현주의 등의 문학 형식을 받아들이려는 새로운 변화에 많은 영향을 받았다. 이러한 상황 속에서 문학의 신세대들은 이론과 실천 사이의 심각한 괴리를 경험하며, 문학의 새로운 방향성을 탐색했다. 그중 하나는 리얼리즘을 고수하며 새로운 창작 방법론을 모색하였는데 이들은 주로 30년대 후반의 구 '카프'계 비평가들이었다. 다른 하나는 완전히 새로운 문학 이론을 바탕으로 한 모더니즘으로 김기림·정지용·이태준 등으로 구성된 '구인회'(1933)이다.9) 이들은 문학을 현실의 반영이 아닌 '언어 건축물'로 인식하면서 창작의 방향을 문학 재료의 가공기술이나 그 혁신에 두었다. 즉 기성문단의 감정주의적 문학과 리얼리즘과 같은 내용 위주의 문학을 비판하며 자신들의 새로운 문학적 위상을 정립하였던 것이다.10)

하지만 이 시기는 '구인회' 밖에서 모더니즘을 수용하며 시의 근대성을 추구했던 백석·오장환·이용악 등이 있었다. 이들은 모더니즘

---

9) '순연한 연구적 입장에서 상호의 작품을 비판하여 다독 다작을 목적으로 한 구인회'는 김기림(조선일보 기자), 이태준(조선중앙일보사 기자), 정지용(휘문고보 교사), 이종명(전 기자), 이효석(경성농업학교 교사), 유치진(극작가), 이무영(동아일보 기자), 김유영(영화 감독), 조용만(매일신보사 기자) 등 9명이 그 구성원이다. 그들은 근대 문명의 시대적 변화를 인식하고 문학과 영화 등 새로운 예술의 교류와 그것을 통한 새로운 문학 형식을 모색하였다. 초기에는 카프에 비해 그 이론이 정교하지 않았고, 이종명과 김유영이 탈퇴한 후, 1934년 박태원과 이상의 도시 세대가 유입됨으로써 본격적인 모더니즘적 특징과 개성을 지닌 단체가 되었다.

10) 김기림은 당시 문단의 침체에서 벗어나 새로운 문학 운동을 구현하기 위해 써클을 조직하고 활발한 교류를 통해 미적 감각을 단련시켜야 하며 새 출발의 경계선으로써 이 시기 문단의 활기와 다채로움을 위해 힘썼는데, 그러한 써클 활동이 자기 발전의 하나의 표석이 되길 희망한다고 보았다. 또한 '마티스'의 포비즘, '짜라'의 '다다', '울링팅' 등의 이미지스트 운동. '수포' 등의 '쉬르레알이즘'을 가까이하고 애착을 가져야 한다고 말하였다. (김기림, 「문예인의 시해 선언-써클을 선명히 하자」, 『조선일보』, 1933. 1.4.)

을 새로운 기법으로 수용하면서도 당시 민족의 위기 현실을 매개로 한 창작 방법을 고수하였다. 즉 리얼리즘적 세계관과 새로운 언어예술에 대한 자각을 동시에 추구함으로써 기교주의에 함몰된 모더니즘 시와 1920년대의 개념적 리얼리즘 시의 모순을 극복하려고 한 것이다.

그리하여 이 시기 시단에는 프로 시와 모더니즘 시 그리고 순수시가 공존하면서 시의 본질과 현대시의 발전에 대한 다양하고 진지한 논의들이 있었다. 때문에 이 시기 모더니즘 시운동은 서구의 현대 시 이론을 바탕으로 하였지만 우리 시를 현대시 수준으로 끌어올리기 위한 시론이나 시작을 실천하였다는 점에서 그 의의나 시사하는 바가 크다. 특히 전대의 낭만주의와 카프의 편내용주의에서 벗어나 변증법적인 방법의 탐구로서 근대성을 추구하였다는데 그 의의가 크다고 할 것이다. 무엇보다 당시의 모더니즘은 언어의 자각에서 출발하여 시각적, 회화적 이미지의 사용이나 관념이나 감정을 지성으로 객관화하는 주지적인 태도 그리고 도시 문명의 비전과 비판에서 그 특성을 찾을 수 있다.

또한 1930년대 중반에는 백석과 오장환의 첫 시집이 출간되었다. 1936년에 백석의 『사슴』이 그 이듬해 1937년에는 오장환의 『성벽』이 각각 출판된다. 이러한 시단의 방향 속에서 두 시인은 자신들의 시와 시론을 통해 시의 본질과 식민지 근대성의 다층적인 양상들을 구현해 나갔다. 그러므로 이 시기 시를 살피는 것은 시의 근대성에 대한 한 단면을 살피는 것이며 나아가 당시 현대시의 지평을 확인하는 것이기도 하다.

오장환의 초기 시에서는 대상을 타자화함으로써 객관적 거리 두기와 관찰자적 시선이 드러나고 있다. 이러한 시선은 근대에 대한 확신과 회의 사이에서 방황하는 근대 주체의 성찰적 지성과 맞닿아 있다.

또한 근대와 전근대의 가치와 이념 속에서 개인적 욕망에 충실한 근대 주체들은 식민지 근대의 모순들에 노출되어 주체의 분열을 경험하게 된다. 이 주체들은 식민 근대의 인종적, 계급적 차별과 퇴폐적이고 향락적인 문화들 속에서 현실의 환멸을 겪게 된다.

또한 백석의 시에 드러나는 근대적 장소에서의 주체 시선은 과거를 끝없이 현재로 호출하며 전통적인 공동체의 감각을 통해 근대의 정체성과 시의식을 구축하고 있다. 이러한 근대 주체는 새로운 미적 주체로 형성되는 과정에서 '보는' 주체로서의 '주체 시선'을 가지게 된다. 이러한 시각은 자신의 인식적 객관성을 바탕으로 대상을 발견하고 확신하는 등 주체의 발견과 동시에 이루어진다. 장소와 시선은 시적 주체의 내면과 풍경의 발견을 동시에 의미하는데, 이 풍경의 탄생과 미적 주체의 탄생은 시적 근대성의 중요한 부분이라 할 것이다. 백석은 시에서 구체화되고 내면화된 장소를 구성하고 재조직하는데, 이러한 문학적 공간과 장소는 시적 주체의 내밀한 심층적 정서와 호응하면서 근대적 인식과 가치를 결정짓는 중요한 요인이 된다.

식민지 시에 드러나는 중층적 모순의 근대성은 내용과 형식적인 측면에서 현실에 대한 부정을 통해 새로움을 추구하려는 모더니즘적인 특색이 비교적 두드러진다. 특히 오장환과 백석의 시는 이러한 근대성의 선취를 위한 미학적이고 인식론적인 탐색의 과정을 비교적 잘 보여주고 있다는 데서 이 연구의 의의를 찾을 수 있다.

이 시기 시가 이러한 다양한 미적 가능성을 실현함으로써 현대시의 기반을 구축하였기에 다른 어느 시기보다 근대성의 여러 징후들이 복잡하게 드러난다. 비록 이 시기 현대시가 서구의 문화적 배경과 시대의식을 우리 것으로 분명하게 소화하지 못하였다는 점은 부인할 수 없지만, 불모의 현실 속에서 현대시를 발아, 성장시켰으며 해방 후

<신시론>이나 <후반기> 동인 등으로 그 맥을 이어나갈 수 있는 중요한 기반이 되었다는 것은 기정사실이다. 그러므로 비교적 최근 현대시와의 상관관계에 대한 더 정치한 해석과 섬세한 이론이 앞으로 더 활발히 전개되어야 할 것이다.

근대 식민지의 모순과 위기 상황에 대응하였던 시의 근대성은 식민지 시대를 지나 해방 후 전쟁과 분단을 겪으며 현대시의 미적 부정성이나 탈근대성의 구도로 그 지층을 확대해 나갔다. 이 근대성과 미적 부정성은 언제나 근대의 내·외부에서 현실과 더불어 진행되었다. 그것은 끊임없는 자기 갱신의 가능성이 '지금 여기'에 있다는 의미인 동시에 모더니즘의 근원적 인식이기도 하다. 그러므로 그 스스로가 극복의 주체이자 대상이라는 새롭고 구체적인 인식 들을 끊임없이 해명하거나 창조해 나아가야 하는 의무와 운명을 동시에 지녔다고 할 수 있다.

제 2 장

오장환의 초기 시에 드러나는 근대성과 내면의식

한 시인이 당면한 시대적 상황이 외적 경험과 내적 사유를 토대로 형성된다면 식민지 시대는 근대와 전근대, 문명과 전통 그리고 식민 제국주의의 모순적 가치들이 서로 공존한다. 이 시기 시에는 주체들의 불화나 균열과 같은 다양한 갈등의 양상들이 기본적으로 내재되어 있다. 시인들 또한 시대 현실과 길항하며 내면적 위기나 변화를 겪을 수밖에 없는데, 오장한 또한 이와 같은 다양한 문제의식을 시 속에 드러내고 있다.

오장환[1]의 초기 시는 당시 김기림이나 정지용 시에서 보였던 감각적 이미지와 절제된 감정을 드러내기보다는 과거와 현실에 대한 불안과 우울, 분노와 절망 등을 직접적으로 드러냄으로써 근대를 경험하는 개인들의 내면을 구체적으로 시에 형상화하고 있다. 이것은 그가 몰락

---

1) 오장환은 1933년 「목욕간」이라는 시로 『조선문학』에 등단하였다. 이듬해 1934년 『조선일보』에 「카메라 · 룸」을 발표하였으며 1936년 <시인부락>의 동인으로 본격적인 작품 활동을 하였다. 5권의 시집과 러시아 에쎄닌의 번역시집을 간행하였다. 그는 해방 이후 월북하였고, 분단으로 이어지는 근대사를 직접 겪으며 그만큼 다양한 작품 세계를 보여주고 있다.

한 역사와 전통, 근대 도시의 타락한 문명 속에서 왜곡되어 가는 개인들의 삶을 통해 근대가 지닌 다양한 모습들을 통찰하고 있었음을 의미한다. 그의 초기 시가 보여주는 퇴폐성이나 근대 문명의 불안에 대한 우울과 비판적 시선은 근대에 대한 시인의 시적 인식이자 태도이다. 김기림이 오장환의 시집 『성벽』을 읽고 '현실에 대한 극단의 불신임과 행동에 대한 열렬한 지향 그리고 퇴폐와 악에 대한 깊은 통찰 등으로 새 '타입'의 서정시를 세웠다'는[2] 평을 했다. 이것은 식민지 현실에서 오장환이 당대 지식인으로서 가졌던 근대의 비판적 태도이자 문학적 실천이었다.

오장환에 대한 연구는 1988년 월북 시인에 대한 해금 조치를 전후로 시작되었다.[3] 비교적 최근의 주요 논의는 해방을 기점으로, 해방 전과 해방 후로 구분하거나 일제 식민을 기점으로 논의되고 있다. 해방 이전 오장환의 초기 시에 대한 연구는 근대적 비판과 시의식의 해명이라는 측면에서 주로 진행되었다.[4] 오장환의 후기 시에 대한 연구로 해방기라는 특이한 상황과 함께 그의 시대 인식과 더불어 시적 특징에 주목한 연구들이 있다.[5] 그 외에도 정치성과 전위성에 주목한 논

---

2) 김기림, 「『성벽』을 읽고」, 『조선일보』, 1937년 9월 18일.
3) 오장환 시세계의 전반적인 변화과정에 주목한 초기 연구로 최두석(「오장환 시적 편력과 진보주의」, 『오장환 전집2』, 창비, 1989, 120면)과 김용직(「열정과 행동」, 『현대시』, 1992. 4월호, 56면)이 있는데, 이들의 논의는 대체적으로 오장환의 시가 모더니즘을 지향하다 현실을 중시하는 리얼리즘으로 변모하였다고 보았다.
4) 오장환의 초기 시에 대한 연구로 주영중은 낭만성에 대하여(주영중, 「오장환 시의 낭만성 연구-「성벽」과 「헌사」를 중심으로」, 『비교한국학』16, 국제비교한국학회, 2008, 422-425면.), 장만호는 환멸의 낭만주의에 대하여 밝혔으며 (장만호, 「부정의 아이러니와 환멸의 낭만주의」, 『한국시와 시인의 선택』, 서정시학, 2015, 229-233면), 이현승은 부정의식이 오장환 초기 시의 주된 시의식임을 드러냈다. (이현승, 「오장환 시의 부정의식 연구-초기시를 중심으로」, 『한국시학연구』25호, 한국시학회, 2009, 228면)
5) 이 시기의 특징과 시적 내면의 연관성에 주목한 연구로 최명표가 있다. (최명표, 「해방기 오장환의 시와 시론」, 『한국언어문학』, 한국언어문학회, 2005. 6, 189면) 그리고 월북 이후에 지은 「탑塔」(『문학예술』, 1949. 1)을 새로이 발굴한 장만호는 오장환의 자기 인식

의들이 계속 이어지고 있다.6)

오장환의 근대성에 대한 연구로 강경희는 1930년대 도시의 왜곡되고 굴절된 모습을 강조하며 그의 시에 나타나는 그로테스크한 형상들을 근대의 이상(理想)과 모순이 낳은 '추의 미'로 정의하였다.7) 이경아의 논의 또한 사회 역사적 근대성과 미적 근대성을 이중대립 구도로 분석하고 있다.8) 전자는 시인이 속한 당시의 사회적·역사적 상황을 통해 드러난 시인의 내면세계에 대한 특징이며 후자는 서구 모더니즘의 방법들을 수용함으로써 이미지 차용을 비롯한 시의 형식과 기교에 대한 실험정신에 따른 특징들임을 밝혔다. 남기혁은 오장환의 시에 드러나는 퇴폐주의 미학은 식민주의적 근대화에 대한 저항이나 부정과 함께 인간의 원시적인 생명성을 잃은 영혼이 겪게 되는 좌절과 회한을 동시에 보여준다고 하였다.9) 이러한 연구는 오장환 시의 근대적 특징을 밝히는 중요한 지점이라고 할 수 있다. 그러나 그의 시가 보여준 근대성이 어떠한 방식으로 구체화 되었는지에 따른 좀 더 세부적인 논증 즉 근대성과 내면의식의 상관관계에 대한 보다 면밀한 연구가 필요할 것으로 보인다.

이 글은 그간의 연구들을 바탕으로 오장환의 초기 시에 드러나는

과 비판을 통해서 과거의 세계와 결별하고 새로운 사회주의 세계로 나갔음을 밝히고 월북 이후 그의 시는 봉건적이며 재래적이라는 비판을 받았다는 점을 언급했다. (장만호, 「식민과 해방; 두 '탑' 사이의 거리-발굴 작품들을 중심으로 본 오장환의 해방기 시」, 『한국시와 시인의 선택』, 서정시학, 2015, 140-144면)

6) 홍기돈, 「오장환 시의 정치성 연구」, 『어문연구』 64집, 어문연구학회, 2010, 135면. ; 이성혁, 「1930년대-1940년대 초반 한국 아방가르드 시의 정치성 연구」, 『외국문학연구』, 한국외국어대학교 외국문학연구소, 2017, 112-115면.

7) 강경희, 「오장환 시의 근대적 미의식 연구-8·15 이전 시를 중심으로」, 『어문연구』 33집, 한국어문교육연구회, 2005, 307면.

8) 이경아, 「오장환 시의 근대성 연구」, 『국어국문학』 149호, 국어국문학회, 2008, 607면.

9) 남기혁, 「현대시의 형성기(1931~1945)」, 『한국현대시사』, 민음사, 2007, 167면.

다층적인 모습의 근대성이 근대 주체의 내면의식과 어떠한 상관관계가 있는지를 고찰하는 데 목적이 있다. 시선은 주체의 체험을 의미화하며 시적 대상의 질서화를 가능하게 하는 기준으로 작용한다. 특히 근대적 시선은 대상을 타자화함으로써 객관적 거리두기와 관찰자적 시선을 가능하게 한다. 이러한 시선에는 주체와 타자 그리고 사회·역사적 인식이 내재되어 있으며 나아가 근대를 반성하는 지성과 맞닿아 있다. 근대와 전근대의 이념 속에서 개인적 욕망에 충실한 근대 주체들은 식민지 근대의 모순을 인식하며 자아의 분열을 경험하게 되는데, 전통과 근대 속에서 이중적 자아의 모습을 드러낸 그들은 식민 근대의 공간에서도 현실의 환멸을 겪게 된다.

또한 그들이 경험한 도시를 비롯한 공간들은 사회적 실존의 공간이며 나아가 한 개인의 가치관이나 상상력의 지표가 된다. 근대의 이질적이고 낯선 이방인의 공간에서도 인종적, 계급적 차별과 식민지 지배자와 피지배자의 갈등은 여전히 존재한다. 이 글은 그러한 문화들 속에 노출된 식민지 근대 주체들의 현실적 환멸에 주목하였다.

1. 근대 문명에 대한 시선과 반성적 지성

발터 벤야민의 말처럼 보들레르에게 보였던 산책자의 관찰자적 시선이란 군중과 거리를 두면서 동시에 자신을 군중과 동일시하는 태도이다. 이 관찰자적 시선은 대상을 바라보는 주체와 대상 사이의 일정한 '거리'를 전제로 하며, 이 거리는 바라보는 주체의 소외된 내면 풍경을 드러내는 미학적 장치로써의 역할을 하기도 한다.[10] 이러한 시선은 풍경이나 대상을 타자화함으로써 객관적으로 현실을 바라볼 수 있게 되고, 그것이 자신의 내부로 향할 때 반성적 성격을 지니게 된다.

　근대 문명이 가져온 많은 변화들 중의 하나는 현실로부터 인간을 소외시키거나 사물과 사건들을 파편화시키는 것이다. 오장환 시의 '거리두기'[11]나 몽타주 기법 등은 근대적 현실의 다양한 상황들에 대한 객관적 시선이며 그것을 시로 형상화하기 위한 방법으로 볼 수 있다. 그는 식민지 근대화의 갈등과 모순들을 매우 그로테스크하게 묘사하며, 다양한 형식적 실험을 통해 '근대를 그 내부에서 혁파하려던' 시인이다.[12] 비교적 초기 작품이라 볼 수 있는 「목욕간」과 「카메라·룸」 그리고 장시인 「전쟁」과 「수부」등에서는 근대 문명과 자본으로 인해 비인간화되고 타락해가는 현실을 비판하는 반성적 지성의 면모가 더 두드러지게 보인다. 특히, 「전쟁」은 628행의 장시로 당시 일제 검열로 많은 부분이 삭제되었다. 무엇보다 문명 비판과 전위적 실험성이 강하고 주제나 내용면에서도 근대 문명의 부정에 대해 시사하는 바가 큰 작품이다.[13]

10) 벤야민은 스쳐 지나가듯 관망하는 이러한 시선을 '삽화적 시선'이라고 하였는데, 이것은 부유하는 순간의 근대적 일상을 일련의 이미지로 포착하려는 시도이다. 이러한 시선은 무심하지만 주의력을 갖고, 매혹적이면서 동시에 비판적인 특징을 가진다. (발터 벤야민, 조형준 역, 『아케이드 프로젝트』, 새물결, 2005, 969~970면)
11) 「월향구천곡 슬픈이야기」의 기녀, 「魚肉」에서의 신사들의 모습 그리고 「온천지」, 「고전」에서의 화자는 모두 시 속의 상황에 최대한 감정을 배제하고 관찰자적 시선에서 상황을 묘사하고 있다. 이러한 '거리두기'를 통해서 당연하게 받아들여지는 것에 대해 새롭게 인식하려는 시인의 미적 태도와 인식의 지향성을 동시에 엿볼 수 있다.
12) 김재용 편, 『오장환 전집』, 실천문학사, 2002, 663면.
13) 「선생」에 대한 연구자로, 이필규는 오장환의 「전쟁」과 엘리어트의 「황무지」와 비교 분석하였다. (이필규, 「오장환 시의 변천과정 연구」, 국민대학교 박사학위 논문). 박현수는 최초로 「전쟁」만을 단독적으로 연구하였는데, 아방가르드적 특징과 이에 영향을 준 일본의 「시와 시론」 동인과의 비교 등은 이 분야의 연구자들에게 많은 영향을 주었다. (박현수, 오장환 『전쟁』 연구」, 『세종어문학』 10집, 11집, 1997; 「오장환 초기시의 비교문학적 연구」, 『한국시학연구』, 2001, 147면) 이현승은 「전쟁」 시의 장면의 단순화를 통해 전체적인 스토리와 흐름에 나타나는 시간적, 공간적 구성 원리를 밝히고 있다.(이현승, 「오장환의 『전쟁』 연구」, 『비평문학』 42호, 한국비평문학회, 2011, 326~328면)

시에 등장하는 전쟁 묘사는 1차 세계대전을 상기시키는 동시에 과학의 발달로 최첨단화된 무기로 참혹한 전쟁이 될 2차 대전의 징후로 볼 수 있다. 당시 세계정세는 일본이 만주사변을 이유로 국제연맹에서 탈퇴하고 이어 독일이 탈퇴하면서 국제연맹의 붕괴가 현실화되었던 시기이다. 즉 대공황과 전쟁 속의 국제 정세는 시에 드러나는 급박한 전장(戰場)과 다를 바 없는 위기와 불안 그 자체의 상황이었다. 이러한 상황을 잘 보여주고 있는 「전쟁」에는 육지와 해상 그리고 지하를 막론한 전쟁터와 온갖 첨단 무기와 살인기술들이 열거되어 있다. 또한 역사상 전쟁 위인들의 등장을 통해 비관적인 근대 문명과 비판적인 알레고리적 속성을 잘 보여주고 있다.

> 宣戰布告
> ──────────────── ㅈㅓㄴㅍㅏ
> 어린애키우는집의강아지같흔 詩人
> 전쟁의 株券을 팔고사는 古典的이못되는 實業家
> 박쥐의 나래. 즉. 쥐의 나래
> JERNFFA ～～～～～～～～～～～～～～～～～～
>
> 지게미. 턱지끼. 小貨物.   과. 等等.
> 家畜들의 理想村
> 아가!
> 너희들의 싸홈은 어른에게따귀밧겐마즐것이 없단다아.
> ─「전쟁」 부분

그리고 곽명숙은 「전쟁」에서 드러나는 몽타주와 알레고리가 결합된 양상들을 분석하고, 이 시의 시대적 성격에 대해 평했다. (곽명숙, 「吳章煥의 長詩 「戰爭」과 몽타주적 알레고리」, 『어문연구』 40호, 한국어문교육연구회, 2012, 274면)

선전포고와 함께 전쟁이 시작되고 호외가 나돌고 있는 시의 첫 장
면에서는 포로와 부상병들이 가득 찬 야전병원과 급박하게 돌아가는
최전선인 전쟁터의 모습이 드러난다. 자국의 이익을 위해 어떠한 수단
이나 방법도 가리지 않는 서구 열강들의 제국주의적 전쟁은 인간성의
파멸에 이르는 무질서한 혼돈 그 자체이다. 살인광선과 세균 무기 그
리고 독가스와 방사선 등을 이용한 과학 병기의 살인적인 모습에서는
근대 과학 문명의 이중적이고 부정적인 모습이 그대로 드러난다. 과학
이 전쟁을 키우는 '유모(乳母)'라면 언론이나 시인 또한 전쟁이나 권력
에 저항하지 못하는 종속 관계로, 왜곡된 현실을 더욱 자극하거나 부
추기는 저널리즘의 대명사로 인식되고 있다.

1)
- 急流에고기뛰듯튀는 記者의 手腕
- 누가 쩌-내리즘과성교를하여주겠느냐
- 쩌-내리즘의 난산
- 나의 아저씨는 新聞을 본다.
  나의아저씨는 나의아저씨의콧딱지를우비고앉엇다.
  아래턱에 수염이몃자락 숭숭나왔다.
  바람이불일때마다 아저씨의수염은 蘭草를그린다.
  「四君子」를조와하는아저씨는「사군자」를아지못한다.

아저씨는, 지저분-하게허트리진活字속에서 傳統을 차즐수잇느냐?

2)
地圖의 破瓜
도색간통
새싹은滿朔이되였으니, 너는 전날, 당기꼬리가잔등이에박이여좀이

나不便하엿겟느냐!
　벌서 너는 午前브터비르는구나.
　處女야!
　처녀야!
　産婆를불너다주련?

　새아츰.
　輕氣球를 높이空中에꼬지라.
　微笑는 歷史를모르고,
　눈물은 고인적이없다
　戰爭이란動物은 反芻하는 재조를가젓다.
　　－「전쟁－‘총이 웃는 것은, 전쟁 자신이 시인이기 때문이다’」 부분

　1)에서도 진실을 은폐하거나 침묵하는 근대의 비인간적인 기자와 언론에 대한 풍자적인 인식이 드러난다. 전쟁의 시작과 확산의 과정에 대한 통신 또한 언론에 해당된다면, 오장환이 근본적으로 비판하려는 전쟁과 시인과 저널리즘은 모두 같은 속성을 가진 대상들이다. 즉 근대 문명과 저널리즘이 사람들을 맹목화시키는 위력을 “누가 쩌－내리즘과성교를하여주겠느냐”며 그 허위성과 기만성을 폭로하고 있다. 또한 ‘지저분하게 흐트러진 활자 속에서는’ 어떠한 전통이나 진실도 찾을 수 없다는 것에서 현실인식과 역사의식에 기인한 풍자를 확인할 수 있다.
　2)에 드러나는 종전(終戰)의 장면에서는 지도의 파국과 도색간통 그리고 처녀의 출산 장면들이 서로 병치되고 있다. 비인간적인 살육과 파괴를 반성하지 않는 전쟁의 ‘미소’는 그러한 역사와 부끄러움을 모른다는 것을 의미한다. 전쟁은 자신을 “反芻”하며 부끄러워하기보다는

근대의 위대함과 공격성에 대해서만 기억하고 추억하는 재주를 가졌을 뿐이라는 것이다.

이 시에서는 근대 문명의 특징이라 할 수 있는 '저널리즘', '기계 과학', '세대갈등'과 같은 단어를 나열하거나 '징기스칸, 항우, 히틀러, 장개석' 등의 전쟁 영웅을 희화화한다. 때로는 비폭력주의자인 간디를 약한 자의 무력한 저항이라 말하기도 한다. 자본과 전쟁 그리고 근대와 문명에 대한 이러한 파편적이고 풍자적인 모습은 현실비판에서 나온 반성적 태도에서 비롯된 것이다. 무엇보다 '총이 웃는 것은, 전쟁 자신이 시인이기 때문이다'라는 아포리즘적인 부제에서는 전쟁과 시인 그리고 문학에 대한 인식이 복합적으로 내포되어 있음을 짐작할 수 있다. 이러한 모습은 당대 사회의 문화적 풍속도로써 근대화를 상징하는 현실 공간인 '서울'을 소재로 한 「수부」에서도 적나라하게 묘사되고 있다.

   1
   수부의 화장터는 번성하였다.
   산마루턱에 드높은 굴뚝을 세우고
   자그르르 기름이 튀는 소리
   시체가 타오르는 타오르는 끄름은 맑은 하늘을 어지러놓는다.
   시민들은 기계와 무감각을 가장 즐기어한다.
   금빛 금빛 금빛 금빛 교착(交錯)되는 영구차.
   호화로운 울음소리에 영구차는 몰리어오고 쫓겨간다.
   번잡을 존숭(尊崇)하는 수부의 생명
   화장장이 앉은 황천고개와 같은 언둑 밑으로 시가도(市街圖)는 나
   래를 펼쳤다

10
대체 저널리즘이란 어째서 과부처럼 살찌기를 좋아하는 것인가!
광고-광고-광고-화장품, 식료품
범람하는 광고들 (중략)
비만한 상가, 비만한 건물, 휘황한 등불 밑으로 기어들기를 좋아하
느냐!
너는 늬 애비의 슬픔 교훈을 가졌다
늬들은 돌아오는 앞길 동방의 태양-한낮이 솟을 제
가시뼉다귀 같은 네 모양이 무섭지는 않니!
어른거리는 등롱에 수부는 한층 부어오른다
　　　　　-「수부(首府)-수부는 비만하였다. 신사와 같이」 부분

문명이 구축한 도시의 현실과 삶의 질서에 대한 비판적 태도는 대
상과 의도적인 거리를 두는 관찰자적인 시선이 작용한 결과이다. 이것
은 '수부'를 비판적으로 묘사하는 이 시에서도 그대로 드러난다. 근대
도시에서 밀려난 소외된 개인들은 어디에서도 몸과 마음의 안식처를
찾을 수 없다. 수부의 언덕 위에는 화장장의 연기로 오염된 하늘이 있
다. 화장터로 밀려드는 영구차의 행렬이 이어지는 고개에서 바라본 수
부는 '번잡을 존숭'할 정도로 근대 자본주의의 화려한 욕망과 퇴폐의
온상이다.

화려한 상가들과 불빛들 그리고 수많은 광고의 범람으로 팽창해지
고 비만해져 가는 도시는 자본의 욕망 그 자체이다. '지도 속에 한낱
화농된 오점'에 불과한 근대 자본의 수도인 수부는 '늬 애비의 슬픈
교훈을 가'진 비극적 공간이자 식민주의 자본주의의 병폐로 물든 곳이
다. 도시의 화려함은 착취와 부패를 통해 가능했을 것이며, 고름이나
염증으로 얼룩진 '화농된 오점'과 환부 또한 그것을 반증하는 예라 할

것이다.

오장환이 근대를 바라보는 이러한 관찰자적 시선은 「카메라·룸」[14]에서도 발견된다. 카메라 렌즈라는 근대적 시선에 포착된 몽타주는 근대 주체들 속에 내재된 풍경으로서 근대를 살아가는 개인들의 현실적 모습이 그대로 투영되어 있다. 무엇보다 이러한 시선에는 전통 관념에 대한 부정과 새로운 문명에 대한 관심 그리고 무의식적인 욕망과 같은 현실의 다층적 심리 상황이 복합적으로 드러난다. 이것은 과거의 관습에서 벗어나 근대를 지향하지만 진보다운 진보도 없이 근대와 전근대의 경계인으로 살 수밖에 없는 근대 주체들의 내면을 구체적으로 보여주는 것이라 할 수 있다.

이처럼 이 시기 개인들은 자신의 경험을 통해 현실 세계를 인식하고 판단하며 그 속에서 자신의 정체성을 확인하는데 그것이 곧 반성적 행동으로 이어진다. 그들은 스스로가 비판하는 자이며 동시에 비판받는 대상이기도 하다. 이들 개별 주체 스스로의 경험을 통해 형성된 이러한 반성적 지성은 근대 자본주의 체제가 개인에게 암묵적으로 강요한 것이기도 하다. 오장환은 전근대적 가치나 근대적 이념들이 공존하는 이러한 현실을 통해 '인간의 의무'를 강조하였다.

> 그리고 대체의 인간 지배자들은 인간을 위한 즉 자기가 집단생활을 하는 의무상의 행동을 잊어버렸나! 그것은 결국 우리의 눈앞에 이기(利己)이 근성이 떠나지 않았기 때문이었다.
>
> 나는 생각한다. 인간의 지혜란 제 의무까지 무시하여가면서 그릇

---

14) 이 시에 대해서는 현대시에 있어서 새로운 감각의 신경지를 개척했다는 긍정적인 평가와 함께(이봉구, 「성벽 시절의 장환」, 『성벽』 재판본의 후기, 1947, 84면) 단편적인 시상의 나열일 뿐 새로운 감각이나 페이소스 또한 제시하지 못했다는 부정적인 평가를 받기도 했다. (김학동, 『오장환 평전』, 새문사, 2004, 77면)

해석된 쾌락을 느끼기 위한 수단은 아니라고, 그것은 우리가 모두 보고 들은게 그러한 완곡된 관념이요 지혜이었기 때문이지만 이러한 것은 하루 바삐 버릴 필요가 있다.

"현실-자연과 사회의 모든 현상-은 예술의 제재로서 선택될 가능성을 가지고 있다. 그래서 시인이 어떠한 제재를 선택하여 오든가 또는 어떻게 그것을 처리하는가 하는 설혹 무의식이었다고 하더라도 그 시인이 현실에 대한 태도에 의하여 결정된다"고 모리야마(森山啓)는 말하였다.

사실 그것은 우리가 생활하는 속에 그 문학이 나오기 때문이다. 그러기 때문에 우리는 시인이나 작가가 되기 전에 먼저 인간이 될 필요가 있다.[15)]

식민지 현실에서 오장환이 주장하고자 했던 것은 이기심과 왜곡된 관념을 버리고 "인간을 위한" 문학을 실천하는 것이었다. 이것을 위해 무엇보다 중요한 것은 시인의 생활 경험에서 비롯되는 '현실에 대한 태도'였다. 모순된 전통과 근대 자본의 이기주의적인 문명이 상충하고 있는 근대에서 적어도 그가 보는 근대 문명의 기만성과 전통의 위선은 다른 것이 아니었다. 전통은 그 가치를 잃어가거나 왜곡된 모습으로 존재하고 근대는 일정 부분 강압되거나 차별에 기반한 것이었기 때문이다. '그는 인간이다'와 '그는 시인이다' 중에 서슴지 않고 '인간이 되겠다'고 했던 오장환에게 참다운 인간으로서의 '인간의 의무'는 진정한 삶과 문학을 위한 신념으로 그것은 반성적 지성에서 비롯된 것이었다.

이러한 반성적 지성은 식민지 조선에서 '근대'를 받아들이려는 오장환의 행동에서도 드러난다. 근대 문명에 대한 그의 열정과 관심은 서

---

15) 김재용 편, 「문단의 파괴와 참다운 신문학」, 앞의 책, 210-211면.

구 문화에 대해 동경과 집착에서 나아가 식민지 조선의 현실 속에 그것을 적극적으로 수용하고자 노력하였다. 그 예로 오장환이 명치(明治)대학을 중퇴하고 귀국해서 열었던 '남만서점'은 문인들의 책을 출판하고 상호 소통의 장으로서의 역할을 하였다. 서점에는 절판, 한정판, 호화판, 진귀본 등 당시 조선에서는 쉽게 구해볼 수 없는 책들이 많았으며, 특히 자신을 비롯한 동인들의 시집을 직접 간행하였다. 또한 그는 극단 '낭만좌'의 일원으로 공연도 하고, 미술평론을 쓰기도 했다. 오장환은 시인과 출판인으로 그리고 문화기획자이자 사회 운동가로 여러 방면에서 활동을 하며 근대 지성의 삶을 실천했다. '사람의 값을 다시 한번 근원적으로 성찰'하기를 주장했던 <시인부락>의 동인 활동 또한 근대와 반성적 지성에 대한 그의 고민과 같은 맥락에 있음을 알 수 있다.16)

1930년대 문학적 전성기를 보낸 오장환은 새로운 문명의 변화 속에서 급변하는 당시 조선의 내·외적 상황들에 관심을 가질 수밖에 없었을 것이다. 무엇보다 식민지라는 현실은 근대적 가치와 새로운 이념을 왜곡하고 굴절시켰다. 그러므로 식민지 근대 속의 개인들은 근대의 앞선 문화나 사상들을 적극적으로 수용하는 동시에 봉건적 잔재를 극복해야 하는 이중의 과제를 떠안을 수밖에 없었다.

---

16) 이러한 오장환의 생각은 "이조 이후, 더 나아가서는 고려 이후로 우리 문화가 자주성을 잃은 대신에, 남의 귀틈으로만 살아온 슬픔을 생각해 보라. 4천년이나 되는 문화를 가지고 이것이 중간에 와서 한 번도 자기를 반성함이 없이 덮어놓고 외계로만 향한 속절없음을 생각해 보라. 그렇게도 우리 풍토와 문화 속엔 돌아볼 재산이 없었는가"에서도 드러난다. (김재용 편, 『방황하는 시정신』, 앞의 책, 230면)

2. 주체의 분열과 이중적 욕망의 의미

전근대적 가치 속에 내재되어 있는 허위와 기만을 비판하며 현실과 불화하는 근대 개인들은 집단과 개인의 가치에서 오는 욕망의 차이에서도 분열적인 모습을 보인다. 유교적 관습과 봉건적 질서 속 전근대의 주체들은 집단의 욕망을 위해 개인의 욕망이 희생되었다면, 근대의 주체들은 자발적인 개인의 욕망에 더 충실한 모습을 보인다. 이러한 근대적 욕망은 문명과 자본주의적 가치에서 비롯되었지만 그 역시 계급과 계층의 차별이라는 점에서 전근대적 욕망과 유사한 속성을 보인다. 무엇보다 오장환의 시에는 그 자신이 서얼이라는 신분으로부터 벗어나려는 욕망과 어쩔 수 없이 그 현실을 받아들여야 하는 소극적인 태도의 이중성이 드러난다. 이것은 근대 개인들이 '전통과 습속에 고통을 당하고 그에 대항하여 싸우는 자(者)'(「문단의 파괴와 참다운 신문학」)이며, 동시에 전근대적 이념과 근대의 가치가 공존하는 현실에서 이러한 이중적 모순을 폭로하고 비판하는 자들이기도 하기 때문이다.

열녀를 모셨다는 정문은 슬픈 울 창살로는 음산한 바람이 스미어들고 붉고 푸르게 칠한 황토 내음새 진하게 난다. 소저(小姐)는 고운 얼굴 방안에만 숨어 앉아서 색시의 한시절 삼강오륜 주송지훈(朱宋之訓)을 본받아왔다. <…> 소저의 신랑은 여섯 해 아래 소저는 시집을 가도 자위하였다. 쑤군, 쑤군 지껄이는 시집의 소문 소저는 겁이 나 병든 시에미의 똥맛을 핥아보았다. 오 효부라는 소문의 펼처짐이여! 양반은 죄금이라도 상놈을 속여야 하고 자랑으로 누르려 한다. 소저는 열아홉. 신랑은 열네살 소저는 참지 못하여 목매이던 날 양반의 집은 삼엄하게 교통을 끊고 젊은 새댁이 독사에 물리려는 낭군을 구하려다 대신으로 죽었다는 슬픈 전설을 쏟아냈었다. 이래서 생

겨난 효부열녀의 정문 그들의 종친은 가문이나 번화하게 만들어보
자고 정문의 광영을 붉게 푸르게 채색하였다.

-「정문(旌門)-염락(廉洛)·
열녀불경이부충신불사이군(烈女不敬二夫忠臣不事二君)」 전문

　돌담으로 튼튼히 가려놓은 집 안엔 검은 기와집 종가가 살고 있었
다. 충충한 울 속에서 거미알 터지듯 흩어져 나가는 이 집의 지손(支
孫)들. 모두 다 싸우고 찢고 헤어져 나가도 오래인 동안 이 집의 광
영을 기키어 주는 신주(神主)들 들은 대머리에 곰팡이가 나도록 알리
어지지는 않아도 종가에서는 무기처럼 아끼며 제삿날이면 갑자기
높아 제사 위에 날름히 올라앉는다.(중략) 종가에 사는 사람들은 아
무 일을 안 해도 지내왔었고 대대손손이 아무런 재주도 물리어받지
는 못하여 종갓집 영감님은 근시안경을 쓰고 눈을 찝찝거리며 먹을
궁리를 한다고 작인들에게 고리대금을 하여 살아나간다.

-「종가(宗家)」 부분

　'정문'은 가문과 자신들의 명예를 지키기 위한 유교적 이념의 상징
중의 하나이다. 정문이 세워지게 된 슬픈 사연을 이야기한 위 시는 부
제에 제시된 바와 같이 '열녀불경이부熱女不敬二夫'라는 명분 때문에 인
륜에 억눌린 채, 어린 신랑을 두고 목매어 죽은 열아홉 소저에 대한
이야기다. 양반들이 자신들의 가문과 권위를 위하여 정문을 "붉게 푸
르게 채색하였다"는 묘사는 매우 사실적이며 풍자적이다. 하지만 소저
의 좌절된 욕망과 죽음을 '효'라는 명분으로 은폐하려는 양반들의 기
만적 행위에서 그들의 이중적인 욕망이 드러나고 있다.
　또한 오장환은 여러 자손들과 가문의 내력을 지키는 '종가'와 그 종
가를 이끌어가는 종손들의 관습들에 대해서도 냉소적이다. 물려받은

재산으로 고리대금을 하면서 호위호식하는 양반들의 일상과 그들의
숨은 욕망에 대해서도 풍자적이다. 손주며느리와 팔촌까지 모두 어울
려 사는 혈연공동체에서 가문의 서열과 위계질서를 상징하는 '신주(神
主)'를 제사 때마다 정성으로 닦고 또 닦는 것은 그것이 그들을 지탱하
는 가치이자 권위이기 때문이다. 「정문」에서 이미 자신들의 가문을 지
키기 위한 양반들의 허위적 기만이 여실히 드러났듯이 이 시에서도
대대로 내려오는 종가의 모순된 이중성을 잘 보여주고 있다.

> 내 성은 오씨, 어째서 오가인지 나는 모른다. 가급적으로 알리어주
> 는 것은 해주로 이사온 일 청인(一淸人)이 조상이라는 가계보의 검은
> 먹글씨. 옛날은 대국숭배를 유심히는 하고 싶어서, 우리 하아버지는
> 진실 이가였는지 상놈이었는지 알 수도 없다. 똑똑한 사람들은 항상
> 가계보를 창작하였고 매매하였다. 나는 역사를, 내 성을 믿지 않어
> 도 좋다. 해변가으로 밀려온 소라 속처럼 나도 껍데기가 무척은 무
> 거웁고나. 수퉁하고나. 이기적인, 너무나 이기적인 애욕을 잊을랴면
> 은 나는 성씨보가 필요치 않다. 성씨보와 같은 관습이 필요치 않다.
> 　　　　　-「성씨보-'오래인 관습, 그것은 전통을 말함이다'」 전문

> 나요, 오장환이요. 나의 곁을 스치는 것은, 그대가 아니요. 검은 먹
> 구렁이요. 당신이요.
> 외양조차 날 닮았다면 얼마나 기쁘고 또한 신용하리요.
> 이야기를 들리요. 이야길 들리요.
> 비명조차 숨기는 이는 그대요. 그대의 동족뿐이요.
> 그대의 피는 거멓다지요. 붉지를 않고 거멓다지요.
> 음부 마리아 모양, 집시의 계집애 모양,
>
> 당신이요. 충충한 이구리에 까만 열매를 물고 이브의 뒤를 따른

것은 그대 사탄이요.

  차디찬 몸으로 친친히 날 감아주시오. 나요. 카인의 말예(末裔)요. 병든 시인이요. 벌(罰)이요. 아버지도 어머니도 능금을 따먹고 날 낳았고

―「불길한 노래」 부분

「성씨보」에서는 '족보'로 상징되는 봉건적 질서에 대해 좀 더 노골적인 모습을 보인다. 이 시에서는 '오래인 관습, 그것은 전통을 말함이다'라는 부제에서 전통을 관습으로 동일화하고 있다. 여기서 오장환은 근대 개인들이 끝내 버릴 수 없는 족보에 대해서도 부정과 유혹의 두 측면을 동시에 보여주고 있다. '족보'에 대한 불신과 거부는 어머니와 형제 그리고 자신의 존재가 차별당하고 멸시당했던 유년에 대한 기억에 근거되었을 것이다. 무엇보다 "똑똑한 사람들은 항상 가계보를 창작하였고 매매하였다"는 당시의 사실에 주목할 필요가 있다. 1930년대에 조선총독부에서 발간된 책 중 가장 많이 유행한 책이 '족보'였다는[17] 역사적 사실이 위 시의 내용을 반증하고 있다. 이것은 오장환이 족보를 야유하고 부정하는 또 다른 이유임을 알 수 있다. 즉 '족보'로 인한 차별과 멸시에는 숨은 욕망이 존재할 수밖에 없는데, 이 시에서 '애욕'이 바로 그것이다. 하지만 "나는 성씨보가 필요치 않다. 성씨보와 같은 관습이 필요치 않다"는 시적 주체의 강한 부정 속에 족보에 대한 불신과 숨은 욕망을 동시에 확인할 수 있다. 이것은 족보를 창작하고 매매하는 근대 주체들의 허위를 비난하는 동시에 그들의 욕망을 역설적으로 보여주는 부분이다.

---

17) 천정환, 「1920-30년대의 책읽기와 문화의 변화」, 『근대를 다시 읽는다』1권, 역사비평사, 2006, 18면.

「불길한 노래」에서도 '나'와 '오장환' 그리고 '그대'와 '당신'의 복잡한 관계들이 혼란스럽게 드러난다. 이들은 모두 불안한 '나'의 다른 모습이며 아울러 '시인'의 정체성을 가지고 살아가는 일상적 자아이자 분열된 내면의 자아들이다. 철저한 자기부정과 자학에서 비롯된 이러한 주체들은, '비명조차 숨기는 이'이고 '음부 마리아'와 '집시의 계집애'처럼 혼돈과 분열로 이어진 개인들이다. 각각 다르면서 같은 이들의 내면에는 전근대의 '권위와 차별'에 대한 반항 그리고 근대의 '자본과 자유'에 대한 갈망이 동시에 내재되어 있다. 근대와 식민이라는 복합적인 시대 상황 아래 피식민 주체들의 이러한 이중적 욕망들은 이 시에서처럼 주체의 분열된 여러 모습에서 뚜렷하게 드러난다.

물려받은 재산으로 고리대금을 하면서도 당당하게 살아가는 영감(「종가」)이나 열아홉에 과부가 된 소저를 가문의 번영에 이용하려는 양반들(「정문」), 그리고 '카인의 말예'이며 '병든 시인'으로서 스스로를 사탄이라 부르는 시인 등 이들은 모두 동시대를 살아가는 근대의 주체들이다. 그들은 전통적 관습과 근대의 가치 사이에서 이중적인 자아와 욕망의 모습을 보인다. 오장환은 근대를 지향하려는 욕망과 식민지 지식인으로서의 현실적 소외감이 빚는 괴리에서 오는 주체의 분열로부터 근대의 모순을 신랄하게 인식하고 경험했던 것이다. 계급과 신분, 식민과 피식민 사이에는 사회 전통적 욕망과 근대 개인의 이중적인 욕망이 끊임없이 드러난다. 때문에 모순적 현실을 받아들이려는 욕망과 거기에서 벗어나려는 근대 주체들의 이중적 욕망 또한 근대의 또 다른 모습이라 할 것이다.

3. 이방인의 공간과 현실이라는 환멸

앞서 살핀 바와 같이 20세기 초 근대로 접어든 개인들은 국권 상실과 근대 문명의 홍수 속에서 가치판단의 근거를 자신들의 경험에 의존할 수밖에 없었다. 전통과 근대의 현실에서 이중적 자아의 모습을 드러낸 근대 주체들은 식민 근대의 공간에서도 현실에 대한 환멸을 겪게 된다. 이질적이고 혼재된 근대를 받아들일 수밖에 없었던 그들은 전근대와 근대 어디에도 속하지 못하고 그 경계에서 이방인의 태도를 취할 수밖에 없었다. 그들은 스스로 자신이 몸담은 공간에서도 존재의 정체성뿐 아니라 '신뢰할 만한 현실'을 발견하지 못했는데, 이러한 내면에 비친 풍경들은 환멸 그 자체로 인식된다.

근대 개인이 경험한 도시를 비롯한 공간들은 사회적 실존의 공간으로, 그러한 경험은 세계와의 관계 맺음을 의미한다. 개인은 자신의 경험과 반성을 통해 공간을 하나의 대상으로 인식하면서 그 공간에 구체적인 현실성을 부여한다. 그러므로 공간에 대한 기억은 공간의 경험으로부터 비롯되며, 그것은 개인의 가치관과 상상력의 지표가 될 수 있다. 마르쿠스 슈뢰르의 말처럼 공간은 '인간의 활동을 통해서만 비로소 생겨나는 것'[18]일 뿐 아니라, '인간의 삶과 가치가 녹아드는 중심'[19]으로, 주체들의 다양한 감각을 통한 총체적인 경험에 의해 구체적인 현실성을 얻게 된다. 따라서 자신이 머무르고 있는 공간에 대한 탐구와 연구는 그 자신의 가치관과 정서를 탐구하는 일이기도 하다.

---

18) 마르쿠스 슈뢰르, 정인모·배정희 역, 『공간, 장소, 경계』, 에코리브르, 2010, 29-30면.
19) 이-푸 투안은 공간이 넓은 경우 그 공간이 장소가 되려면 개념을 만드는 능력뿐 아니라 개인 스스로의 운동 감각적 경험과 인지적 경험이 필요하다고 하였다. 이때 장소에 대한 감정은 지식의 영향을 받는다고 보았다. (이-푸 투안, 『공간과 장소』, 구동회 역, 대윤, 2007, 26면)

게오르그 짐멜 또한 근현대인의 다양한 정신적 삶을 결정짓는 데 있어서 도시는 사회적인 관계들이 상호작용하는 공간이며, 개인의 모든 삶의 형태를 객관화하고 획일화시킴으로써 얻어낸 결과라고 규정하였다.[20]

오장환의 시에서는 일상의 공간이나 여행의 장소들이 많은데 그러한 장소에서는 비교적 시적 주체의 불안감과 환멸의식이 뚜렷하게 드러난다. 특히 매음가, 술집, 도박촌 등 도시 변두리의 퇴폐적이고 향락적인 공간과 목욕간과 같은 자본주의의 문화적 공간에서는 근대의 속물성과 봉건적인 보수성이 교묘하게 결합되어 있음을 확인할 수 있다.

> 내가 수업료를 바치지 못하고 정학을 받아 귀향하였을 때 달포가 넘도록 청결을 하지 못한 내 몸을 씻어보려고 나는 욕탕엘 갔었지
> 뜨거운 물속에 왼몸을 잠그고 잠시 아른거리는 정신에 도취할 것을 그리어보며
> 나는 아저씨와 함께 욕탕엘 갔었지
> 아저씨의 말씀은 "내가 돈 주고 때 씻기는 생전 처음인걸"하시었네
> 아저씨는 오늘 할 수 없이 허리 굽은 늙은 밤나무를 베어 장작을 만들어가지고 팔러 나오신 길이었네
> 이 고목은 할아버지 열두 살 적에 심으신 세전지물(世傳之物)이라고 언제나 "이 집은 팔아도 밤나무만은 못 팔겠다"하시더니 그것을 베어가지고 오셨네그려
> 아저씨는 오늘 아침에 오시어 이곳에 한 개밖에 없는 목욕탕에 이 밤나무 장작을 팔으시었지
> 그리하여 이 나무로 데운 물에라도 좀 몸을 대이고 싶으셔서 할아버님의 유물의 부품이라도 좀더 가차이 하시려고 아저씨의 목적은

---

20) 게오르그 짐멜, 김덕영·윤미애 역 「대도시와 정신적 삶」, 『짐멜의 모더니티 읽기』, 새물결, 2005, 33면.

때 씻는 것이 아니었던 것일세

-「목욕간」 부분

수업료를 내지 못해 귀향한 '나'는 신교육을 받은 근대적 인물이지만 집은 팔아도 밤나무만은 팔지 못하겠다는 아저씨는 전근대적인 가치를 고집하는 인물이다. 두 사람이 개인의 위생과 관련 있는 목욕을 돈을 주고 하는 행위는 근대적 문명의 혜택을 받으려는 부분이기도 하다. 하지만 '세존지물'인 밤나무를 땔감으로 시장에 팔았다는 것은 금전적으로 절박한 인물들의 경제적 현실과 전근대적 가치의 몰락을 동시에 의미한다.

목욕탕 주인이 피식민자들을 자본축적의 수단으로 생각하면서도 아저씨와 나를 배제한 것에 대해 시인은 반감과 모멸감을 함께 느낀다. 오장환의 등단작인 이 시는 그가 습작 시절, 기억을 회상하며 썼다고 볼 수 있는데 대화체의 서술 그리고 근대의 상징적인 문물과 풍경으로 개인과 민족이 처해 있는 시대적 현실을 환기하고 있다. 돈을 지불할 수 있음에도 목욕을 할 수 없는 숙질과 나의 상황에서 근대와 전통, 식민 지배자와 피지배자, 근대 자본의 인종적, 계급적 차별 등에 대한 갈등들이 비교적 잘 드러난다. 이 시에서 '목욕간'은 식민지를 살아가는 시인에게 근대의 시·공간적 변모를 확인하는 장소이자 식민지의 지배자와 자본에 의한 소외와 낯섦을 실감하는 이방인의 공간이기도 하다.

전통문화와 근대 자본의 문화, 제국주의와 피식민 주의가 대립하고 있는 공간의 모습은 개인들의 일상에서부터 휴양지나 도시 뒷골목 등에서도 쉽게 접할 수 있다. 이러한 공간은 대부분 향락적이고 퇴폐적인 문화가 번성하며, 타락한 현실을 쉽게 인식할 수 있는 장소이다.

온천지에는 하루에도 몇 차례 은빛 자동차가 드나들었다. 늙은이
나 어린애나 점잖은 신사는, 꽃 같은 계집을 음식처럼 싣고 물탕을
온다. 젊은 계집이 물탕에서 개고리처럼 떠 보이는 것은 가장 좋다
고 늙은 상인들은 저녁상머리에서 떠들어댄다. 옴쟁이 땀쟁이 가진
각색 더러운 피부병자가 모여든다고 신사들은 투덜거리며 가족탕을
선약하였다.

-「온천지」 전문

전당포에 고물상이 지저분하게 늘어선 골목에는 가로등도 켜지는
않았다. 죄금 높다란 포도(鋪道)도 깔리우지는 않았다. 죄금 말쑥한
집과 죄금 허름한 집은 모조리 충충하여서 바짝바짝 친밀하게는 늘
어서 있다. 구멍 뚫린 속내의를 팔러 온 사람, 구멍 뚫린 속내의를
사러 온 사람, 충충한 길목으로는 검은 망토를 두른 주정꾼이 비틀
거리고, 인력거 위에선 차(車)와 함께 이미 하반신이 썩어가는 기녀
들이 비단 내음새를 풍기어 가며 가늘은 어깨를 흔들거렸다.

-「고전(古典)」 전문

향락지를 대표하는 제목의 시 「온천지」에서는 "점잖은 신사"와 "꽃
같은 계집"의 관계가 부각된다. '성(性)' 또한 '시장'이라는 자본주의
제도와 결합되어 상품의 성격을 띠게 되고, 그 행위에 참여하는 주체
를 서로 소외시킴으로써 부조리한 관계를 양산한다. 억압되고 금기시
된 성과 타락하고 상품화된 성을 통해 식민지적 근대의 허위성을 포
착한 오장환이 퇴폐와 윤락의 공간에서 느끼는 우울과 비애 또한 환
멸적일 수밖에 없다.

「고전」에서도 근대 이면에 도사리고 있는 부정적인 면모들이 드러
나고 있다. 도시의 후미진 골목은 전당포와 고물상이 늘어서 있는 지
저분한 곳으로 대부분 주정꾼들과 기녀들이 지나다니는 곳이다. 도시

의 골목은 인간의 고립과 소외를 더욱 분명하게 인지하는 대표적인 이방인의 공간이다. "죄금 말숙한 집과 죄금 허름한 집"들이 즐비한 이곳은 근대와 전근대가 어색하게 공존하는 장소이기도 하다. 기녀들 또한 근대와 전근대 사이에서 방황하는 존재들로, 하반신이 썩어가는 심각한 상태21)에서도 이 공간을 떠나지 못하고 있다.

이러한 시에서 보이는 것처럼 오장환은 당대의 현실을 구체적으로 재현함으로써 식민 근대의 이면에 숨어 있는 근대와 자본주의의 황폐하고 병든 모습들을 드러내고 있다.22) 그는 더 나아가 컴컴한 도시 뒷골목이나 유곽 그리고 음산한 항구 주변의 근대적 공간에서의 퇴폐적이고 타락한 시적 주체의 경험을 통해 현실의 환멸을 여실히 드러내고자 했다.

> 어포의 등대는 귀류(鬼類)의 불처럼 음습하였다. 어두운 밤이면 안개는 비처럼 내렸다. 불빛은 오히려 무서웁게 검은 등대를 튀겨놓는다. 구름에 지워지는 하현달도 한참 자욱한 안개에는 등대처럼 보였다. 돛폭이 충충한 박쥐의 나래처럼 펼쳐 있는 때, 돛폭이 어스름한 해적의 배처럼 어른거릴 때, 뜸 안에서는 고기를 많이 잡은 이나 적게 잡은 이나 함부로 투전을 뽑았다.
>
> -「어포(魚浦)」 전문

---

21) 인간 신체에 대한 혐오감 있는 표현들은 근대 사회의 병리적 징후의 하나로, 린다 노클린은 신체의 절단과 변형된 신체 이미지를 통틀어 근대사회의 특징을 대변하는 모더니티의 은유라 해석하였다. (린다 노클린, 정연심 역, 『절단된 신체와 모더니티』, 조형교육, 2001, 14면)

22) 이것은 보들레르가 대도시에서 전개되는 현대 문명의 황폐함과 추악성 그리고 폭력성 등을 서정시라는 장르를 통해 예술적 인식에 도달하려고 하는 시도와 그 맥이 일정부분 닿아있다고 볼 수 있다. (문병호, 「보들레르와 대도시 공간」, 『서정시와 문명비판』, 문학과 지성사, 1995, 112면)

나폴리(Naple)와 아덴(ADEN)과 싱가포르(Singapore). 늙은 선원은 항해표와 같은 기억을 더듬어본다. 해항의 가지가지 백색, 청색 작은 신호와, 영사관, 조계(租界)의 갖가지 깃발을. 그리고 제 나라 말보다는 남의 나라 말에 능통하는 세관의 젊은 관리를. 바람에 날리는 흰 깃발처럼 Naples. ADEN. Singapore. 그 항구, 그 바의 계집은 이름조차 잊어버렸다.

망명한 귀족에 어울려 풍성한 도박. 컴컴한 골목 뒤에선 눈자위가 시퍼런 청인(淸人)이 괴춤을 흠칫거리면 길 밖으로 달리어간다. 홍등녀의 교소(嬌笑), 간드러지기야. 생명수! 생명수! 과연 너는 아편을 가졌다. 항시의 청년들은 연기를 한숨처럼 품으며 억세인 손을 흔든다.

—「해항도(海港圖)」 부분

안개가 내려앉은 암울하고 우울한 항구는 절망적이고 희망이 없는 이들이 도박과 유흥에 빠지는 부패와 타락의 장소이다. 화려하거나 낭만적인 이국적 풍경과는 달리 우울하고 적막한 위 시의 항구들은 이방인의 공간이자 시적 주체 내면에 자리한 유폐의 공간이기도 하다. 새로운 문명을 우선적으로 받아들이던 항구 도시는 부패와 타락의 온상으로 현실의 환멸을 경험하는 장소로 전락하게 된다. 때문에 항구가 공간적 배경이 되는 시에서의 그로테스크한 분위기는 시인 자신이 처한 상황이자 모순된 근대 주체들의 암울한 내면이다. 그러므로 상실감과 무력감으로 목적 없는 삶을 살아가는 그들은 순간적인 쾌락으로 절망적인 현실을 피하거나 견디고 있는 것이다.

산업화와 도시화로 계획적이고 화려해진 근대의 발전 이면에는 '환락의 도시', '불결한 하수구의 병든 거리' 그리고 어두운 항구의 뒷골목 등 타락하고 은폐된 공간이 존재한다. 따라서 근대 개인들은 도시의 항구나 윤락가 등과 같은 관능과 퇴폐적인 장소에 탐닉하는 스스로의 모습을 발견하게 된다. 하지만 어떤 이들에게는 그러한 곳이 고향을 떠나 생계를 위해 어쩔 수 없이 정착해야 하는 생존의 장소이기도 하다. 이방인과 경계인으로 살아갈 수밖에 없는 이러한 시적 주체들의 모습 속에는 모순된 현실에 대한 환멸을 확인할 수 있다.

이러한 모습은 「황무지」에서도 그대로 드러나고 있다. '황무지'는 텅 빈 공간이자 불모의 공간으로 이 시에서는 한때 산업화로 부를 희망하며 활기를 띠었던 탄광촌을 말하고 있다. 하지만 현재는 그것이 '있었던' 흔적만 남은 "무인경(無人境)"의 장소일 뿐이다. 근대화가 지나간 후 쓸모없는 땅으로 변해버린 폐광촌은 이상과 꿈이 깨어지고 실망감과 허무만 남은 근대인의 현실에 대한 환멸 그 자체를 상징하는 장소이다.

산업화와 도시화로 인해 인간의 삶이 윤택해지고 미래가 밝을 것이라는 근대 개인들은 자신의 기대와는 달리 이질적이고 혼재된 근대를 받아들이는데 그것은 어두운 내면의 고립과 직결된다. 또한 그들은 자신이 몸담은 현실의 공간에서도 존재의 정체성뿐 아니라 어디에도 '신뢰할 만한 현실'을 발견하지 못한 채 현실의 환멸을 경험하게 된다.

앞서 살핀 바와 같이 오장환의 초기 시에는 근대에 대한 저항이나 부정적 시선이 부각되고 있는데, 이것은 시적 주체의 내면과 연관되어 있기 때문이다. 근대 주체들은 전통과 근대, 식민지의 지배와 피지배 사이의 이중적인 욕망에서 비롯된 현실의 혼란과 소외로부터 분열과 환멸을 경험한다. 현실에 대한 이러한 환멸은 주체들의 내면을 한층 더 깊이 드러내는데, 이것은 복합적인 욕망이 내재화된 그들의 자의식의 소산이기도 하다. 대상을 타자화하며 객관적 거리 두기를 하는 시적 주체의 관찰자적 시선 또한 근대 문명과 자본으로 인해 비인간화되고 소외된 현실을 비판하는 근대적 시선으로써 현실을 성찰하는 반성적 지성에서 비롯된 것이라 볼 수 있다.

그의 초기 시의 드러나는 이러한 근대적 시선과 주체의 분열 그리고 이방인의 공간이라는 근대적 특성들은 주체들로 하여금 성찰적 지성과 이중적 욕망 그리고 현실에 대한 환멸 등의 내면적 모습을 선명하게 보여주었다. 이러한 지점은 동시대의 다른 시인들과 차별화되는 부분이며 그의 시가 지니는 시사적 의미이기도 하다.

제3장

백석 시의 근대적 장소와 주체 시선

백석 시에 구현된 근대적 장소들을 특정 유형별로 분류하고 그 특징을 살피는 것은 장소의 구성 방식을 파악하고, 특정 장소 안에서 시적 주체의 '시선'이 어떤 방식으로 작용하고 있는지를 파악하려는 것이다. 백석이 장소라는 범주 안에 자신의 경험을 어떻게 질서화하고 있는지, 이 장소 안에서 시적 대상들의 관계를 어떤 시선을 통해 전개하고 있는지를 드러냄으로써 백석 시의 근대적 장소의 특질과 주체 시선의 관계를 확인하고자 한다.

장소와 공간은 인간 인식의 틀을 규정한다는 점에서 시간과 함께 인식의 기본 범주에 속한다. 공간과 관계된 언어와 의미들이 현실을 이해하는 기본 수단의 하나로 기능하며 사회, 종교, 정치, 윤리적인 모델들에 항상 공간적인 성격이 주어지는 것은 이 때문이라 하겠다.[1] 인

---

[1] 로트만은 다른 책에서 장소들은 도덕적이며 지역화된 의의를 갖는데 이런 점에서 지리학은 일종의 윤리학임을 강조했다. 따라서 지리적 공간상의 모든 장소 이동은 종교적, 도덕적 의미와 현실인식 등에 매우 중요한 의미를 지닌다고 보았다. (유리 로트만, 유재천 옮김, 『문화 기호학』, 문예출판사, 1998, 262면)

간은 자신의 구체적 경험을 통하여 균질적이고 추상적인 '공간'을 의미로 가득 찬 구체적 '장소'로 변화시킨다. 이-푸 투안의 말을 빌리자면, 개인은 자신의 경험을 통해 추상적이고 낯선 공간을 구체적 장소로 변화시킨다.[2] 추상적 공간을 자기 터전화하면서 사회적 활동을 가능하게 하는 물리적인 장(場)인 '장소'로 변모시키는 것이다.[3]

문학 작품 역시 하나의 세계를 창조하는 것이라고 볼 때, 하나의 작품에는 적어도 하나 이상의 특정 장소가 요구될 수밖에 없으며, 한 편의 시 속에 형상화된 장소는 좁게는 시적 주체의 내면과 체험이 투영된 곳이며, 넓게는 모든 관계들과의 상호작용의 원천이 된다. 시인은 구체화되고 내면화된 장소를 구성하고 재조직하는데 이러한 문학적 공간과 장소는 시적 주체의 내밀한 심층적 정서와 호응하면서 그의 현실 인식과 가치를 결정짓는 요인이 된다. 특정 장소가 시 속에 형상화될 때 여기에는 시적 주체의 의식적 혹은 무의식적 층위도 함께 작동하므로 시 속에 드러나는 장소는 시 정신을 파악하는 근거가 되는

---

2) 이-푸 투안은 환경을 구성하는 근본 요소로 공간과 장소를 지적하고 인간이 공간과 장소의 경험을 어떻게 기술하고 의미를 부여하는지를 밝혔다. 그는 인간의 육체는 공간감과 장소감을 형성하는 토대이며 이러한 인간의 생물학적 사실에 기인하여 공간과 장소의 경험을 서술한다. 공간은 움직이며, 개방이고, 자유이며, 위협적이다. 이에 비해 장소는 정지이며, 개인들이 부여하는 가치의 안식처이며, 안전과 애정을 느끼는 고요한 중심이다. 그러므로 투안은 공간은 인간의 직간접적인 체험에 의해 친밀한 장소로 변화된다고 보았다. (이-푸 투안, 구동희·심승희 옮김, 『공간과 장소』, 대윤, 2007, 78면)
바슐라르 또한 '장소애호' 즉 행복한 공간의 이미지들을 언급하였다. 즉 그것은 소유되는 공간, 적대적인 힘에서 방어되는 공간, 사랑받는 공간 등인데, 이러한 공간들의 인간적인 가치를 규명하고 있다. 더불어 그 공간과 장소는 실제적이지만 여러 상상된 가치들이 덧붙여진 무한한 체험의 공간과 장소이기도 하다. (가스통 바슐라르, 곽광수 옮김, 『공간의 시학』, 동문선, 2003, 69면)
3) 문학 작품의 공간적 특성에 대한 최근의 연구들 역시 '공간'이라는 말보다는 '장소'라는 말을 선호한다. 균질적이고 기하학적이며 용량적인 뉘앙스를 풍기는 '공간'보다는 인간적 행위와 의미가 구체화된 '곳'으로서의 '장소'라는 단어가 문학적 공간의 성격을 좀더 잘 나타내고 있다고 판단하고 있기 때문일 것이다. 이 논문 역시 '공간'보다는 '장소'라는 단어를 선택하고자 한다.

것은 당연하다고 하겠다. 따라서 문학 공간이나 장소의 해명은 텍스트에 자리 잡은 시인의 미적 인식과 상상력의 체계를 파악할 수 있으며, 아울러 현실 세계에 대한 이해와 관계들을 질서화하고 구조화하는 시인의 세계 인식의 한 틀을 보여줄 수 있을 것이다.[4]

이처럼 장소가 시적 주체의 체험적 근거가 된다면, 이 체험의 성격과 시적 대상들의 관계를 보다 명확히 하는 것은 시적 주체의 '시선'이라 할 수 있다. '본다'는 것에는 보는 주체의 위치, 즉 장소가 전제되어 있다. 시적 주체의 시선은 특정 장소 안팎에 존재하며, 체험의 의미화와 시적 대상의 질서화를 가능케 하는 기준으로 작용하는 것이다. 또한 '본다'는 행위로서의 시선에는 자아와 타자 그리고 역사와 사회적 인식이 담겨 있다고 할 수 있다. 어떤 것을 보고 느끼고 평가하는 것은 주체의 보는 방식과 개성적인 시선은 물론이고, 타자와의 관계에 따라 변화한다.[5] 결국 시에 드러난 장소는 시적 주체의 시선이 머문 곳이며 그 장소에서 풍경을 바라보는 시선은 그 주체의 인식이며 관점이다. 가라타니 고진의 말처럼 내면과 풍경은 상호 연결되어 있으며, 풍경의 발견[6]은 곧 내면의 발견인 것이다. 본래 풍경은 외부에 존

---

4) 장만호, 「해방기 시의 공간 표상 방식 연구」, 『한국시와 시인의 선택』, 서정시학, 2015, 287-288면.

5) 말 이전에 보는 행위가 있었고 이러한 '본다'는 것은 우리가 어디에 있는지를 결정해 준다. 우리가 보는 것과 우리가 아는 것 사이의 관계는 끊임없이 변화하며 결코 한 가지 방식으로 정해지지 않는다. 또한 주체의 시선은 타인의 시선과 결합함으로써 재창조되고 재생산된다. (존버거, 최민 옮김, 『다른 방식의 보기』, 열화당, 2012, 12면)

6) 가라타니 고진은 구니키다 돗포의 「잊을 수 없는 사람들」(1898)을 살피면서 화자는 섬 그늘에 있던 남자를 '인간'이 아니라 '풍경'으로 보고 있다. 여기서 고진은 풍경을 '도착(倒錯)'의 맥락으로 읽어낸다. 또한 주위의 외적인 것에 무관심한 내적 인간(inner man)에 의해 처음으로 풍경이 발견되었으며, 이러한 풍경은 오히려 <바깥>을 보지 않는 자에 의해 발견되었다는 것이다. 결국 평범하고 무의미하게 보이는 사람들이 의미 있는 것으로 보이게 되는 것과 우리들이 <현실>이라 부르는 것은 내적 풍경 바로 그 자체이며 결국 <자의식>임을 밝히고 있다. (가라타니 고진, 박유하 옮김, 『일본근대문학의 기원』, 1997, 34-46면)

재하는 것이 아니라 인간으로부터 소원화된 풍경으로서의 풍경을 발견해 내는 것이며 아무도 보지 않았던 풍경을 존재시키는 것이기 때문이다.

시적 주체가 장소나 대상을 바라보는 시선의 '위치'는 언제나 관계나 환경에 영향을 받는다. 그러므로 사물이나 풍경을 보는 주체의 시선은 중립적이기 어렵다. 근대의 원근법적 풍경에서는 바라보는 자의 시선이 정한 소실점을 기준으로 풍경을 이루는 대상들의 의미가 정해진다. 즉 주체는 자기 의지적이며 대상과 거리를 둔 채 중심적이고 초월적인 주체가 된다.[7] 백석 시의 시적 주체 또한 자신을 기준으로 사물과 풍경을 바라보거나 응시[8]하게 되며, 이러한 시적 주체의 시선은 장소와 보는 위치에 따라 변하기 마련이다. 즉 장소의 안과 바깥의 위치에 따라 거리감과 함께 관조적 관점이 형성된다.

또한 시적 주체가 바라보는 대상은 현재와 같은 시간과 장소에 머물러 있을 수도 있지만 과거 혹은 미래의 기억 속에 존재하기도 한다. 이러한 근대적 장소를 대하는 시적 주체의 위치와 시선은 시인의 인식과 밀접하다. 이러한 장소에 따른 공통적인 시선은 그 자체로 시인의 시세계와 결부되어 있다고 할 수 있다. 그러므로 새로운 시선은 새로운 정체성의 생성을 의미하며, 시선의 이동과 변화는 근대 주체의 인식과 정체성의 변화로 이어진다.

백석은 1930년 일본 유학 이후 조선일보사 취직, 함흥영생고보 교편, 『여성』 편집 주간, 만주행 등. 고향의 유년 시절과 유학 이후는 주

---

7) 주은우, 『시각과 현대성』, 한나래, 2003, 19면.
8) 최정례는 백석의 시선이 관찰, 묘사의 기법에 주목하여 자신의 감정을 가능한 배제하려는 의도로 보았다. 또한 이러한 세심한 관찰과 냉정한 시선의 묘사 기법은 강한 자기 응시의 결과임을 밝혔다. (최정례, 「백석 시, 자기 응시로서의 관찰과 자아 탐색의 도정」, 『우리어문연구』 제20호, 우리어문연구회, 2003)

로 여행이나 이직과 이주로 이어졌다. 백석이 거주한 장소가 이동됨에 따라 그의 생각이나 시의 변화가 뒤따른다고 볼 때, 그의 근대적 장소의 체험은 시 의식을 형성하는 데 중요한 역할을 한다고 볼 수 있다. 즉 장소와 밀접하게 교감하는 가운데 획득된 정체성은 시적 주체가 처해 있는 심적 상태를 대변해 주는 것이며, 자신이 몸 담고 있는 장소에 대한 의미 부여는 자기 정체성을 확립하는 일이다. 그러므로 그의 시에서 근대적 장소가 가지는 의미가 무엇인지 그리고 그 장소에 따른 시선의 변화를 살피는 것은 시인의 시세계를 깊이 들여다보고 폭넓게 이해할 수 있는 중요한 근거가 될 것이다.

백석 시의 공간과 장소에 관련된 연구로 박태일[9]은 백석 시의 공간을 안의 내부 공간과 밖의 외부 공간이 조화하여 친족 간의 혈연적 신뢰를 통해 구축된 동심(同心)적 공간으로 보았다. 또한 역사와 과거에 대한 향수는 고향을 재발굴, 방어하려는 민족적 자아의 동일성 측면으로 해석했다. 이경수[10]는 백석의 기행시에 드러나는 주체가 인식하고 상상하는 특정 공간에 대한 지리적 인식 장소들이 구축하는 심상지리에 대해 비교적 자세히 살폈다. 또한 백석 시의 시선에 관한 연구로 장석원[11]은 백석 시에 드러나는 시선의 움직임에 주목하여 그의 시의 역동적 면모를 밝혔는데, 이러한 백석 시의 움직이는 시선은 과거와 현재를 넘나들며 단일한 폐쇄 공간의 확장을 이룩한다고 보았다. 남기혁[12]은 백석 시에 포착된 고향의 풍경과 그것을 바라보는 주체의 시

---

9) 박태일, 「백석 시의 공간 인식」, 『국어국문학』 제21집, 부산대학교 국어국문학과, 1983.
10) 이경수, 「백석의 기행시편에 나타난 장소의 심상지리」, 『민족문화연구』 제53호, 민족문화연구원, 2010.
11) 장석원, 「백석 시의 시선과 역동성」, 『한국시학연구』 제26호, 한국시학회, 2009. 12.
12) 남기혁, 「백석 시에 나타난 풍경과 시선, 그리고 여행의 의미」, 『우리말글』 제52호, 우리말글학회, 2011.

선, 나아가 이러한 시선에 개입하고 있는 현대적 시각 매체의 경험과 여행의 양상 등을 밝혔다. 그리고 백석 시의 심미적 모더니티는 이러한 풍경과 시선의 문제를 창작에 노출시켜 공동체적 질서와 피식민 주체의 자기 성찰 시선을 획득했다고 밝혔다.

또한 김미선[13]은 백석 시의 시선은 근대 초극으로써의 탈근대적인 면모를 지닌 동양의 산점투시적 시선이며, 이 기법으로 전통적인 정신 세계를 표출, 당대 지식인으로서의 쓸쓸함의 정서를 형상화하고 탈근 대적 시간 의식을 표현했다고 보았다. 지금까지 백석 시의 장소와 시선에 대한 연구는 논문 편수도 그렇지만 연구 방법 및 목적 등이 다양한 층위에서 시도되고 있다. 장소 및 시선에 관한 연구들은 백석 시의 이해를 확장하는데 큰 성과를 보였지만 장소를 정서의 배경이나 시간과 연계하여 도식적으로 밝히거나, 기행시의 특징으로만 다루며 거리 체험과 장소 상실 등에 주목하는 한계가 있었다. 또한 시선에 관한 연구로는 모더니티적 시선과 근대적 시선 등에 역점을 두었으며 특정한 장소를 통해 본 시선의 변화에 대한 연구는 미진한 편이었다.

이 글에서는 기존 연구를 기반으로 백석의 시에 드러나는 구체적인 장소가 어떤 정서와 이어지는지 살피며, 근대적 장소에 따른 시선의 변화를 고찰하는 데 목적이 있다. 현실의 장소나 기억을 통해 시에 재현한 장소는 그가 선택하고 배제한 장소이며 이 장소에서 드러나는 시선은 고유하면서 동시에 차별화된 시선이다. 주체는 당시 사회적 관계나 집단의 정체성 등에 영향을 받게 되며, 그런 맥락에서 백석 시에 나타나는 장소들 또한 개인의 자기 구원적인 사적인 시선과 사회적이고 국가적인 시선 등 보다 다양한 특징과 의미를 내포하고 있다. 따라

---

13) 김미선, 「백석 시의 시선연구」, 『어문연구』제80호, 어문연구학회, 2014.

서 그의 시에 나타난 장소를 공동체적 장소, 고립된 장소 그리고 역사적 장소[14]로 나누었다. 이것은 백석 시의 창작 양상을 통해 분류한 것인데, 우선 유년 시절의 친족들이 살던 마을과 장터 혹은 거리 등 많은 사람들이 오가는 공동체적 장소를 들 수 있다. 그리고 이직과 연애 후 현실에서 거리를 둔 고립된 장소와 만주 및 북방의 역사적 장소로 나눌 수 있는데, 이러한 근대적 장소 분류에서 드러나는 몇 가지 특징적 시선과 그 시선의 변화에 주목하였다.

1. 공동체적 장소와 근대 주체 시선의 확장

백석은 많은 시의 제목에 구체적인 장소와 지명을 언급하며 장소에 대한 의미를 부여하였다. 주지하듯 그는 평안북도 정주, 일본 동경, 서울, 함경남도 함흥, 서울, 만주의 신경과 안동, 신의주를 거쳐 정주로 이동했다. 백석 시에 드러나는 기행과 장소의 이동을 연도별로 정리하면, 통영(1935) → 일본 이즈 지방(1936)→ 남해안(1936) → 함경남도 함주(1937)→ 함경남도 산(1938) → 평안도 해안(1938)→ 중국 야오닝(1939)→ 평안북도와 황해북부(1939)→ 만주일대(1940)로 요약할 수 있다.

이를 표로 구체화하면 다음과 같다.

---

14) 슈뢰르는 공간과 장소에 대한 물음은 인간의 선험적 구성 틀에 대한 물음이며, 이러한 공간과 장소가 어떻게 인간의 본질에 속하는지에 대해 질문한다. 이러한 질문을 바탕으로 그동안 사회학에서 변두리로 밀려났던 공간의 개념을 재정립하고 이러한 공간을 정치적 공간, 사회적 공간, 가상적 공간 그리고 신체적 공간 등으로 분류한다. (마르쿠스 슈뢰르, 『공간, 장소, 경계』, 에코리브르, 2010)

〈표 1. 백석의 기행과 관련된 시들과 시의 장소〉15)

기행과 장소관련 시와 발표 연도	구체적 지명과 장소		발표지
「통영」(1935)	통영	바닷가	『조광』
「통영」(1936)	통영	항구	『사슴』
「이두국주가도」(1936)	일본 이즈 지방	바다	『시와 소설』
남행시초 연작(1936) 「창원도」, 「통영」, 「고성가도」, 「삼천포」	경상남도 남해안	거리나 장터	『조선일보』
함주시초 연작(1937) 「북관」, 「노루」, 「고사」, 「선우사」, 「산곡」	함경남도 함주	여인숙, 오래된 절, 방, 계곡	『조광』
산중음 연작(1938) 「산숙」, 「향악」, 「야반」, 「백화」	함경도 산	여인숙 산골집	『조광』
물닭의 소리 연작(1938) 「삼호」, 「물계리」, 「대산동」, 「남향」, 「야우소회」, 「꼴두기」	평안도 바다	바다	『조광』
「안동」(1939)	중국 야오닝 남동쪽 지방	거리	『조선일보』
「함남도안」(1939)	함경남도		『문장』
서행시초 연작(1939) 「구장로」, 「북신」, 「팔원」, 「월림장」	평안북도와 황해북부	장터, 거리, 정류장	『조선일보』
「북방에서」(1940), 「두보 이백같이」(1941), 「조당에서」(1941)	중국 동북부 지역(만주)	목욕탕, 거리, 집	『문장』

---

15) 이경수의 '백석의 이향 체험과 기행시편' (이경수, 「백석의 기행시편에 나타난 장소와
심상지리」, 『민족문화연구』53, 고려대학교 민족문화연구원, 2010, 367면)의 표와 비교
하자면, 이경수는 백석이 실제 거주했던 곳과 기행 시편을 나누어 작성하였다면, 본 글
에서는 시인이 거주했던 장소가 아니라 백석의 시 텍스트나 제목에 드러나는 구체적
지명과 장소를 작품 발표순으로 분류 정리하였다.

백석은 1936년부터 1939년의 기간 동안 「남행시초」(1936), 「함주시초」(1937), 「산중음」(1938), 「서행시초」(1939) 네 개의 연작시를 각각 발표하고 있다. 특정 지역을 대상으로 삼고 있는 이 연작시들은 주로 장터나 거리, 그리고 정류장 등 그 지역 사람들의 인상이나 생활 모습을 한눈에 볼 수 있는 대표적인 근대적 장소들이다. 우리가 낯선 지역의 지역색을 파악하기에 좋은 장소는 당연히 그들을 한 번에 파악할 수 있는 공동체적 장소를 탐문하는 것이겠지만, 이 같은 방식이 지속적으로 적용되고 있다는 점에서 공동체적 장소의 빈번한 등장은 백석 시의 한 특징으로 보아도 좋을 것이다. 또한 위 표에는 언급되지 않았지만 유년의 기억 속에서 찾을 수 있는 혈연 공동체와 마을 공동체적 장소 또한 이러한 예에 속하는 장소들이다.

공동체[16]와 장소의 관계는 상호 밀접하게 연결되어 있다. 즉 공동체가 장소의 정체성을 또는 장소가 공동체의 정체성을 강화하는데 이러한 장소와 공동체의 관계는 서로에 대한 가치와 믿음이 내재된 풍경과 그러한 풍경을 바라보는 시선에서 획득된다.

백석 시에서 빈번하게 등장하는 집과 마을은 대표적인 가족공동체의 장소이다. 특히 집은 가족공동체의 가장 원초적인 경험과 의식을 공유하는 장소로 볼 수 있는데, 주로 유년을 회상하는 시에서 살필 수 있다.

　밤이깊어가는집안엔 엄매는엄매들끼리 아르간에서들웃고 이야기
　하고 아이들은 아이들끼리 웃간한방을잡고 조아질하고 쌈방이굴리
　고 바리깨돌림하고 호박떼기하고 제비손이구손이하고 이렇게 화디

---

16) 공동체(community)는 동질성을 가진 집단으로 타인과 일체가 되어 협동적 관계를 맺고자 하는 심성적·정신적 현상을 가리키는 개념이다. 기본적으로 타자와의 관계원리에서 구성되는데 소통방식에 기초하여 성립된다고 볼 수 있다.

의사기방등에 심지를몇번이나독구고 홍게닭이몇번이나울어서 조름
이오면 아릇목싸움 자리싸움을하며 히드득거리다잠이든다. 그래서
는 문창에 텅납새의그림자가치는아츰 시누이동세들이 욱적하니 흥
성거리는 부엌으론 샛문틈으로 장지문틈으로 무이징게국을 끄리는
맛있는내음새가 올라오도록잔다

-「여우난곬族」 부분

  이것은 아득한 녯날 한가하고 즐겁든 세월로부터
  실같은 봄비속을 타는 듯한 녀름 볕속을 지나서 들쿠레한 구시월
갈바람속을 지나서
  대대로 나며 죽으며 죽으며 나며 하는 이 마을 사람들의 으젓한
마음을 지나서 텁텁한 꿈을 지나서
  집웅에 마당에 우물든덩에 함박눈이 푹푹 싸히는 여늬 하로밤
  아배앞에 그어린 아들앞에 아배앞에는 왕사발에 아들앞에는 새끼
사발에 그득히 살이워 오는 것이다.
  (중략)

  이 조용한 마을과 이 마을의 으젓한 사람들과 살틀하니 친한것은
무엇인가
  이 그지없이 古談하고 素朴한 것은 무엇인가

-「국수」 부분

  「여우난곬族」은 명절을 앞둔 혈연 공동체의 풍요롭고 즐거운 모습
을 유년의 시선으로 형상화한 작품이다. 이 시에는 여우난곬에 있는
큰집에서 명절을 보내기 위해 모인 친척들의 유쾌하고 들뜬 분위기가
생생하게 그려진다. 아무 보잘것 없고 힘없는 혈족들이 같은 장소에서
흥겹고 즐거운 시간을 공유하고 있다. 그들을 바라보는 시적 주체의

시선은 따뜻하고 정겹다. '집'은 모든 가난과 무지 그리고 어떠한 비극도 궁극적으로 무화시키고 다 같이 공존할 수 있는 화합의 장소이다. 또한 삶과 죽음의 생성과 소멸이 함께 하며 과거와 미래가 개방된 곳이다. 그렇기 때문에 모든 가난이나 설움 또한 극복되고 치유된다.「국수」에서는 마을 사람들끼리 모여 '고담하고 소박한' 국수를 먹는 모습이 그려진다. 여섯 번이나 등장하는 '마을'은 공동체적 장소로 이 시의 국수와 조화를 이룬다. 국수를 먹는다는 것은 마을에 반갑고 경사스런 일이 생겼음을 의미하고 그것을 공동체 사람들이 공유한다는 의미이다. 시간·계절 그리고 생사와 꿈같은 인간과 자연의 정념들을 '사발'이라는 공간에 집약시키고 있다. 사발에 그득히 '살이워' 있는 국수를 바라보는 시적 주체의 시선은 가시적인 혹은 비가시적인 대상들에게까지 확장되어 대대로 내려오는 삶의 이력들과 그것을 지켜온 공동체의 믿음 또한 놓치지 않고 있다.

> 당콩밥에 가지 냉국의 저녁을 먹고나서
> 바가지꽃 하이얀 지붕에 박각시 주락시 붕붕 날아오면
> 집은 안팎 문을 횡 하니 열젖기고
> 인간들은 모두 뒷등성으로 올라 멍석자리를 하고 바람을 쐬이는데
> 풀밭에는 어느새 하이얀 대림질감들이 한불 널리고
> 돌우래며 팟중이 산옆이 들썩하니 울어댄다.
> 이리하여 한울에 별이 잔콩 마당 같고
> 강낭콩에 이슬이 비 오듯 하는 밤이 된다.
> 　　　　　　　　　　　　　　－「박각시 오는 저녁」 전문

집과 대문의 개폐 여부는 살고 있는 사람들의 심리를 파악할 수 있는 풍경이다. 그렇다면 안팎 문이 '횡하니 열젖혀' 있는 집은 거주하는

사람들의 개방적이고 열린 시선을 의미한다. 이 시에서는 집을 나온 '인간'들이 모두 '뒷등성'으로 오르는 장소의 이동과 위로 상승하는 시선의 변화를 살필 수 있다. 풀밭과 하늘의 별 그리고 날아다니는 박각시를 따라 이동하는 이러한 동적인 시선은 무의식이나 자연스런 경험의 세계와 밀접한 관계를 지닌다. 이렇게 볼 때 집의 개방성은 인간과 인간의 관계에 대한 개방성이며 나아가 자연과 우주로 확장되는 시선의 개방성을 의미한다고 볼 수 있다. 평화롭고 화해로운 풍경 속의 시적 주체에게 인간과 자연, 자아와 타자 그리고 시간과 공간 사이의 모든 경계는 무의미함을 알 수 있다.

　장소와 사람과 시간과 행위는 서로 분리할 수 없이 하나로 연결되어 있다. 상호불가분의 이러한 관계는 합의되거나 대중화된 공동체적 장소에서도 드러난다. 이러한 근대적 대중 장소는 공적 정체성을 지니게 된다. 비교적 사람들이 많이 모였다 흩어지기를 반복하는 사회 공동체적 장소는 다양한 개인과 집단의 경험 그리고 시선들이 존재한다. 거리나 버스 정류장 그리고 장터가 등장하는 백석의 시에서는 거리를 걸으면서 풍경을 바라보는 시선이 대부분인데 이러한 모습에서 타자와 세계로 나아가는 확장된 시적 주체의 근대적 시선을 볼 수 있다.

　　거리는 장날이다
　　장날거리에 녕감들이 지나간다
　　녕감들은
　　말상을하였다 범상을하였다 쪽재비상을하였다
　　개발코를하였다 안장코를하였다 질병코를하였다
　　그코에 모두 학실을썼다
　　돌체돗보기다 대모체돗보기다 로이도돗보기다
　　녕감들은 유리창같은눈을 번득걸이며

> 투박한 北關말을 떠들어대며
> 쇠리쇠리한 저녁해속에
> 사나운 즘생같이들 살어졌다
>
> -「夕陽」 전문

근대 사회에서 장터는 경제구조의 가장 기본적인 장소이며 민중들의 상호작용이 이루어졌던 중요한 사회 공동체의 장소였다. 이러한 장터의 풍경을 바라보는 시적 주체의 시선은 비교적 객관적이며 대상과 타자의 발견으로 확산되어 현실에 대한 통찰적 시선으로 이어진다. 사물이나 풍경을 보는 시선17)은 기억과 지식의 문제와 밀접하게 관련이 있으며, 무엇을 볼 것인지의 선택의 문제와도 관련된다. 특히 시에서 풍경은 시적 주체의 시선이 닿는 시간이자 공간이다. 공동적 삶의 터전인 장터에서 토속적인 풍경과 인물을 자세히 묘사하는 시적 주체의 관찰적 시선은 타자와 지역색을 넘어 민족 공동체의 연대 의식으로 확장된다. 말상이거나 범상의 그들은 학질을 앓은 흔적이 있고 투박한 북관말로 떠들지만 오히려 그 모습에서 친밀한 동질감을 느낀다. 사납고 거친 노인들이 저녁노을 속으로 짐승처럼 사라지고 그들을 바라보는 주체 시선에는 절제된 감정이 스며있다. 이광호18)는 이렇게 감정의

---

17) 근대에 들어선 주체들의 시선 즉 근대적 시선은 모든 사람들이 자신의 눈에 비치는 것에 대해 성스러움이나 특권성을 자의시적으로 자유롭게 부여할 수 있는 시선이다. 즉 이 시선은 절대적 시선이 표현에 내재화됨과 동시에 모든 이질적인 시선, 개별적인 시선을 상대화·자립화한다. (이효덕, 『표상 공간의 근대』, 소명, 2002, 88면)

18) '풍경의 서사화'는 시선의 주체가 서술 주체와 연계되어 역동성을 얻게 되는데, 이것은 백석 시의 미학적 특이성의 한 출발점이 된다. 이를 통해 백석 시의 시선 주체는 풍경을 객관적으로 재현하는 순수한 관찰자적 입장이나 풍경에 주관적 감정을 동일화하는 관점 모두를 극복하고, 시선 주체가 풍경 속에 서사적 국면을 함께 드러내는 입체성을 얻게 되는 것이다. 그러므로 백석 시의 풍경은 정지된 시간 속의 풍경이 아니라, 그 속의 존재들이 움직이는 풍경이며, 그 안에서 사소한 사건들이 벌어짐으로써 극적인 시간성과 서사성을 획득하는 동적인 풍경이다. (이광호, 「백석 시의 서술 주체와 시선 주체」,

절제를 통해 구축된 풍경에 사소한 사건을 개입시킴으로써 시간의 진행이라는 서사적 국면을 획득하게 되는데 이러한 미학적 특이성을 '풍경의 서사화'라 정의했다. 즉 시적 주체는 이러한 근대 풍경을 통해 자신과의 정서적 동일성을 확인하며 과거에서 현재로 그리고 타자와 역사에 대한 시선을 확장시키고 있다.

이러한 모습은 「北新」에서 좀 더 자세히 살필 수 있다.

> 거리에서는 모밀내가 낫다.
> 부처를 위하는 정갈한 노친네의 내음새 가튼 모밀내가 났다
>
> 어쩐지 香山 부처님이 가까웁다는 거린데
> 국수집에서는 농짝가튼 도야지를 잡어걸고 국수에 치는 도야지고
> 기는 돗바늘가튼 털이 드믄드믄 백엿다
> 나는 이 털도 안뽑은 도야지 고기를 물구럼이 바라보며
> 또 털도 안 뽑는 고기를 시껌은 맨모밀국수에 언저서 한입에 꿀꺽
> 삼키는 사람들을 바라보며
> 나는 문득 가슴에 뜨끈한것을 느끼며
> 獸林王을 생각한다 廣開土大王을 생각한다.
>
> —「北新」 전문

낯선 장소에서 음식 냄새를 맡는다는 것은 그 냄새를 통해 그 지역의 생활 정서와 사람들의 체취를 느낀다는 것이다. 모밀내가 나는 북신이라는 장소에 시적 주체가 느끼는 정신적인 유대감은 그의 시선에서 확연하게 드러난다. 국숫집 앞에는 '농짝같은 도야지'가 걸려 있고, 아직 돗바늘 같은 굵은 털이 드믄드믄 박혀있는 '도야지고기'를 '물구

『어문론총』 제58호, 한국문학언어학회, 2013)

럼이' 바라보는 것에서 이방인의 시선을 느낄 수 있다. '물구럼이'[19]는 '물끄러미'의 뜻으로, 우두커니 한 곳을 오래 바라보거나 들여다본다는 뜻이다. 이 말은 시적 주체가 대상이나 풍경을 섣불리 판단하거나 이성적으로 규정하지 않고 있는 그대로 개방하여 긍정적으로 바라보겠다는 것이다. 털도 안 뽑힌 도야지고기를 맨모밀국수에 얹어서 '한입에 꿀꺽 삼키는 사람들'을 바라보며, 시적 주체는 정신적인 유대감과 함께 우리 민족의 원시적이고 건강한 삶의 모습을 생각한다.

백석이 낯선 공간을 익숙한 장소로 변화시킬 수 있는 것은 그의 특유의 회상을 통한 긍정적 인식 때문이다. 이것은 시인의 기억이 크게 의미를 두는 장소에서 무의식적으로 나타나는 현상이기도 하다. 따라서 백석이 거쳐 간 장소에 대한 '체험의 기록'은 그의 시적 내부 공간 안에 그대로 표현되어 있으며, 자신의 몸으로부터 거리를 두고 대상을 관망하는 시선을 취한다고 볼 수 있다.[20]

유년의 회상에서 드러나는 혈연 공동체의 장소는 대부분 집이나 마을이다. 이 장소들은 원초적인 공간으로서 가난과 슬픔뿐만 아니라 흥겹고 즐거운 시간들을 모두 공유할 수 있는 곳으로 삶과 죽음, 생성과 소멸이 공존하며 과거와 미래에 개방되어 있다. 또한 장터나 거리 그리고 버스 정류장 등의 사회 공동체적 장소들은 타자와 세계로 열려 있는 개방된 근대적 장소인데 시적 주체는 이러한 장소를 통해 타인

---

19) 백석의 장소나 기행에 관련된 전반적인 시편에서는 머뭇거리거나 서성거리는 시선이 강하게 드러난다. '물끄러미' 역시 그러한 의미의 부사인데 그것은 시대적 상황과 근대적 주체의 불안한 내면적 심리에서 비롯되었다고 추측해 볼 수 있다. 이러한 시선은 남행시초 연작의 장소에서도 자주 보이는 시선이다. 특히, '오다 가수내 들어가는 주막 앞에/ 문둥이 품바타령 듣다가'(「통영」), '빨갛고 노랗고/ 눈이 시울은 곱기도 한 건반밥'(「고성가도」)에서는 주막 앞에서 물끄러미 서서 품바타령을 듣거나 눈이 시울도록 고운 건반밥을 물끄러미 바라보고 있는 화자를 떠올릴 수 있다.

20) 김춘식, 「시적 표상공간의 장소성」, 『한국문학연구』 43집, 2012, 368면.

과 역사에 대한 시선을 넓혀나간다. 공동체적 장소에서 풍경과 일상을 보거나 그것을 상상을 통해 풀어내는 사유는 시인의 내적인 상황을 넘어서 타자와 현실에 대해 공감한다는 것이며, 시적 주체의 시선이 확장됨을 의미한다. 특히, 백석 시의 공동체적 장소에서 드러나는 시선으로 존재 자체를 있는 그대로 바라보려는 '물구럼이'의 특징을 들 수 있었다. 공동체적 장소에서 드러나는 회상 속의 유년의 시선과 현실의 풍경과 대상을 객관적으로 바라보는 시선은 모두 공동체라는 의식 속에 하나로 묶인다. 그러므로 백석의 공동체적 장소에서 볼 수 있는 이러한 시선은 타자와 세계를 향한 공감과 소통의 의미이며 이것은 확장된 시선으로 나아갈 수밖에 없는 것이다.

2. 고립된 장소와 자기 응시로서의 근대성

앞에서 살펴본 바와 같이 백석의 시에는 유년의 회상 속에 나타나는 혈연 공동체와 근대의 대중화된 사회 공동체적 장소가 있었다. 그러한 장소에서 드러나는 시적 주체의 시선은 단순히 자기 정체성(identity)에 머물지 않고 이웃과 사회에 대한 관심으로 확장되어 나타났다. 하지만 시대와 현실에 대한 단절과 소외감은 세계와 타자로 향했던 시선이 자신의 내면으로 향하게 되는데,[21] 이러한 의식의 변모는 그가 찾아갔거나 거쳐 간 장소와 관련지어 생각할 수 있다.

백석은 1936년 조선일보를 그만둔 후, 그해 4월 영생고보 영어교사

---

21) 자기로 향해가는 것, 자기로부터 시선을 떼지 않는 것 그래서 궁극적으로 자기에 도달하거나 되돌아가는 행위를 푸코는 '전향'이라 정의했다. 즉 타인을 응시했던 시선이 자기 자신에 대한 진지한 검토로 대체하고 자기 자신 즉 자신의 내면을 응시하는 것을 의미한다. (미셸 푸코, 『주체의 해석학』, 섬세광 역, 동문선, 2007, 254면)

로 이직한다. 「함주시초」의 연작은 그가 2년 후 조선일보사에 재입사
할 때까지 쓴 시인데, 이 시기 백석은 여러 가지 일로 정신적인 방황
과 좌절을 겪게 되고, 현실로부터 일정한 거리를 두고 자신의 시간을
갖게 된다. 이 시기에 그가 주로 거쳐했던 곳은 여인숙(「북관」), 오래된
절(「고사古寺」), 방(「선우사 膳友辭」), 산의 계곡(「산곡山谷」) 등 비교적 폐쇄
적이고 고립된 장소들인데, 현실에서 느끼는 회의와 실망 또한 이러한
장소의 선택과 관련 있다고 볼 수 있을 것이다.

> 낡은 나조반에 힌밥도 가재미도 나도나와앉어서
> 쓸쓸한 저녁을 맞는다
>
> 힌밥과 가재미와 나는
> 우리들은 그무슨이야기라도 다할것같다
> 우리들은 서로 믿없고 정답고 그리고 서로 좋구나
>
> 우리들은 맑은물밑 해정한 모래톱에서 하구긴날을 모래알만 헤이
> 며 잔뼈가 굵은탓이다
> 바람좋은 한벌판에서 물닭이소리를들으며 단이슬먹고 나이들은탓
> 이다
> 외따른 산골에서 소리개소리배우며 다람쥐동무하고 자라난탓이다
>
> 우리들은 모두 욕심이없어 히여졌다
> 착하디 착해서 세괏은 가시하나 손아귀하나 없다
> 너무 정갈해서 이렇게 파리했다
>
> 우리들은 가난해도 서럽지않다
> 우리들은 외로워할 까닭도없다

그리고 누구하나 부럽지도않다

힌밥과 가재미와 나는
우리들이 같이 있으면
세상같은건 밖에나도 좋을것같다

-「膳友辭」 전문

　　방은 시적 주체가 외부와 차단되어 온전히 자신의 정체성을 확인하
고 숙고할 수 있는 장소이다. 즉 외부와 차단된 장소의 내부적 상황이
시적 주체로 하여금 자신의 경험과 현실 상황에 대해 더 구체적인 의
미를 부여할 수 있게 한다. 즉 장소의 내부성은 장소를 인식하고 경험
하는 주체의 입장에서 그 내부적 상황의 영향을 받거나 감각적으로
교감한다고 볼 수 있다.[22] '선우(膳友)'[23]는 반찬 친구의 뜻으로 흰 밥
과 가재미를 의미한다. 빈 방에서 홀로 쓸쓸한 저녁을 맞는 시적 주체
의 시선은 나조반 위에 올라온 밥과 가재미를 향하고 있는데, 이러한

---

[22] 렐프는 장소의 본질을 '외부'와 구별되는 '내부'의 경험 속에 있다고 보았다. 즉 장소의
　　본질은 장소를 공간상에서 서로 분리시키고, 물리적 환경·인간 활동·의미로 이루어
　　진 독특한 체제로 규정지었다. 또한 어떤 장소의 안에 있다는 것은 거기에 소속된다는
　　것이고 그곳과 동일시된다는 것을 의미했다. 더욱 깊이 내부에 있게 될수록 장소와의
　　동일시, 즉 장소에 대한 정체성은 더욱 강해진다고 보았다. (에드워드 렐프, 김덕현외
　　옮김,『장소와 장소상실』』, 논형, 2008, 116면)
[23] 시의 제목 '선우(膳友)'의 해석이 다양하다. '膳'은 '반찬'과 '드리다'의 의미가 있기 때
　　문에 연구자들에 따라 '선우사'를 '반찬친구에 대한 글'로 보기도 하고, '친구에게 바치
　　는 글'로 풀이하기도 한다. 고형진 편『정본 백석 시집』과 최동호·김문주·김종훈 편
　　『백석문학전집 1·시』과 유종호의『다시 읽는 한국 시인-백석』에서는 '膳友'를 '반찬
　　친구'로 보고 있으나, 이숭원의『백석을 만나다』와 송준 편『백석 시 전집』에서는 '친
　　구에게 드리는 글'로 해석하고 있다. 특히 이숭원은 '膳'이 음식의 뜻으로 쓰일 때에는
　　어선魚膳, 두부선豆腐膳처럼 뒤에 오는 것이 일반적이기 때문에 '膳'을 반찬을 뜻한다고
　　보긴 어렵다고 보았다. 하지만 욕심 없이 소박한 동심의 세계와 이 시의 전체적인 분위
　　기로 보아 자신과 동일시하는 '흰밥'과 '가재미'를 '반찬친구'로 보는 것이 타당하다고
　　본다.

시선에서 시적 주체의 쓸쓸한 내면을 읽을 수 있다.

또한, 시적 주체의 자조적인 고백은 세상과의 단절에서 오는 내면의 우울함과 비관적인 마음을 좀 더 솔직하게 드러내는 형식이다. 하지만 이러한 모습은 시적 주체의 나약함을 드러내는 것일 수도 있지만, 자신의 현실을 응시하고 성찰함으로써 더욱 확고한 내면 형성의 기회가 되기도 한다. '나, 힌밥, 가재미'가 공통적으로 지니고 있는 흰색의 이미지는 백석 자신의 이미지와 겹쳐지는데, 그들은 모두 가난하고 약한 존재들이지만 다른 누구를 부러워하거나 시기하지 않는다. 이것은 자신의 운명을 그대로 받아들이려는 태도인데, '세상 같은 건 밖에 나도 좋을 것 같다'는 구절에서 그 의미가 더욱 분명하게 드러난다. 다소 격한 어조의 이 말 속에는 힘이 없어서 세상으로부터 밀려나는 것이 아니라 자신들의 순수성을 지키기 위한 능동적인 거부의 자세로 자존적 태도에 기인한 것으로 볼 수 있다.

> 굵이다한 산대밑에 작으마한 돌능와집이 한채있어서
> 이집 남길동닪 안주인은 겨울이면 집을내고
> 산을돌아 거리로날여간다는말을하는데
> 해발은 마당에는 꿀벌이 스무나믄 통있었다
>
> 낮기울은날을 해ㅅ볕 장글장글한 퇴ㅅ마루에 걸어앉어서
> 지난여름 도락구를타고 長津땅에가서 꿀을치고 돌아왔다는 이 벌들을 바라보며 나는 날이 어서 추워저서 쑥국화꽃도 시들고
> 이 바즈런한 백성들도 다 제집으로 들은뒤에 이곬안으로 올것을 생각하였다
>
> ―「山谷」 부분

이미 「膳友辭」에서 '세상 같은 건 밖에 나도 좋을 것 같다'고 했던 백석은 함주 산골짜기로 장소를 이동해 겨울을 조용히 지낼 집을 구하려 한다. 외부와 고립된 장소에서 시적 주체의 시선 속에 들어온 돌능와집과 툇마루 그리고 쑥국화꽃 등은 시적 주체의 은둔적인 마음 상태를 읽을 수 있는 대상들이다. '산곡'은 보통의 여행자들이 들어와 쉬거나 지나가기엔 다소 부적절한 장소이다. 시적 주체가 이러한 고립된 장소에서 한철을 지내고자 한다는 것에서 현실과 거리를 두고 있는 그의 불안과 소외의식을 느낄 수 있다. 백석은 「나와 나타샤와 흰 당나귀」에서도 흰 눈이 푹푹 쌓이는 겨울 '산골 마가리'에 가고 싶다는 소망을 드러냈다. 그런 점에서 '산곡'은 시적 주체의 심리적 내밀함을 상징하는 장소로 외부와 차단된 고립된 곳이지만 산골짜기 집은 시인에게는 자족적인 위안의 장소이다. 이런 장소에서는 삶에 대한 성찰과 동시에 외부로 향하는 시적 주체의 시선이 자신의 내면을 응시하고 있다는 것을 알 수 있다.

첨아끝에 明太를 말린다
明太는 꽁꽁 얼었다
明太는 길다랗고 파리한 물고긴데
꼬리에 길다란 고드름이 달렸다
해는 저물고 날은 다가고 볏은 서러웁게 차갑다
나도 길다랗고 파리한 明太다
門턱에 꽁꽁 얼어서
가슴에 길다란 고드름이 달렸다

-「멧새 소리」 전문

자신의 내면을 응시하는 시선은 이 시에서 더욱 고조되어 나타난다.

아무도 오지 않는 집 처마 끝에 달려 있는 명태를 응시하는 시적 주체의 시선이 꽁꽁 얼어있다. 추운 겨울 해는 저물고 인적 하나 없는 장소에서 시적 주체의 시선이 가 닿은 '명태'는 분명 자신일 것이고, '서러웁게 차가운' 심정 또한 현재 시적 주체의 마음 상태임을 알 수 있다. '가슴에 길다란 고드름'이 달려 문턱에 꽁꽁 얼어있는 대상을 향한 시적 주체의 시선에서 현실의 좌절과 고립감을 느낄 수 있다. 회의와 좌절로 피폐해지고 꽁꽁 언 마음은 육체 또한 꽁꽁 얼게 할 것이며, 이러한 시적 주체의 모습은 식민지 현실을 살아가야 하는 지식인의 개인적 숙명인지도 모른다. 하지만 다소 절제되고 냉정한 시선의 객관적 묘사들은 단절되고 소외된 자신의 현실을 그대로 받아들이려는 자발적인 인식에서 비롯되었다고 볼 수 있다. 즉 고립된 장소에서 대상을 응시하던 시적 주체의 시선이 자신을 응시하는 시선으로 이어지고 있는 것이다.

시인이 어떠한 공간을 시의 장소로 택한다는 것은 결국 장소에 시인의 의식 혹은 무의식이 작용되었다는 것이다. 그런 의미에서 볼 때 다소 고립되고 폐쇄된 장소들은 소통이 잘 이루어지지 않는 곳이며, 그 장소에 있는 시적 주체 역시 외부와의 단절적 관계에 있다고 볼 수 있다. 백석이 이러한 장소를 선택한 것에는 그 당시 자신의 삶과 관련이 깊으며, 그러한 장소의 분위기 또한 자신의 정체성과 성찰의 문제와 밀접하다. 하지만 고립적인 개인적 장소에서의 시적 주체의 시선은 단순히 풍경을 바라보는 시선에서 머물지 않고 자신의 내면을 응시한다. 이러한 자조적인 시선에서 보이는 시인의 '능동적 거부'는 세상에 대한 부정과 분노의 비판적인 시선이라기보다 오히려 그와 대척점에 놓인 더 근원적이고 존재론적인 성찰의 시선이다. 즉 타자와 관계에 대한 시선이 자아와 정체성의 문제로 이동되었음을 뜻한다. 백석은 어

떠한 경우에도 타자를 향한 비관적인 시선을 보이지 않았으며, 그 모
든 어려운 상황 속에서도 자기 자존적인 태도와 시선을 오롯이 지켰
던 것이다.

3. 역사적 장소와 회고적 시선으로서의 기억

만주라는 장소는 당시 '제국'의 경계 내에 위치해 있었지만 변방의
표상 공간[24]으로 제국주의와 식민지적 요소가 공존하는 곳이도 했다.
백석은 1939년 말 만주로 건너가[25] 측량 보조원, 측량서기, 소작인, 세
관원 등 여러 직업을 전전했던 것으로 알려져 있다. 만주국의 수도인
신징에서 국무원 경제부에 근무하다가 만주에서도 창씨개명의 압박이
행해지자 9월까지만 근무하고 그만두게 된다. 이러한 만주를 배경으
로 한 시편에서는 이상향에 대한 기대와 실향에서 오는 근대의 쓸쓸
한 이방인적 시선이 드러난다. 이러한 쓸쓸함과 우수에 찬 식민지의
디아스포라적 성격은 고향과 역사적 시원(始原)에 대한 회고적 시선으

24) '표상공간'이란 말에는 묘사하는 '공간'표현이나 경험되는 지각·인식 상의 '공간'은 물
론이고, 표상시스템을 구성하는 것들 간의 관계, 즉 위상수학에서 말하는 관계 개념으
로서의 '공간'에 변용에 생겨난다는 점도 함의되어 있다. (이효덕,『표상 공간의 근대』,
소명출판, 2007, 19면)

25) 백석이 만주로 건너가게 된 것은 1937년부터 동북으로 건너와 있었던 박팔양의 도움이
컸었던 것으로 짐작된다. 박팔양은 1937년부터 동북으로 건너와 '오족협화회'와『만선
일보』기자로 일하면서 여러 해 관록을 쌓고 있었다. '만인문화협회'는 만선일보 학예부
주최의 모임으로 백석도 이 모임에 가담했던 것으로 알려진다. 백석은 1940년 5월 9일
과 10일 만선일보에「슬픔과 진실」이라는 평문을 발표한다. 이 글 끝머리에 '필자 백석
군은 전조선일보기자로서 조선시단의 최첨단에 서 있는 시인. 현재는 신경에 거주하야
경제부에 근무중'이라 소개되었다. 이 글에서 백석은 박팔양에게서 '높은 이름'과 '높은
슬픔'을 읽어내고 있다고 썼지만 이러한 시선은 사실 백석 자신이 스스로 나아가고자
했던 삶이며 시의 세계였다는 것을 알 수 있다. (박태일,『한국 근대문학의 실증과 방법』,
소명출판, 2004, 73면-74면)

로 볼 수 있다. 즉 이것은 탈향과 귀향 그리고 역사의 회복에 대한 믿음이며 나아가 인류의 근원적 연대의식 등에 대한 내면화라 할 수 있다.

고향을 떠나지 않을 수 없었고 그렇기에 고향에 대한 끊임없는 기억과 유년의 회상은 디아스포라적인 시선과 더불어 그 상처를 극복하기 위한 방편이었을 것이다. 백석의 시는 유이민의 엄혹한 상황과 이국적이고 낯선 장소에서 자신과 식민의 현실을 인식하고 제시할 뿐 그것을 극복하려는 신념이나 의지를 드러내지 않고 있다. 이것은 백석 시의 시적 주체가 과거의 기억과 역사적 시원에 집착을 보이는 회상적 성격을 갖고 있기 때문으로 볼 수 있다. 즉 디아스포라적인 삶의 장소에서 보이는 시적 주체의 회상을 통한 역사적 시원과 과거의 평화로운 기억들은 자신을 지키기 위한 하나의 방편이었을 것이다.

만주 시편들에서는 옛 역사의 시원의 자취를 찾기도 하고 이방의 거리나 장소에서는 뿌리를 잃고 방황하는 식민지 근대 지식인의 내면이 드러난다. 「安東」은 1939년 9월 13일 ≪조선일보≫에 발표된 작품으로 백석이 그해 10월 21일 조선일보사를 그만두고 만주로 건너갔다면, 이 시는 그 이전에 그가 '안동'을 여행하며 보고 느꼈던 기억으로 썼다고 볼 수 있다.

異邦거리는
비오듯 안개가 나리는속에
안개가튼 비가 나리는속에

異邦거리는
콩기름 쪼리는 내음새속에
섭누에번디 삶는 내음새속에
異邦거리는

독기날 별으는 돌물네소리속에
되광대 켜는 되양금소리속에

손톱을 시펄하니 길우고 기나긴 창짜쯔를 즐즐 끌고시펏다
饅頭꼭깔 눌러쓰고 곰방대를 물고가고시펏다
이왕이면 좁내노픈 취향梨돌배 움퍽움퍽 씹으며 머리채 츠렁츠렁
발굽을차는 꾸냥과 가즈런히 雙馬車 몰아가고 싶었다.

-「安東」 전문

시적 주체의 시선은 그가 생각하는 의식의 흐름과 밀접한데, 이것은
무엇을 바라보느냐는 시선에 따라 장소의 의미와 목적이 달라진다는
의미로 볼 수 있다. 이 시의 장소인 비가 내리는 이국의 거리에서 시
적 주체가 바라본 시선들은 자신이 처해 있는 심적 상태를 대변해 준
다. 이국의 시적 주체는 자신이 경험하고 있는 낯선 세계가 지금까지
살아온 삶과는 거리가 있지만 그 세계의 풍습을 받아들이려는 노력
또한 아끼지 않고 있다. 즉 많은 장소적 체험을 가지고 있는 백석에게
만주26)는 근대의 이상적 공간에 대한 열망이자 희망을 상징하는 곳이
지만, 이상과 현실의 거리감에서 오는 공허감을 느낄 수밖에 없는 장
소이다.

나는 支那나라사람들과 가치 목욕을 한다
무슨 殷이며 商이며 越이며하는 나라사람들의 후손들과 가치

---

26) 노용무는 이 시에서 만주의 이방의 거리에 대한 형상화는 이국적인 풍경에 동화되지
못하는 시적 화자의 장소 소외감인 '무장소성'을 극명하게 드러내는 것이라고 보았다.
시적 화자는 만주의 거리에서 이방의 풍물을 접하지만 그 내부의 진정한 장소감을 획
득하지 못하고 실패하는데, 이것은 화자가 장소의 내부가 아닌 밖에 위치해 있기 때문
이며 때문에 친밀감이나 실존감을 느끼지 못한 것이라고 밝혔다. (노용무, 「백석 시와
토포필리아」, 『국어문학』 제56호, 국어문학회, 2014, 248면)

한물통안에 들어 목욕을 한다
서로 나라가 달은 사람인데
다들 쪽발가벗고 가치 물에 몸을 녹히고 있는것은
대대로 조상도 서로 모르고 말도 제각금 틀리고 먹고입는것도 모
도 달은데
이렇게 발가들벗고 한물에 몸을 씻는 것은
생각하면 쓸쓸한 일이다
이 딴나라사람들이 모두 니마들이 번번하니 넓고 눈은 컴컴하니
흐리고
그리고 길즛한 다리에 모두 민숭민숭 하니 다리털이 없는것이
이것이 나는 웨 작고 슬퍼지는 것일까

―「澡塘에서」 부분

오늘은 正月 보름이다
대보름 명절인데
나는 멀리 고향을 나서 남의나라 쓸쓸한 객고에 있는 신세로다
녯날 杜甫나 李白 같은 이나라의 詩人도
먼 타관에 나서 이 날을 맞은일이 있었을것이다
오늘 고향의 내집에 있는다면
새옷을 입고 새신도 신고 떡과 고기도 억병 먹고
일가친척들과 서로 뫃여 즐거이 웃음으로 지날것이연만
나는 오늘 때묻은 입듯옷에 마른물고기 한토막으로
혼자 외로히 앉어 이것저것 쓸쓸한 생각을하는것이다

―「杜甫나 李白같이」 부분

「澡塘에서」는 공중목욕탕이라는 근대적 장소에서 이국 사람들과 목
욕한 내용을 쓴 시이다. 다른 나라 사람들과 목욕을 하고 있는 시적
주체는 그 사람들에게 시선이 닿아있으며, 그 풍경 속에서 고향 사람

들과 조국의 현실을 떠올렸을 것이다. 조상도 다르고 언어나 의식주가 제각각인 사람들이 이 낯선 곳에서 발가벗고 물에 몸을 담그고 있는 모습에서 반가움과 동류의식을 갖게 되지만 이내 시적 주체가 느끼는 것은 외로움이다. 이러한 감정은 자신처럼 식민지의 고국과 고향을 떠난 그들에게서 느끼는 동질감이자 민족이나 나라의 경계를 지운 데서 오는 개방적 시선이라고 볼 수 있다.[27] 인생을 사랑할 줄 아는 소중한 마음을 '우러르고 싶다'는 표현에서 시적 주체는 만주라는 이국과 목욕탕이라는 근대적 장소에서 느끼는 복잡한 마음을 잘 승화시키고 있음을 알 수 있다.

「杜甫나 李白같이」에서도 가족과 고향을 떠나 타국에서 명절을 맞이하는 시적 주체의 쓸쓸함과 회고적 시선이 잘 드러나고 있다. 이국 땅에서 혼자 명절을 맞는 시적 주체는 옛 시인이었던 두보나 이백 같은 사람들도 자신과 같이 쓸쓸한 마음이었을 것이라고 회고한다. '넷투의 쓸쓸한 마음'은 그러한 자신의 감정에 대한 자조적이며 긍정적인 시선이다. 백석에게 옛날이나 옛것은 어떤 안도감과 그리움의 함의를 가지고 있으며 항시 긍정적인 것으로 수용된다.[28]

민족 위기의 시대였던 식민지 말기 당시 많은 지식인들은 일제와 권력에 유착하는 경향을 보이거나 황국신민화 정책에 동조하는 친일 행위를 보일 즈음, 백석은 그 중심에서 벗어나 유랑 생활을 함으로써 나름대로 저항에 임했던 것으로 보인다. 우리 민족의 삶의 터전이었고 역사적 시원이었던 만주는 한민족의 상징적 장소이다. 그는 과거와 현

---

27) 이 시에 대해 권혁웅은 백석의 후기시가 가진 슬픔과 외로움은 대개 이 시와 같은 방식으로 확산되어 궁극적인 연대에 이른다고 하였으며, 백석의 전기시가 풍속에 강조점을 두었다면 후기시는 사람들에 초점을 맞추었다고 보고 있다.(최동호 외, 『백석 시 읽기의 즐거움』, 서정시학, 2006, 303면)
28) 유종호, 『다시 읽는 한국 시인』, 문학동네, 2002, 289면.

재 그리고 미래를 같이 생각할 수 있는 디아스포라적인 장소 만주에
서 역사적 시원을 돌이켜 생각하며 회고적 시선을 보이고 있다.

> 아득한 넷날에 나는 떠났다
> 扶餘를 肅愼을 勃海를 女眞을 遼를 金을,
> 興安嶺을 陰山을 아무우르를 숭가리를,
> 범과 사슴과 너구리를 배반하고
> 송어와 메기와 개구리를 속이고 나는 떠났다.
>
> (중략)
> 그 동안 돌비는 깨어지고 많은 은금보화는 땅에 묻히고 가마귀도
> 긴 족보를 이루었는데
> 이리하야 또 한 아득한 새 넷날이 비롯하는때
> 이제는 참으로 익이지못할 슬픔과 시름에 쫓겨
> 나는 나의 넷 한울로 땅으로 — 나의 胎盤으로 돌아왔으나
>
> 이미 해는 늙고 달은 파리하고 바람은 미치고 보래구름만 혼자 넋
> 없이 떠도는데
>
> 아, 나의 조상은 형제는 일가친척은 정다운 이웃은 그리운것은 사
> 랑하는것은 우럴으는 것은 나의 자랑은 나의 힘은 없다 바람과 물과
> 세월과 같이 지나가고 없다
> -「北方에서- 鄭玄雄에게」 부분

만주 신경으로 건너간 뒤 처음 발표한 위 시는 자기 고백적 성격이
강하게 드러난다. 시적 주체가 열거한 나라의 이름들은 옛 고구려가
지배한 영토이며 우리 민족의 삶의 터전이며 근원이었던 곳이다. 이러

한 옛 장소의 부재는 시적 주체가 떠나온 곳이긴 하지만 돌아갈 수 없으며, 돌아갈 곳이 없음을 의미한다. 즉 그것은 이미 해체되어버린 민족과 역사에 대한 상실감이며 절망 혹은 절대고독의 세계를 이르는 것이도 하다. 이러한 기억 속에 존재하는 대상과 지명을 당시의 정황과 함께 구체적으로 서술하고 있는데, '나는 떠났다'의 반복에서 시적 주체의 유랑 생활과 근원적 고독을 엿볼 수 있다.

과거의 기억을 떠올리며 다시 돌아온 장소에는 시적 주체가 그리워하고 사랑하고 우러른 그 모든 것이 부재한다. 즉 잃어버린 시간[29]과 기억을 찾고자 하지만 유랑을 거쳐 다시 돌아온 곳은 부끄러운 기억만 남은 상실의 장소이다. 시적 주체의 시선이 닿은 장소에서 느끼는 상실감과 허무함은 현실이고 이것은 일제 식민 당시 우리 민족에게는 전반적인 공통된 상황이었다. 이 시가 발표되었던 1940년대는 일제 식민지 말기이므로, 고향과 태반(胎盤)회귀[30]에 대한 그리움이 더 짙은 시기에 해당된다. 그러므로 '혼자 넋없이 떠도는' 보래구름에게 닿은 시적 주체의 시선에는 식민지 상황에 무력하게 대응할 수밖에 없는 자신에 대한 모멸의 시선과 역사의 근원에 대한 믿음의 시선이 미묘하게 교차하고 있다.

백석은 이 시에서 '돌비'와 '달' 그리고 '보래구름'의 대상에게 시선

---

29) 백석은 「죠이쓰와 愛蘭文學」이라는 글을 번역하였는데, 이 글에서 그는 제임스 조이스와 함께 '푸르스트'를 언급하고 있는 것으로 보아 그가 푸르스트의 영향을 받았을 것으로 보인다. (김문주·이상숙·최동호 엮음, 『백석문학 전집 2』, 서정시학, 2012, 233면)
30) 강연호는 이 시를 떠나과 떠돎, 그리고 돌아옴의 과정을 보여주고 있는 작품이며 성장과 탐색 그리고 성찰이라는 신화적 일대기와 잘 대응하는 구조를 가지고 있다고 보았다. (강연호, 「뿌리 뽑힌 자아의 발견과 성찰」, 『시와 정신』, 2003년 가을호, 197면) 곽효환은 북방이 일제 강점기 후반 한반도 전역에 걸쳐 일어난 유이민(流移民)의 비극적인 상황과 실상이 가장 대규모로 뚜렷하게 일어난 현장이기도 하고 동시에 일제 식민지 치하의 암흑적인 삶 속의 이상적인 공간으로서의 특징을 가지고 있다고 언급했다. (곽효환, 『한국 근대시의 북방의식』, 서정시학, 2008, 20~21면)

이 이동되면서 과거의 기억을 현재의 시공간으로 소환해 과거의 단절과 소외된 현실 인식을 공유하고 있다. 그런 의미에서 '북방'은 신화적 상상의 장소이자 우리 역사의 시원이 부재하는 공간이라고 볼 수 있다. 그가 북방에서 깊은 슬픔에 잠기는 것은 신화의 세계로 도피하려는 것이 아니라, 언젠가는 다시 돌아갈 고향과 지난날 광활했던 역사에 대한 회고적 시선 때문이다. 하지만 만주에서의 또 다른 시 「수박씨, 호박씨」나 「歸農」 등의 작품에서는 백석의 시선이 민족적이며 혈연적인 시선을 넘어 보다 근원적이고 보편적인 시선으로 확장되는 것을 살필 수 있다.

민족과 국가 상실이라는 차원에서 볼 때 백석의 만주 여정이 도피적 이동이라고 해석하기 쉽지만 오히려 식민지 제국주의에 대한 반대와 민족적 기원에 대한 애착에서 비롯되었고 할 수 있다. 그러므로 만주라는 장소에서는 자아와 타자와의 동질성의 부재, 새로운 세계에 대한 무한한 동경, 역사적 시원에 대한 믿음 등의 시선이 서로 겹쳐 나타난다. 이러한 시선들은 무엇보다 우리 민족에게는 디아스포라적 상상의 장소였던 만주에서 느낄 수밖에 없는 상실과 그리움에서 비롯되었다고 추측할 수 있을 것이다. 나아가 시적 주체의 역사와 고향에 대한 회고적 시선은 언젠가는 그것이 회복될 것이라는 믿음 또한 내재되어 있다.

식민지 시대의 백석의 시 속에 등장하는 근대적 장소는 그가 선택하고 배제한 장소이며 이러한 장소에는 시인의 고유하면서 차별화되는 주체 시선이 존재한다. 유학과 여행, 이직, 이주로 이어진 백석의 근대적 장소는 그의 이동과 밀접한데 이러한 시선은 백석의 정체성과 시의식을 대변하는 것이라 볼 수 있다. 즉 근대적 장소와 공간에 따른 시선은 대상과 밀접한 관계를 맺으며 시점(視點)에 따른 주체의 감각이나 시의식과 연결된다는 점에서 그 시인의 근대 인식을 살피는 일과 일맥상통하다고 볼 수 있다.

백석 시의 공동체적 장소, 고립된 장소 그리고 역사적 장소에서의 주체 시선에는 식민 근대의 정체성과 자아 성찰의 모습이 두드러지게 나타나고 있다. 즉 공동체적 장소에서는 타자와 소통하려는 시선의 확장성이 폐쇄적이고 고립된 장소에서는 근원적이고 존재론적인 자기 응시의 시선, 만주라는 변방의 장소에서는 디아스포라적 근대 주체의 복합적인 시선이 그대로 드러나 있다. 이러한 맥락에서 백석 시에 드러나는 장소에 따른 시선의 변화는 백석의 현실 인식과 시의식 고찰에 유효한 접근이 된다고 할 수 있다.

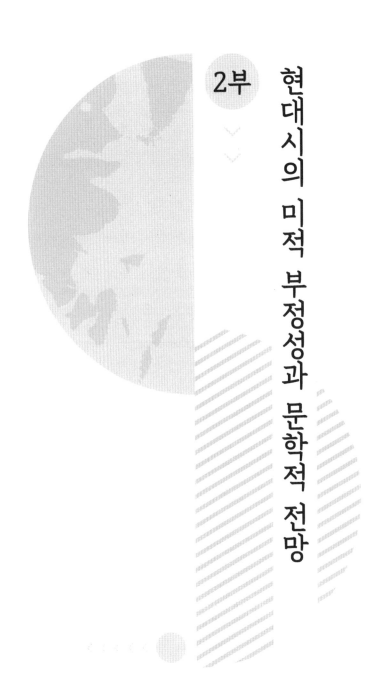

2부

현대시의 미적 부정성과 문학적 전망

제1장

새로운 현실의 탐색과 미적 부정성에 대한 인식

1. 1960년대라는 시대적 배경과 문단의 현실

　모든 시대의 문학은 그 사회를 반영하고 그 사회 또한 문학을 모방해왔다. 이러한 당대의 현실과 문학은 매우 밀접하게 연관되어 있다. 그런 점에서 1960년대 시의 특성을 연구한다는 것은 기본적으로 이 시기가 그 이전 시대와 구별되는 지점이 있다는 것을 전제로 한다. 그 것은 한 시대의 정치·사회적인 측면뿐 아니라 삶의 모든 영역과 관련된 것으로 당시의 시대 정신과 맞닿아 있다는 것을 암묵적으로 제시하는 것이기도 하다. 1960년대 한국 사회는 전쟁의 상흔과 전후 복구의 노력 속에 있었으며, 자유민주주의의 가능성을 열어준 4·19[1]는

---

1) 4·19 혁명에 대해 김현은 전쟁의 피해 의식에서 벗어나지 못하고 있던 한국 사회에서 자유와 권리에 대한 자기 각성과 사회적 현실에 대한 비판적인 인식을 가능하게 했다고 보았다. 무엇보다 그는 4·19가 자유민주주의에 대한 열망과 부정부패에 대한 단호한 비판을 동시에 내포하며 정치·사회적인 측면뿐만 아니라 삶의 모든 영역에서 중대한 정신사적인 전환점을 이루었다고 보았다. (김현, 『현대한국문학의 이론』, 민음사, 2003, 261면)

정치적인 변혁을 이루지는 못했지만 이후 민주화 운동의 '기원'적인
역할을 했다는 점에서 정신사적 차원의 '혁명'으로 자리매김하였다.
하지만 이러한 민주주의의 가능성은 5·16 쿠데타로 좌절되었고, 군
사 정권 아래 진행된 급속한 경제성장과 산업화는 1960년대를 불안하
면서도 다변적인 시대로 만들었다.[2] 공업 중심의 수출과 경제개발은
이농 현상과 더불어 도시인구의 급증을 불렀고 이는 대도시의 빈민을
양산하는 등 급속한 도시화에 따른 대중문화의 저변이 확대되었다. 그
러나 근대화의 기획이란 명목으로 강화된 검열이나 국가의 억압 체제
는 국민들로 하여금 국가에 대한 불신과 비판의식을 자극하였으며, 민
족 민중에 대한 인식을 심화 확대시켰다. 이러한 시대의 부정성이 개
인들의 내면에 깊이 침투되면서 자신들이 직면한 시대와 역사를 반성
적으로 사유할 수 있는 주체가 등장했는데, 이들은 자기 세계에 대한
욕망과 현실에 대한 비판 의지를 부각시키기 시작하였다.

　한편 1960년대 문학은 한국전쟁의 경험을 객관적인 시각에서 바라
보게 되었다. 특히 이 시대를 주도하게 된 작가들에게 유년의 전쟁은
'원체험'으로 각인되었으며 이것이 간접화나 내면화 방식으로 문학에

---

2) 『1960년을 묻다』에서는 1960년대를 되짚어보며 여전히 많은 의미와 문제가 남아있는
　시대임을 밝히며, '좋은 전설'인 동시에 '어두운 망령'으로 기억되는 이 시기 문화정치와
　지성사를 재구성한다. 4·19 이후 5·16쿠데타에 이르는 1년여 사이의 혼란을 '혁신의
　과잉'으로 인한 혼란인 동시에 '혁신의 과소'로 인한 혼란이라고 밝힌다.(42) 또한 말을
　빼앗겨 말을 할 수 없는 자, 침묵을 강요당한 최하층에 있는 자, 자기 언어를 갖지 못한
　자를 서벌턴(subaltern)이라 하듯, 이 시기 분단과 냉전 체제는 다수의 '정치적 서발턴'을
　만들어 스스로 침묵하거나 말을 빼앗긴 혹은 '말 못하는 지식인'을 만들어냈다는 것이
　다.(116-117) 그리고 간첩 조작 사건이었던 동백림 관련자들 315명 중 65명은 기소되거
　나 심한 고문을 당했다. 이 중에는 시인 천상병이나 음악가 윤이상, 화가 이응로가 그
　대표적 피해자들이다. 천상병은 그때 받은 고문으로 정신이 이상해졌고, 윤이상은 평생
　고국으로 돌아오지 못했다.(123) 1960년대에 남한은 미국의 전략에 따라 식민종주국이
　던 일본과 국교를 재개해야 했고, '자유세계'를 지킨다는 명분으로 월남 파병을 강행해
　야했다.(306) (권보드래, 천정환, 『1960을 묻다』, 천년의 상상, 2012)

반영되었다. 또한 군사 정권에 대한 저항은 1960년대 중반부터 많은 변화를 가져온 작가들의 창작 태도에도 그대로 드러났다. 이러한 변화는 사회 변혁에 대한 문학인의 고민과 대응이 본격화된 것이라 볼 수 있다. 무엇보다 근대화에 따른 국가적 차원의 문예 정책이라는 명목으로 국가 권력이 문단에까지 개입하게 되었다. 이와 같은 여러 가지 시대적 상황에도 불구하고 이 시기는 어느 때보다 많은 시인이 대거 등단하였고 왕성한 시 창작 활동들을 전개하였다. 특히, 동인지 전성시대라 불릴 만큼 다양한 시 전문지들이 앞 시대로부터 계승되거나 새롭게 창간되면서 시의 양적 풍성함뿐만 아니라 이념적 다양성까지 확보하는 계기가 되었다. 이 같은 동인지의 활성화는 이 시기 시인들의 문학적 이념이나 창작에 따른 미의식이 증가되었기 때문이며, 나아가 스스로의 위상을 정립하고 문학의 저변을 확대하기 위함이었다.[3]

　이러한 문단의 변화 속에서 1960년대 시문학은 몇 갈래의 특징적인 흐름을 형성하게 되었다. 첫째, 4·19를 전면으로 수용하면서 군부 정치나 사회에 대항하는 비판과 저항으로서의 참여 계열의 시들이다. 대

---

3) 장만호는 1960년대 동인지 발간이 증가한 이유로 1950년대부터 지속된 발표 지면의 한계와 축소, 잡지들의 작품 게재 방식에 대한 불만, 신인들의 불안감과 포부 그리고 정치 사회적 변화에 따른 문단 변화의 갈망 등을 들었다. 또한 60년대 창간된 동인지는 『60년대사화집』(61년 9월), 『현대시』(62년 6월), 『돌과 사랑』(63년 1월), 『신춘시』(63년 4월), 『시단』(63년 5월), 『시예술』(63년 6월), 『포물선』(64년 3월), 『여류시』(64년 9월), 『시향』(65년 7월), 『시혼』(66년 10월), 『시와 시론』(58년 4월 창간, 66년 11월 속간), 『교단시(教壇詩)』(67년 5월), 『사계』(67년)등 다수의 동인지가 발간되었으며, 노고수의 연구를 인용하며 1960년부터 1969년까지 발행된 동인지 수는 176종에 달한다고 보고 있다. (장만호, 「1960년대의 동인지와 육십년대사화집의 의의」, 『우리문학연구』 48, 우리문학회, 2015, 380–381면 참조)
이봉범은 1960년대 등단제도의 내적 역학과 그것이 당대 문단 및 문학과 밀접한 관계를 맺고 있음에 주목하였다. 그는 동인지 전성과 세대(교체)론이 등단제도의 활성화에 의해 촉발되었으며 그것이 지속적으로 문단·문학 질서의 변동을 초래한 원인으로 작용했다고 밝혔다. (이봉범, 「1960년대 등단제도의 문단적, 문학적 의의와 영향」, 『비교어문연구』 37, 비교어문학회, 2014, 465면 참조)

표적으로 김수영과 신동엽의 시가 있는데, 김수영은 4·19를 기점으로 현실과 치열한 대결 정신을 보이며, 자신의 소시민적인 생활을 고발하거나 풍자한다. 신동엽 또한 4·19를 동학운동이나 원시 공동체에 구현된 민중 정신과 연결시키고, 부정적인 현실을 극복하는 힘을 역사에서 찾았다. 1960년대 후반의 이성부, 김지하, 조태일 등의 시는 이후 1970년대 민중시의 기반을 형성하게 된다. 둘째, 시의 서정과 원형으로서의 생명에 대한 탐구를 추구하는 서정시들이다. 유치환, 서정주, 조지훈, 박목월, 박두진, 김현승 등이 이러한 시세계를 추구하였고 이미 전후 시기부터 주목되는 작품을 발표하고 있었던 김종삼과 천상병도 이에 속한다. 이러한 서정은 구체적인 일상으로까지 그 영역과 감각을 확대하며 범위를 넓혔다. 셋째, 예술로서의 시에 대한 언어 실험 시나 주지적인 부류의 시들이다. 이들은 참여를 강조하는 시인들과는 다른 측면에서 현실에 대한 시적 가능성을 시도하였다.4) 즉 사회와 현실로 나아가지 못하는 시적 충동이 내적 자의식으로 향하게 됨으로써 언어와 내면의식의 탐구에 몰두하였던 것이다. 이승훈의 비대상의 시나 문덕수의 조형적인 이미지들의 시 그리고 전봉건의 환상시 등이 있다. 이 외에도 김춘수, 정진규, 오탁번, 오세영, 정현종, 오규원의 시가 있으며 주로 <현대시>동인들이 주축이 되었다.

이 시기는 이러한 복잡한 문단의 상황 속에서 다양한 문학 논쟁들 또한 치열했다. 특히 4·19를 겪으면서 시단에 제기된 시인의 현실참여 문제로 '순수/참여논쟁'은 문학과 이데올로기의 관계나 시인의 사회 참여의 당위성 때문에 논쟁의 주요 쟁점으로 부각되었다. 현대시사에서도 모더니즘과 리얼리즘의 구도가 명확했고, 난해시를 둘러싼 논

---

4) 문혜원, 『한국 현대시문학사』, 소명출판사, 2005, 238면.

쟁 또한 문학의 현실 참여 문제와 연관되면서 전 시대와 비교해 더 열
띤 논쟁으로 이어졌다.5) 1960년대 중반까지 제기된 난해시에 대한 문
제는 새로운 시대를 표현하기 위해서는 새로운 언어와 시 형식의 모
색이 필요하다는 입장과 현실에 대한 진지한 탐색이나 성찰이 전제되
지 않은 난해시는 비판되어야 한다는 등 시의 사회적 효용성의 문제
가 거듭 제기되었지만6) 새로운 탐색이나 대안으로 더 구체화되지는
못했다.

　이처럼 1960년대 많은 문학의 사조와 담론들은 치열한 대결 정신을
보였지만 한편으로는 자신들의 주장에 대한 반성이나 우려를 드러내
기도 했다. 당시 문단에서 순수 모더니즘의 역사 인식 부족을 지속적
으로 문제 삼아오자 김치수7)는 美의 모랄과 기법 등 다양성을 갖춘
현대문학은 그 자체로 이미 현실에 대한 '반항'의 일면을 담고 있으며

5) 난해시에 대한 문제점을 본격적으로 다룬 것은 김우종의 평론에서이다. 그의 평론에서는
　장르의 특성상 비유나 초월적 세계의 추구를 시의 본질로 하는 난해시와 당시 문제가 되
　고 있는 현대의 난해시를 구분하였다. (김우종, 「난해시의 본질」, 『현대문학』, 1957. 9월
　호) 이 밖에도 이 시기 난해시에 대해서는 다음과 같은 논의들이 있다.
　정태용, 「한국시의 반성 : 난해성과 새로운 시」, 『현대문학』, 1960. 1.
　신석정, 「한국의 현대시 : 그 난해성에 대한 소고」, 『자유문학』, 1960. 5.
　박철희, 「현대시의 바벨탑 : 난해성에 대하여」, 『자유문학』, 1961. 8.
　박태진, 「난해성에 대한 최종 시비」, 『사상계』, 1961. 1.
　장만영, 「한국 현대시의 새진단」, 『현대문학』, 1964. 10.
　김종문, 「현대시의 난해성」, 『문학춘추』, 1965. 11.
6) 이후 1967년 임헌영이 「시의 난해성 : 오늘의 한국시」에서 현대시의 본질적인 난해성을
　강조하며, 사이비 난해성의 제거와 함께 난해시 논쟁이 다시 일어났다. (임헌영, 「시의
　난해성: 오늘의 한국시」, 『사상계』 1967년 7월호) 또한 정진규는 김준수, 김구용, 전봉건
　의 시를 애매함의 경향으로 김수영의 시를 정직함의 경향으로 분류하였으며, 몇몇 젊은
　시인들의 작품에서 보이는 애매함 속에 담긴 가짜시의 특징들을 비판하였다. (정진규, 「시
　의 애매성에 대하여」, 『시인』, 1969. 9월호). 정진규의 비판의 주 대상이었던 이승훈은
　현대시가 애매할 수밖에 없는 이유와 의미에 대해 언어가 유동하기 때문이라고 밝혔으
　며 이러한 논쟁은 1970년대 초반까지 이어졌다. (이승훈, 「浮動하는 언어의 의미 : 60년
　대 시의 입장」, 『월간문학』, 1969. 9월호)
7) 김치수, 「작가와 반항의 한계」, 『사상계』, 1968, 187면.

진정한 참여 문학은 이러한 미학성을 갖춘 문학이고 아울러 한국은 문학의 자율성과 문화의 다양성이 인정되어야 한다는 견해를 보였다. 염무웅8)은 한 개인의 생활을 사진을 찍듯 재생시키는 것이 리얼리즘이 아니듯 시대의 이데올로기로만 현대의 '리얼리즘'을 한정 지으면 그 개념이 축소된다고 보았는데, 이는 리얼리즘이나 참여에 대한 자신들 스스로의 한계나 경계를 드러낸 지적이었다.

그동안 1960년대 시에 대한 논의들은 대부분 4·19나 5·16이라는 자장 안에서 이루어졌다. 이 두 사건의 지평 위에서 모더니즘과 리얼리즘,9) 순수와 참여10)라는 이분법적 시각이 전개되었으며, '자유'와 '민주' 혹은 '개인'이나 '소시민'과 같은 성찰적이고 내재적 관점의 문

---

8) 염무웅, 「풍속소설은 가능한가-현대소설의 여건과 리얼리즘」, 『세대』, 1965년 9월.

9) 1960년대 모더니즘이나 리얼리즘과 관련된 연구는 다음과 같다.

이기성,「1960년대 시와 근대적 주체의 두 양상」, 『1960년대 문학연구』, 깊은샘, 1998; 정문선, 「한국 모더니즘 시 화자의 시각체제 연구」, 서강대학교 박사학위논문, 2003; 서진영, 「1960년대 모더니즘 시의 공간의식 연구」, 서울대학교 박사학위논문, 2005; 전현영, 「1960년대 모더니즘과 현대시 동인 연구」, 건국대학교 석사학위논문, 2005; 하상일, 「1960년대 현실주의 문학비평 연구 : 『한양』, 『청맥』, 『창작과 비평』, 『상황』을 중심으로」, 부산대학교 박사학위논문, 2005; 이재훈, 「한국 현대시의 허무의식 연구」, 중앙대학교 박사학위논문, 2007; 김지선, 「한국 모더니즘시의 서술기법과 주체 인식 연구」, 한양대학교 박사학위논문, 2008; 강계숙, 「1960년대 한국시에 나타난 윤리적 주체의 형상과 시적 이념: 김수영·김춘수·신동엽의 시를 중심으로」, 연세대학교 박사학위논문, 2008; 유창민, 「1960년대 신진시인의 세대의식 연구-황동규, 마종기, 정현종을 중심으로」, 건국대학교 박사학위논문, 2013.

10) 1960년대 순수/참여에 관해서는 아래와 같은 논의들이 있다.

조남현, 「순수·참여논쟁」, 『한국근현대 문학 연구 입문』, 한길문학 편집위원회편, 한길사, 1990; 전승주, 「1960년대 순수-참여 논쟁의 전개 과정과 그 문학사적 의미」, 『한국현대비평가연구』, 강, 1996; 홍성식, 「전후 순수-참여 문학론 연구」, 『한국문예비평연구』 2, 1998; 채상우, 「1960년대의 순수/참여문학논쟁 연구 - 김수영/이어령 간의 불온시논쟁을 중심으로)」, 동국대학교 석사학위논문, 1999; 김은송, 「1960년대 순수·참여 논쟁에 대한 고찰」, 『우리말글학회』 28, 한국말글학회, 2011; 강웅식, 「전체주의적 반공주의와 순수·참여 논쟁 : 이어령과 김수영의 <불온시>논쟁을 중심으로」, 『상허학보』 15, 상허학회, 2005.

제들이 제기되었다. 이것은 4·19가 정치를 비롯한 모든 측면에서 하나의 전환점이 되었고, 시대정신으로 자리매김되면서 무비판적으로 반복 수용되고 있었다는 것을 말한다. 또한 모더니즘 시는 곧 '순수시' 혹은 '현실도피 시'라거나 '현실 참여적' 시들이 '시대적 양심'을 드러낸다는 등의 이분법적 사고를 무의식적으로 연구에 적용하거나 일정 부분 기존 연구의 반복·비교 차원에 머물러 있었다는 것을 의미한다.

　이상으로 살핀 1960년대 기존 시문학사와 연구에는 여전히 재고되어야 할 문제점이 드러난다. 한 시인의 시가 특정 사조나 획일화된 분류의 기준에 들지 않는 경우도 있고 상황에 따라서 두 가지 이상의 기준이 애매하게 겹친다는 것이다. 무엇보다 1960대 문학의 검열 강화는[11] 문학이 정치적인 변화와 직결될 수밖에 없는 상황을 만들었다. 이들은 이런 상황에 맞서 어떤 식으로든 치열한 창작으로 자신의 시 세계를 구축할 수밖에 없었을 것이다. 하지만 기존의 분류로는 그 대

---

11) 1960년대 문학을 비롯한 문화 전반의 주요 검열과 관련된 사건은 다음과 같다.
　　1961년 『민족일보』 필화, 영화 『오발탄』(감독, 유현목)
　　1962년 「국문투표는 결코 만능이 아니다」, 『동아일보』(1962. 7. 28)/ 『한국일보』 필화 (1962. 11.28)/ 박계주, 「여수(旅愁)」, 『동아일보』(1961. 11.27 중단)
　　1963년 정공채, 「미8군의 차」, 『현대문학』 9권 12호.
　　1964년 「난국타개 이것부터, 정내각에 바라는 2백자 민성」, 『경향신문』(1964. 5.12)/ 동아방송 「앵무새」/ 박용구, 「계룡산」, 『경향신문』/ 황용주, 「강력한 통일정부에의 의지」, 『세대』(1964년 11월호)/ 리영희, 「남북한 동시 가입 제안 준비」, 『조선일보』(1964. 11. 21)
　　1965년 방송극 「송아지」, 대전방송국 (1964. 11. 20)/ 구상, 「수치」(희곡), 『자유문학』 (1963년 2월호)/ 영화 『7인의 여포로』(감독 이만희, 1965)/ 유현목, 「은막의 자유」, 세계문화자유회의 세미나 (1965. 3. 25)/ 남정현, 「분지」, 『현대문학』(1965년 3월호)
　　1967년 영화 「춘몽」(감독 유현목)
　　1968년 『신동아』 필화 (1968년 10월호 및 12월호)
　　1969년 염재만, 『반노(叛奴)』/ 박승훈, 『영년구명과 뱀의 대화』와 『서울의 밤』
　　1970년 김지하, 「오적」, 『사상계』(1970년 5월)
　　(임유경, 「1960년대 '불온'의 문화 정치와 문학의 불화」, 연세대학교 박사학위논문, 2014, 123-124면 참조)

응 방법을 순수/참여의 이분법으로 설명하는 경향이 크다는 것이다. 이런 시각은 인간의 감성이나 이성의 이분법을 전제로 미적 참여를 고려하지 못한 해석이라 볼 수 있다. 심지어 김수영조차도 오랫동안 모더니즘 혹은 참여 시인으로만 분류되거나, 김종삼 또한 낭만주의 혹은 전통 서정 시인으로 평가되었다. 이처럼 시의 이분법적 구도나 치열한 문학 논쟁에 따른 구획 나누기는 기존의 문학사적 평가를 되풀이하거나 세 시인을 비롯한 당대 작가들의 섬세한 의도를 놓치고 있었다는 것이다. 때문에 개별 시인의 다층성을 한정하거나 리얼리즘/모더니즘의 이분법의 한계를 벗어나지 못하고 있다. 순수성과 예술적 가치 그리고 사회적 태도와 책임을 강조하는 이러한 모더니즘과 리얼리즘 혹은 순수/참여가 모두 시대 상황에 따른 위기의식이나 혼란과 관계된다면, 이들의 현실 대응을 규명하기 위해서는 새로운 시각과 그에 따른 방법이 요구된다.

기존 문학사에서 4·19를 정신적 기원이자 거점으로 삼으며, 혼란과 모호함의 시기 혹은 1970년대를 향한 '과정'의 시기로 규정하고 있는 이 시기를 재조명하기 위해서는 이분법적 규정에서 벗어나 1960년대의 사회적 현실과 시인의 내면을 경계 지우지 않으면서 두 영역을 횡단하는 새로운 질문법이 필요하다.[12] 시인이 모순과 이율배반의 1960년대를 지나며 쓴 시는 단순한 이항대립을 넘어 여러 현실적 요인들이 서로 충돌하고 겹친 하나의 독립된 구성체이다. 때문에 그것은 다른 무엇으로 환원되거나 설명되지 않는 그 자체로 독특한 복합성과 다원성을 지니는 것이다. 그동안 대립 구도 간의 소모적인 논쟁에 초

---

12) 1960년대에 대한 최근의 정치사회학적 연구에서도 경제성장과 독재 혹은 민주화와 산업화라는 틀을 벗어날 필요가 있으며, '4·19나 5·16의 과잉 해석과 의미 부여를 문제 삼으며 변화된 문화와 지식의 구조에 맞게 새로운 연구 방법의 필요성을 거론하고 있다. (권보드래, 천정환, 앞의 책, 2012)

점을 맞추어 실제 작품의 분석을 통해 미학적 가치를 드러내며 시인
들의 세계관을 담아내는 정치한 연구가 미진하였다. 비교적 최근에는
이러한 논의에서 벗어나 이 시기의 시적 주체나 근대성과 관련되는
새로운 시각과 관점에서의 연구가 진행되고 있다.13)

2. 시의 언술 주체와 미적 부정성에 대한 몇 가지 관점

예술은 사회에 직접 참여하는 것이 아니라 사회가 끊임없이 요구하
는 동일화를 비판하고 견지하면서 비화해를 추구한다.14) 1960년대 김
수영, 김종삼, 전봉건 세 시인의 시는 혼란스러운 현실 속에서 어느 때
보다 더 치열한 고민을 했고, 이러한 고민이 시의 내용과 형식의 문제
로까지 나아가며 새로운 미의식의 추구로 이어졌다. 그런 점에서 세
시인의 시에 공통적으로 드러나는 '미적 부정성'은 현실 속에 내재된
폭력성이나 획일화에 맞서는 것이며 시의 내용과 형식의 새로움을 통
해 그것을 부정적으로 보여주려는 것이다. 김수영은 억압적인 정치와
부조리한 현실에 대한 부정을 침묵적 전위로, 김종삼은 전쟁의 상흔으
로 인한 비극적 삶과 역사나 현실에 대한 부정을 숭고로 대응한다. 또
한, 전봉건은 이데올로기나 비인간적 욕망에 대한 부정을 그로테스크
로 전복시키고 있다. 따라서 세 시인의 이러한 미의식으로서의 '부정'

---

13) 강계숙, 「1960년대 한국시에 나타난 윤리적 주체의 형상과 시적 이념-김수영·김춘
   수·신동엽의 시를 중심으로」, 연세대학교 박사학위논문, 2008; 임지연. 「1960년대 지
   식장에 나타난 '신체성'개념과 시적 전유-정현종과 마종기 시의 '몸과 사물'의 문제를
   중심으로」, 『국제어문』 65, 국제어문학회, 2015; 조강석, 「1960년대 한국시의 이미지-
   사유와 정동(情動)의 정치학(2)-고원과 구상 시의 정동적 공간을 중심으로」, 『한국학연
   구』 56, 인하대학교 한국학연구소, 2020.
14) Theodor Adorno , 홍승용 역, 『미학이론』, 문학과지성사, 2005, 18면.

은 1960년대 정치·사회적 현실을 시로 내면화하고 그것을 미학적으로 각각 변용한 것이라 볼 수 있다.

1960년대는 4·19와 5·16이 있었고 이후 끊임없이 발생했던 반정부 세력들을 통제하기 위해 정부가 개입한 크고 작은 필화사건과 공안(公安)사건들 또한 빈번했다.[15] 당시 김수영이 정치권력의 탄압을 주장하며 사회의 문화를 억압하는 주범으로 지칭한 '숨어 있는 검열자, 획일주의가 강요하는 대제도의 에이전트'[16]는 바로 검열기구를 지칭하는 것이었다. 그런 의미에서 김수영이 말한 '획일주의'는 이 시기 모든 개인들이 독재정권의 억압된 질서 속에서 동일화되는 것이었는데, 당시 대중문화 산업의 범람 또한 국민들을 획일화시키고 정권을 유지하는 일환으로 작용했다.

이 시기 김수영, 김종삼, 전봉건은 이러한 현실 속에서 억압된 이데올로기에 포섭되지 않고 그것에 저항하며 자신의 시작에 심혈을 기울였다. 예술이 사회에 기여하는 바는 '사회와의 커뮤니케이션이 아니라

---

15) 1960년대 중후반 박정희 정권은 반체제적 세력을 더욱 통제하였는데, 그 대표적인 것이 필화사건과 공안사건을 비롯해 국가보안법, 반공법 등이다. 당시 군사 정권에는 이러한 명목으로 기소된 사건들이 넘쳤는데 1960년대 대표적인 공안 사건으로 1964년 8월, 인민혁명당 사건/ 1965년 10월, 서울대 문리대 민족주의비교연구회 내란음모 사건/ 1967년 7월, 동베를린 거점 북한대남적화공작단 사건/ 1967년 7월, 서울대 문리대 민족주의비교연구회 사건/ 1968년 8월, 통혁당 사건/ 1968년 8월, 남조선해방전략당 사건 등이 있다.

16) 김수영, 『김수영 전집 2』, 「실험적인 문학과 정치적 자유」, 305면.
이봉범은 1960년대 검열 체재가 이전과 다른 중요한 특징을 다음과 같이 언급했다. 첫째, 민간자율 기구인 각종 윤리위원회의 자율심의가 보편화되면서 관권 검열을 넘어서는 검열이 시행되었다. 둘째, 박정희 정권은 상대적으로 뛰어난 검열기예, 즉 사상검열을 주도적으로 시행하는 동시에 풍속검열을 민간에게 대폭 위임하고 관리하는 이원적인 통제시스템과 분할통치에 의한 언론 통제 전략 등을 구사했다. 셋째, 국가 권력의 억압적 통제에 대한 단면적인 양상이 피검열자들의 대응 양상에서 분열 양상으로 가시화되었다. 즉 검열 주체의 다원화와 피검열자의 분화가 상호 길항하면서 1960년대의 특유의 검열 체재를 형성하였다고 보았다. (이봉범, 「1960년대 검열 체재와 민간검열기구」, 『대동문화연구』 75, 성균관대학교 대동문화연구원, 2011, 415-422면)

극히 간접적인 것 그것이 곧 저항'[17])이라면 그들은 이러한 사회와 동질화된 시나 예술을 부정하고 새로운 내용과 형식의 시로써 현실에 대응했다고 할 수 있다. 다시 말해 이들은 모순된 사회에 대한 부정과 획일성을 추구하는 문학에 대한 부정을 동시에 밀고 나가며 미적 실현을 추구해 나갔다고 볼 수 있다.

이러한 김수영과 김종삼 그리고 전봉건의 1960년대 시에 드러나는 언술 주체의 특성을 살핌으로써 세 시인의 시에 나타나는 '미적 부정성'을 고찰할 수 있을 것이다. 이를 위해 언술 주체의 개념을 내세우는 까닭은 시의 언술 주체가 시라는 언술을 구성해나가는 시적 질서의 주체라는 점에 있다. 언술 주체는 시에 나타나는 목소리인 동시에 시라는 언술을 구성해나가는 힘이라는 점에서 시와 현실을 매개하며, 특별한 현실을 시를 통해 계시한다. 시에 드러나는 미적 부정성은 이러한 현실에 대한 모순과 부정을 시의 내용과 형식을 통해 이율배반적으로 보여주는 구조적인 방식이며 동시에 현실에 대한 대응과 인식에 대한 고찰이라 할 수 있다.

세 시인의 시에 드러나는 언술 주체들은 억압된 세계의 동일성을 부정한다. 이러한 동일성은 근대 자본주의의 특징으로 주체들의 고유한 가치나 질적인 차이를 인정하지 않는 것이다. 따라서 세 언술 주체가 공통적으로 함의하고 있는 이 미적 부정성은 사회가 행하는 이러한 동일화의 원리를 미적 형식으로 거부하고 저항하는 것이다. 한 시대의 시인이 새로운 시적 방법을 시도하는 것은 단순히 자신의 체험을 미적으로 추구하기 위해서만은 아닐 것이다. 현대의 역사는 현실 이면의 제도적 억압이나 고통, 전쟁이나 죽음 등 무수한 부정성들이

---

17) Theodor Adorno, 홍승용 역, 『미학 이론』, 문학과지성사, 350면.

객관화된 것이다. 아도르노는 이러한 역사 속의 현실에서 '오늘날에도 여전히 '올바른 삶이란 무엇인가'를 물어보는 학문은 슬픈 학문'[18]이라고 밝혔다. 시는 사회의 규제나 정치적 억압에 의한 획일화에 맞서 고통의 언어와 형식의 새로움을 통해 부조리하고 폭력적인 세계를 부정적으로 보여준다.

아도르노의 분석을 통해 확인된 이러한 현대 예술의 특징과 부정성의 미학은 전후를 거쳐 1960년대 한국의 역사와 현실에서 창작된 세 시인의 시에 드러나는 미적 양상을 설명하는 데 유용한 기준이 된다. 그는『계몽의 변증법』에서 인류의 진보 과정이 자기 파괴의 과정이며, 예술은 동일성을 강요하는 지배적인 이데올로기를 비판하고 비동일성의 추구로 나아가야 한다는 것을 강조하였다. 예술과 사회의 관계에 대한 그의 반성은 이 '부정'을 통해 이루어진다. 예술이 경험 세계와 긴밀하게 연결되어 있다면 그 경험 세계에서는 부정의 부정이 긍정으로 귀결되지 않는다는 데서 '부정'의 변증법적 인식이 시작된다. 그러므로 예술의 부정은 전통이 만들어 놓은 역사적 관습이나 기존 사회에 대한 부정이며, 하나의 예술 작품은 경험 세계나 기존 사회의 부정을 통해 획득되는 것이다. 이러한 미적 부정성은 '관리되는 사회'로부터 탈권력화하고 정치적 이데올로기로부터 자유로워지는 것인데 이것은 곧 예술의 사회성과 자율성으로 전이된다. 즉 '창문 없는 단자'로서의 이 예술의 특성은 사회적이면서도 자율적인 것[19]으로 예술의 이중적 성격에 관한 것이다. 때문에 끊임없는 발전과 진보를 거듭해 온 근대화 속에서 타자에 대한 고통을 인식하고 그 세계의 모순과 부정에 저항하는 방법으로서의 시는 고통의 언어를 통해서 화해되지 않는 세

---

18) Theodor Adorno, 김유동 역, 『미니아 모랄리아』, 도서출판 길, 2005.
19) Theodor Adorno, 홍승용 역, 『미학이론』, 문학과 지성사, 2005, 18면.

상과 현대 사회의 이중성을 부정적으로 보여주는 것이다.

> 오히려 예술은 사회에 대한 반대 입장을 통해서 사회적인 것이 된
> 다. 그리고 이러한 입장은 단지 자율적인 예술만이 취할 수 있다. 예
> 술은 기존 사회의 규범에 따르거나 <사회적으로 유용한> 것으로서
> 의 자격을 갖추는 대신에, 독자적인 것으로서 자체 내에서 결정체를
> 이룸으로써, 마치 청교도들이 모든 종파를 부인하듯이 그 단순한 존
> 재를 통해 사회를 비판한다. (중략) 예술의 비사회적 요인은 특정한
> 사회에 대한 확정적 부정이다.[20]

위 대목에서는 예술이 사회에 대한 반대 입장 즉 부정을 통해 그 존
재 가치를 분명하게 드러낸다는 것을 명시하고 있다. 더불어 이러한
예술의 사회에 대한 부정은 예술의 자율성과 밀접하게 관련되어 있다.
즉 예술 작품은 직접적인 방식으로 정치적인 태도를 취하는 것이 아
니라 자율적이고 독자적인 방식으로 사회를 비판하고 부정한다. 예술
은 사회와 분리되어 추상적으로 제시되는 것이 아니라 형식적인 요소
와 사회적인 요소의 상호 의존과 갈등 속에서 존재하는데 이 때문에
예술 작품의 형식이 가진 사회 비판적 기능이 중요시된다.
  현실 속에 내재된 이러한 폭력성과 부조리함을 읽어내려는 미의식
은 부조화를 그 핵심으로 삼으며 기존의 위안이나 고정적인 형식을
거부한다. 왜냐하면 시는 사회의 모순을 단순히 반영하지 않기 때문이
다. 단지 지배 매커니즘의 전형인 '관리되는 사회'에 대한 부정적인 인
식을 시의 형태나 형식으로 보여줄 뿐이다. 이러한 부정성은 화해를
거부함으로써 지극히 저항적이지만, 화해되지 않음으로써 또 다른 화

---

20) Theodor Adorno, 앞의 책, 350~351면.

해의 가능성을 보여주는 것이기도 하다. 자신의 현실적 조건과 한계를 새롭게 넘어설 수 있는 이 '부정'은 대상을 있는 그대로 인정하면서 새로운 관계를 지향하는 비동일성의 힘에서 나오는 것이다.

시에 드러나는 언술 주체들은 사회가 요구하는 동일화의 원리를 미적 형식으로 거부하고 저항한다. 언술 주체는 현실 속에 내재된 이러한 폭력성과 부조리함을 읽어내며 기존의 위안이나 고정적인 대상과 형식을 거부한다. 언술 주체가 그러한 대상을 드러내고 표현하는 형식이라면 미적 부정성은 그 대상과의 관계를 결정하는 근본적인 시선이자 내용이라 할 것이다. 따라서 1960년대 시는 이러한 시각에서 크게 세 가지로 유형화될 수 있다.

첫째, 김수영 시의 '수행적' 언술 주체가 실현하는 침묵적 '전위'[21]이다. 이 주체는 권유적 발화와 언술의 병렬적 반복을 통해 현재 상황을 추동하여 이끌어 나간다. 정치나 현실에 대한 주체의 환멸적이고 부정적 시선은 현재의 새로운 변화를 유도하며 자기 고발적 언술을 동반한다. 이 주체는 시의 표면에 전경화되어 드러나며 현실이나 사건에 직접적으로 관여하여 어떤 일을 수행하기 때문에 서술의 '주관성'

---

21) 전위는 군사용어로 '선발대'를 의미하며, 에즈라 파운드는 이 전위를 '혁신'하려는 의식의 소수 집단을 가리키는 용어로 보았다. 즉 이들은 기존의 관례나 규범을 타파함으로써 새로운 예술의 형식을 만들어내려 하고, 금지되어 왔던 것들을 사용함으로써 기성 질서에 대항하였다. 즉 그들은 기존의 질서에 맞서 자신들의 자율성을 주장하는 등 부르주아 문화의 규범이나 신앙에 도전하려고 하였다. (M. H. Abrams, 최상규 역, 『문학용어사전』, 보성출판사, 1995, 172-173면.) 현재 사용되고 있는 전위 즉 아방가르드라는 용어를 예술로 접목시킨 사람은 생-시몽으로 그는 1803년 한 편지에서 생산자나 과학자 그리고 예술가들이야말로 사회를 이끌어가는 가장 선구자적인 집단이라 할 수 있으며 이들은 인습적인 권위와 전통에 맞서고, 사회의 발전을 앞당긴 자들로 귀족이나 왕족 같은 게으른 자들과는 다르다고 정의했다. 그 뒤 그의 제자인 로드리게가 진정한 아방가르드라고 부를 수 있는 사람은 예술가라고 언급하며, 사회발전의 최전선에 있는 예술가를 이르는 말로 확립했다. (Marc Aronson, 장석봉 역, 『도발-아방가르드의 문화사』, 이후, 2002, 10면 참조)

이 부각되기도 하는데 이를 '수행적 언술' 주체라 하였다. 이 주체는 기성 사회의 질서와 기존 시에 의문을 제기하며 '예술과 문화의 원동력'으로서의 불온을 추구하며 전위를 꿈꾼다. 문학의 전위성과 정치적 자유가 유착된 것이 1960년대 김수영 시의 특징이라면 이것은 언술 주체와 밀접하게 관련되어 있다. 수행적 언술 주체는 능동적인 발화를 통해 억압된 정치의 환멸과 부정에 적극 개입한다. 무엇보다 언술의 병렬적 반복을 통해 이질적이고 다양한 대상의 경계를 허물고 연대를 확장해 나간다. 또한 이러한 언술은 언어유희적 특성의 실험적 전략을 동반하는데 유머, 말놀이, 반어 등의 언술 기법은 어떤 의미나 해석을 부여하기보다 그 자체로 하나의 시가 된다는 전위적 발상이다. 나아가 이 실험적 언어 전략이 현실의 부정이나 억압을 수용하며 정치적인 성격을 띨 때 '무언(無言)'으로서의 미적 전위를 추구하게 된다.

둘째, 김종삼 시의 '관찰적' 언술 주체가 실현하는 비극적 '숭고'[22]이다. 이 주체는 언술의 대조적인 반복이나 생략적 기법을 통해 시의 내용이나 상황에 개입하지 않고 여백을 남기거나 일정한 거리를 둔다.

---

22) 숭고는 주체와 대상 간의 갈등을 기본 구조로 하되, 대상의 거대함 앞에 주체는 그 대상에 대한 부정적인 감정으로부터 그것을 극복하는 심리적 과정을 거친다. 다소 복잡한 역사적 맥락을 지니고 있는 숭고는 롱기누스와 버크 그리고 칸트에 의해 정의되어 왔으며, 인간의 한계 상황에 맞닥뜨려 그것을 넘어서고자 하는 감정이다. 버크는 숭고의 체험을 자연법칙이라 부르며 생리학적 측면에서 설명했다. 반면 칸트는 주관적이면서도 심리주의적으로 접근하며 기존 미학의 개념과 범주를 확장시켰는데, 그는 숭고의 대상을 자연이 아닌 '이성의 이념'으로 규정했다. 이러한 숭고를 이론화한 롱기누스는 그의 저서인 『숭고론』을 서기 1000년경에 집필했다. 그 후 1974년 프랑스 비평가 부왈로가 번역 출판한 것이 근대 미학의 중심적인 자리에 서게 되었다. 이 책의 저자와 정확한 생성시기에 대해 많은 이견들이 있어 왔고, 때문에 (僞)롱기누스라는 이름으로 표기하기도 했다. 18세기에 들어 정제되고 균형잡힌 신고전주의의 미학적 태도로는 인간의 미적 경험을 모두 포괄하지 못한다는 인식에서 새로운 미학적 범주 미의식이 필요했고, 이에 롱기누스의 숭고론이 이에 부응했다고 할 수 있다. (Jean-Luc Nancy 외 지음, 『숭고에 대하여』, 김예령 역, 문학과지성사, 2005, 20면)

또한 자신의 생각이나 느낌을 최대한 절제하는 주체의 수동적 발화는
사건이나 정황에 대한 고백적 언술로 드러난다. 김종삼 시에 주로 드
러나는 이 주체는 상황이나 풍경을 묘사하는 방식을 취하며 과거 시
점의 역사적 사건이나 개인의 트라우마적 체험을 언술로 재현한다. 대
부분 언술 행위의 주체와 언술 내용의 주체가 서로 다르거나 멀리 떨
어져 있을 경우 이 주체의 응시적 시선이 특징적으로 나타나는데 이
를 관찰적 언술 주체라 하였다. 이 주체는 윤리와 연민 그리고 현실로
부터 자신을 지켜야 한다는 이중성 속에 고립되거나 비극적 감정이
고양되어 숭고의 절대 세계와 대면하게 된다. 숭고는 죽음의 공포나
비극과 관련된 것으로 김종삼의 시에서 이러한 숭고는 관찰적 언술
주체가 대중음악이나 속된 현실을 멀리하고 고전 음악을 취하는 시에
서 주로 드러난다. 그 음악 속에서 의식의 시공간을 자유자재로 넘나
들며 황홀함이나 장엄함과 같은 정신의 고양을 경험하며 절대 세계로
나아가는 것이다.

　셋째, 전봉건의 '환상적' 언술 주체가 실현하는 그로테스크[23]이다.
이 주체는 언술의 점층적인 반복을 통해 긴장을 고조시키며 시의 내
용을 낯설게 하거나 그로테스크적인 상황으로 끌고 간다. 또한 언술
주체의 무의식적이고 분열적인 발화를 통해 상황을 비사실적이거나

---

23) 그로테스크는 고대 롬의 지하 동굴인 '그로타(grotta)'에서 발견된 큰 메달, 스핑크스,
나뭇잎, 자갈 등으로 구성된 일종의 장식으로 식물이나 동물, 사람의 신체 일부들이 유
회하듯 서로 뭉쳐 있는 기괴한 벽화를 일컫는 말이다. 뒤에 회화나 건축물에서 무질서
한 혼합을 지칭하는 개념으로 전이·확대되어 사용되었다. 그로테스크란 개념이 문학
적으로 쓰인 것은 16세기 이탈리아 라블레에서 비롯되었으며, 18세기 영국에서는 기괴
하고 기형적인 부자연스러운 것과 관련되며 때로는 그러한 신체를 지칭할 때 사용되었
다. 이러한 그로테스크는 '기교적인 것, 기형적인 것, 부조리한 것, 초현실적이고 이상
한 것 등으로 정의되며, 고통과 두려움을 포함한다. 때문에 '미(美)'와 '추(醜)'의 상호작
용 속에서 복잡한 성격을 드러낸다. (Philip Thomson, 김영무 역, 『그로테스크』, 서울대
출판부, 1986, 56면)

환상적인 언술로 드러낸다. 이 주체는 꿈과 현실 그리고 삶과 죽음 사이에 존재하며 단절적이고 파편적인 언술을 통해 오지 않은 미래에 불안한 시선을 보이는데 이를 환상적 언술 주체라 하였다. 전봉건의 연작시 「속의 바다」에는 전쟁의 공포로 '벽(壁)'에 유폐된 분열의 환상적 주체가, 장시 「춘향연가」에서는 옥(獄)에 갇힌 춘향이라는 에로스의 환상적 주체가 현실의 폭력이나 부조리에 각각 대응한다. 이러한 유폐된 공간에서 고립된 주체들은 그 공간의 안과 밖을 교차하며 환상적이고 분열적인 모습을 보인다. 때문에 내면적 갈등이나 모순들이 극대화되며 그로테스크적인 장면들을 연출한다. 유폐된 공간에서의 환상적 언술 주체가 욕망하는 에로스는 타자와 단절되고, 이 단절에 의한 불안은 에로스에 더욱 집착하거나 부재의 결핍을 기존 세계나 부정적인 질서에 대항하여 그것을 전복함으로써 대신한다. 그로테스크는 과장이나 왜곡, 엽기와 잔혹과 같은 불쾌하고 낯선 감정의 미의식으로 현실과 환상의 긴장 사이에 있다. 그것은 중심과 주변, 지배와 피지배 등의 대립 사이에 있는 주체들의 정체성의 위기를 드러내며 기존의 가치를 전복하고 이에 대항한다.

  세 시인의 시에 드러나는 수행적 언술 주체의 전위와 관찰적 언술 주체의 숭고 그리고 환상적 언술 주체의 그로테스크 또한 사회 권력이나 모든 억압에 맞서 화해를 경계하고, 현재의 시에 안주하지 않으며 끝없이 스스로를 의심하고 반성하는 미적 부정성이 그 특징으로 드러난다. 이것은 끊임없이 재생산되는 세계의 부조리에 대한 치열한 비판적 시선이며 비화해적 태도이다. 예술이 혹은 시가 세계와 대립하며 부정을 택한 이유는 화해는 결코 세계 속에 자리한 부조리와 억압의 끈을 끊을 수 없기 때문이다. 진정한 예술과 시는 고통스러운 현실만큼 고통스러운 세계를 표현함으로써 현실의 고통에 대항한다. 그러

므로 예술로서의 시는 그 자신의 형식을 통해서 이 세계의 진행 방향
에 저항한다. 은폐된 진리나 진실을 포기하지 않으며 어떤 것과도 끝
까지 화해하지 않으며, 동일화의 원리에서 벗어나기 위해 끊임없이 실
험하고 '탈주'한다. 이것이 현대 사회를 정직하게 반영하는 것이고 예
술은 그 고통을 꾸미지 않고 그대로 이 세계에 되돌려주는 것이기 때
문이다. 이러한 부정성을 통한 새로움은 개별성의 차이를 인정하고 또
그것을 강조하지만 화해나 소통을 거부한다. 1960년대 김수영과 김종
삼 그리고 전봉건은 황폐한 현실 세계에서 이러한 부정성을 기반으로
한 미를 통해 시에 드러나는 의미의 세계를 새롭게 복원하려고 했다.

　세 시인의 시에 나타나는 이러한 미의식으로서의 부정성이나 미적
양상은 현실에 대한 대응이자 이 시기 시가 당면한 역사적·문학적
과제이기도 하다. 따라서 이 글에서는 그동안 선행 연구에서 간과되었
던 1960년대 시의 미의식을 새롭게 고찰하고자 한다. 이러한 연구를
위해 세 시인 시에 드러나는 언술 주체의 특징과 미적 부정성을 살핌
으로써, 이 시기 한국시의 미의식의 한 단면을 살피며 나아가 이들의
위상을 새롭게 규명하고자 한다.

제 2 장

김수영 시의 수행적 언술 주체와 침묵적 '전위'

김수영[24]은 개인과 사회 그리고 문학과 현실의 관계는 서로 맞물려 있다고 생각했기 때문에 정치적인 문제와 시작 방법론으로서의 시적 현대성에 대한 사유를 누구보다 치열하게 하였다. 그는 1960년대 즉 4·19를 지나면서 이 현대성이 민주주의의 정치적 혁명으로 수렴될 때 비로소 그것의 의미가 확보된다고 보았던 것이다. 하지만 김수영의 초기와 중기 시의 언술 주체는 대부분 "이제 나는 바로 보마"(「공자의 생활난」)라고 제시하지만 여전히 현실을 바로 보지 못한 채 '시간과 함께 비스듬히 내려다'(「방안에서 익어가는 설움」)보고 있었다. 이러한 태도

---

24) 김수영(1921~1968)은 1945년 『예술부락』에 「묘정(廟廷)의 노래」를 발표하면서 작품 활동을 시작하였다. 김경린, 박인환, 양병시 등과 함께『새로운 도시와 시민들의 합창』 (1949)의 합동시집을 출간하였다. 첫 시집 『달나라의 장난』(춘조사, 1959)을 시작으로, 시선집 『거대한 뿌리』(민음사, 1974), 산문선집 『시여, 침을 뱉어라』(민음사, 1975), 시 선집 『달의 행로를 밟을 지라도』(민음사, 1976), 산문선집 『퓨리턴의 초상』(민음사, 1976)이 있다. 그 뒤 1981년에 김수영의 첫 전집 『김수영 전집1-시』, 『김수영 전집2- 산문』(민음사, 1981)가 나왔다. 시선집 『사랑의 변주곡』(창작과비평사, 1988), 『김수영 육필시고 전집』(민음사, 2003)이 나왔으며, 최근에 『김수영 전집』(민음사, 2018) 개정 판이 민음사에서 재출간되었다.

가 4·19를 지나면서 서술식의 '요설'과 선언적 태도의 시가 많아지고, 언술 주체가 시의 상황이나 현실에 직접 참여하는 등 전경화되는 모습을 보인다.

그런 점에서 1960년대 김수영의 시는 참여성과 전위성이 동시에 드러난다. 김준오는 전위성이 새로운 참여시의 가능성이 되는 바로 그 자리에 김수영의 시가 놓인다고 하였다.[25] 김수영 또한 모든 전위 문학은 불온하고 모든 살아 있는 문화는 "본질적으로 불온한" 것이라고 했을 때 이 전위성은 불온성을 말하는 것이라고 하였다. 이러한 전위는 기성 사회의 질서와 기존 시에 대한 의문을 제기하기 때문에 그는 이 불온성을 "예술과 문화의 원동력"[26]으로 옹호했다. 그러므로 전위시는 불가피하게 불온시가 될 수밖에 없으며, 무엇보다 그가 현실의 언어이자 생활의 언어를 여과 없이 그대로 시적 언어화한 것은 예술과 삶의 경계를 허문 것이라고 볼 수 있다. 이처럼 문학의 전위성과 정치적 자유의 유착은 언술 주체로 하여금 수행적 태도를 취하게 하는데 이것이 바로 1960년대 김수영 시의 특징이라고 할 수 있다. 예술에서의 전위의 특징은 어디까지나 미완으로 남는 것이고 그것이 성공할 때 그 예술이 실패할 수밖에 없다면 김수영 문학의 전위적 태도는 4·19혁명의 실패라는 미완과 관련하여 생각할 수도 있을 것이다.

특히 김수영은 4·19혁명 후 기존의 질서를 부정하고 치열한 현실 인식에 근거하여 창작하였다. 시의 언술 주체 또한 사회와 정치 등 세계와의 관계에 능동적으로 동참하거나 수행하는 '주체'로 전이되며 그 주체가 시의 내용에 전면적으로 드러난다. 정치적 금기의 위반이나 실험적 언어유희 등의 모습을 드러내는 이 수행적 언술 주체는 자본주

---

25) 김준오, 『문학사와 장르』, 문학과지성사, 2000, 367면.
26) 김수영, 「불온성에 대한 비과학적 억측」, 『전집 2』, 민음사, 2018, 307면.

의에 대한 저항과 비판의식, 예술적 진보를 추구하는 정신에서 기인된
것이라고 할 수 있다. 이러한 관점에서 김수영의 여러 산문을 보면 프
로이트, 무의식, 혁명, 자유, 사랑 등은 물론 아폴리네르, 마야코프스
키, 브로통, 그리고 바타이유와 앙리 미쇼, 자코메티 등의 이름이 등장
한다. 이것으로 보아 이 시기 그가 관심을 기울인 것이 전위나 초현실
주의와 관련되어 있다는 것을 알 수 있다. 또한 김수영은 미학과 정치
적 입장의 동시성을 주장했는데 이것은 번역을 하며 앞선 서구문예
이론에 밝았기 때문이다. 그는 이러한 전위 예술가들의 이론을 폭넓게
수용하면서 '1960년대 시인을 중심으로'라는 부제의 「참여시의 정리」
를 썼다.

> 우리나라의 오늘의 실정은 진정한 참여시를 용납하지 않는다. 그
> 러니까 나쁘게 말하면 참여시라는 이름의 사이비 참여시가 있고, 좋
> 게 말하면 참여시가 없는 사회에 대항하는 참여시가 있을 뿐이다.
> 　그러나 진정한 참여시에 있어서는 초현실주의 시에서 의식이 무
> 의식의 증인이 될 수 없듯이, 참여 의식이 정치 이념의 증인이 될
> 수 없는 것이 원칙이다. 그것은 행동주의자들의 시인 것이다. 무의
> 식의 현실적 증인으로서, 실존의 현실적 증인으로서 그들은 행동을
> 택했고 그들의 무의식과 실존은 바로 그들의 정치 이념인 것이다.
> 결국 그들이 추구하고 있는 것은 하나의 불가능이며 신앙인데, 이
> 신앙이 우리의 시의 경우에는 초현실주의 시에도 없었고 오늘의 참
> 여시의 경우에도 없다. 이런 경우에 외부가 허락하지 않기 때문에
> 없다는 것은 말이 안 된다. 외부와 내부는 똑같은 것이다. 그리고 그
> 것은 죽음에서 합치되는 것이다. (중략) 참여시에 대한 갈구가 너무
> 크고 급해서 저지른 과오라고 생각해 주기 바란다.[27]

---

27) 김수영, 「참여시의 정리」, 앞의 책, 489면.

이 글에서 김수영은 1960년대는 진정한 참여시가 불가능한 시대라고 역설하고 있다. 참여시라는 명분으로 '사이비 참여시'만 있고 진정한 참여시'가 없는 것은 우리나라의 '기형적인 정치 풍토'나 폭력 때문이라는 것이다. 하지만 그는 내부에서 외부의 억압을 뚫으며 "외부와 내부가 똑같은 것"이 되면 그러한 시가 가능하다고 보았다. 그것은 "죽음"과 합치되는 것으로, 이러한 죽음의 태도로써 시를 밀고 나갈 때 행동으로서의 진정한 참여시가 될 수 있다는 것이다. 김수영은 군부 독재나 자본주의 사회에 반기를 들며 예술적 혁명과 사회적 혁명 그리고 시의 정치성과 예술성을 동시에 생각하며 삶과 예술의 혁명으로서의 '전위'[28]를 추구했던 것이다.

> 지난 1년 동안의 월평이나 시론 같은 것을 살펴볼 때 '참여파'와 '예술파'의 싸움을 사실상 혼돈과 공전으로 흐지부지하게 되고 만 것 같다. '예술파'의 전위들(전봉건, 정진규, 김춘수 등)은 작품에서의 '내용' 제거만을 내세우지, 작품상으로나 이론상으로 자기들의 새로운 미학을 제시하지 못하고 있다. 이런 싸움이나 주장에서는 성장이 아닌 혼돈만을 자아내는 결과밖에 나오지 않는다. (중략) 진정한 폼의 개혁은 종래의 부르주아 사회의 미-즉 쾌락의 관념에 대한 부단한 부인과 전복에 의해서만 이루어진다. 우리 시단의 순수를 지향하는 시들은 이런 상관관계와 필연성에 대한 실감 위에 서 있지 않기 때문에 항상 낡은 모방의 작품을 순수시라는 이름으로 제시하고 있다.[29]

---

28) 권혁웅은 전위시를 '정치적인 전위시'와 '사회적인 전위시'로 구분하였다. 정치적 전위시는 의미-형식의 변화를 살피지 않은 채 정치적인 의식이 전면에 드러난 시편들로 임화나 신동엽, 김지하, 백무산의 시와 1980년대 민중시 계열의 실험적 집단 창작시, 르포시가 이에 해당한다고 보았다. 반면 사회적인 전위시는 시의 의미-형식의 모색을 통해 드러난 시편들이고 이것이 후대에 계승된 것이라 보았다. (권혁웅, 『시론』, 문학동네, 2010, 613-615면)

당시의 문단에서는 새로운 시적 현실이나 새로운 시 형태의 발굴에 대해 대부분 미온적이었다. 이에 김수영은 시의 폼을 결정하는 것이 사상인데, 이러한 사상에 미학적인 근거가 없다면 새로운 시의 형태가 나올 수 없다고 보았다. 즉 진정한 예술은 혁명 정신과 함께 해야 하며, 그것은 기존의 미와 부르주아적 쾌락의 관념을 부정할 때 이루어진다는 것이다. 그가 '시인이란 선천적인 혁명가'라고 한 이유는 진정한 혁명가로서의 시인은 억압적이고 획일적인 것에 저항하며 기존의 형식에서 벗어나 실험정신으로 예술의 본질을 가까이하기 때문이다. 그리하여 그는 "모든 실험적인 문학은 필연적으로는 완전한 세계의 구현을 목표로 하는 진보의 편에 서지 않을 수 없다"고 주장한다.

1. 능동적 발화와 정치적 환멸의 개입

수행적 언술 주체는 어떤 일을 추진하기 위하여 대상이나 타자를 고무하고 격려한다. 언술내용의 주체와 언술행위의 주체가 일치하거나 그 거리가 매우 가까이 있는 이 주체는 시의 내용이나 사건에 직접적으로 참여하거나 개입하여 자신의 생각이나 판단을 드러낸다. 이 주체의 능동적 발화는 청자 지향의 말하기로 듣는 사람의 심리나 태도에 변화를 일으키며, 실제 어떤 것을 같이 하자고 권유한다. 여기서 권유나 능동적 발화의 가장 중요한 대상은 자기 자신이다. 자기 자신을 속이지 않고 스스로에게 당당할 때 그 주체는 타자를 향해 나아간다. 이러한 발화는 말하는 주체와 듣는 대상의 관계가 수직적인 것이 아

---

29) 김수영, 「변한 것과 변하지 않는 것-1966년의 시」, 『전집 2』, 459-462면.

니라 수평적이며, 듣는 이의 판단에 따라 행위 여부가 결정된다. 실패한 혁명을 딛고 스스로가 변해야 한다고 믿는 이 주체는 사회나 현실에 적극적으로 개입하여 보이든 보이지 않든 부정적인 현실에 저항하고 그 현실의 변화를 추구하게 된다.

아픈 몸이
아프지 않을 때까지 가자
나의 발은 절망의 소리
저 말(馬)도 절망의 소리
병원 냄새에 휴식을 얻는
소년의 흰 볼처럼
교회여
이제는 나의 이 늙지도 젊지도 않은 몸에
해묵은
1961개의
곰팡내를 풍겨 넣어라
오 썩어가는 탑
나의 연령
혹은
4294알의
구슬이라도 된다
아픈 몸이
아프지 않을 때까지 가자
온갖 식구와 온갖 친구와
온갖 적들과 함께
적들의 적들과 함께
무수한 연습과 함께

－「아픈 몸이」 부분

  혁명의 실패는 현실의 절망감과 정체성의 혼란을 동시에 가져온다. "~자"의 청유적 어미는 언술 주체 자신을 포함해서 듣는 이에게 어떤 것을 함께 수행하자는 능동적 발언이다. 언술 주체는 온통 "절망의 소리"로 가득한 현실에서 비애와 극복의 의지가 함께 담긴 목소리로 혁명의 좌절을 어떻게든 극복하며 우리에게 남은 일들을 수행하여 앞으로 나아가자고 한다. '1961'이라는 서기와 '4294'라는 단기가 4·19 혁명을 의미하는 것이라고 볼 때, 언술 주체가 반복적으로 권유하고 있는 "함께", "가자"는 미완의 혁명에 대한 책임감으로 볼 수 있다. "신이 찢어지고", "온 몸이/ 돌 같이 감각을 잃어도" 모두 함께 한 발짝씩 전진해야 한다면, 그것은 언젠가 이룰 완성적 혁명을 위한 길이자, 현실 변혁에 대한 당위적 의지이다. 왜냐하면 혁명은 "온갖 식구와 온갖 친구와/ 온갖 적들과 함께" 가는 길이며 "무한한 연습"과 되풀이를 통해 실현될 수 있는 것이기 때문이다. 특히, 4·19 전후의 시에서는 이러한 수행적 주체의 권유적 발화를 통한 의식적 지향이 분명하게 보이거나 부정적 세계에 저항하는 현실 변혁의 의지가 두드러지게 드러난다.

> 시를 쓰는 마음으로
> 꽃을 꺾는 마음으로
> 자는 아이의 고운 숨소리를 듣는 마음으로
> 죽은 옛 연인을 찾는 마음으로
> 잊어버린 길을 다시 찾은 반가운 마음으로
> 우리가 찾은 혁명을 마지막까지 이룩하자
> 물이 흘러가는 달이 솟아나는
> 평범한 대 자연의 법칙을 본받아
> 어리석을 만치 소박하게 성취한

우리들의 혁명을
배암에게 쐐기에게 쥐에게 살쾡이에게
진드기에게 악어에게 표범에게 승냥이에게

－「기도」 전문

　이 시에서 '시를 쓰고', '꽃을 꺾는' 내용의 주체와 '마지막까지 혁명
을 이룩하자'고 말하고 있는 언술 행위의 주체가 서로 일치한다. 이러
한 수행적 언술 주체는 대상들로 하여금 혁명을 마지막까지 같이 이
룩하자고 혁명의 수행을 권하고 있다. 이 주체가 혁명을 생각하는 마
음은 '시를 쓰는 마음'이며 '꽃을 꺾는 마음'이고 나아가 '죽은 옛 연인
을 찾는' 것 같은 간절한 마음이다. 주체가 혁명을 권유하는 대상은 자
신을 포함한 "우리"이다. 이것은 "혁명"의 집단적인 성격이 잘 드러나
는 부분으로 "~으로"와 "~에게"의 반복은 시의 속도감과 의미를 한층
더 강조하고 있다. 즉 이 주체는 "우리가 찾은 혁명을 마지막까지 이
룩하자"는 의식적 지향을 강하게 드러내며 혁명의 집단적이고 민중적
인 면모로서의 수행적 의도를 강하게 내비치고 있다.[30]

　어서 또 일을 해요 변화는 끝났소/ 편지 봉투 모양으로 누렇게 결
은/ 시간과 땅/ 수레를 털털거리게 하는 욕심의 돌/ 기름을 주라/ 어
서 기름을 주라/ 털털거리는 수레에다는 기름을 주라/ 욕심은 끝났
어/ 논도 얼어붙고/ 대숲 사이로 침입하는 무자비한 푸른 하늘// 쉬
었다 가든 거꾸로 가든 모로 가든/ 여기서 또 가요 기름을 발랐으니

---

30) 김수영은 시의 사회적인 공리성도 중요하지만 생활 현실에 맞는 목소리를 가져야 한다
　는 뜻으로 시인의 '지사적 발언'과 '기술자적 발언'에 대해 언급했다. 그의 논지에 따르
　면 '지사적 발언'은 '언어의 서술'과 관련되고, '기술자적 발언'은 '언어의 작용'과 대응
　되는 것이다. 이 둘 사이에 시가 있어야 하는데 이것이 지사적 발언에 가까우면 "실패
　한 프롤레타리아 시"가 되고, 기술자적 발언에 가까우면 "사이비 난해시"가 되는 것이
　다. 따라서 그는 지사적이면서 기술적인 면을 아우르는 시를 지향했다고 할 수 있다.

어서 또 가요// 타마구를 발랐으니 어서 또 가요/ 미친 놈 본으로 어
서 또 가요 변화는 끝났어요// 어서 또 가요/ 실 같은 바람 따라 어
서 또 가요// 더러운 일기는 찢어 버려도/ 짜장 재주를 부릴 줄 아는
나이와 시/ 배짱도 생겨 가는 나이와 시/ 정말 무서운 나이와 시는/
동그랗게 되어 가는 나이와 시/ 사전을 보며 쓰는 나이와 시

─「시」 부분 (1961)

신앙이 동하지 않는 건지 동하지 않는 게
신앙인지 모르겠다

나비야 우리 방으로 가자
어제의 시를 다시 쓰러 가자

─「시」 전문(1964)

새로운 변화는 새로운 계획의 시행에서 시작되고, 그 변화에 대한
갈망이 변화를 생성하는 원동력이 된다. 위 시들에서도 어제의 실패는
잊고 내일의 변화를 위해 "어서 또 일을 해요"라는 언술 주체의 농동
적인 발화를 확인할 수 있다. 비록 오늘의 변화는 끝났지만 내일의 변
화를 위해 욕심도 버리고 실같이 바람같이 "가자"고 청하고 있다. 위
두 편의 시는 모두 "시"와 연관된 내용으로, 변화라는 말과 관련지어
본다면 오늘의 시는 어제와 다른 시이고, 내일의 시 또한 오늘과 다른
시이어야 한다는 의미이다. 진정한 시를 쓰기 위해서는 그러한 변화에
적극 동참하고 그 변화의 한가운데 있어야 한다는 것이다. "어서 또
가요"라는 언술 주체의 발화는 과거의 과도한 희망이나 현재의 저항
적 이유들에 눈을 돌리지 말고 묵묵하게 한결같은 마음으로 앞으로
나가야 함을 강조한다. "아픈 몸이/ 아프지 않을 때까지 가자"(「아픈 몸

이J)했던 혁명의 맹세나 굳은 의지가 때로는 무색해질 정도로 허탈감에 사로잡힐 때가 있겠지만 시를 쓰는 사람이라면 자신이 발을 붙이고 있는 현실을 외면해서는 안 된다는 것이다. 그것은 어떤 식으로든 그 현실의 고통을 언어화해야 하기 때문이다. 하지만 언술 주체는 지금 불온한 이 시대에 그것과 대항할 수 있는 불온한 시를 쓰지 않고 "사전"과 같이 건전한 시를 쓰고 있다고 고백한다. 때문에 자신도 시도 모두 "둥그렇게" 되어가고 있다는 것이다. 이것은 인간이 자신이 사는 만큼 시를 쓸 수 있다면, '시나 소설 그 자체의 형식은 그것을 쓰는 사람의 생활의 방식과 직결'(「문단 추천제 폐지론」)된다는 의미이기도 하다.

　시인은 자신의 삶이 아무리 힘들고 고통스럽더라도 그 삶을 견디고 이겨낼 때 자신만이 쓸 수 있는 시를 쓸 수 있다. 자신만이 살 수 있는 삶, 자신만이 쓸 수 있는 시 그것이 치열한 자기반성을 뚫고 나온 거짓 없는 것일 때 우리는 그 시인과 시에 감동을 받게 된다. 위 시에서 "어제의 시"를 다시 쓰는 주체는 오늘을 사는 시인일 것이다. 뒤떨어진 우리의 현실에서 어제의 시는 그 자신만이 완성할 수 있는 시이고, 내일의 시 또한 어제와 오늘의 시를 바탕으로 쓸 수 있는 것이기 때문이다.[31] 절망에 휘말리지 말고 "어제의 시를 다시 쓰러 가자"고 권유하는 것은 그만큼 절망적이고 회의가 깊었다는 것을 반증하는 것이다.

---

31) 유재천은 김수영의 시 쓰기는 혁명을 수행하는 구도자의 심정으로 자기를 갱신하는 것이며, 김수영에게 이 혁명은 자아완성, 사회 완성, 시의 완성이라는 세 가지 차원에서 적용된다고 보았다. 즉 자아완성이라는 측면에서의 혁명은 육체적 한계 상황을 극복하고 완전한 자유인에 도달하는 것을 의미하며, 사회 완성이라는 측면에서의 혁명은 한계 상황으로서의 현실의 부조리와 대결하여 자아와 세계의 대립이 없는 완전한 사회를 건설하는 것을 의미한다고 보았다. 또한 시의 완성으로서의 혁명은 새로운 형식을 요구하는 내용과 기존 형식의 대립 관계로 나타난다고 보았다. (유재천, 「시와 혁명 - 김수영론」, 김승희 편, 2000, 92면)

즉 혁명은 실패했지만 그 현실에서 여전히 시로써 그것을 증명하고 그것을 뚫고 나가야 한다는 고백에 가까운 발언이다.

> 우선 그놈의 사진을 떼어서 밑씻개로 하자
> 그 지긋지긋한 놈의 사진을 떼어서
> 조용히 개굴창에 넣고
> 썩어진 어제와 결별하자
> 그놈의 동상이 선 곳에는
> 민주주의의 첫 기둥을 세우고
> 쓰러진 성스러운 학생들의 웅장한
> 기념탑을 세우자
> 아아 어서어서 썩어 빠진 어제와 결별하자 (중략)
>
> 밑씻개로 하자
> 이번에는 우리가 의젓하게 그놈의 사진을 밑씻개로 하자
> 허허 웃으면서 구공탄을 피우는 불쏘시개라도 하자
> 강아지장에 깐 짚이 젖었거든
> 그놈의 사진을 깔아 주기로 하자….
>   ―「우선 그놈의 사진을 떼어서 밑씻개로 하자」 부분

4·19 직후에 쓴 위 시편에서는 언술 주체의 발언이 대체적으로 과격하다. 「우선 그놈의 사진을 떼어서 밑씻개로 하자」가 쓰인 1960년 4월 26일은 이승만이 하야 성명을 발표한 날로써 언술 주체의 목소리가 몹시 격앙되어 있다. 4·19로 죽어간 학생들을 위해 "기념탑"을 세우고 "어서어서 썩어 빠진 어제와 결별"하기 위해서는 독재자를 상징하는 "그놈"의 사진을 떼어내어야 한다는 것인데, 그렇다면 그것은 정치적 금기를 위반하는 것이다. "~하자"의 청유적 어미가 이러한 실천

적 의미를 더하며 "그놈의 사진을 떼어서 밑씻개로" 하는 것은 현실에 대한 반동으로서의 불온적 발언이다. 이 시에 등장하는 '너도 나도 누나도 언니도 어머니도 철수도 용식이도 미스터 강도 유중사도 강중령도'에서 말하는 그들은 모두 혁명을 이끈 민중들이다. 언술 주체의 북받친 감정은 그만큼 혁명에 대한 자긍심과 그 실패에 대한 허탈함이 깊이 교차함을 시사하고 있다.

위의 시와 같이 언술 주체의 능동적 발화나 언술은 말하는 사람과 듣는 사람 모두가 그 말과 행동에 동참을 유도한다. 이 주체가 권하는 것은 우리가 이미 알고 있는 것이나 꼭 실행해야 할 것에 대한 실천이나 수행에 해당한다. 그러므로 '~자'나 '~하자'와 같은 능동적 어미는 독자를 소외시키지 않고 적극 동참하게 하여 일을 진행하게 하는 분위기를 이끌어 낸다. 권유나 명령 같은 어조를 사용하는 것 역시 기존의 체제나 관념에 대한 비판적이면서 동시에 새로움으로서의 이행에 대한 태도이다. 이것은 현실의 억압이나 부정적인 상황을 거부한다는 의미로 볼 수 있으며, 반성과 더불어 사회에 대한 비판이 주체 내부에서 작동되기 때문이다. 무엇보다 그 주체는 어느 지점이나 상황에 고정되거나 안주하기를 거부하고 새로운 변화를 추구한다. 시에 드러나는 이러한 언술 주체는 많은 부분 현실적이면서 역사적인 주체로서의 면모를 보인다. 언술이 외부에 있는 현실과 관련되어 있고 시인의 세계에 대한 이해 방식과 상통한다면,32) 김수영은 4·19를 지나면서 이

---

32) 김인환은 아무리 섬세하고 정확한 시라고 하더라도 경험적 현실의 구속으로부터 완전히 벗어날 수 있는 시는 없다고 보았다. 또한 시 속에 드러나는 힘들의 긴장을 시의 세계와 경험 세계에서 발생하는 긴장으로 분리할 수 없다고 설명했다. 때문에 어떠한 시가 경험에 근거하면서도 경험을 벗어난다는 말은 경험의 한계를 설정하는 동시에 그 경험의 한계를 넘어섬을 의미하는 것이라고 하였다. (김인환, 『비평의 원리』, 나남, 1994, 106-108면)

러한 권유적 언술의 시가 더 많이 드러나는 것은 언술 주체가 '변화' 특히 정치적인 변화를 유도하는 동시에 그것의 '이행'이나 수행을 목적으로 하기 때문이다.

이러한 권유적 발화가 조금 더 앞으로 나아갈 때 현실과 불화를 일으키며 정치적 이데올로기의 문제를 건드리게 된다. 즉 수행적 주체의 언술이 이데올로기가 그어 놓은 금기의 선을 넘게 되는 것이다.

> 종이를 짤라 내듯
> 긴장하지 말라구요
> 긴장하지 말라구요
> 사회주의 동지들
>   연꽃이 있지 않어
>   두통이 있지 않어
>   흙이 있지 않어
>   사랑이 있지 않어
>
> 두껑을 열어제치듯
> 긴장하지 말라구요
> 긴장하지 말라구요
> 사회주의 동지들
>   형제가 있지 않어
>   아주머니가 있지 않어
>   아들이 있시 않어
>
> 벌레와 같이
> 눈을 뜨고 보라구요
> 아무것도 안 보이는

긴장하지 말라구요
내가 겨우 보이는
긴장하지 말라구요
　사회주의 동지들
　사랑이 있지 않어
　냄새가 있지 않어
　해골이 있지 않어

-「연꽃」 전문

"사회주의 동지들"이라는 시어는 반공 이데올로기가 어느 때보다 치열했던 현실에서는 사용할 수 없는 금기어이다. 이러한 금기어를 시 속에서 반복적으로 호명하고 있는 것은 언술 주체가 그 단어에 대한 거리낌이 없다는 것이고 호명에 대한 나름의 신념이 있다는 것을 의미한다. "종이를 잘라내듯" 지난 것은 잊어버리고, 눈을 떠도 아무것도 보이지 않는 벌레와 같이 긴장하지 말고 의연하라고 거듭 말하고 있다.33)

이 시가 5 · 16 발발 직전의 작품이라는 것을 생각하면 당시 언술 주체의 사회와 정치적 상황에 대한 분노 그리고 지식인으로서의 환멸을 동시에 보여주고 있는 시라고 할 수 있을 것이다.34) 즉 "사회주의 동

---

33) 실제로 김수영은 6 · 25전쟁 때 북으로 끌려갔다가 탈출하지만 다시 체포되어 모진 고문을 받은 뒤 포로 생활을 했다. 세상과 고립된 수용소에서 그는 전쟁터에서 끌려온 친공 혹은 반공 포로들의 끔찍한 싸움이나 저항을 보았을 것이고 이러한 시간들로 인해 김수영은 좌익이나 사회주의 그리고 이데올로기에 대한 많은 생각들을 했을 것으로 보인다.

34) 김수영은 사회주의와 혁명에 대해 지대한 관심을 보였다. 그는 해방 직후에 임화의 영향으로 좌익 단체인 조선노동조합전국형의회에 다닌 적이 있으며, 그 후 문학가동맹 주최의 문학 행사에도 참여했다. 그가 쓴 「의용군」이라는 소설은 비록 미완이지만 제목으로도 사회주의나 임화로부터 적잖은 영향을 받았다는 것을 알 수 있다. 그리고 4 · 19혁명 직후 북에 있는 김병욱에 쓴 다음의 편지글에서도 그것을 확인할 수 있다. (김

지들"이라는 정치적 금기어를 사용하며 더군다나 '긴장을 하지 말라'
는 발언들은 시대에 대한 좌절과 울분에 대한 역설적 표현이다. '대한
민국에서는/제일이지만/ 이북에 가면야/ 꼬래비지요'(「허튼소리」)에서처
럼 정치적 금기를 깨는 언술 주체의 풍자적 발화 못지않게 이 시에서
의 사회주의 동지의 호명은 중요하다. 왜냐하면 정치 현실에 대한 환
멸과 허탈감으로 인한 주체의 반항 정신이 뚜렷하게 부각되기 때문이다.

시에 드러나는 연꽃, 두통, 흙, 사랑, 형제, 아주머니, 냄새, 해골과
같은 어휘들은 모두 일상에서 흔히 만나는 대상들이고 그들은 그 일
상에서 서로 사랑하고 부딪치는 존재들이다. 힘없는 일상의 미미한 존
재들에서부터 당시 남한에서 불온의 대상인 "사회주의 동지"에 이르
기까지 이러한 대상들의 호명은 근대화의 소외와 정치적 검열의 시대
를 견디며 살아간다는 것이 어떤 의미인지를 생각하게 한다.

김수영의 1960년대 시의 언술 주체는 부정적인 현실에서 그 현실을
변화시키거나 어떤 상황에 같이 동참해주기를 청한다. 언술 주체의
'~자'나 '~하자'와 같은 능동적 발화는 말하는 주체와 듣는 대상의
관계가 수평적이며, 말을 하는 사람과 듣는 사람 모두가 그 말과 행동
에 동참하게 하는 등 수행적 분위기를 이끌어 낸다. 언술 주체가 권유
나 명령 같은 어조를 사용함으로써 기존의 체제나 이데올로기에 대한
환멸적 시선을 드러내는 이러한 태도는 자신의 현재를 성찰하면서 동
시에 자기 과오를 폭로하는 모습으로 이어진다.

수영, '詩友 김병욱형에게', 『민족일보』, 1961, 5. 9) 김수영의 사회주의나 혁명에 대한
피해의식과 부채의식은 그의 여러 산문을 통해 확인할 수 있다.

2. 현재의 성찰과 자기 과오의 폭로

시인이 어떠한 대상이나 사건에 심미적인 목적을 가진다는 것은 그 대상에게 시선이나 미적 거리가 개입되었다는 것을 의미한다. 이러한 시선에 포함된 시간문제는 시인의 체험이나 의식과 근본적으로 관련을 맺고 있다. 시간의식은 미의식과 결합되어 각 시인마다 주관적 상대성을 지닌 심리적 시간으로 작동된다. 김수영의 시에서는 언술 주체의 순간적인 행동이나 감정이 주로 현재 시점에서 발생하거나 표현된다. 이러한 현재 시점에서의 발화는 언술 주체의 과오를 스스로 폭로하면서 그것을 더 구체적이며 현장성 있게 구현한다. 즉 주체의 주관이나 지향하는 세계의 모습이 진술될 때는 주로 현재형 시제가 드러나는데, 이 현재는 주체와 동일한 시간대에 있다는 것이고 동시에 그 세계에 능동적으로 참여한다는 의미이다.

1960년대 김수영 시에 드러나는 언술 주체들은 대부분 현실에서 수행적인 태도를 취하며 현재 상황이나 자신의 모순에 끊임없이 의문을 제기한다. 그는 삶의 태도와 시에 대한 태도를 일치시키며, 현실의 모순을 적극적으로 시 속에 반영했다. 견고한 이데올로기와 세계의 상실감에 대한 언술 주체의 부정적 시선은 자신의 현재 삶과 시에 대한 비판으로 이어지고 결국 자신의 현실에 대한 고발적 시선으로 이어진다.

이러한 고발적 시선은 시의 발화자로서 '나'라는 언술 주체가 시의 전면에 드러나는데 이 '나'는 자기 과오를 폭로하거나 고발하는 모습을 보인다. 즉 언술 주체인 '나'는 자신의 사적인 경험뿐만 아니라 사회와 역사, 그리고 타인의 외부적 시선을 통해서도 자신과 현실을 바라보게 된다. 특히 4·19를 지나며 자기 모멸이나 패배주의적 열패감에 사로잡히며 내부의 갈등과 긴장으로서의 자기 고발적 특징이 확연하게 드러난다. 이 부정적 언술이 동반하는 '반어'는 기존의 대립이나 부정의 개념에서 그 자체를 부정하는 데까지 나아간다. 무엇보다 그것은 시와 삶의 근본적인 지점을 문제 삼으며, 지금 현재 '내' 안에서 '나'를 넘어서는 길을 찾으려는 시도이기도 하다.

> 피아노 앞에는 슬픈 사람들이 많이 있다/ 동계 방학 동안 아르바이트를 하는 누이/ 잡지사에 다니는/ 영화를 좋아하는 누이/ 식모살이를 하는 조카/ 그리고 나/ 피아노는 밥을 먹을 때도 새벽에도/ 한밤중에도 울린다/ 피아노의 주인은 나를 보고/ 시를 쓰니 음악도 잘 알 게 아니냐고/ 한 곡 쳐보라고 한다/ 나의 새끼는 피아노 앞에서는 노예/ 둘째 새끼는 왕자다// 삭막한 집의 삭막한 방에 놓인 피아노/ 그 방은 바로 어제 내가 혁명을 기념한 방/ 오늘은 기름진 피아노가/ 덩덩 덩덩덩 울리면서/ 나의 고갈한 비참을 달랜다/ 벙어리 벙어리 벙어리/ 식모도 벙어리 나도 벙어리/ 모든게 중단이다 소리도 사념도(思念)도 죽어라/ 중단이다 명령이다/ 부정기적인 중단/ 부정기적인 위협/ -이러면 하루종일/ 밤의 꿈속에서도/ 당당당 피아노가 울리게 마련이다/ 타 온 순서대로/ 또 그 비참대로/ 값비싼 피아노가 값비싸게 울린다/ 돈이 울린다 돈이 울린다
>
> -「피아노」 전문

> 낮잠을 자고 나서 들어보면/ 후란넬 저고리도 훨씬 무거워졌다/ 거지의 누더기가 될락 말락 한/ 저놈은 어제 비를 맞았다/ 저놈은 나의 노동의 상징/ 호주머니 속의 소눈깔만 한 호주머니에 들은/ 물뿌리와 담배 부스러기의 오랜 친구/ 윗호주머니나 혹은 속호주머니에 들은 치부책 노릇을 하는 종이면/ 그러나 돈은 없다/-돈이 없다는 것은 오랜 친구이다/ - 그리고 그 무게는 돈이 없는 무게이기도 하다
>
> -「후란넬 저고리」 부분

두 편의 시는 '피아노'와 '후란넬 저고리'라는 지극히 일상적인 소재에서 출발한다. 나와 우리 집에서 가장 현실적으로 큰 문제인 '돈'에 대한 이야기로 전개되며 경제적으로 무능력한 언술 주체의 모습이 그대로 드러난다. '오늘은 기름진 피아노가 / 덩덩덩 울리면서/ 나의 고갈한 비참을 달랜다'의 언술은 궁핍한 생활에서 피아노를 들여놓고 그것을 치는 아이들을 바라보는 자신의 속물성에 대한 폭로가 드러난다. 이러한 시선은 '값비싼 피아노가 값비싸게 울린다/ 돈이 울린다 돈이 울'리는 것처럼 이미 속물이 되어버린 자신과 속물적으로 살도록 개인을 몰아가는 자본주의의 논리에 대한 이중적인 감정이 내재되어 있다. 또한, 한 가족의 생계를 책임져야 하는 현실적 가장이라는 지위와 이상적인 꿈을 좇는 시인으로서의 위치가 만드는 정체성의 혼란 또한 그 이유가 될 것이다. '돈'을 최우선으로 하는 자본주의 사회에서는 개인의 욕망과 사회적 요구가 결코 일치될 수 없다. 때문에 이 두 정체성은 서로 통합되지 않고 끊임없는 갈등을 불러일으킨다. 하지만 이러한 간극은 단순히 '돈'의 문제에 국한되지는 않는다. 피아노가 놓인 그 방은 '바로 어제 내가 혁명을 기념한' 곳이다. 하지만 허위적이고 속물적인 삶에 안주하며 '벙어리 벙어리 벙어리'처럼 어느 누구도 현실의 모순에 대해 말하지 않는다. 이처럼 개인적 삶에 대한 자기 고발적 시선은 자기 부정성을 동반하게 되고, 이러한 부정성은 현재 시점을 기반으로 할 때 더 강렬한 의미가 부여된다.

언어는 나의 가슴에 있다
나는 모리배들한테서
언어의 단련을 받는다
그들은 나의 팔을 지배하고 나의

밥을 지배하고 나의 욕심을 지배한다

그래서 나는 우둔한 그들을 사랑한다
나는 그들을 생각하면서 하이데거를
읽고 또 그들을 사랑한다
생활과 언어가 이렇게까지 나에게
밀접해진 일은 없다

언어는 원래가 유치한 것이다
나도 그렇게 유치하게 되었다
그러니까 내가 그들을 사랑하지 않을 수가 없다
아아 모리배여 모리배여
나의 화신이여

-「모리배」 전문

청탁받은 원고에 대해 출판사에서 제시하는 규칙이나 압력을 어쩔
수 없이 받아들여야 하는 언술 주체 또한 여느 '모리배'와 다를 바 없
음을 언급하고 있다. 온갖 옳지 못한 수단과 방법으로 자신의 이익만
을 꾀하는 이들이 모리배라면 언술 주체가 그들의 세상에서 살아남기
위해서는 자신도 결국 모리배와 같이 그들의 언어를 써야 하며 그들
과 생활하며 '우둔한 그들을 사랑'하지 않을 수 없다는 것이다. 현실과
괴리되었던 자신의 언어가 그들 때문에 '생활과 언어가 이렇게까지 나
에게/ 밀접해진 일'이 없을 성도로 가까워졌다는 것이다. 언술 주체는
자신이 사용하는 말이나 언어가 모리배와 닮았다고 판단한다. 신문사
나 잡지사의 편집자로부터 요청받은 원고 수정과 협상에 대해 평소
신념과는[35] 대조되는 행동으로 그들의 요구에 응하며 그렇게 변해가

는 자신의 과오를 폭로하는 모습이 여실히 드러난다. 이러한 부정성이 언술 주체와 대상과의 관계에서 현재 시점을 기준으로 진행될 때 심리적 거리가 객관화되고 현장성이 부각된다.

이처럼 김수영 시의 언술 주체들은 대부분 현실과 자신에 대한 과오를 폭로하는 고발적 시선을 던지며 의문을 제기한다. 이 고발적 시선은 강한 '부정'의 의미가 내재되어 일상에서의 타협과 순응을 거부하는 저항적 태도를 요구한다. 그 대표적인 대상이 '적(敵)'인데, 이 '적'은 명확하게 드러나지 않으며 분명한 실체나 형상을 지니고 있지 않다. 그것은 자신의 내면에 있는 '나' 일수도 있고, 아내나 이웃 그리고 이 사회일 수도 있다. 때문에 통상적인 의미의 '싸움의 상대자'나 '원수(怨讎)'의 개념을 넘게 된다. 이러한 '적' 또한 외부로 향한 마음을 자신의 내부로 방향을 전환하며 자신의 과오를 폭로할 때 더한층 뚜렷하게 드러난다.

　　그들은 민주주의자를 가장하고/ 자기들이 양민이라도 하고/ 자기들이 선량하고도 하고/ 자기들이 회사원이라고도 하고/ 전차를 타고 자동차를 타고/ 요릿집엘 들어가고/ 술을 마시고 웃고 잡담하고/ 동정하고 진지한 얼굴을 하고/ 바쁘다고 서두르면서 일도 하고/ 원고

---

35) 평소 김수영은 원고 발표나 수정의 과정에서 출판사와 타협하는 행위 자체를 극도로 자기 모멸적이고 부정적인 것으로 생각하였다. 그는 "위험을 미리 짐작하고 거기에 보호색을 입혀서 내놓는 것은 자살행위나 마찬가지이고 아예 발표하지 않고 썩혀 두는 편이 훨씬 낫다"라거나 "죽는 것보다도 못한 것이 병신이 되는 것"이라고 했다. 또한 어용 시인이나 아부하는 시인들에게 대한 비판적 시선이 다음 글에서 뚜렷하게 드러난다. "나는 극언(極言)하건대 이번 4·26사태를 정확하게 파악하고 통찰하지 못하는 사람은 미안하지만 시인의 자격이 없다고 생각하는데, 이런 불쌍한 사람들이 소위 시인들 속에 상당히 많이 있는 것을 보고 정말 놀랐다. (중략) 마음이 정 고약해져서 시를 쓰지 못할 만큼 거칠어진다 해도 할 수 없는 일이다. 시대의 윤리적 명령은 시 이상이라고 생각하기 때문에 이 거센 혁명의 마멸(磨滅)속에서 나는 나의 시를 다시 한 번 책형대(磔刑臺)위에 걸어 놓았다." (김수영, 「책형대에 걸린 시」, 『전집 2』, 230-233면)

도 쓰고 치부도 하고/ 시골에도 있고 해변가에도 있고/ 서울에도 있고 산보도 하고/ 영화관에도 가고/ 애교도 있다/ (중략) 하……그림자가 없다// 하……그렇다……/ 하……그렇지……/ 아암 그렇구말구……그렇지 그래……/ 응응……응……뭐?/ 아 그래……그래 그래.

-「하……그림자가 없다」 부분

더운 날/ 적을 운산(運算)하고 있으면/ 아무 데에도 적은 없고// 시금치밭에 앉는 흑나비와 주홍나비 모양으로/ 나의 과거와 미래가 숨바꼭질만 한다/「적이 어디 있느냐」/「적은 꼭 있어야 하느냐?」// 순사와 땅주인에게서부터 과속을 범하는 운전수에게까지/ 나의 적은 아직도 늘비하지만/ 어제의 적은 없고/ 더운 날처럼 어제의 적은 없고/ 더워진 날처럼 어제의 적은 없고

-「적」 부분

우리는 무슨 적이든 적을 갖고 있다/ 적에는 가벼운 적도 무거운 적도 없다/ 지금의 적이 제일 무거운 것 같고 무서울 것 같지만/ 이 적이 없으면 또 다른 적-내일/ 내일의 적은 오늘의 적보다 약할지 몰라도/ 오늘의 적도 내일의 적처럼 생각하면 되고/ 오늘의 적도 내일의 적처럼 생각하면 되고// 오늘의 적으로 내일의 적을 쫓으면 되고/ 내일의 적으로 오늘의 적을 쫓을 수도 있다/ 이래서 우리들은 태평으로 지낸다

-「적1」 전문

「하……그림자가 없다」에서는 '적'의 이미지와 의미가 좀 더 구체적으로 드러난다. 그 적은 민주주의를 가장하거나 선량한 양민들처럼 회사도 다니고 전차나 자동차를 타며 요릿집에도 간다. 술을 마시거나 잡담을 하며 진지한 얼굴로 원고도 쓴다. 우리들의 전선이 눈에 보이

지 않는 것처럼 이 적(敵) 또한 그림자도 없이 주체의 내부에 다각적인 긴장을 불러일으키고 있다.

　4·19 직후의 시들에서 이 '적'의 대상이 다양하게 드러나는데, 시에 드러나는 현실의 '적'은 언술 주체의 외부에 존재하는 적이기도 하지만 주체의 내부에 존재하는 '적'이기도 하다. 현재 시점에서 언술 주체의 주변에 편재해 있는 이 '적'은 주체가 인식하지 못하는 사이에 일상과 스스로의 의식 속에 침투해 있다. '나의 양심과 독기를 빨아먹는/ 문어발' 같은 '적'은 정체도 없고 형체도 드러나지 않으며 언제나 나와 함께 지금 이곳에 존재한다. 하지만 그러한 '적'은 배척되어야 할 대상이고 부정 해야 할 상대이지만 때로는 '가장 사랑하는' 대상이기도 하다. 현실을 살고 있는 누구에게나 있는 이 '적'은 고정된 상태로 존재하지 않고 특정한 범주에 들지도 않으며, 과거와 미래가 아닌 지금 이곳에 존재한다. 무엇보다 그 적이 이 현재 시점에 존재할 때 가장 직접적인 영향을 미칠 수 있기 때문이다. 하지만 시인에게 제일 무서운 적은 '가장 가까이' 있는 바로 자기 자신이다. 스스로가 자신의 적이 된다는 것은 윤리적 삶과 대조되는 이율배반적인 현재 자신의 모습을 인정하고 그것을 과감하게 드러내는 것이다. 일상에 편재해 있는 이 '적'에 대한 구체적인 사유는 더 나아가 언술 주체의 정체성에 대한 질문으로 이어진다.

　　나는 지금 일본 시인들의 작품을 읽으면서/ 내가 너무 자연스러운 전향을 한 데 놀라면서/ 이 이유를 생각하려 하지만/ 그 이유는 시가 안 된다/ 아니 또 시가 된다/ ―당연한 일이다// <히시야마 슈조>의 낙엽이 생활인 것처럼/ 5·16이후의 나의 생활도 생활이다/ 복종의 미덕!/ 사상까지도 복종하라!/ 일본의 <진보적>지식인들이 이 말을 들

으면 필시 웃을 일이다/ ─당연한 일이다// 지루한 전향의 고백/ 되
도록 지루할수록 좋다/ 지금 나는 자고 깨고 하면서 더 지루한/ 중공
(中共)의 욕을 쓰고 있는데/ 치질도 낫기 전에 또 술을 마셨다/ ─당
연한 일이다

─「전향기」 부분

'전향'은 자신의 사상과 삶의 방식을 포기하고 새로운 사상을 취한
다는 의미다. 언술 주체는 그러한 자신의 생각이나 행동을 여지없이
드러내며 전향이 떳떳하지 못함과 동시에 이러한 전향이 있을 수밖에
없는 정치에 대한 환멸적 시선을 드러내고 있다.

1연에서는 일본의 진보적 지식인처럼 소련을 욕하지 않고 두둔한
것이 언술 주체의 판단에 의한 것이 아니라는 것을 밝힌다. 이어 2, 3
연에서 밝힌 전향의 이유 또한 거창하거나 가치 있는 것이 아니기 때
문에 "지루할" 수밖에 없다. 지루한 그 이유들이 시가 될 수도 있고,
시가 되지 않을 수도 있다는 것은 이중적인 시선으로, '전향'에 대한
부정적인 시선이 내재되어 있다. 무엇보다 언술 주체의 현실은 치질과
피를 쏟고 '단식'까지 벌이며 여전히 소화불량 상태다. 그 정도로 이
전향이 언술 주체에게는 큰 의미이다. 그럼에도 구태여 그것이 "─당연
한 일이다"라고 반복하고 있는 것은 언술 주체의 불편한 마음 상태를
극대화하며 그 감정을 역설적으로 드러낸 것으로 이해된다. 자신에 대
한 모순적이고 비윤리적인 태도에 대한 자기 과오의 폭로가 아래의
시에서는 더 적나라하다.

남에게 희생을 당할 만한
충분한 각오를 가진 사람만이
살인을 한다

그러나 우산대로
여편네를 때려눕혔을 때
우리들의 옆에서는
어린놈이 울었고
비 오는 거리에는
40명가량의 취객들이
모여들었고
집에 돌아와서
제일 마음에 꺼리는 것이
아는 사람이
이 캄캄한 범행의 현장을
보았는가 하는 일이었다
-아니 그보다도 먼저
아까운 것이
지우산을 현장에 버리고 온 일이었다

-「죄와 벌」 전문

　길거리에서 아내를 때려눕힌 언술 주체는 그 사건을 현재 시점으로
재현하고 있다. 그는 자신이 한 행동보다 사회적 체면을 더 우선시하
고 있는데 그러한 자신의 비윤리적 태도와 자기 과오를 적나라하게
보여주고 있다. 아내를 길거리에서 때린 것보다 그 "범행의 현장"을
아는 사람이 보았을까를 더 두려워하고 그것보다 아끼던 지우산을 현
장에 두고 온 것을 더 안타까워하고 있다. 자신의 대의명분보다는 체
면과 대외적 관계만을 중시하는 언술 주체의 허위적인 모습이 확연하
게 드러난다. 하지만 그러한 고백은 "남에게 희생을 당할만한/ 충분한
각오"를 가진 사람만이 그 자신의 치부에 대해 적나라하게 공개할 수
있는 것이다. 김영희[36]는 이 시를 언술 주체의 윤리적 타락에 대한 자

기 폭로로써, '표면의 잔혹하고 무도한 목소리와 이면의 소심하고 자학적인 목소리 사이에서 발생하는 아이러니, 그 과정에서 작동하는 중층의 혐오'라고 분석하고 있다. 따라서 이 시는 평소 타인에게 보이는 자신의 모습이 얼마나 위선적이었는지를 자기 풍자를 통해 그 바닥의 민낯을 보여주고 있다.

왜 나는 조그마한 일에만 분개하는가
저 왕궁 대신에 왕궁의 음탕 대신에
50원짜리 갈비가 기름 덩어리만 나왔다고 분개하고
옹졸하게 분개하고 설렁탕집 돼지 같은 주인년한테 욕을 하고
옹졸하게 욕을 하고

한번 정정당당하게
붙잡혀 간 소설가를 위해서
언론의 자유를 요구하고 월남 파병에 반대하는
자유를 이행하지 못하고
20원을 받으러 세 번씩 네 번씩
찾아오는 야경꾼들만 증오하고 있는가
(중략)
그러니까 나는 이렇게 옹졸하게 반항한다
이발쟁이에게
땅주인에게는 못하고 이발쟁이에게
구청 직원에게는 못하고 동회 직원에게도 못하고
야경꾼에게 20원 때문에 10원 때문에 1원 때문에
우습지 않으냐 1원 때문에

---

36) 김영희, 「페미니즘으로 김수영의 시를 읽을 때」,『창작과 비평』45, 창비, 2017년 가을호, 396–397면.

모래야 나는 얼만큼 작으냐
바람아 먼지야 풀아 나는 얼만큼 작으냐
정말 얼만큼 작으냐……

                                    ─「어느 날 고궁을 나오며」 부분

　이 시에서도 세계의 부정이나 실패한 혁명에 대해서는 분개하지 못
하고 작은 일에만 분개하고 있는 옹졸한 주체의 모습이 적나라하다.
언술 주체는 왕국으로 상징되는 부당한 권력에는 대항하지 못하고 설
렁탕집에서 먹은 기름 덩어리 갈비 때문에 여주인에게 욕을 한 일이
나 잡혀간 소설가나 월남 파병에 대해서는 반대를 못하고 20원 때문
에 몇 번씩 찾아오는 야경꾼에게 화를 낸다. 땅주인이나 구청 직원에
게는 말을 못하고 야경꾼에게만 화를 내는 자신의 치졸함에 대해 고
백하고 있다. "절정 위에는 서 있지/ 않고 조금쯤 옆으로 비켜 서 있
는" 자신의 모습과 지난 과오를 "모래야 나는 얼만큼 작으냐"라고 묻
는다. 부조리한 사회 현실과 부당한 질서에 적극적인 대결 자세를 지
니지 못하는 언술 주체의 자기 폭로적 시선이 드러나는 부분이다. 언
술 주체가 제시한 작은 일에 분개한 이유들은 모두 소극적이고 소시
민적인 것들이다. 이러한 말하기 방식은 허위적인 현실의 모습을 여지
없이 드러낸다. 무엇보다 이 시는 자기 부정이나 자기 과오가 가장 치
열하게 드러나는 시 중의 하나로 자신의 비도덕적이고 허위적인 모습
을 냉철하게 드러낸다.
　이처럼 김수영의 시가 대체적으로 자기 고발적으로 읽히는 것은 자
기 부정을 과감하게 바닥까지 드러내는 한 방법이기 때문이다. 그것은
관념적이고 피상적인 현실의 고백이 아니라 생활의 구체적인 상황을
드러내거나 자기 스스로를 폭로의 대상으로 삼으며 자기 과오를 폭로

하는 태도 때문이다. 이러한 방법은 기존의 억압적 질서나 부당한 권력으로부터 자기 자신이나 대상을 종속시키거나 억압하는 것에 대한 부정이며 비판이다. 때문에 자기 과오를 폭로하는 것은 스스로의 불안을 감당하는 것이고, 외부로 향했던 부정적 시선을 '나' 자신으로 이동시키는 것이다. "모든 문제는 우리 집의 울타리 안에서 싸워져야 하고, 급기야는 내 안에서 싸워져야 한다"(「삼동유감」)고 했던 것처럼 투쟁의 대상을 자기 자신으로 설정하는 것이다. "내가 나의 시를 모르듯이" 자신의 인식과 행위에 대한 스스로의 부정성은 자신에 대한 혹독한 부정(否定)임은 틀림없다. 하지만 그 부정은 자신을 넘어 어디에도 고정되지 않고 끊임없이 움직이는 부정(不定)으로서의 의미를 동시에 포함하고 있다. 그리하여 이 언술 주체는 기성의 질서나 관습적인 가치에 안주하지 않고 더 새롭게 생성되고 변모되는 주체로 변화된다. 이러한 주체의 모든 감정과 행위는 현재 시점에서 더 구체적이고 현장성 있게 구현된다. 나아가 주체가 있는 이 현재를 어떻게 이해해야 하는가에 대한 현실에 대한 본질적인 질문을 내포하게 된다. 물리적인 현재는 주체에 의해 포착되는 순간 과거가 되어버린다. 하지만 수행적 언술 주체는 이러한 현재 시섬에서의 자신의 상황이나 감정에 더 충실하며 자신의 과오를 객관적으로 드러냄으로써 자기 성찰적인 모습을 동시에 보여준다.

3. 병렬적 반복의 확장성과 실험적 언어유희

김수영 시는 4·19를 기점으로 언술의 형식적 변화를 많이 보이는데, 특히 단어나 어구 그리고 문장의 반복[37]적 모습이 빈번하게 드러난다. 언술의 병렬적 반복은 의미를 더욱 강화하거나 차이를 드러내는 등의 의미형성과 관련된다. 이러한 반복 기법은[38] 언어의 개성적인 측면과 언술을 구성하는 원리로써 언술 주체의 특성을 이해하는데 중요한 지점이며 궁극적으로는 인식의 문제와도 연관된다. 텍스트의 안정성을 부여하는 언술 방식으로서의 이러한 반복은 대상들의 결속을 강화하는 가장 기본적인 언술 기법이라고 할 수 있다.

병렬적 반복은 언술 주체의 발화나 언술의 한 형식으로 주제를 부각시키거나 리듬을 형성한다. 무엇보다 서로 이질적이고 다양한 대상들을 포괄하고 공존하게 함으로써 경계를 허물고 연대하는 확장성을 보인다. 김수영 시에 드러나는 병렬적 언술의 반복은 4 · 19에서 5 · 16으로 넘어오며 주체가 감수해야 하는 좌절이나 상실감으로부터 그 내면세계를 시에 적극적으로 드러내는데 이것이 실험적인 언어유희적 특성으로 나타난다.

---

37) 반복은 러시아 형식주의에 이르러서 본격적인 이론으로 정립되었다. 레오 야쿠빈시키는 시에서 소리의 독자적 가치에 대한 언어학적 근거를 제시했으며, 오십 브릭은 운문에서의 소리의 반복은 미학적 역할을 일정 부분 담당한다고 주장했다. (V.쉬클로프스키 외, 『러시아 형식주의 문학이론』, 문학과사회연구 역, 청하, 1993, 178면) 유리 로트만 또한 반복을 시의 리듬을 구성하는 요소로서 산문과 구별되는 중요한 지점으로 보았다. 이러한 반복은 텍스트에서 질서화의 실현으로 드러나며, 이 반복은 일치하는 차원과 일치하지 않는 차원이 공존한다고 언급했다. 따라서 예술작품은 질서화와 질서화의 부재라는 두 유형을 반복하며 규칙들을 실현하기도 하지만 반대로 그것을 위반한다는 것이다.(Yuri M. Lotman, 유재천 역, 『예술 텍스트의 구조』, 고려원, 1991, 83-88면)

38) 이경수는 문학 작품에서의 반복이 수사법으로 취급되거나 리듬의 구성 원리로써 논의되어 오면서 축소된 반복의 개념을 체계화하고 확장시킬 수 있었다고 했다. 그는 이러한 반복의 유형은 '어떻게' 반복되는가의 반복의 형태와 '무엇이' 반복되는가 하는 반복의 구성 요소를 기준으로 나눌 수 있다고 보았다. 이경수는 '무엇이'이 반복되는가의 반복의 구성 요소는 음소의 반복, 어휘의 반복, 구문 및 문장의 반복, 시행 및 연의 반복 등으로 나눌 수 있다고 설명하였다. (이경수, 「한국 현대시의 반복 기법과 언술 구조 -1930년대 후반기의 백석 · 이용악 · 서정주 시를 중심으로」, 고려대학교 박사학위논문, 2002, 21-24면)

삶은 계란의 껍질이
벗겨지듯
묵은 사랑이
벗겨질 때
붉은 파밭의 푸른 새싹을 보아라
얻는다는 것은 곧 잃는 것이다

먼지 앉은 석경 너머로
너의 그림자가
움직이듯
묵은 사랑이
움직일 때
붉은 파밭의 푸른 새싹을 보아라
얻는다는 것은 곧 잃는 것이다

새벽에 준 조로의 물이
대낮이 지나도록 마르지 않고
젖어 있듯이
묵은 사랑이
뉘우치는 마음이 한복판에
젖어있을 때
붉은 파밭의 푸른 새싹을 보아라
얻는다는 것은 곧 잃는 것이다

　　　　　　　　　　　　-「파밭 가에서」 전문

……활자는 반짝거리는 하늘 아래에서/ 간간이/ 자유를 말하는데/ 나의 영은 죽어 있는 것이 아니냐// 벗이여/ 그대의 말을 고개 숙이고 듣는 것이 그대는 마음에 들지 않겠지/ 마음에 들지 않아라// 모

두 다 마음에 들지 않아라/ 이 황혼도 저 돌벽 아래 잡초도/ 담장 푸
른 페인트 빛도/ 저 고요함도 이 고요함도// 그대의 정의도 우리들의
섬세도/ 행동이 죽음에서 나오는
　이 욕된 교외에서는/ 어제도 오늘도 내일도 마음에 들지 않아라//
그대는 반짝거리면서 하늘 아래에서/ 간간이/ 자유를 말하는데/ 우
스워라 나의 영은 죽어 있는 것이 아니냐

-「사령(死靈)」 부분

　위 시들에서 병렬적 언술 반복의 구조는 언술 주체의 감정이나 정
서를 전면적으로 내세움으로써 그와 관련된 다양하고 이질적인 요소
들을 수용한다. 뿐만 아니라 서로 다른 특성을 가진 대상들의 경계를
허물며 연대감을 형성하고 있다.
　「파밭 가에서」는 '~듯, ~할 때' 의 언술이 병렬적으로 반복되고, 각
연마다 "붉은 파밭의 푸른 새싹을 보아라/ 얻는다는 것은 곧 잃는 것
이다"의 동일 구조의 반복 기법이 성공적으로 구현된 작품이다. 이러
한 동일 언술 구문의 반복은 일정한 패턴을 형성하며 리듬감을 확보
하는데, 언술 주체가 세 개의 연을 통해 병렬적으로 반복하고 있는 것
은 "묵은 사랑"이다. "묵은 사랑이/ 벗겨질 때", "묵은 사랑이/ 움직일
때", "묵은 사랑이/ 젖어 있을 때"처럼 "묵은 사랑"에 대한 상황을 통
해 "붉은 파밭의 푸른 새싹"을 본다. 묵은 사랑의 상황을 병렬적으로
반복함으로써 그 사랑의 의미를 확장시키는 것이다. 푸른 새싹이 있는
파밭의 현실은 사랑 또한 언젠가 순리나 인연에 따라 변하게 되고 하
나의 사랑이 오면 또 하나의 사랑이 가듯 "얻는다는 것은 곧 잃는 것
이다"는 이치를 터득하는 곳이다.[39] 이처럼 오래된 사랑이 움직이고

---

39) 이성복은 「진실에 대한 열정」에서 김수영 문학의 결정적인 두 가지 요소를 언급했다.
　　하나는 '시'는 다름 아닌 "'지금, 이곳에서 내가 너와 함께' 나누고 좌절하고 극복하였

변하는 것처럼 파밭의 푸른 새싹 또한 움직이고 변한다. 언술 주체가 강조하는 "잃는 것"은 혁명의 실패에 대한 상실감이지만 그러한 상실감을 다 같이 공유하고 확장시켜 나갈 때 또 다른 사랑을 얻을 수 있다.

「사령」에서는 '~도'의 반복을 통해 시인이 현실에서 부정하고 싶은 대상을 나열하고 있다. "황혼도", "잡초도", "페인트 빛도", "저 고요함도", "우리들의 섬세함도" 그리고 "어제도 오늘도 내일"과 같은 그 모든 대상을 병렬적으로 나열함으로써 "사령"에 대한 이유를 설명하고 있다. 언술 주체가 말하는 '사령(死靈)'이란 부정과 부패에 저항하지 못하고 자신의 안일함에 갇혀 있는 죽은 영혼을 의미한다. 그것이 '<적당히>쓸 줄 아는 타협이나 때가 묻은 행동'으로 나타난다는 것이며 '사령'은 그것에 대한 죄책감의 표현이다. 따라서 언술 주체는 "~도"나 "마음에 들지 않아라"의 병렬적 반복을 통해 자신이 넘어야 할 것은 자기 자신뿐만 아니라 우리의 전통과 역사로 확장되어 나아가야 함을 아래의 시에서 제시하고 있다.

> 전통은 아무리 더러운 전통이라도 좋다 나는 광화문
> 네거리에서 시구문의 진창을 연상하고 인환(寅煥)네
> 처갓집 옆의 지금은 매립한 개울에서 아낙네들이
> 양잿물 솥에 불을 지피며 빨래하던 시절을 생각하고
> 이 우울한 시대를 패러다이스처럼 생각한다
> 버드 비숍 여사를 안 뒤부터는 썩어빠진 대한민국이
> 괴롭지 않다 오히려 칭송하다 역사는 아무리

던 상처의 기록"이라는 사실이고, 다른 하나는 '사랑'이란 추상적인 관념이 아닌 구체적인 수행(遂行)으로서 "환멸도 풍자도 해탈도 아닌, 다만 팽팽한 맞섬"이라는 사실이다. 김수영과 이성복의 말을 같이 고려해본다면, 김수영의 시는 타인의 상처에 대한 공감을 기반으로 하는 것이며, 이 세계나 타인과의 '팽팽하고 정직한 갈등'을 토대로 하고 있다는 것을 알 수 있다. (김수영, 『김수영의 문학』, 황동규 엮음, 민음사, 1997, 185면)

더러운 역사라도 좋다
진창은 아무리 더러운 진창이라도 좋다
나에게 놋주발보다도 더 쨍쨍 울리는 추억이
있는 한 인간은 영원하고 사랑도 그렇다
아이스크림은 미국놈 좆대강이나 빨아라 그러나
요강, 망건, 장죽, 종묘상, 장전, 구리개, 약방, 신전,
피혁점, 곰보, 애꾸, 애 못 낳는 여자, 무식쟁이,
이 모든 무수한 반동이 좋다
이 땅에 발을 붙이기 위해서는
—제3인도교의 물속에 박은 철근 기둥도 내가 내 땅에
박는 거대한 뿌리에 비하면 좀벌레의 솜털
내가 내 땅에 박는 거대한 뿌리에 비하면

괴기영화의 맘모스를 연상시키는
까치도 까마귀도 응접을 못하는 시꺼면 가지를 가진
나도 감히 상상을 못하는 거대한 거대한 뿌리에 비하면……
                                —「거대한 뿌리」 전문

　이 시에서 "요강, 망건, 장죽, 종묘상, 장전, 구리개, 약방, 피혁점, 곰보, 애꾸, 애 못 낳는 여자, 무식쟁이"들은 우리가 껴안아야 할 역사와 전통이며, 변두리에 있는 "무수한 반동들"이다. "전통은 아무리 더러운 전통이라도 좋다"와 "역사는 아무리/ 더러운 역사라도 좋다"의 반복을 통해 전통과 역사를 껴안고 함께 나아갈 것을 제시한다. 수행적 언술 주체는 이와 같은 언술의 병렬적인 반복을 통해 힘없고 소외된 반동들을 하나씩 시로 불러들이며 그들과 연대의 힘을 확장해 나아갈 것을 제시한다. 이 현실과 땅에 발을 붙이고 살아가기 위해서는 더러운 전통 또한 우리 삶의 일부라는 것을 인정하고 "내 땅에 박

는 거대한 뿌리"가 되어야 함을 강조한다. 언술 주체의 이러한 시선은 19세기 말의 영국 왕립지학협회 회원인 비숍 여사가 쓴 우리나라의 기이한 풍습에 대해 쓴 글을 읽은 데서도 그 원인을 찾을 수 있다. 부끄럽게 여겼던 우리의 전통을 재발견하게 되고 나라마다 전통의 다양한 차이가 있음을 새롭게 인식하게 된 것이다.

더러운 진창 속에서 "사랑"을 발견하고 그것을 키워나가는 "거대한 뿌리"들이 바로 민중인데, 그들이 바로 현실의 변두리에 있는 "무수한 반동"들이라는 것이다. 그 반동들이 힘을 합쳐 연대해 나갈 때는 누구도 "감히 상상을 못하는" 거대한 힘을 조직할 수 있기 때문이다. "더러운 전통"과 "더러운 역사" 그리고 "무수한 반동"을 "~좋다"의 서술어와 연결 시켜 병렬적으로 반복함으로써 이 시대를 함께 뚫고 나갈 그들의 힘을 강조한다. 다시 말해 반동의 주체들에게 내재된 무수한 "설움"을 끌어안고 나아간다는 것은 고착된 이데올로기와 억압적 체제의 "우울한 시대"를 돌파해 나간다는 의미이기도 하다.

한편 1960년대를 지나며 소음에 극도로 예민했던 김수영의 태도에 변화를 보이는데 위에서 살핀 언술의 반복뿐 아니라 요설적 말하기 방식에서도 그것이 드러난다. 김수영은 특히 소음에 대한 산문에서 그 이유를 구체적으로 밝히고 있다. 시를 쓸 때 식구들이 부스럭거리기만 해도 "신경질"을 부릴 만큼 예민했던 예전과 달리 최근에는 오히려 '잡음'을 '인간적'으로 생각한다거나 그 잡음이 작품을 쓰는데 '구명대'처럼 도움이 된다는 말도 한다.[40] 이러한 생각의 변화는 일상에서 들리는 잡음이 시의 언어와 다르지 않다는 인식에서 비롯된 것으로, 언어가 생활 속에서 단련되는 것이라면 일상의 잡음 또한 시의 언어

---

40) 김수영, 「반시론」, 『전집 2』, 510면.

와 구분이 필요하지 않다는 것이다. 다시 말하면 이 잡음을 너끈히 통과할 수 있는 시를 쓰고 싶다는 것이고, 생활과 동떨어진 말이 아니라 생활 속에서 생활과 밀접한 언어로 시를 쓸 때 시의 긴장과 의미가 더 깊어지며 힘을 얻을 수 있다는 의미이다.

즉 김수영에게 이 소음은 시를 쓰는 과정의 외부적인 방해 요소이면서 동시에 시에 더 몰입하게 하는 내부적 동력으로 작용하기도 한다. 이러한 소음 속에서 글을 쓰다 보면 그것을 죽이기 위해 불필요한 말들을 더 하게 되고, 이 때문에 자신의 시 속에 '요설(饒舌)'이 있다는 비판을 듣기도 한다는 것이다.[41] 이러한 요설 속의 반복은 언어유희적인 측면이 강하다. 시의 자유로운 정신과 부정적인 현실 인식이 맞닥뜨리게 되면, 시는 진지하고 엄격한 것에서 벗어나 언어의 실험적 전략으로서의 유희적인 성격을 지니게 된다.

> 우물이 말을 한다
> 냄새여 지휘하라
> 연기여 지휘라라
> 등나무 등나무 등나무 등나무
>
> 우물이 말을 한다
> 어제의 말을 한다
> "똥, 땡, 똥, 땡, 찡, 찡, 찡…"
> "엄마 안 가?"

---

41) "나의 시 속에 요설(饒舌)이 있다고들 한다. 내가 소음을 들을 때 소음을 죽이려고 요설을 한다고 생각해 주기 바란다. 시를 쓰는 도중에도 나는 소음을 듣는다. 한 1초나 2초 가량 안 들리는 순간이 있을까. 있다고 하기도 없다고 하기도 말하기 어려운 문제다. 이것을 말하면 <문학>이 된다. 요설은 소음에 대한 변명이고, 요설에 대한 변명이 <문학>이 된다고 말할 수 있다." (김수영, 「시작노트7」, 『전집 2』, 458면)

"엄마 안 가?"
"엄마 가?"
"엄마 가?"

등나무 등나무 등나무 등나무
"야, 영희야, 메리의 밥을 아무거나 주지 마라.
밥통을 좀 부셔 주지!?"
"아이스 캔디! 아이스 캔디!"
"꼬오, 꼬, 꼬, 꼬, 꼬오, 꼬, 꼬, 꼬, 꼬"
두 줄기로 뻗어 올라가던 놈이
한 줄기가 더 생긴 것이 며칠 전이었나

—「등나무-신귀거래3」 부분

시를 쓰는 도중에 듣게 되는 주위의 소음들을 그대로 적은 것 같은 다성적 목소리들의 언술이 위 시에서는 병렬적으로 반복된다. 마을 가운데 있는 우물에는 어제 들렸던 온갖 소음들을 녹음기처럼 담아 놓고 있다. "똥, 댕, 똥, 댕, 찡, 찡, 찡"의 피아노 소리나 "엄마 안 가?"라고 외치는 아이의 외침과 메리에게 밥을 주지 말라는 고함소리, 아이스크림 장수의 외침 그리고 멀리서 닭 우는 소리들이 반복적으로 들린다. 이러한 외부의 소음[42]은 어느 순간 의식과 무의식을 지배하며 시의 전반을 장악한다. "등나무 등나무 등나무 등나무"처럼 말놀이에 가까운 반복적 언술은 주변의 소음으로부터 쉽게 귀를 닫을 수 없다는 의미이기도 하다.

---

42) 이미순은 김수영의 시에서 소음은 제재 이상의 의미를 가지며, 침묵의 시학과 밀접한 관련이 있음을 지적하였다. 그는 1960년대 한국의 소리 환경이 서구 소음 예술의 영향에서 비롯되었으며, 특히 이 시기에 김수영의 '소음 철학'이 완성되었다고 밝히고 있다.(이미순, 「김수영의 시론과 '소음'」, 『어문연구』 91, 어문연구학회, 2017, 185–210면.)

이러한 실험적인 언어유희는 유머, 말놀이, 우화, 욕설, 반어나 과장 등의 언술 기법이자 풍자의 전략이라고 할 수 있다. 그것은 의식 이면에 잠재해 있는 현실과 윤리가 어떻게 만나는가에 대한 새로운 시도이자 발견으로 그것에 어떤 의미나 해석을 부여하기보다 그 자체로 하나의 시가 된다는 전위적 발상이기도 하다. 이러한 실험적 전략이 현실의 위선이나 억압을 수용할 때 반동을 넘어 전위적 모습을 띠게 된다. 무엇보다 이런 소리에 대한 반응은 다다이즘이나 비트, 재즈와 60년대 반예술에서 비롯되는 소음예술과도 관련이 깊다고 볼 수 있다.

> 마지막의 몸부림도/ 마지막의 양복도/ 마지막의 신경질도/ 마지막의 다방도/
> 기나긴 골목길의 순례도/ '어깨'도/ 허세도/ 방대한/ 방대한/ 방대한/ 모조품도/ 막대한/ 막대한/ 막대한/ 막대한/ 모방도/ 아아 그리고 저 도봉산보다도/ 더 큰 증오도/ 굴욕도/ 계집애 종아리에만/ 눈이 가던 치기도/ 그밖의 무수한 잡동사니 잡념까지도/ 깨끗이 버리고/ 깨끗이 버리고/ 깨끗이 버리고/ 깨끗이 버리고/깨끗이 버리고/ 깨끗이 버리고/ 깨끗이 버리고/(중략)/ 무엇보다도/ 내가 정말 시인이 됐으니 시원하고/ 인제 정말/ 진짜 시인이 될 수 있으니 시원하고/ 시원하다고 말하지 않아도 되니/ 이건 진짜 시원하고/ 이 시원함은 진짜이고/ 자유다
>
> ─「격문─신귀거래2」 부분

이 시는 김수영 시에서는 드물게 볼 수 있는 시의 형태로 같은 단어의 과한 반복 등 비교적 자유로운 언술의 반복이 시 전반에 드러난다. "마지막의 몸부림도", "마지막의 양복도", "마지막의 신경질도", "마지막의 다방도"에서 드러나는 상황 들은 언술 주체의 일상적 모습일 텐

데, 그러한 현실이 증오나 굴욕으로 느껴짐에도 그것들을 "깨끗이" 버리지 못하고 있는 자신의 모습을 희화화하고 있다. "내가 정말 시인이 됐으니"와 "진짜 시인이 될 수 있으니" 사이에서 언술 주체가 견뎌야 하거나 더 뚫고 나가야 하는 것은 무엇일까? "진짜 시인"이 된다는 것이 현실의 환멸을 견디고 있거나 몸부림치고 있는 것이 아니라 거기서 한발 더 나아가 진짜 자유를 찾는 것이라면 이 시에서 언술 주체는 같은 구문을 병렬적으로 반복함으로써 형식의 획일화뿐 아니라 현실의 규제로부터 벗어나려는 것이다.

김수영 시의 과도한 반복과 형식 파괴와 같은 언어의 실험은 예술과 정치적 전위를 모두 아우르는 것이다. 줄리아 크레스테바[43]가 말한 시적 언어의 혁명은 불확정적이고 낯선 언어를 창조하는 것이고, 종래의 관습적 의미의 틀을 전복하며 그것을 웃음으로 만드는 것이다. 이 웃음은 금지를 뚫고 들어가 억압을 제거하고, 거기에 공격적이며 해방적인 '욕동'을 끌어내는 것이다. 김수영의 시 또한 그와 같은 맥락에서 본다면 언어의 예술 행위를 지향하는 기법으로서의 실험적 언어유희로 볼 수 있을 것이다.

> 우리 동네엔 미대사관에서 쓰는 타이프 용지가 없다우
> 편지를 쓰려고 그걸 사 오라니까 밀용인찰지를 사 왔드라우
> (밀용인찰지인지 밀양인찰지인지 미룡인찰지인지)
> 사전을 찾아보아도 없드라우)
> 편지지뿐만 아니라 봉투도 마찬가지지 밀용지 넉 장에
> 봉투 두 장을 4원에 사가지고 왔으니 알지 않겠소
> 이것이 편지를 쓰다 만 내력이오-꽉 막히는구려
> ―「미농인찰지(美濃印札紙)」 부분

---

43) Julia Kristeva, 김인환 역, 『시적 언어의 혁명』, 동문선, 2000, 258면.

앨비예요, 앨비예요. 에이 엘 삐 이 이. 네.
　그래요 아아, 그렇군요 네에, 그러실 겁니다. 아뇨 아아. 그렇군요

　이런 전화를, 번역하는 친구를 옆에 놓고
　생색을 내려고, 하고 나서, 그 부고(訃告)를 그에게 전하고, 그 무
지무지한 소란 속에서
　나의 소란을 하나 더 보탠 것에 만족을
　느낀 것은 절망에 지각하고 난 뒤이다.
　　　　　　　　　　　　　　　　　　　－「전화 이야기」 부분

　「미농인찰지」에서의 언술 주체는 소음과 하나가 되어 그 소음적 언
술들을 그대로 수용하고 있다. 그것은 외부의 소음에 방관하지 않고
소음과 한 몸이 되려는 태도이다. "(밀용인찰지인지 밀양인찰지인지
미룡인찰지인지)"와 같이 혼자 하는 이러한 말놀이는 기존의 언어 규
범을 전복함으로써 가능한 것이다. 즉 어떤 기대를 하지 않고 순간적
인 소리나 감정에 기대어 언어가 언어를 불러오는 그런 자유를 누리
며 시의 의미에 집중하지 않을 때 오히려 질적으로 더 좋은 시를 쓸
수 있다.[44]
　「전화 이야기」에서 언술 주체는 '그 무지무지한 소란 속에서' 자신
의 '소란'을 하나 더 보태고 있다고 말하고 있다. 이 시는 '앨비'의 희
곡을 번역한 친구의 글을 자신이 잘 아는 잡지에 실어 달라는 내용으
로 편집자와 하는 전화 통화 내용이다. "앨비예요, 앨비예요, 에이 엘

─────────

44) 김수영은 5·16이 지난 지 얼마 지나지 않아 시의 형식과 내용, 시어, 시를 쓰는 시간
등을 소제목으로 나누어 시작 노트를 썼다. 시의 내용이라는 소제목에는 "나의 가슴은
언제나 無. 이 無 위에서 파괴와 창조가 동시에 이루어져야" 하며, 다음 작품에 대한
기대는 언제나 어그러질수록 작품의 질이 더 좋아진다는 말을 했다. (김수영, 「시작노
트2」, 『전집 2』, 530면)

삐 이 이. 네. / 그래요. 아아, 그렇군요./ 네에, 그러실 겁니다. 아뇨. 아
아. 그렇군요"와 같은 언술에서는 언술 주체가 구차한 부탁을 하고 있
다는 것을 느낄 수 있다. 언술 주체의 상황을 요설에 가까운 전화 내
용을 통해 추측할 수 있다. 노발리스는 우리가 쓰고 말하는 행위에는
어떤 기묘함이 있으며 주체는 언어를 사용하지만 언어의 본질은 모른
다고 하였다.[45] 즉 언어의 본질은 언어 자신이 언어의 유일의 관심일
뿐이며 그것이 언어를 아주 풍부하고 멋있는 수수께끼로 만든다면 이
말은 수다스러운 예술 작품이 가하는 역설적인 현상을 설명해주는 것
이라 볼 수 있다.

　김수영은 현실의 억압이나 불화로부터 나아가기 위해서 고백적 발
화에서 더 나아가 요설적 발화의 언술에 집중하였다. 그것은 의식의
언어에서 무의식의 언어로 나아가는 것이며, 언술 주체의 허위의식을
벗고 새롭고 진실한 언어를 찾는 방법이기도 하다. 그런 점에서 초현
실주의 문학은 종래의 가치 기준을 전복시킴으로써 무의식이나 욕망
의 표현을 중시했다. 김수영이 1961년에 쓴 일기에도 초현실주의에 깊
이 매료되었던 당시의 상황을 자세히 진술하고 있다.

　　나는 내게 죽으라고만 하면 죽고, 죽지 말라고 하면 안 죽을 수도
　있는 그런 바보 같은 순간이 있다.
　　모두가 꿈이다.
　　이것이 '피로'라는 것인지도 모르고, 이것이 광기라는 것인지도 모

---

45) 수잔 손탁은 노발리스의 위의 말을 언급하며 언어의 초월에 대해 다음과 같이 언급했
　　다. "현대 예술에서 언어는 너무 높게 평가되며 (중략) 억제하기 어렵고, 분명치 않으며,
　　애처롭게 축소된 듯이 보이는 화법의 충동이 발생한다. 한 예로 스타인, 버로우즈, 베케
　　트 등의 소설에서 말을 통해 언어를 초월하고 말을 통해 침묵 속으로 들어갈 수도 있
　　다는 숭고한 사상을 찾아볼 수 있다."(Susan Sontag, 이병용·안재연 역, 『급진적 위기
　　의 스타일』, 현대미학사, 2004, 44-45면)

른다.

나는 형편없는 저능아이고 내 시는 모두가 쇼이고 거짓이다. 혁명
도, 혁명을 지지하는 나도 모두 거짓이다. (중략)

그리고 나 자신은 지극히 정확하다고 생각하고 있는 이 문장도 어
딘가 약간은 부정확하고 미쳐 있다.

정말로 나는 미쳐 있다. 허나 안 미쳤다고 생각하고 살고 있다.

나는 쉬르레알리슴으로부터 너무나 오랫동안 떨어져서 살고 있다.
내가 이제부터 이제부터 앞으로(언젠가) 정말 미쳐 버린다면 그건
내가 쉬르레알리슴으로부터 너무 오랫동안 떨어져 있었던 탓이라고
생각해 다오. 아내여, 나는 유언장을 쓰고 있는 기분으로 이걸 쓰고
있지만, 난 살테다.[46]

김수영은 때때로 자신의 일기를 일본어로 썼는데 이 글도 그중의
하나이다. 이 글 속에는 죽음, 고독, 광기와 같은 무의식적 뉘앙스가
자리하고 있는데, 그것은 해방 이후 문단 체험이나 실패한 사회적 혁
명과 권력의 내밀해진 억압에 대한 반동으로 시와 삶을 위한 새로운
길의 모색이었다. 무엇보다 김수영이 혁명과 예술에 대한 총체적인 사
유를 적극적으로 하게 된 것이 그의 일기에 마야코프스키나 아폴리네
르, 바타유나 앙리 미쇼와 같은 예술가들이 등장하던 때인데, 이때는
그의 번역물의 성격도 달라졌으며 '쉬르레알리즘'과 자동기술에 대한
관심도 높아졌다. 4·19 이후에는 보수적인 신비평류에 대한 번역보
다는 미국의 좌파 비평가들에 대한 번역이 많아진다.[47] 그는 여기서
진정한 참여시란 사회적 윤리와 인간적 윤리를 포함하는 언어의 순수
성을 지향하며, 그 대표적인 예로 앙리 미쇼의 작품에서 예리한 문명

46) 김수영, 「일기」, 『전집 2』, 727~728면.
47) 박지영, 「번역과 김수영의 문학」, 김명인·임홍배 편, 『살아 있는 김수영』, 창비, 2005.

비판을 느낀다고 했다.

무의식이나 욕망의 자연스러운 힘을 표현하는 자동기술은 <이성에 의한 어떤 감시도 받지 않고, 심미적이거나 도덕적인 모든 관심을 벗어난 곳에서 이루어지는 사유의 받아쓰기>로 규정된다.[48] 기존의 질서나 상식에 구애되지 않고 '사유의 실제적 작용을 표현하려'는 이러한 모습이 다음의 시에서 비교적 뚜렷하게 드러난다.

1) 꽃을 주세요 우리의 고뇌를 위해서
2) 꽃을 주세요 뜻밖의 일을 위해서
3) 꽃을 주세요 아까와는 다른 시간을 위해서

4) 노란 꽃을 주세요 금이 간 꽃을
5) 노란 꽃을 주세요 하얘져가는 꽃을
6) 노란 꽃을 주세요 넓어져가는 소란을

7) 노란 꽃을 받으세요 원수를 지우기 위해서
8) 노란 꽃을 받으세요 우리가 아닌 것을 위해서
9) 노란 꽃을 받으세요 거룩한 우연을 위해서

10) 꽃을 찾기 전의 것을 잊어버리세요
11)   꽃의 글자가 비뚤어지지 않게
12) 꽃을 찾기 전의 것을 잊어버리세요
13)   꽃이 소음이 비로 들어오게
14) 꽃을 찾기 전의 것을 잊어버리세요
15)   꽃의 글자가 다시 비뚤어지게

---

48) 오생근, 「자동기술과 초현실주의적 이미지의 이미와 특성」, 『인문논총』 27, 서울대학교 인문과학연구소, 1992, 35-36면.

16) 내 말을 믿으세요 노란 꽃을

17) 못 보는 글자를 믿으세요 노란 꽃을

18) 떨리는 글자를 믿으세요 노란 꽃을

19) 영원히 떨리면서 배먹은 모든 꽃잎을 믿으세요

20) 보기 싫은 노란 꽃을

-「꽃잎2」 전문

언술의 병렬적 반복과 언어유희는 이 시에서 더욱 활달하게 드러난다. 자동기술법을 연상하게 하는 이 시는 언술 주체의 발언이 어떤 시들보다 발랄하고 대담하다. 1)~3)에서는 '꽃을 주세요'라는 언술의 반복과 그 이유들이 나열되어 있다. 4)~6)에서는 의미의 변주가 보이는데, '꽃'이 '노란 꽃'으로 변하면서 금이 가거나 하얘지는 '소란'이 생기는 등 혼란이 야기된다. 7)~9)에서는 언술 주체가 꽃을 달라는 요청에서 '꽃을 받으세요'라는 제안으로 태도가 바뀌게 된다. 노란 꽃에서 하얀 꽃으로 변화되거나, 꽃을 받는 것이 아니라 주는 대상으로 빠르게 입장이 전환된다. 10)~15)에서는 그러한 변화가 더 급박하게 일어난다. 꽃을 받거나 주는 것에서 더 나아가 이제 "꽃을 찾기 전의 것을 잊어버리세요"라는 언술의 반복을 통해 그것의 환상으로부터 벗어나 빨리 잊으라고 제안한다. 꽃의 글자나 꽃의 소음에 갇혀 있는 것이 아니라 그것으로부터 벗어나려는 의지가 필요하며 더 나아가 망각의 수행까지를 권고하고 있다. 16)~17)에서는 노란 꽃과 글자들을 "믿으세요"라는 언술이 반복되고 있다.

이 시는 어떤 의미나 메시지를 뚜렷하게 전달하기보다는 언술의 반복과 변형에 의한 리듬 속에서 무의미와 의미를 교차시키며 실험적인 언어유희의 모습이 뚜렷하게 드러난다. 김현승에 의하면 김수영은 "60

년대에 이르러 드디어 그의 우수한 시적 재질과 시적 안목을 유감없이 발휘하여 한국시의 사려 깊은 방향을 제시[49]"하였다고 했는데 이 말은 "시에서, 의미와 관련이 없는 이미지와 이미지를 비약적으로 전개하는 슈르의 수법"[50]을 김수영이 자주 구사했고 그것을 성공적으로 형상화했다는 평가로 볼 수 있다.

무엇보다 4·19 직후 김수영은 시를 쓸 때에 통하는 '캄푸라주'가 산문을 쓸 때는 통하지 않는다고 고백했다.[51] 여기서 속임수나 위장을 뜻하는 '캄푸라주'가 산문에서는 통하지 않는다는 말은 실제로 발설하고 싶은 것을 말하지 못한다는 것인데, 그것이 곧 시대적이고 정치·사회적인 것이란 것을 짐작할 수 있다. 시의 캄푸라주 즉 시적 위장은 시의 형식이나 언어를 낯설게 함으로써 시인의 의도를 숨길 수 있다는 것이다. 언어로써 언어의 벽을 넘듯이[52] 그는 언어유희의 실험적 전략으로 현실의 위선이나 억압을 수용하며 시의 미적 전위를 이루려 했던 것이다.

4. '불온'적 주체와 무언(無言)으로서의 전위미

김수영은 1960년대 이후 모순과 균열 그리고 소음과 같은 부정적이

---

49) 김현승, 「김수영의 역사적 위치와 업적」, 『전집 별권』, 60면.
50) 김현승, 위의 책, 61-62면.
51) 김수영, 「책형대에 걸린 시」, 『전집 2』, 230면.
52) 이러한 언어는 우리가 가장 효율적으로 우리 자신의 운명에 대한 이견(異見)을 등록할 수 있는 장소이기도 하다. 수사적으로, 익살을 떨면서, 패러디를 반복하면서, 방언의 에너지가 인가된 전문용어들에 대항하도록 하면서 말이다. 그러므로 언어는 언어의 장벽을 돌파할 수 있는 유일한 방법이라 할 수 있다. (Edward W. Said, 김정하 역, 『저항의 인문학-인문주의와 민주적 비판』, 마티, 2008, 52면)

고 주변적 가치들을 자신의 삶과 인식 속으로 끌어들인다. 획일적인 사고는 문학의 불온성을 포용하거나 인정하지 않는다. 그런 점에서 1960년대 문학의 검열은 이 획일화되고 합법화된 제도적 폭력의 다른 이름이었다.[53] 그것은 눈으로 보이는 것만 신뢰하기 때문에 현실의 가능성이나 보이지 않는 것에 대해 고려하지 않는다. 때문에 정치적 탄압이나 문학의 검열 아래에서 시는 불온을 꿈꿀 수밖에 없고 이 불온적 저항의 방식이 시의 전위성을 구성하게 된다.

김수영이 이러한 '불온'을 주장하며 이것을 미적 전위의 근본으로 삼은 것은 5·16 이후의 정치적 억압이나 반공 이데올로기에 대한 문학적 대응이었다. 그에게 이 '불온'[54]은 특정 사회의 규제에 대한 저항이며 문학을 비롯한 문화의 본질에 관한 것이다.

그러므로 그가 재차 주장한 것은 <모든 살아 있는 문화는 본질적으로 불온한 것>인데, 그 이유로서 <그것은 두말할 것도 없이 문화의

---

53) 1960년대 이르러 통치기술의 고도화와 관리시스템의 정교화가 본격화되었다. 특히 5·16 이후 들어선 군부정권은 이전 정권들에 비해 더 정교하게 '간첩침투'와 '용공사상'에 대한 통제를 강화했다. 새로운 반공 태세의 구축을 위한 국가보안법, 반공법, 자수 및 신고제도, 주민등록법, 향토예비군 등을 적극적으로 생산·활용하였다. 당시 미대사관 문정관이었던 그레고리 핸더슨의 분석을 빌리자면, 이들의 장치는 "고전적인 모호성을 현대적인 비밀로 대체"해 주었고 "국내외에서 체포, 테러, 검열, 대대적 신원조사 그리고 수천 명의 용원, 밀고자, 스파이 등을 추가"하는 일을 가능하게 했다고 했다. 특히나 중앙정보부는 입법과 사법과 행정의 영역을 넘나드는 무소불위의 권력기관으로 성장해감으로써 이 시대의 대표적 반공 장치가 되었다고 밝혔다. (임유경, 「1960년대 '불온'의 문화 정치와 문학의 불화」, 연세대학교 박사학위논문, 2014, 39면)

54) '불온'이라는 말의 사전적 정의는 통치 계급 또는 기성 세력의 입장에서 보아 사상이나 태도 등에 맞서고 대립한다는 의미이다. 이 용어는 일제 식민지와 해방 국면을 맞으면서 더욱 활성화되었는데, 60년대 들어서는 반공이라는 이데올로기와 치안을 위해 '내부'를 통제하고 감시·관리하기 위한 권력의 언어로 사용되었다. 임유경은 1960년대 사회적으로 통용되었던 '불온'은 근대적인 의미로 변화된 것이고 이것은 '아방가르드'라는 미학적 의미를 내포하고 있기 때문에 이 용어는 "권력의 언어이면서 동시에 문학의 언어"이기도 하다고 밝혔다. (임유경, 『불온의 시대-1960년대 한국의 문학과 정치』, 소명출판, 2017, 30-60면)

제2부 현대시의 미적 부정성과 문학적 전망 143

본질이 꿈을 추구하는 것이고 불가능을 추구하는 것이기 때문>이라
고 밝혔다. 이어령이 이 불온을 정치적으로만 해석한 데 대해 김수영
이 비판의 날을 세운 이유는 여기에 있으며 때문에 그들의 논쟁이 더
욱 치열하였던 것이다.[55]

> 모든 실험적인 문학은 필연적으로는 완전한 세계의 구현을 목표
> 로 하는 진보의 편에 서지 않을 수 없게 되는 것이다. 모든 전위 문
> 학은 불온하다. 그리고 모든 살아 있는 문화는 본질적으로 불온한
> 것이다. 그것은 두말할 것도 없이 문화의 본질이 꿈을 추구하는 것
> 이고 불가능을 추구하는 것이기 때문이다.[56]

모든 전위문학이 "불온"하고 모든 살아 있는 문화가 "불온"할 수밖
에 없는 것은 그것이 기존의 체제나 현실에 대한 문학의 저항법이기
때문이다. 전위문학은 기존의 체제를 위협할 수밖에 없기 때문에 불온
할 수밖에 없다. 이러한 불온성을 문학으로서의 가능성으로 본다면 시
와 시인은 반드시 불온성과 자기 부정을 동반하게 되는 것이다. 그러
므로 김수영이 시를 쓰는 지점 중의 하나가 바로 전면화된 이 현실에
서 자신의 안일함과 마주하는 순간으로, 진정한 시인은 시를 쓰는 것
이 아니라 '시를 행할 수 있'어야 한다고 주장했다.

---

55) 김수영에게 이 '불온'과 관련해서는 잘 알려진 것처럼 이어령과 1967년 12월 28일부터
1968년 3월 26일까지 8회에 걸친 논쟁이 있었다. 1967년 조선일보에 실린 이어령의 「'에
비'가 지배하는 문화—한국문화의 반문화성」에서 그는 창조력이 위축되고 자유가 억압
된 원인이 "어린애늘처럼 존재하지도 않는 막연한 '에비'를 멋대로 상상"했기 때문이라
고 언급했다. 이에 대해 김수영은 오늘날 '문화인의 소심증'은 문화인 자신에게 있는
것이 아니라 정치권력의 탄압이 더 큰 원인이라고 반박했다. 애초에 이들은 이 '에비'
로 지칭되는 '금제의 힘'에 대한 관점의 차이가 있었는데, 이어령이 문화가 위축되는
현상을 상상적 에비에서 비롯된 '유아 언어'의 소산으로 봤다면 김수영은 '에비'의 존
재성 자체에 대한 인식이 부정적이었던 것이다.
56) 김수영, 「실험적인 문학과 정치적 자유」, 『전집 2』, 304면.

사실 나는 이 글을 쓰면서, 최근에 써 놓기만 하고 발표를 하지 못하고 있는 작품을 생각하며 고무를 받고 있다. 또한 신문사의 신춘문예의 응모작품 속에 끼어 있던 '불온한' 내용의 시도 생각이 난다. 나의 상식으로는 내 작품이나 '불온한' 그 응모 작품이 아무 거리낌 없이 발표될 수 있는 사회가 되어야만 현대 사회라고 할 수 있을 것 같고.[57)]

김수영은 이러한 불온성을 언급하며 당시 '서랍 속'에 넣어만 두고 발표하지 못하는 작품들이 있다고 고백했다. 이것을 '불온시'라고 한다면 그것은 반공법을 위시한 국가 이데올로기에 대한 대응이며, 현존하는 사회적 질서를 부정하고 새로운 질서를 도모하기 위한 의도일 것이다. 무엇보다 당시 언론에 대한 탄압은 정치적인 이데올로기 그 이상으로 예술의 생명과 가치를 질식시키는 것이었다. 그가 말한 서랍 속의 그 '불온시'가 최근에 발굴되었지만 미쳐 쓰지 못하거나 발표하지 못한 불온시들이 더 많았을 것이라는 것을 쉽게 추측할 수 있다. 아래의 「김일성 만세」도 그중의 한 작품이다.

실제로 김수영은 이 작품을 1960년 10월에 탈고하고 두 달이 넘는 기간 동안 만지작거리며 고민을 했다고 한다. 발표할 지면과 원고를 어디까지 타협할 것인가 하는 문제 때문이었다. "김일성 만세"의 경우는 "잠꼬대"로 제목을 바꾸기로 했음에도 불구하고 뒤에 여러 차례 수정을 요구받게 되고 결국 그는 수정을 하지 않고 발표조차 하지 않았던 것이다.[58)]

---

57) 김수영, 「지식인의 사회참여」, 『전집 2』, 295면.
58) 김수영, 「일기초 1」, 『전집 2』, 723면.

　　"김일성 만세"
　　한국의 언론 자유의 출발은 이것을
　　인정하는 데 있는데

　　이것만 인정하면 되는데

　　이것을 인정하지 않는 것이 한국
　　언론의 자유라고 조지훈이란
　　시인이 우겨대니

　　나는 잠이 올 수밖에

　　"김일성만세"
　　한국의 언론 자유의 출발은 이것을
　　인정하는 데 있는데

　　이것만 인정하면 되는데

　　이것을 인정하지 않는 것이 한국
　　정치의 자유라고 장면이란
　　관리가 우겨대니

　　나는 잠이 깰 수밖에
　　　　　　　　　　　　　　　－「"김일성 만세"」 선문

　이 시에서는 무엇보다 당시 가장 금기의 대상인 김일성을 찬양하며 "만세"라고 한 것은 언술 주체의 강한 의지가 표명된 것이다. "한국의 언론 자유"의 출발이 이것을 인정하는 데서부터 시작된다는 것은 가장 불온한 금기어를 시에 쓰면서 언론 검열에 대한 반항과 정치적 반동의 모습을 보여주고 있는 셈이다. 실제로 이 시를 쓰기 몇 달 전인 1960년 7월에 정부는 '언론정화위원회'와 '신문명예재판소'를 설치하여 언론의 규제를 강화하였다. 그리고 한 달 뒤 '영화윤리위원회'(1960. 8)를 설치하여 영화에 대한 검열을 더 강화하였다.[59] 이 시를 쓸 당시에는 영화나 방송 그리고 신문과 출판 분야의 윤리위원회가 새롭게 발족되면서 조직적이고 민간 차원의 검열이 더욱 치열하였다. 때문에 이 시의 첫 행에 있는 "김일성 만세"는 하나의 언표로써 반공주의 이데올로기에 저항하는 동시에 "언론 자유"가 가능한 정치와 문화에 대한 열망이 담긴 시구로 볼 수 있다.[60]

김수영은 자신이 주저하고 발표를 하지 못한 작품을 <불온한> 작품이라고 규정하고 있다. 그리고 자신이 생각하기에는 불온하지 않은 작품을 불온하다고 오해를 받는 것이 무서워서 발표하지 않는다는 고백도 한다. 때문에 '서랍 속의 불온시'를 아무 거리낌 없이 발표할 수 있는 사회가 진정한 현대 사회이고 시인이 바라는 것 또한 문학인이 자유를 누리며 살아 있는 시를 쓸 수 있는 시대라는 것이다. 하지만 정치적 자유를 인정하지 않는 사회에서는 개인의 자유도 인정하지 않는다는 것이 그의 생각이다.[61]

그가 말하는 최고의 문화정책이 '제멋대로 내버려 두는 것'[62]이라면 '불온시'는 언론을 탄압하며 위협하는 것을 문화 건설이라고 생각

59) 한국신문윤리위원회, 『韓國의 新聞倫理』, 서울:韓國新聞倫理委員會, 1965, 20면.
60) 김혜진은 이 시에서 "김일성 만세"는 화려하고 강렬한 이데올로기적 상징을 지닌 언표로써 단번에 시선을 사로잡기 위한 하나의 제스처로써 일종의 맥거핀이라고 보았다. (김혜진, 「김수영 문학의 '불온'과 언어적 형식」, 『한국시학연구』 55, 한국시학회, 2018, 196면)
61) 김수영, 「시여 침을 뱉어라」, 『전집 2』, 497면.
62) 김수영, 「지식인의 사회 참여」, 『전집 2』, 298면.

하는 체제에 대해 반동하는 시라고 볼 수 있다. 김수영은 이에 대해
때로는 과격하게 때로는 야유와 농담으로 시를 창작하였다. 아래 「나
가타겐지로」 또한 처음에는 신문에 발표를 하려다 퇴짜를 맞은 작품
이었다. 이렇듯 문학인의 소심증과 권력의 탄압이 악순환된 지점에서
예술의 본질로 제시한 이 '불온'성은 김수영에게는 불가피한 선택이었
다는 것을 알 수 있다.

조그마한 용기가
필요할 뿐이다

힘은 손톱 끝의
때나 다름없고

시간은 나의 뒤의
그림자이니까

거리에서는 고개
숙이고 걸음 걷고

집에 가면 말도
나지막한 소리로 걸어

그래도 정 허튼소리가
필요하거든

나는 대한민국에서는
제일이지만

이북에 가면야
꼬래비지요

-「허튼소리」 전문

　무엇보다 이 시의 제일 마지막 두 연은 언술 주체의 불온성을 과감히 드러내고 있다. "나는 대한민국에서는/ 제일이지만// 이북에 가면야/ 꼬래비지요"라는 말은 자조와 야유 섞인 발언으로 정치적으로 불온한 시선이다. 그것을 "허튼 소리"라고 농담 반 진담 반으로 흘리거나 이러한 발언이 단지 "조그만 용기"만 있으면 된다는 반어적 언술 또한 정치적 금기에 대한 언술 주체의 불온성이 드러나는 부분이다. '월간 잡지 기자들의 머리 세포 속까지 검열관이 파고 들어가' 있는 당시의 현실에서 정치권력은 문화와 문학인의 의식 깊숙이 들어와 그들을 무의식적으로 통제했다. 이러한 '유상무상의 정치권력'[63]은 당시 한국 사회를 탄압하고 주체들의 경험을 제한하며 그 주체가 자신을 스스로 한정하거나 감시하도록 하는 이데올로기로 기능했던 것이다. 하지만 그 권력에 대항하는 '불온'적 언술 주체는 정치 권력을 끊임없이 의식하며 그것과 부딪칠 때, 그것으로부터 벗어날 수 있는 힘과 문학적 실천을 동시에 행할 수 있었던 것이다.

　6이 KBS 제2방송
　7이 동 제1방송
　그 사이에 시시한 주파가 있고
　8의 조금 전에 동아방송이 LDtRH
　8.5가 KY인가 보다
　그리고 10.5는 몸서리치이는 그것

63) 김수영, 「지식인의 사회참여」, 『전집 2』, 300면.

(중략)

지금같이 HiFi가 나오지 않았을 때
비참한 일들이 라디오 소리보다도 더 발광을 쳤을 때
그때는 인국 방송이 들리지 않아서
그들의 달콤한 억양이 금덩어리 같았다
그 금덩어리 같던 소리를 지금은 안 듣는다
참 이상하다

이 이상한 일을 놓고 나는 저녁상을
물리고 나서 한참이나 생각해 본다
지금은 너무나 또렷한 입체음을 통해서
들어오는 이북 방송이 불온 방송이
아니 되는 날이 오면
그때는 지금 일본 말 방송을 안 듣듯이
나도 모르는 사이에 아무 미련도 없이
회환도 없이 안 듣게 되는 날이 올 것이다⋯⋯

그러나 이렇게 써도 내가 반공산주의자가
아니 되기 위해서는 그날까지 이 엉성한
조악한 방송들이 어떻게 돼야 하고
어떻게 될 것이다
먼저 어떻게 돼야 하고 어떻게 될 것이다
이런 극도의 낙천주의를 저녁 밥상을
물리고 나서 해 본다
-아아 배가 부르다
배가 부른 탓이다

-「라디오 계(界)」 부분

이 시에서 언술 주체는 반공으로 시끄러운 시국 속에서 일본 라디오를 들으며 그들의 "달콤한 억양"에 매료되었던 때를 상기한다. 새로운 하이파이 라디오를 들으면서부터 일본 방송을 듣지 않고 이북 방송의 "또렷한 실체음"을 듣게 되었음을 고백한다. 이북방송이 규제된 금지의 대상이고[64] 하지만 이러한 방송을 듣기 위해 언술 주체는 주파수를 돌려가며 귀를 기울인다. 이북 방송이 지금처럼 잡음 섞인 소리가 아니라 "또렷한 입체음"으로 들리고 "불온한 방송이/ 아니 되는 날이 오면" 자기도 모르는 사이 아무 미련도 없이 듣지 않을 것이라는 것이다. 이러한 생각은 현존의 질서나 체제를 부정하는 것이고, 현실의 정치에 대한 환멸이나 허탈감을 드러내는 것이다.

신지연은 이 '불온'의 개념이 김수영 고유의 언어로 표현된 '아방가르드 메타포'라고 밝혔다.[65] 실재 1968년 무렵에는 북한 무장간첩의 청와대 침투와 같은 여러 사건들이 있었고 그것에 대항해 국가적으로 반공 이데올로기를 앞세워 이 '불온'은 합법화되어 갔다. 이런 시기에 그가 '불온'의 타당성에 대해 명백히 주장했던 것은 그것에 대한 신념이나 나름의 철학이 두터웠기 때문이다. 문학의 전위성이 기본적으로 부르주아적 문학의 포즈와 관습적인 기성 질서에 반대하며 그것을 부

---

64) 1960년대 박정희 정권은 집권 직후 대공·대남 전담 국가정보 수사기관으로서 1960년 6월 10일 중앙정보부를 창설하였다. 이러한 군사정권의 대외적 안보에 대한 대응은 국내통치의 대내적 안보문제, 즉 정권 안보와 접맥되었다. 이러한 입장은 안보이데올로기의 강조와 안보동원체제의 수립으로 나타났다. 때문에 박정희 정권의 집권 이후 북한의 대남 공산화정책과 그에 따른 남북한 간의 정치·군사적 대치상황은 한국군부의 구직 업주의적 안보지향성을 규정짓는 요인이 되었다. 즉 북한이라는 대외적 위기 요인을 정권안보와 접맥된 대내적 안보 차원에서 활용하고자 했던 것이다. 그렇기 때문에 전쟁 없는 안보상황을 국가통치 차원에서의 정권안보와 연계시키기 위하여 군사정권만이 국가안보를 보장할 수 있다는 대내전의 안보논리가 국민에게 지속적으로 강조되었던 것이다.(한국정신문화연구회 편, 『1960년대의 정치사회변동』, 백산서당, 1999, 261-267면)

65) 신지연, 「김수영의 아방가르드 메타포 연구-'반동'과 '불온'개념을 중심으로」, 『한어문교육』 36, 2016, 16-19면.

정하는 동시에 자유를 위협하는 이데올로기적인 정치적 투쟁과 관계에 있다면,[66] 김수영의 "전위적 불온성"은 기본적으로 이 미학적 전위와 일맥상통한 것이다.

그가 산문에서 제시하고 있는 전위적인 문화는 재즈음악, 비트족, 그리고 60년대 수많은 안티 예술들인데 이들의 문화가 초창기에는 국가로부터 이단 취급을 받기도 했다. 재즈의 전위적 불온성을 그 한 예로 들며 이 재즈는 새로운 음악에 대한 추구의 표현이었다는 것, 이러한 불온성이 문화와 예술의 원동력이 되는 것이고 인류의 예술사와 문화사가 바로 이 불온과 수난의 역사였다는 것이다. 이 불온이 언론과 표현의 자유를 넘어 사상으로 이어지고 급기야 완전한 자유로까지 나아가게 된다는 것이다. 이러한 사유에 이르기까지 무엇보다 그는 4·19혁명의 실패와 5·16 쿠데타의 고뇌로부터 벗어나기 위해 자신을 단련한 혹독한 시간을 거쳤던 것이다. 따라서 그가 주장하는 이 '불온'은 한 걸음 더 앞선 전위로서의 의미를 동시에 지닌다. 오문석은 김수영의 <불온성>의 개념은 문학을 정치로부터 수호하려는 방어적이고 이분법적인 태도가 아니라 양자의 모순을 충분히 인정하면서 동시에 그것의 합일을 지향했을 때의 <새로움>의 이행에서 나온 개념으로 보았다.[67] 즉 '순수한 문학적인 내면의 창조력'으로서의 이 불온은 진정한 새로운 문학의 추구를 위한 불가피한 선택이었던 것이다.

김수영 시의 이 '불온'적 언술 주체는 모든 저항과 소음으로부터 불가능을 견뎌내며 새로운 가능성의 영역을 확보하려고 한다. 서로 이질적이고 모순된 요소들의 갈등과 대립을 통해 혁명의 힘을 창출하려고 했던 김수영이 이러한 주변적이고 소외된 것 그리고 현실의 무수한

66) Peter Büger, 이광일 역, 『아방가르드 예술이론』, 동환출판사, 1986, 61면.
67) 오문석, 「김수영의 시론 연구」, 연세대학교 박사학위논문, 2002, 107면.

소음과 관련하며 제시한 것이 '침묵'이다. 이러한 '침묵'은 소리나 소음까지 포함한 것이며, '멈춤' 상태가 아니라 '이행'이며 더 나아가 전위적 미학으로 승화된다. '마지막 정적'과 '마지막 침묵까지 빼앗긴' 현실(「제임스 띵」), 그 현실의 부조리나 모순 자체도 소음이지만 시인은 이러한 소음에 대한 시적 대응으로 '침묵'을 행한다. 생활의 소음을 담아내는 방식으로서의 침묵, 그러한 침묵 앞에서 현실의 모순과 갈등은 아무런 힘이 없으며, 침묵하고 있을 때 우리는 자신을 확장시키며 최초의 언어를 기다리고 있기 때문이다.[68]

김수영이 '가장 진지한 시는 가장 큰 침묵으로 승화한 시'(「제정신을 갖고 사는 사람은 없는가」)라고 한 것은 현실에 부재하는 이 침묵의 미학이 시와 예술의 본질이며 숙명이기 때문이다. 이러한 침묵 속에는 사랑이 있고 자유가 있으며, 과거와 현재의 불온이 존재한다. 이 침묵은 전면화된 현실을 직시할 때 들리는 가장 치열한 정적인 것이다. 침묵은 시인이 처음이자 마지막까지 갈고 닦아야 할 가장 큰 '무언의 말'(「말」)이며, 시인이 있어야 할 자리 또한 자기 응시를 뚫고 나간 침묵의 자리이다. 그러므로 김수영의 시와 삶 속으로 깊숙이 들어와 있던 소음과 요설 또한 침묵의 다른 이름으로 시인은 이 '침묵'의 이행을 옹호한다. '침묵'이 부재한 세상에서 이 '침묵의 이행'은 시에 대한 믿음이며 구체적인 시의 실천이다. 그에게 진지함이란 침묵과 같은 말이며 가장 진지한 시 또한, "큰 침묵"으로 승화된 시다. 침묵 속에서 고통을 견디어 낼 때 시의 진정성이 확보될 수 있고 일상으로부터 자유로울

---

68) Max Picard, 최승자 역, 『침묵의 세계』, 까치, 2009, 47면.
　　"인간의 정신은 대상을 단순히 자기 눈앞에 보이는 대로 사실적으로만 받아들이는 것이 아니라, 그 정신의 운동을 통하여 대상을 초월하여 나아간다(후설). 정신의 운동 속에는 대상·주어져 있음(所與)에 따르는 것보다 더 많은 가능성들이 있다. 그러므로 정신의 폭과 침묵의 폭은 서로에게 속해 있다."

수 있기 때문이다. 앞에서 살핀 것처럼 '침묵으로 승화된 시란 결국 내용과 형식이 일치된 적극적인 현실의 시'[69]를 의미한다. 그것은 말들을 배척하는 것이 아니라 말을 앞세우지 않고 말을 아끼는 것으로서의 '침묵'인 것이다. 그의 시론이 '침묵을 위한 운산'인 것은 침묵이 바로 시에 대한 믿음이며 구체적인 실천이기 때문이다.

김수영의 이 '침묵'의 의미는 원래 의미보다 훨씬 넓으며 그 대립 개념 또한 내포되어 있다. 즉 모든 침묵은 소리에 의해 그 정체성을 가지듯이, 침묵을 인식하기 위해서는 소리(音, sound) 혹은 우리 생활 속의 언어를 인식해야 한다. 수잔 손택은 이 침묵이 본질적으로 두 가지 형태의 가치 있는 발전을 허용하는데, 하나는 자기부정에 도달하든가, 아니면 비장할 정도로 교묘하게 모순된 모습으로 실행되어야 한다는 것이다.[70] 그렇게 본다면 김수영이 침묵을 문자 그대로 차용했다면 그의 침묵의 미학은 실패한 것일 것이다. 그는 거기서 한 발 더 나아가 이전보다 한층 우회적인 방법으로 스스로의 미학적 전위로서의 침묵을 만들어내려 했다.

김수영은 첫 라디오 방송의 원고에서도 '다다이즘이 도처에서 주기적으로 나오는 현상'이라고 언급하였는데 이것으로 보아,[71] 당시 다다이즘이나 비트에 많이 현혹되어 있었다는 것을 알 수 있다. 또한, 호세 파라가 고함치는 장면을 보고 '매력'을 느꼈다거나, 한운사라는 작가

---

69) 유재천, 「김수영 시 연구」, 연세대학교 박사학위논문, 1986, 34면.

70) Susan Sontag, 이병용·안재연 역, 「침묵의 미학」, 『급진적 의지의 스타일』, 현대미학사, 2004, 23면.

71) "사실은 이 경우에 내가 말하는 다다이즘이나 비트는 동일한 말입니다. 출판문화의 제약에서 벗어나 야외의 낭독회에서 자유를 느끼는 존 웨인이나, 파도에 연설을 한 지난날의 동료를 찬양하는 요시야 여사는 40년 전의 앙드레 브르통이나 트리스탄 차라와 같은 정신에 있습니다. 왜 새삼스럽게 케케묵은 다다이즘의 이야기를 꺼내느냐고 눈살을 찌푸리는 청취자도 계실지 모릅니다만, 무슨 이유인지 이 방송 원고를 쓰고 있자니 자꾸 다다이즘 생각이 납니다."(김수영, 「요즘 느끼는 일」, 『전집 2』, 106면)

가 쓴 드라마에서의 고함과 소음 또한 감동적이었다[72]는 언급에서 그
가 당시의 소리나 주변의 소음에 예민했고 또 많은 관심이 있었음을
알 수 있다. 앞에서 살펴 시들에서 일상의 소음이나 소리를 시로 형상
화했던 것은 당시의 다다이즘이나 비트 문화에 영향을 받은 것으로
추정할 수 있다. 김수영의 많은 시와 산문에서는 자유롭고 즉각적인
경험들을 계획이나 수정 없이 적어 내려가고 있는데, 이러한 진술 방
법은 전위적 예술 방법 즉 자동기술법에 의한 창작 방법들과 관계되
어 있음을 알 수 있다.

> 새싹이 솟고 꽃봉오리가 트는 것도 소리가 없지만, 그보다 더한
> 침묵의 극치가 해빙의 동작 속에 있다. 몸이 저리도록 반가운 침묵.
> 그것은 지긋지긋하게 조용한 동작 속에 사랑을 영위하는, 동작과 침
> 묵이 일치되는 최고의 동작이다.(중략) 그리고 그 거대한 사랑의 행
> 위의 유일한 방법이 침묵이라고 단정한다.
> 우리의 38선은 세계에서 제일 높은 빙산의 하나다. 이 강파른 철
> 덩어리를 녹이려면 얼마만한 깊은 사랑의 불의 조용한 침잠이 필요
> 하다. 그것은 내가 느낀 목욕 솥의 용해보다도 더 조용한 것이어야
> 할 것이다. 그런 조용함을 상상할 수 없겠는가.[73]

조연정은 김수영의 이런 침묵의 미학이 그가 생계 유지를 위해 했
던 '번역 체험'에서 비롯되었다고 언급했다.[74] 자신이 번역에 지나치
게 열중해 있음을 강조하며, "내 시의 비밀은 내 번역을 보면 안다"고
했던 것처럼, 하나의 언어와 언어 사이에 있는 간극, 그 간극에 충실한

72) 김수영, 「방송국에 이의 있다」, 『전집 2』, 256면.
73) 김수영, 「해동」, 『전집 2』, 144면.
74) 조연정, 「'번역체험'이 김수영 시론에 미친 영향」, 『한국학연구』 38집, 고려대학교 한국
학연구소, 2011, 459~490면.

'성실함'이 참된 창조의 태도이자 "침묵 한 걸음 앞의 시"를 쓰게 한다고 강조했다.

목욕 솥 안에 있는 강의 얼음이 소리 없이 녹는 것을 김수영은 동작과 침묵이 일치되는 "침묵의 극치"라고 했다. 추운 겨울 꽝꽝 언 얼음이 소리 없이 조용히 녹아내리는 동작 속에서 사랑을 영위하는 모습을 본 것이다. 그 해빙의 과정을 그는 얼음이 녹는 것이 아니라 피가 녹는 것이라고 보았다.

> 오든의 참여시도, 브레히트의 사회주의 시까지도 종국에 가서는 모든 시의 미학은 무의미의-크나큰 침묵의- 미학으로 통하는 것이다. 이것은 예술의 본질이며 숙명이다. [75]

김수영이 모든 시가 '침묵'으로 통하는 것이 예술의 본질이고 숙명이라고 했던 것처럼, 모든 시의 미학은 '크나큰 침묵'의 미적 혁명에 가 닿는 것이다. 때문에 무의미로서의 침묵은 기성 질서와 기존 시에 대한 정의에 의문을 제기하고 새로운 의미를 위한 원동력으로서의 불온의 특징을 지닌다. 검열과 '금제의 힘'으로부터 탄압의 시간이 지난 후, 예술의 불온성은 단순히 불온으로 그치는 것이 아니라 새로움으로 전이되는 것이다. 그 새로움을 김수영식의 말로 자유라고 한다면, 불온성은 확대된 자유를 위한 조건이며 이러한 불온성의 미적 실현이 '침묵'으로 실현되는 것이다. 때문에 이 침묵은 몸이 저리도록 반가운 것이며, '지긋지긋하게 조용한 동작 속'[76] 에서 이루어지기도 한다. 이 침묵은 단지 말에 한정되어 있는 것이 아니라 실천을 통한 '이행'의

---

75) 김수영, 「변한 것과 변하지 않은 것」, 『전집 2』, 461면.
76) 김수영, 「해동」, 『전집 2』, 209면.

관점으로 확대되어 있다.

김수영이 이 침묵에 매달리는 것은 불온한 역사나 현실 그리고 물질세계로부터 정신적인 해방을 가지려는 자유 의지이다. 따라서 이 침묵은 하나의 예언이며, 시 쓰기는 그것의 성취와 동시에 이행을 의미하는 것이다. 언어가 침묵 속에서 그 자신의 초월을 지향하듯이, 침묵도 그 자신의 초월 즉 침묵을 초월한 말을 지향한다. 침묵은 사고와 탐구를 위한 시간을 만들기 위한 것이다. 그럼으로 어떤 사태를 '열린' 상태로 만들며, 주체의 성실함과 진지함으로 미지의 언어를 기다리는 것이다. 김수영의 시에서 이 침묵이 제일 처음 언급된 시는 「헬리콥터」로 '오늘에 네가 전하는 자유의 마지막 파편에/ 스스로 겸손의 침묵을 지켜가며 울고 있는 것이다'(「헬리콥터」)라는 부분이다. 여기서 언술 주체는 헬리콥터 앞에서 침묵할 수밖에 없는 자신의 나약함을 드러내고 있다. 또한 「구라중화」에서도 '말없는 생활들이여/ 마지막에는 해저의 풀떨기같이 혹은 책상에 붙은 민민한 판때기처럼 무감각하게 될 생활이여'처럼 '말없는'이라는 침묵의 행동이 드러난다. 이러한 침묵이 1960년대 들어서면서 범사회적인 검열이나 사회 분위기와 관련하여 언술 주체의 전위와 관련된 더 깊은 인식으로 이어진다.

　　이 무언의 말
　　이 때문에 아내를 다루기 어려워지고
　　자식을 다루기 어려워지고 친구를
　　다루기 어려워지고
　　이 너무나 큰 어려움에 나는 입을 봉하고 있는 셈이고
　　무서운 무성의를 자행하고 있다

　　이 무언의 말

하늘의 빛이요 물의 빛이요 우연의 빛이요 우연의 말
죽음을 꿰뚫는 가장 무력한 말
죽음을 위한 말 죽음에 섬기는 말
고지식한 것을 제일 싫어하는 말
이 만능의 말
겨울의 말이자 봄의 말
이제 내 말은 내 말이 아니다

-「말」 부분

'언어가 죽음의 벽을 뚫고 나가기 위한'(「설사의 알리바이」)것처럼 이 시의 언술 주체는 죽음을 꿰뚫을 수 있는 "가장 무력한 말"을 모색한다. 그것은 '무언(無言)'의 말로 하늘과 물의 빛이며, 겨울의 말이자 봄의 말이다. 나의 말이면서 당신의 말이고 고지식한 것을 제일 싫어하는 '우연의 말'이다. 자신을 가두거나 계획하지 않고 신뢰하는 말, 내 말이지만 나의 말이 아닌 그런 말. "불후의 말은 여전히 침묵 속에 있다"고 했던 벤야민[77]의 말처럼 김수영 또한 침묵이 담긴 시[78]는 시의 최고의 완성 단계의 다른 이름이라고 생각했다.

이 시와 제목이 같은 「말」이라는 시가 1958년에도 발표되었다. 'K·M에게'라는 부제가 있는 이 시는 부제에 있는 그 사람을 찾아갔지만 결국 하고 싶은 말을 하지 못하고 나왔다는 이야기다. '나는 당신의 아우에게로 뛰어가서 나의 <말>을 하지 못하는 나를 미워하였다'로 끝을 맺고 있는데 여기서 '나의 <말>'이 1965년 「말」의 시에서

---

77) Walter Benjamin 최성만 역, 「번역자의 과제」, 『발터 벤야민 선집6-언어 일반과 인간의 언어에 대하여, 번역자의 자세 외』, 2008, 139면.
78) 김유중은 김수영 「말」에 드러나는 침묵 즉 '무언의 말'은 시의 언어에 해당하며, 침묵도 말하기의 한 방식으로 하이데거의 존재론적 언어와 관련시켜 논의하였다. (김유중, 「김수영 시의 모더니티(4) : '언어'에 대한 존재론적 이해」, 『어문학』 82, 2003, 142면)

는 '이제 내 말은 내 말이 아니다'처럼 나 혼자의 말이 아니라 죽음을
섬기는 가장 힘 있는 말인 '무언의 말'로 전이된다. 그것은 나 혼자의
말이면서 우리 모두의 말이 되고, 겨울의 말이자 봄의 말이기도 한
"만능의 말"이다. 때문에 "모든 사람에게 고해야 할 너무나 많은 말"
은 "무언의 말"인 침묵으로 전이되며 가장 큰 힘을 발휘할 수 있게 된
것이다.

> 날이 갈수록 간격이 생기는 골육들이며
> 새가 아직 모여들 시간이 못 된 늙은 포플러나무며
> 소리없이 나를 괴롭히는
> 그들은 신의 고문인인가
> ─어른이 못 되는 나를 탓하는
> 구슬픈 어른들
> 나에게 방황할 시간을 다오
> 불만족의 물상을 다오
> 두부를 엉기게 하는 따뜻한 불도
> 졸고 있는 잡초도
> 이 무감각의 비애가 없이는 죽은 것
>
> 술 취한 듯한 동네 아이들의 함성
> 미쳐 돌아가는 역사의 반복
> 나무뿌리를 울리는 신의 발자국 소리
> 가난한 침묵
> 자꾸 어두워 가는 백주의 활극
> 밤보다도 더 어두운 낮의 마음
> 시간을 잊은 마음의 승리
> 환상이 환상을 이기는 시간

　　-대시간(大時間)은 결국 쉬는 시간

　　　　　　　　　　　　　　　　　　　-「장시2」 부분

　'가난한 침묵'(「장시」)으로 세계를 감각하고 세계를 긍정하며 침묵한 걸음 앞에 있는 언술 주체는 혁명과 자유를 추구하고 있다. 침묵 속에서 고통을 견딜 때 진정한 그리움을 이해할 수 있다. 침묵 속에서 자신의 위선과 부정을 돌파할 때 자신의 진정성을 확보하게 된다. 침묵 속에서 불안과 균열을 견뎌낼 때 빛나는 사랑을 이룰 수 있는 것이다. 침묵은 존재의 내부에 새겨진 '틈'이며, 그 균열에서 발생하는 힘으로 새로운 혁명의 힘을 만든다. 억압과 금제의 힘에 대한 불온적 저항으로서의 침묵은 그 스스로를 모질게 뚫고 나올 때 새로운 미적 혁명이 탄생한다. 무언(無言)으로서의 미적 혁명, 무언(無言)으로서의 미적 전위란 자기 파괴를 스스로의 목적으로 삼고 새로운 건설을 추구하는 것으로 파괴와 창조를 동시에 실천하고자 하는 미학적 목적의 구체적 실현태이다.[79]

　이러한 침묵은 공격적이면서 새롭고 난해한 형식 속의 말들과 모호해지거나 공허해지며 존재할 수 있지만 존재하지 않는 것의 현존을 끝없이 불러온다. 또한 말할 수 있는 것에 대해 믿어 왔던 규칙을 배반하며 자신이 가지고 있는 한계를 끝까지 밀고 나간다. 침묵의 미학은 묵시적인 사고에서도 마지막을 예언하는 일이며, 의식의 극단까지 견뎌내며 무한대로 나간다. 침묵은 불온의 전위싱을 믿는다. 그 추락을 두려워하지 않고 모욕을 역류하고 그 과오 속에서 새로운 과오를 만듦에 서성거리지 않는다. 침묵으로서의 시, 미적 혁명으로서의 진정

---

[79] 강계숙, 「그들이 '현대'의 가치를 높이 들어 올릴 때」, 『시와 반시』, 2008년 겨울호. 184면.

한 시는 '자기를 죽이고 타자가 되는 사랑의 작업'(「로터리의 꽃의 노이로제」)[80])이며 나아가 이를 통해 정치적 혁명을 추구하게 된다. 진정한 시는 '생활을 위한, 타인의 눈을 즐겁게 해주는' 출판 저널리즘의 속물주의자들이 좋아하는 시가 아니다. 그가 진정으로 원하는 시는 「눈」(1966)이라는 시를 썼을 때와 같은 '자코메티적인 변모'를 이루었을 때의 시이다. 그 시에는 '여태까지 시에 대한 사변을 모조리 파산'시킨 창조적 시작(詩作)이 뒤따랐기 때문이다.

> 눈이 온 뒤에도 또 내린다
>
> 생각하고 난 뒤에도 또 내린다
>
> 응아 하고 운 뒤에도 또 내릴까
>
> 한꺼번에 생각하고 또 내린다
>
> 한 줄 건너 두 줄 건너 또 내릴까
>
> 폐허에 폐허에 눈이 내릴까
>
> ─「눈」 전문

이 시에서 언술 주체는 시에 직접적으로 드러나지 않는다. 눈이 내리고 있는 정적의 상황만 부각될 뿐이다. 즉 눈이 내리고 있는 움직임에 대한 서술은 「눈」이라는 의미를 고정시키려는 의도에서 끊임없이 벗어나려고 한다. 다시 말해 언술 주체는 눈이 내리는 상황에 대해 극

---

80) 김수영, 「로터리 꽃의 노이로제」, 『전집 2』, 280면.

도로 말을 아끼고 있다. 행과 행 사이 침묵적 발언을 통해 언술 주체가 할 말을 생략하고 있다. 그럼으로써 의미를 이루려는 형국과 의미를 이루지 않으려는 형국의 긴장 속에 놓여 있는 시어의 배열 속에 침묵의 공간이 형성된다. "한 줄 건너 두 줄 건너" 내리는 눈처럼 한 줄과 한 줄 사이 있는 침묵은 언술 주체가 말하고자 하는 시와 현실에 대한 진실일 것이다. 그 모든 생각과 말들을 "폐허에 폐허에 눈이 내릴까"로 마무리하고 있는 이 시는 언술 주체의 침묵적 말하기를 가장 잘 보여주는 예라고 할 것이다.

침묵 앞에서 모순과 갈등은 아무런 힘이 없으며, 침묵하고 있을 때 우리는 최초의 언어를 기다린다.[81] 그러므로 침묵은 공백이 아니며 비겁함 또한 아니다. 이러한 침묵 속에는 사랑이 있고 자유가 있다. 또한 침묵 속에는 과거와 현재 그리고 미래 또한 존재한다. 그러므로 이 침묵은 시인이 처음이자 마지막까지 갈고 닦아야 할 가장 큰 '무언의 말'(「말」)이다. 시인이 있어야 하는 자리는 자기 응시를 뚫고 나간 침묵의 자리이기 때문이다.

김수영에게 이 소음은 일상이나 자연에서 들려오는 소음에서부터 정치적 규율이나 자신의 내면에서 들리는 그 모는 소리들을 의미한다. 이러한 소음으로부터의 시적 대응이 요설이었다면, 말의 번식과 증식은 요설을 낳고 요설이 또 다른 요설을 낳으며 문학의 검열과 억압적 질서에 대항한다. 이러한 인식은 자신이 지속적으로 주장해온 침묵의 미학에 대한 역설적 대응이며 그는 여기서 더 나아가 무언으로서의 미적 혁명을 추구한다. 이 무언으로서의 침묵은 이 모든 전위적 불온

---

81) "인간의 정신은 대상을 단순히 자기 눈앞에 보이는 대로 사실적으로만 받아들이는 것이 아니라, 그 정신의 운동을 통하여 대상을 초월하여 나아간다(후설). 정신의 운동 속에는 대상의 주어져 있음(所與)에 따르는 것보다 더 많은 가능성들이 있다. 그러므로 정신의 폭과 침묵의 폭은 서로에게 속해 있다." (Max Picard, 앞의 책, 47면)

성과 반동의 힘을 껴안고 설움과 절망으로서의 '이행(履行)'을 의미한
다. 그러한 이행은 '현실'이 또 다른 '현실'을 이기고, '환상'이 또 다른
'환상'을 이길 때까지 현실의 모든 반동들과 함께 '무언(無言)'으로 투
쟁하며 '한 걸음 앞'으로 나아가 미지의 혁명을 수행하는 것이다.

   1960년대 김수영 시에는 온몸으로 밀고 나가는 '수행적 언술 주체'
가 특징적으로 드러난다. 이 주체들은 권유적인 발화를 통해 현재 상
황을 추동하며 이끌어 나간다. 현재를 성찰적으로 전개하는 것은 정치
나 현실에 대한 주체의 환멸적 시선에서 비롯된 것이다. 때문에 이 주
체가 언술의 반복을 통한 언어의 실험적 전략이 현실의 위선이나 억
압을 수용하며 정치적 성격을 띨 때 불온적 특징을 지니며 '침묵적 전
위'를 추구하게 된다. 그러므로 무언(無言)으로서의 미적 혁명, 무언(無
言)으로서의 미적 전위란 자기 파괴와 자기 창조를 동시에 실천하며
미적 부정성으로서의 새로운 시와 현실을 추구하는 것이다.

제 3 장

김종삼 시의 관찰적 언술 주체와 비극적 '숭고'

김종삼[82]은 자신이 겪은 전쟁이나 가난에 대한 현실을 직접적이고 과감하게 시에 드러내기보다는 절제된 묘사나 독백적 방법에 기대어 시를 썼다. 그는 현실과 부딪쳐 싸우거나 대응하기보다는 오히려 감정과 표현을 절제하는 방식으로 현실을 견디려고 하였다. 불가피하게 그것을 드러내야 할 때는 제삼자의 위치에서 거리를 두었는데, 그것은 현실로부터 자신을 지키려는 의도였을 것이다. 또한 김종삼은 자신의

---

82) 김종삼(1921~1984)은 1953년 『신세계』에 시 「원정(園丁)」을 발표하면서 작품 활동을 시작하였다. 김종삼은 1984년 63세로 타계할 때까지 3권의 시집 『십이음계』(삼애사, 1966), 『시인학교』(시현실사, 1977), 『누군가 나에게 물었다』(민음사, 1982)가 있으며, 4권의 시선집이 있는데, 생전에 『북치는 소년』(민음사, 1979), 『평화롭게』(고려원, 1984)를, 사후에 『그리운 인니·로·리』(문학과비평사, 1989), 『스와니강이랑 요딘강이랑』(미래사, 1991) 이 각각 출간되었다. 이후 장석주가 엮은 전집 『김종삼 전집』(청하, 1988)이 나왔고, 이어 권명옥이 엮은 전집 『김종삼 전집』(나남 출판사, 2005)이 출간되었다. 그리고 최근에 『김종삼 정집』(이민호·홍승진 외 엮음, 북치는 소년, 2018)이 출판되었다. 이 정집은 장석주 편 『김종삼 전집』이 발간된 지 30년 만에, 권명옥 편 『김종삼 전집』이 발간된 지 13년 만에 출판된 것이다. 결정본은 아니지만 기존의 전집 작업에서 소홀히 한 원전 확정에 많은 노력을 기울였는데, 이에 바르게 묶는다는 뜻(정집, 正集)을 덧붙였다.

시 창작 방법에 대해서도 자세하게 말하는 것을 피했다. 다만 그가 남긴 산문 「의미의 백서」에서 그 의미를 희미하게 찾을 수 있을 뿐이다.

> 멀리 아물거리는 아지랑이, 자라나는 꽃순들, 바람이 일지않는 봄의 갈앉은 속삭임들. 그러한 자연의 온갖 사상들은 나의 안막에 와 닿는다.
>
> 나는 사진사처럼 그러한 아무도 봐주지 않는 토막풍경들의 셔터를 눌러서 마구 팔아먹는 요새 시인들의 그릇된 버릇들을 노상 고약하게 생각해내려오는 터이나 시단의 「헤게모니」는 우리들의 경우에 있어서 더욱이 이 고약한 풍속에 누적되어 가는 것이니 이것은 비단 내 혼자만의 탄식은 아닐 것이다.
>
> 어쨌든 나는 자연을 복사해 버리는 낡은 사진사들의 틈바구니에 끼어서 그래도 시랍시고 몇 줄의 글을 써 왔던 경력을 몹시 부끄럽게 생각하고는 있다뿐이지 그 이상 별수를 내지 못했으니 또 별수없이 이 시작 노오트에 손을 대게 된 셈이다.
>
> 노동의 뒤에 오는 휴식을 찾아 나는 인적없는 오솔길을 더듬어 걸어가며 유럽에서 건너온 고딕식 건물들이 보이는 수풀 그 속을 재재거리며 넘나드는 이름 모를 산새들의 지저귀는 시간을 거닐면서 나의 마음의 행복과 「이미쥐」의 방적을 짜보는 것을 나의 정신의 정리라고 생각하고 그러한 나의 소위를 몹시 사랑하고 있다.[83]

김종삼은 사진사처럼 똑같은 풍경들을 의미 없이 쓰는 시인들과 거리를 두었으며, '피어난 꽃은 이윽고 지리니 우리 또 무엇을 이야기하랴' 처럼 막연한 무상(無常)이나 허무와도 거리를 둔다고 하였다. 그의 이러한 현실 인식이나 적응에 대해서는 동료 문인들에 의해 자주 언급되곤 하였다. 전봉건은 김종삼을 '현실에 대응하는 감각을 전혀 보

---

83) 김종삼, 홍승진 외 엮음, 『김종삼 정집』, 북치는 소년, 2018, 903면.

유하지 않은 사람'이며 '현실에 대한 생리적 무관심'으로 '현실에 대
응하는 감각을 전혀 보유하지 아니한 사람'의 존재로 현실 제도에 타
협하거나 적응하지 못해 스스로 죽는 길을 택한 사람이라고 진술하였
다.[84] 그처럼 김종삼은 생의 마지막까지 월세방을 면치 못할 정도로
재산에는 관심이 없었으며, 지나친 음주로 행려병자 수용소에서 깨어
나 며칠 만에 집에 돌아오기도 하였다. 그의 이러한 현실과의 거리 두
기는 가난과 병고, 어머니와 아우의 죽음 그리고 자본의 문명과 대중
문화의 범람 등 전쟁의 기억과 자본 문명에 의한 소외에서 비롯되었
을 것이다. 이러한 상황 속에서도 그는 정치나 역사에 대한 직접적인
감정의 토로나 지나친 피해 의식을 지양하고 인간의 조건과 시인으로
서 나아가야 할 길에 대한 진지한 모색을 놓지 않았다.

　김종삼 시에 드러나는 주체는 비극적 현실에서 이성과 결합되면서
윤리적 성격을 띠게 된다. 하지만 어떤 비극은 현실의 윤리를 넘어설
때가 있는데, 이 주체가 추구하는 부정적인 화해나 한계 의식으로서의
심미적 비극이 내면의 진실이나 비극적 고통과 연결되면서 숭고로 이
어지게 된다. 이러한 숭고 속에서 삶은 더 넓고 더 깊은 지평으로 발
을 내딛게 되는데, 그런 점에서 이 숭고는 신념이나 의지가 아니며, 이
모든 믿음이나 가정으로부터 주체를 더 멀리 나아가게 하는 어떤 힘이다.

---

84) 김종삼과 오랜 시간 같이 활동했던 전봉건은 그에 대해 다음과 같이 언급했다.
　"아마도 그는 그 육신으로 죽음을 맞이하기까지 모든 날을 하루도 빼김없이 스스로
죽는 죽음으로 어김없이 이어갈 것입니다. 김종삼. 그러나 과연 그는 스스로 죽는 죽음
의 철저한 되풀이만을 하고 있는 것 입니까.(중략) 그는 그 죽음을 통하여 동시대의 어
느 시인도 감히 엄두조차 내지 못한 시인의 길을 걸어왔던 것이며, 오늘도 그 길을 걸
어가고 있는 것입니다. 그는 타고난 생리 탓으로 현실 타협을 몰랐습니다만 그러나 그
런 까닭에 스스로 죽는 죽음을 죽음으로서 이 어려운 시대에 진실로 '하늘을 우러러 한
점 부끄럼이'없는 시인의 길을 열었다" (전봉건, 「스스로 죽는 사람들」, 『현대시학』,
1977. 12, 109-113면)

김종삼의 숭고는 비극적 경험에서의 고통과 이율배반에도 불구하고 어떤 것과도 쉽게 타협하지 않는 것이다. 또한 그것은 안일한 자신을 윤리적으로 정당화하지 않으며, 많은 좌절과 자기기만에도 불구하고 그 한계를 극복하지 않고 응시하는 것이다. 때문에 그 주체는 운명에 맞서 혹은 운명에 따라 실패하더라도 결코 비극적 대립을 포기하지 않는다. 숭고는 이러한 현실의 모순 속에서 끊임없이 자신을 부정하거나 견지하면서 다른 한편으로는 자기를 스스로 구원하려는 이중성 속에서 절대 세계로 나아간다.

현대시에서 이러한 미학의 개념으로 숭고가 본격적으로 연구되기 시작한 것은 1990년 후반부터다. 그 이전에는 미학 자체에 대한 관심이 부족했고 시학에서도 미메시스나 로고스에 편중되어 왔다.[85] 고대 그리스 시대에서부터 시작된 고전적인 미학적 범주인 숭고가 현대에 들어 다시 재조명된 것은 탈근대 사회로 들어서면서 기존의 미학적 범주로써는 포괄할 수 없는 현상들이 전개되고, 그에 따른 새로운 미학적 원리가 요구된 결과이다.

1. 수동적 발화와 윤리적 연민의 응시

김종삼의 자기 고백적 시에는 언술 주체의 윤리적 응시가 일관되게 드러난다. 이 시기 김종삼은 언어의 순수성을 회복하려는 시들 뿐만 아니라 현실과 인간의 고통에 대한 문제에 깊이 천착한 시를 동시에 발표했다. '나는 말을 잘할 줄 모른다는 말'(「문짝」)을 옷에 묻었던 먼

---

85) 이재복, 「한국 현대시와 숭고: 이육사와 윤동주를 주심으로」, 『한국언어문화』 34, 한국 문학비평과 이론학회, 2009, 513-515면.

지를 터는 것으로 대신한 것처럼, 언술 주체의 수동적 발화에는 윤리적 연민뿐 아니라 현실을 견디는 내적인 자기 부정과 자기 검열적 모습이 동시에 드러난다. 이념과 현실, 믿음과 실재 사이에 자리한 윤리와 자신의 한계에서 맞닥뜨리게 되는 불가항력적인 상황 앞에서 언술 주체는 감정의 개입 없이 세계와 현실을 있는 그대로 보여주는 방식을 취한다.

1) 마지막 담너머서 총맞은 족제비가 빠르다.

2) <집과 마당이 띠엄 띠엄. 다듬이 소리가 나던 洞口>

3) 하늘은 바른 마음을 가진 사람들이 있다고 대낮을 펴고 있었다.

4) 군데 군데 재떠머니는 아무렇지도 않았다.

5) 못볼 것을 본 어린것의 손목을 잡고 섰던 할머니의 황혼마저 학살 되었던 僻地이다.

6) 그 곳은 아직까지 빈사의 독수리가 그칠사이 없이 선회하고 있었다.

7) 원한이 뼈무더기로 쌓인 고혼의 이름들과 神의 이름을 빌려 號哭하는 것은 「洞天江」邊의 갈대뿐인가.

-「어두움 속에서 온 소리」 전문

시의 내용 바깥에 존재하며 과거의 사건을 객관적으로 묘사하고 있는 언술 주체는 사건이 일어난 공간이나 시간과 거리를 두고 있다. 이

거리감은 언술 주체가 그 풍경이나 세계의 사건에 개입하지 않으며 단지 그 풍경을 관찰하거나 묘사한다. 이러한 관찰적 발화는 텍스트에 드러나는 사건이나 세계에 직접적으로 개입하지 않거나 자신의 감정을 잘 드러내지 않는데, 이러한 소극적이고 수동적 발화가 시의 특징으로 드러난다.

1)에서 언술 주체는 사건의 마지막 장면을 기억에서 소환하여 담 너머에서 '총맞은 족제비'가 빠르게 지나가는 장면을 객관적으로 진술한다. 연이은 2), 3), 4)는 공간적 배경이 진술되고 있다. 특히 2)의 < >안에 있는 상황은 어떤 사건이 일어나기 전의 고요한 배경에 대한 묘사로 명사형으로 한 행을 마침으로써 객관성이 부각된다. 이 시에서 5)는 마을에서 벌어지고 있었던 중심 사건의 실마리를 확인할 수 있는 유일한 행이다. '못볼 것'과 '황혼마저 학살되었던 僻地'를 연결하면 이 마을에서 일어났던 끔찍한 학살의 현장이 그려진다.

6)에서 '빈사의 독수리'가 그곳을 끝없이 선회하고 있다는 것을 통해 행위의 동작보다는 그 동작이 일어났던 장소를 부각시키고 있다는 것을 알 수 있다. 7)의 학살당한 그들의 원한이 쌓인 '동천강'변에는 지금도 여전히 풀지 못한 그들의 원한이 서려 있다. 하지만 그들을 대신하여 호곡하는 것은 '갈대뿐'이라고 되묻고 있다. 1)과 7)의 시점이 주체가 발화하는 시점과 동일하다면 2)~6)은 사건이 일어난 시점이 대부분 과거로써 언술 주체와는 시간적 공간적 거리가 개입되어 있다. 즉 사건의 현장성보다 그 사건이 일어난 후의 공간에 방점을 찍고 있다.

다듬이 소리가 나던 "洞口"가 "바른 마음"을 가진 사람들이 평화롭게 살던 곳이었다면, "군데군데 잿더미"가 널려 있고 할머니의 황혼마저 학살되었던 "僻地"는 그야말로 언술 주체의 트라우마와 경험적 사실이 그대로 내재되어 있는 장소이다. 신철규[86]는 이 시를 함양 양민

학살 사건에 대한 것으로 학살의 현장에 관한 시라고 분석했다. "총맞은 족제비"는 학살의 현장에서 도망치려다가 총에 맞아 죽은 양민의 모습으로, "바른 마음을 가진 사람들"은 다른 사람에게 어떠한 해도 가하지 않으려는 선한 마음을 가진 자들이다. 이들은 다른 이들이 서로 죽어가는 모습을 보면서 자신의 죽음 또한 그렇게 맞이했을 것이다.

굶주린 독수리만이 이 비극적인 죽음의 현장을 배회하며 쉴 사이 없이 선회하고 있다. 이러한 과거의 비극적 사건에 대한 발화는 시대의 아픔과 모순에 대한 비극을 극대화하고 있다. 사건이나 상황과 거리를 두면서 직접적으로 개입하지 않는 이러한 수동적 태도는 폭력적 역사와 현실 속에서 윤리적 태도를 잃지 않으려는 언술 주체의 성찰과 연민의 시선을 비교적 뚜렷하게 드러내 준다.

①
전쟁과 희생과 희망으로 하여 열리어진 좁은 구호의 여의치못한 직분으로써 집 없는 아기들의 보모로서 어두워지는 어린 마음들을 보살펴 메꾸어 주기 위해 역겨움을 모르는 생활인이었습니다.

그 여인이 쉬일 때이면
자비와 현명으로써 가슴 속에 물들이는
뜨개질이었습니다.

그 여인의 속눈씹 그늘은
포근히 내리는 눈송이 색채이고
이 우주의 모든 신비의 빛이었습니다.
그 여인의 손은 이그러져 가기 쉬운

---

86) 신철규, 『김종삼 시의 심미적 인식과 증언의 윤리』, 고려대학교 박사학위논문, 2020, 90면.

세태를 어루만져 주는
친엄마의 마음이고 때로는 어린 양떼들의 무심한 언저리의 흐름
이었습니다.

그 여인의 눈 속에 가라 앉은 지혜는
이 세기 넓은 뜰에 연약하게나마 부감된 자리에 비치는 어진 광명
이었습니다.

－「여인」 부분

②
고아원 마당에서 풀을 뽑고 있었다
선교사가 심었던 수十년 되는 나무가 많았다

아직
허리는 쑤시지 않았다

잘 먹이지도 입히지도 못하지만
잠깨이는 아침마다 오늘 아침에도
어린것들은 행복한 얼굴을
지었다

－「평화」 전문

③
나는/ <미숀>병원의 구름의 圓柱처럼/ 주님이 꽃 피우시는/ 울타
리……// 지금의 너희들의 가난하게/ 생긴 아기들의/ 많은/ 어머니들
에게도 예부터도/ 그랬거니와/ 유약하고도 아름답기 그지없음은/
짓밟히어 갔다고 하자마는// (……) 오늘에도 가엾은/ 많은 赤十字의
아들이며 딸들에게도/ 그지없는 恩寵이 내리며는// 서운하고도 따사

로움의/ 사랑을/ 나는/ 무엇인가를 미쳐 모른다고 하여 두잔다// 제
각기 色彩를 기대리고 있는/ 새 싹이 머무는 봄이 오고/ 너희들의 부
스럼도 아물게 되며는// 나는/ <미숀/ 병원의 늙은 간호원이라고
하잔다.

                                          -「마음의 울타리」 부분

　위의 시에는 모두 전쟁 와중에 부모를 잃은 고아들을 돌보거나 병
든 사람들을 간호하던 '어머니'와 같은 수녀와 간호원들이 등장한다.
①에서 그 여인들은 부족한 구호 물품과 여의치 못한 환경 속에서도
고아나 병든 이를 위해 혼신의 힘을 다 쏟으며, 어떠한 상황에서도
"역겨움을 모르는 생활인"이다. 또한 그들은 "친엄마의 마음"을 가졌
으며 흡사 성녀의 이미지에 가까운데, 병들고 아픈 이들에 대한 그녀
들의 헌신적 모습들은 ②에서 더욱 구체적으로 드러난다. 부모를 잃은
고아들을 돌보는 데는 심적으로나 육체적으로 많은 어려움이 따른다.
그들은 자신의 몸을 혹사시키면서까지 어린 아이들을 돌보지만 "잘
먹이지도 입히지도 못"한 것에 여전히 죄책감과 아쉬움을 보인다. ③
에서도 그들은 "많은 십자가의 아들이며 딸들"을 위해 어머니의 마음
으로 짓밟히고 상처받은 그들을 위해 "사랑"의 마음을 다한다. 먼 훗
날 상처투성이였던 이 아이들이 자라서 이곳을 기억하더라도 자신들
은 그냥 "병원의 늙은 간호부"로 남길 바란다는 말에서 끝없는 희생정
신을 엿볼 수 있다.
　1960년대 김종삼의 시에는 전쟁으로 죽어간 사람들에 대한 죄의식
과 부모를 잃은 아이들 그리고 분단으로 고향을 떠나야 했던 뼈아픈
기억에 대한 수동적인 발화들이 특징적으로 드러난다. 이 수동적 발화
는 관찰자적 시선을 동반하며 대상에 대한 반성과 기원(冀願)의 특성을

보인다. 무엇보다 이러한 발화에는 모순된 현실이나 타자에게 가지는 윤리와 연민에 대한 치열한 성찰이 내재되어 있다. 타인의 고통에 대해 주체는 어떤 식으로든 구체적인 행동을 보이지만 여전히 부끄러움과 죄책감이 남는다. 그들의 고통과 마주하는 책임 있는 반응으로서의 이러한 윤리에는 그 고통에 대한 무능력과 자기 보존의 욕구가 동시에 존재한다. 따라서 이러한 주체의 윤리에는 어떤 식으로든 절망적 현실에서 마주하는 자신과 타인에 대한 연민의 시선이 동시에 작용하게 된다.[87]

> 나의 理想은 어느 寒村 驛같다.
> 간혹 크고 작은
> 길 나무의 굳어진 기인 눈길 같다.
> 가보진 못했던 다 파한 어느 시골 장거리의
> 저녁녘 같다.
> 나의 戀人은 다 파한 시골
> 장거리의 골목 안 한 귀퉁이 같다.
>
> ―「나」 전문

나의 本은 선바위, 山의 얼굴이다.

---

87) 정영훈은 타인의 고통을 응시하는 우리의 태도에 대해 묻는다. 고통당하는 그들에 대한 공감의 이유가 무엇이건 그들의 고통이 우리를 불편하게 한다는 것은 사실이다. 더 힘든 것은 공감을 표시해 주어야 할 대상이 우리가 감당할 수 있는 범위를 훨씬 넘어버리는 경우이다. 우리 사회와 세계의 곳곳에서 타전되어오는 이런 고통들로 우리는 어떤 선택권도 없다는 것이다. 그들의 고통이 이미 우리에겐 선택의 조건이 되어버렸기 때문이다. 하지만 타인의 고통에 대한 무능력 너머에서 우리가 마주치게 되는 것이 자기 보존의 욕구이다. 타인과 나 사이에는 이런 고통의 불가능성과 감각의 비대칭성이 놓여있기 때문에 자신의 고통을 타인에게 이해시키려는 순간 언어의 힘은 잃게 된다고 보고 있다. 그렇다면 자기 고통의 전시가 주는 불편함을 우리는 또 어떻게 받아들여야 할지, 그는 그러한 윤리적 의미를 되묻는다. (정영훈, 『윤리의 표정』, 민음사, 2018, 93–107면)

그 사이
한 그루의 나무이다
희미한 소릴 가끔 내었던
뻐꾹새다
希代의 거미줄이다.

해질 무렵 나타내이는 石家이다.

-「나의 本」 전문

　「나」에서 언술 주체는 자신의 이상을 '寒村 역', '크고 작은 길', '굳어진 기인 눈길', 가본 적 없는 '파한 어느 시골 장터의 저물녘'으로 각각 치환하고 있다. 시에 언급된 대상들은 모두 춥고 쓸쓸한 것으로 주체는 이러한 척박한 현실을 연민의 시선으로 응시하며 자신의 심경을 고백하고 있다. 이미순[88]은 이 고백이라는 방식이 김종삼의 의미론적 기억을 텍스트에 효과적으로 실현하는 언술 구조로 보았다. 이 의미론적 기억은 시인의 사상이나 상황과 같은 지식 구성체의 내재적 패턴을 반영한다. 그렇기 때문에 분단과 전쟁 그리고 가난과 죽음에 대한 시인의 체험이 기억이 되고 이것으로 형성된 세계관이나 가치관이 시의 사상과 상황을 결정짓게 되는 것이다. 한촌이나 시골 장거리 그리고 골목의 귀퉁이와 같이 시에 호명되고 있는 공간들에는 어두운 현실에서 소통하지 못하고 단절된 대상들에 대한 언술 주체의 연민의 시선이 느러난다. 그것은 고통당하는 자신과 타인에 대해서 끊임없이 흔들리는 것이며 자꾸 뒤돌아볼 수밖에 없는 실존적이고 윤리적인 태도라는 것을 짐작할 수 있다.

---

88) 이미순, 『김종삼 시 연구』, 월인, 2011, 91면.

희미한
風琴 소리가
툭 툭 끊어지고
있었다

그동안 무엇을 하였느냐는 물음에 대해

다름아닌 人間을 찾아다니며 물 몇 桶 길어다 준 일밖에 없다고

머나먼 廣野의 한복판 얕은
하늘 밑으로
영롱한 날빛으로
하여금 따우에선

-「물桶」 전문

　김종삼의 대표작 중의 하나인 이 시는 여러 논자에 의해 해석이 다양하게 이루어진 작품이기도 하다. 그 이유 중의 하나는 4연으로 구성된 이 시에서는 불규칙한 행갈이, 종결어미의 생략 등 연과 연 사이의 논리적인 연결이 명확히 이뤄지지 않기 때문이다. 툭 툭 끊어지는 "풍금 소리"는 언술 주체가 처해 있는 상황이 안정적이지 않다는 것을 의미한다. 또한, 현실의 폭력성과 삶의 피폐함 속에서 "그동안 무엇을 하였느냐는 물음"은 언술 주체 스스로가 자신에게 던지는 존재의 이유에 대한 물음이며 동시에 시인으로 어떻게 살아왔느냐는 윤리적인 질문을 내포하고 있다. 다음 연에 나온 한 줄의 답변인 "다름 아닌 人間을 찾아다니며 물 몇 桶 길어다 준 일밖에 없다"는 것은 자신의 삶이 현실로부터 도피한 보잘것없는 삶이지만 순수한 예술정신의 염결

성은 누구보다 높다는 것을 강조한다. 때문에 그는 진실한 "人間"을 찾아다녔음을 고백하고 있다. 그러한 인간에게 "물 몇 桶" 준 일밖에 없다는 것은 시인으로서의 윤리적 삶과 소명에 대한 깊은 인식을 드러낸 것이다.

김종삼의 이 시기 시에서는 대부분 언술 주체가 소외된 이들이거나 주변인 혹은 이방인들이다. 이러한 대상들은 현실에서의 경제적인 어려움을 당하거나 전쟁이나 죽음에 대해 아픈 기억을 가진 존재들이다. 김종삼이 거의 자학에 가까울 정도로 윤리적 열등감에 시달리며 자기 비극과 비애의 운명에 사로잡혀 있었던 이유는 무엇이었을까? 그의 시와 산문에 표명된 이러한 원인이나 의미로의 접근은 좀 더 복합적이고 다층적일 것으로 보인다. 그에게 죄의식을 불러일으키는 요인들은 다양한데, 혈연의 죽음에서부터 일상적인 사건 그리고 과거의 전쟁 경험과 그것의 사회 역사적 배경까지 모든 것이 유기적으로 작동한 정서나 의식으로 추측해 볼 수 있다.

> 그해엔 눈이 많이 나리었다. 나이 어린
> 소년은 초가집에서 살고 있었다.
> 스와니江이랑 요단江이랑 어디메 있다는
> 이야길 들은 적이 있었다.
> 눈이 많이 나려 쌓이었다.
> 바람이 일면 심심하여지면 먼 고장만을
> 생각하게 되었던 눈더미 눈더미 앞으로
> 한 삶이 그림처럼 앞질러 갔다.
>
> —「스와니江이랑 요단江이랑」 전문

'스와니 江'은 김종삼의 여러 편의 시에 등장하는데, 모두 사라져버린 유년 시절과 고향에 대한 막연한 그리움을 드러내고 있다. 제목은 이국적이지만 시의 내용에 있는 고장의 모습은 유년의 고향마을이나 그와 유사한 장면을 연출하고 있다. 유년을 모티브로 쓴 이 시는 현재의 불확정적인 불안이나 허무를 과거의 한 시절에 대한 향수나 그리움으로 대신하고 있다. 특히 "스와니江이랑 요단江이랑"이라는 어휘처럼 지금 내가 있는 이곳과 이 현실이 아닌 어떤 "먼 고장"에 대한 막연한 동경으로 드러나기도 한다. 눈이 많이 내리고 "눈 더미 눈 더미 앞으로" 그림자처럼 지나가는 "한 사람"은 언술 주체의 어린 시절의 모습일 수도 있고, 현재 자신의 환영일 수도 있다. 중요한 것은 눈더미 앞으로 지나가는 그 사람은 절망의 현실 세계에 있는 것이 아니라 순수하고 이상적인 세계에 존재하는 혹은 그러한 세계를 동경하고 있다는 것이다.

> 폐허가 된
> 노천극장을 지나가노라면 어제처럼
> 獅子 한 마리 엉금 엉금 따라온다 버릇처럼 비탈진
> 길 올라가 앉으려면
> 녀석도 옆에 와 앉는다
> (……)
> 오늘도 이곳을 지나노라면
> 獅子 한 마리 엉금 엉금 따라온다
> 입에 넣은 손 멍청하게 물고 있다
> 아무 일 없다고 더 살라고*
>
> * 최초로 발표될 때 이 행은 "그동안 죽어서 만나지 못한 어렸던 동생 종수가 없다고"로 되어 있었다.
>
> ─「발자국」 전문

부재하는 '동생'이 등장하는 이 시에서는 언술 주체가 폐허가 된 오래된 노천극장을 지날 때마다 느릿느릿 따라오는 '사자 한 마리'가 있다. 그것이 현실이든 비현실이든 그에게 '동생'이라는 존재는 '발자국'이라는 제목이 암시하는 것처럼 주체가 가는 곳마다 따라다닌다. 이것은 자신의 마음속에 동생에 대한 죄책감과 연민이 늘 자리하고 있음을 의미한다.

「한 마리의 새」에서도 이러한 혈연의 부재 의식이 잘 드러나는데, 어머니와 아우의 무덤은 그들의 부재를 확인시키는 동시에 언술 주체의 우울한 현실을 의미하기도 한다. 존재는 사라짐으로써 부재에 이르게 되지만 그 부재는 말 그대로 없어지는 것이 아니라 존재의 곁에 머무르며 그 삶을 에워싸고 있다. 자신의 기억을 스스로 지울 수 없듯이 어머니와 아우의 존재 또한 자신과 함께 '착하게 살다가 죽은 이의 죽음도 빌려보자'(「또 한 번 날자꾸나」)처럼 현실을 영원히 같이 살고 있는 것이다.

> 苹果 나무 소독이 있어
> 모기 새끼가 드물다는 몇 날 후인
> 어느 날이 되었다.
>
> 며칠 만에 한번만이라도 어진
> 말솜씨였던 그인데
> 오늘은 몇 번째나 나에게 없어서는
> 안 된다는 길을 기어이 가리켜 주고야 마는 것이다.
>
> 아직 이쪽에는 열리지 않는 果樹밭 사이인
> 수무나무 가시 울타리

길 줄기를 벗어나
그이가 말한 대로 얼만가를 더 갔다

구름 덩어리 얕은 언저리
植物이 풍기어 오는
유리 溫室이 있는
언덕 쪽을 향하여 갔다

안쪽과 周圍라면 아무런
기척이 없고 無邊하였다.
안쪽 흙 바닥에는 떡갈나무 잎사귀들의 언저리와 뿌롱드 빛깔의
果實들이 평탄하게 가득 차 있었다

몇 개 째를 집어 보아도 놓였던 자리가
썩어 있지 않으면 벌레가 먹고 있었다.
그렇지 않은 것도 집기만 하면 썩어갔다.

거기를 지킨다는 사람이 들어와
내가 하려던 말을 빼앗듯이 말했다.

당신 아닌 사람이 집으면 그럴 리가 없다고ㅡ.
ㅡ「園丁」 전문

　이 시에는 공간적 배경인 과수원이 있고 나에게 '어진 말솜씨'로 길
을 일러 주는 '그'가 등장한다. '그'가 알려주는 그 길을 따라갔을 때
그곳엔 유리 온실이 있었고 아무런 기척도 없고 끝이 잘 보이지 않았
지만 '떡갈나무'와 열매들이 가득 열려 있었다. 장석주는 이 시에서 과

수원이 절대 순수와 절대 조화의 세계인 낙원을 표상하는 반면 언술 주체가 있는 세계는 혼란스러운 타락의 공간이라고 하였다.[89] 한편 남진우는 과무밭과 온실은 기독교의 에덴 동산의 흔적을 갖고 있으며, 제목의 '園丁'은 그곳을 주관하는 전능한 존재인 신이라고 보았다.[90]

과일나무 사이 '가시 울타리'를 지나 '온실'로 가는, 즉 '나에게 없어서는 안되는' 그 '길'은 언술 주체의 내면을 향해 가는 길이자 진정한 자신과 대면하는 무의식의 길을 상징한다고 볼 수 있다. 때문에 그곳은 비일상적인 금지의 공간이다. 만약 그곳이 자아 찾기로서의 길이라면 그 길은 자기실현의 길이자 정신적 모험의 길일 것이다. 하지만 그곳에서 언술 주체가 집어 든 과일들은 하나같이 모두 썩은 것이다. 그곳을 지킨다는 사람이 했던 "당신 아닌 사람이 집으면 그럴 리가 없다"는 언술은 확언이자 불신의 말이기도 하다. 과일을 썩게 하는 존재가 바로 자신이라는 죄의식은 무의식에 깊이 잠재되어, 자기 인식과 세계 인식에 결정적인 영향을 미칠 수밖에 없다.[91] 그렇게 본다면 이러한 사건의 발생이 우연이 아니라 필연일 수도 있다는 것을 암시한다. 무엇보다 온실에서 과일을 몇 개째 집었지만 그때마다 그 과일이 놓였던 자리는 썩어 있거나 과일이 벌레가 먹었다는 것은 언술 주체 자신이 곧 이곳에서 추방되어야 할 존재로 전락했다는 것을 의미한다.

89) 장석주, 「한 미학주의자의 상상세계」, 『김종삼 전집』, 청하, 1992, 20-21면.
90) 남진우, 『미적 근대성과 순간의 시학-김수영, 김종삼 시의 시간의식』, 소명출판사, 2001, 174-179면
91) 이 시의 이러한 죄의식에 대해 기독교적인 시선으로 논의하고 있는 대표적 연구자가 남진우이다. 남진우는 선악과를 먹지 말라는 신의 말씀을 어기고 그것을 먹은 그 순간부터 인간은 영원한 '죄인'으로 규정된다고 보았다. 이때 죄란 도덕적인 범주를 넘어 실존적인 범주까지 확대되어 해석된다는 것이다. 따라서 인간은 어떠한 행위를 하더라도 이 원죄 의식이 따라다니게 되며, 이 시에서처럼 이미 자신이 '죄인'이라는 선험적이고 무의식적인 태도가 엿보이는 것이 이 시의 특징이라고 보고 있다. (남진우, 앞의 책, 175-177면)

즉 언술 주체인 나는 온실의 과수원에서 과거에 이미 추방되었던 존재임과 동시에 과수원의 온전한 열매를 얻기 위해 불가능한 노정에 있는 존재이기도 하다.[92] 따라서 '나'는 죽을 때까지 자신의 삶에 있어서 가장 근원적인 물음을 놓치지 않고 가야 한다는 것을 역설적으로 이야기한다. 그 길은 매번 실패하더라도 포기할 수 없는 길이며, 불가능을 알면서도 윤리적인 삶을 위해 묵묵히 가야 하는 길이다.

1960년대 김종삼 시의 언술 주체들은 부정적인 세계를 개혁하거나 그 세계에 전면적으로 나서는 것이 아니라 오히려 그것으로부터 비켜나거나 수동적인 시선을 취하며 세계와의 관계에 윤리적인 시선을 던진다. 자신을 비롯한 타인을 바라보는 그 시선에는 당대 현실을 힘겹게 살아가는 존재들을 향한 연민과 모순된 현실에 대한 부정적 시선이 동시에 내재되어 있었다.

2. 과거의 애도적 재현과 죽음에 대한 공포적 시선

김종삼의 시에서 감정의 개입 없이 세계와 현실을 있는 그대로 보여주는 방식을 취할 때는 대부분 과거시제가 선택된다. 주체가 있는 시점과 언술 내용 사이에 시간이 개입되는데, 시에 드러나는 이러한 시간은 주체의 역사의식과 현실 인식의 지향을 드러내는 지점이기도 하다.

인간의 모든 체험에는 이러한 시간이 내재되어 있으며, 우리의 삶

---

92) 김현은 이 시가 주체와 세계의 불화가 기본적으로 내재되어 있기 때문에 비극적 세계 인식이 이 시에서 더 두드러지게 드러난다고 보았다. (김현, 「김종삼을 찾아서」, 『김현 문학전집 3』, 문학과지성사, 1991, 403면)

또한 시간 속에서 유지되기 때문에 시간의 제약으로부터 벗어날 수 없다. 그러므로 개인은 사회와 역사로부터 단절되거나 고립되었다기보다 과거와 현재 그리고 미래로 지향해 나가는 변증법적 시간의 일부라 할 수 있다. 따라서 주체와 시간 의식은 서로 상보적이며, 언술주체는 시간 의식의 지향에 따라 감정과 태도에 다양한 변모를 보인다. 그런 점에서 기억에는 체험의 통일성이, 회상에는 아직 결정되지 않은 근원적 미래지향이 각각 내포되어 있다.[93]

김종삼의 시는 유년의 기억이나 과거의 '체험'[94]을 현재에서 과거로 회귀하는 역방향의 시간 양상을 보인다. 이에 대해 남진우는 김종삼은 현재에서 벗어나 과거의 한 순간에서 위안과 평안을 느끼며, 시간의 변화나 움직임이 정지된 상태를 동경하는 회귀적 욕망을 가진다고 밝혔다.[95] 그처럼 김종삼 시에 드러나는 과거시제의 시는 대부분 전쟁의 경험과 밀접하거나 그것의 증언과 관련된다. 특히 월남(越南)에 관한 비극적인 사건을 재현하는 데 있어서는 대부분 구체적인 진술을 피한다. 그럼에도 그는 아우슈비츠와 한국전쟁과 그리고 혈연의 부재나 죽음에 대한 시들을 지속적으로 발표하였다.[96] 이러한 시에 드러나는 죽음은 인간이 생물학적으로 언젠가는 맞이하는 것이지만 전쟁이

93) Edmund Husserl, 이종훈 역, 『시간의식』, 한길사, 1996, 125면.
94) '경험'이 언어로 전승되는 인류의 집단적 지혜라면, '체험'은 개인의 지각적 영역이다. 때문에 이 체험과 경험은 서로 대립되는 개념이다. 체험이 과거로부터 주체들의 기억을 불러오는 이유는 바로 충격과 무의지적 기억 때문이다. 무엇보다 충격 체험은 전쟁에 대한 공포에서 비롯되는데 이것은 개인의 무의식에 깊이 저장된다. (조만영, 「벤야민과 서사예술의 종언」, 『문예미학』, 2권, 1996, 324면)
95) 남진우, 『미적 근대성과 순간의 시학』, 소명출판, 2001.
96) 김종삼의 시에서 아유슈비츠와 한국전쟁에 관련된 시는 11편이다. 1957년에 발표한 「돌각담」을 제외한 10편은 모두 1960년 이후에 발표되었다. 한국전쟁에 관련 된 시가 「어둠 속에서 온 소리」(1964), 「달구지 길」(1967), 「민간인」(1970), 「달 뜰 때까지」(1974), 「서시」(1979)가 있고, 아우슈비츠에 관한 시로 「종착역 아우슈비츠」(1964), 「지대」(1966), 「아우슈비츠」(1968), 「아우슈비츠 라게르」(1977), 「실록」(1977) 등이 있다.

나 부조리한 상황에서의 죽음에 대한 기억은 하나의 상징적 의미를 지니며 윤리적인 시선이 작동하게 된다. 죽음만큼 인간의 유일무이함을 증명하는 절대적인 것이 없듯 이러한 전쟁 상황에서는 매 순간 죽음의 공포에 부딪히며 위협을 받을 수밖에 없기 때문이다.

특히 개인적인 체험과 시간이라는 요소가 개입하여 형성된 기억은 일반적으로 한 존재의 독자성과 개별성을 드러내기도 하지만 역사의 기록이나 그것의 증언으로서의 성격을 지니기도 한다. 즉 과거의 기억은 하나의 사건에 집중되는 경우도 있고 그 사건과 연관된 여러 기억들의 조합일 수도 있는데 그러한 기억에는 두려움과 공포 그리고 절망과 같은 시선이 개입된다. 김종삼의 시에서 전쟁 체험에 대한 시적 모티브가 1960년대 후반까지 지속되었던 것은 그가 시간적으로나 심정적으로 거리를 두면서 그 체험을 환기하고 있었다는 것을 의미한다.

다음부터
광막한 地帶이다.

기울기 시작했다.
十字型의 칼이 바로 꽂혔다.
堅固하고 자그마했다.
흰 옷포기가 포기어 놓였다.

돌담이 무너졌다 다시 쌓았다.
쌓았다
쌓았다 돌각담이
쌓이고
바람이 자고 틈을 타

凍唇이 잦아들었다.

-「돌각담」97) 전문

걷고 있던 7월 초순경, 지칠 대로 지친 끝에 나는 어떤 밭이랑에 쓰러지고 말았다. 살고 싶지가 않았다. 얼마나 지났던 것일까, 다시 깨어났을 때는 주위가 캄캄한 심야였다. 그러면서 생각한 것이 「돌각담」이었다. (중략) '환난의 날에 나를 부르라, 내가 너를 건지리니' 라는 그리스도의 말도 무색하였다.98)

위 시는 1954년 발표될 당시는 돌각담 모양의 정형적 틀로 짜여 있었는데, 1961년 재수록하면서 형식적 틀을 깨고 행과 연을 구분하였다. 이러한 시도는 시의 내용에 더 집중하려는 의도로 볼 수 있는데, 이 시에 대해 김종삼이 회상하며 쓴 위의 산문을 보면 죽을 고비를 넘기며 생사를 오갔던 당시의 상황을 짐작할 수 있다.

「돌각담」에서는 피란길에서 지치고 쓰러져서 더 이상 살고 싶지 않았다는 감정의 토로와 함께 자세한 세부적인 묘사가 생략된 채 "광막한 지대"가 상징적으로 드러난다. 무엇보다 견고하고 작은 '십자형' 칼이 꽂혀 있는 비극적 상황과 '흰 옷포기'가 포개져 있는 모습은 죽음에 대한 묘사로써 당시의 기억이 비극적 사건과 연루되어 있음을 짐작할 수 있다. 총탄을 맞고 무자비하게 죽어간 사람들의 무덤일 수 있는 돌담이 여러 차례 무너졌다 다시 쌓였다 하는 과정은 시간의 흐

---

97) 이 작품은 1954년 『현대예술』에 발표한 시로, 1961년 『韓國戰後問題詩集』에 재수록하면서 행과 연을 나누고 새롭게 수정하였다. 그후 1969년 『십이음계』(삼애사)에 「돌각담」으로, 1977년 『시인학교』(신현실사에 「돌각담」, 1977년 『주머니 속의 詩』(열화당)에 「돌각담」, 1984년 『평화롭게』(고려원)에 「돌각담」으로 각각 발표하며 형식과 내용을 조금씩 수정하여 게재했다. (김종삼, 홍승진 외 엮음, 『김종삼 정집』, 북치는 소년, 2018, 165면 참고)

98) 김종삼, 「피란길」, 『현대시학』, 1973, 4월호.

름과 함께 당시 전쟁의 급박한 상황을 암시하고 있다.[99] 따라서 상황
에 대한 상징적인 묘사만으로도 언술 주체의 전쟁에 대한 참혹한 기
억과 그것으로부터 연유된 공포적 시선을 강하게 느낄 수 있다. 특히
"十字形의 칼"이 상징하는 것처럼 그러한 묘사는 보편적인 정신적 외
상을 드러내기보다는 "그리스도의 말이 무색"할 정도로 자기 구원과
파멸을 동시에 경험한 죽음에 대한 공포적 시선이 내재되어 있다고
할 수 있다. 이 시의 재수록에 따른 여러 차례의 형식적 실험은 전쟁
의 체험과 그것을 내면화하는 과정에서 인식된 비극적 세계관의 미학
적 시도라 볼 수도 있을 것이다.

　전후 시인들이 전쟁의 참상과 자신의 트라우마에 대한 시를 대부분
1950년대에 쓴 것과는 달리 김종삼은 1960년대 이후에도 이러한 시를
지속적으로 발표했다. 동시대의 시인들이 더 이상 전쟁에 대해 관심을
두지 않을 때 그는 아우슈비츠와 한국전쟁을 모티브로 한 시들을 지
속적으로 발표했다. 김종삼의 시에 드러나는 죽음은[100] 전쟁의 직접
적인 체험과 그것이 자신의 내면에서 승화된 죄의식이나 윤리와 맞닿
아 있다. 특히 그가 전대미문의 유대인 대학살이라는 아우슈비츠를 기
억에서 지울 수가 없었던 것은 6·25를 겪은 전쟁에 대한 기억의 동질
성에서 오는 애도와 죽음에 대한 공포적 시선 때문일 것이다.

---

99) 김종삼은 전봉건과의 인터뷰에서 이 시를 "죽음과 절망과 막막한 어둠의 경험"을 형상
　　화했다고 언급했다. (김종삼, 위의 책, 78면.)
100) 김종삼의 시에 드러나는 죽음에 대해 이경수는 힘없고 죄없는 이들의 죽음은 인간도
　　자아도 없는 "비인간화"된 죽음으로 어디서나 부재와 연결된다고 보았다. (이경수, 「부
　　정의 시학」, 『세계문학』, 1979. 9) 또한 장석주는 김종삼의 죽음을 영원한 안식의 세
　　계를 지향하는 낭만주의에서의 죽음이라고 밝혔으며, (장석주, 「한 미학주의자의 상상
　　세계」, 『김종삼 전집』, 청하, 1988), 박성현은 김종삼의 죽음을 휴머니티 상실과 맞닿아
　　있는 죽음의식으로 보았다. (박성현, 「한국 전후시의 죽음의식 연구」, 건국대학교 석
　　사학위논문, 1997)

미풍이 일고 있었다
덜커덕거리며 선회하고 있었다
噴水의 石材 둘레를 間隔들의 두 발 묶인 검은 標本들이

옷을 벗은 여자들이 벤치에 앉아 있었다
한 여자의 눈은 擴大되어 가고 있었다

입과 팔이 없는 검은 標本들이 기인 둘레를 덜커덕거리며 선회하
고 있었다
半世紀가 지난 아우슈비츠 收容所의 한 部分을 차지한
                                        -「地帶」 전문

어린 敎門이 보이고 있었다/ 한 기슭엔 雜草가// 죽음을 털고 일어
나면/ 어린 校門이 가까웠다// 한 기슭엔/ 如前 雜草가,/ 아침 메뉴를
들고/ 校門에서 뛰어나온 學童이/ 學父兄을 반기는 그림처럼// 복실
강아지가 그 뒤에서 조그맣게 쳐다 보고 있었다/ 아우슈비츠 收容所
鐵條網/ 기슭엔/ 雜草가 무성해 가고 있었다
                                        -「아우슈뷔츠 1」 전문

관청 지붕엔 비둘기떼가 한창이다.
날아다니다간 앉곤 한다.
門이 열리어져 있는 교회당의 형식은 푸른 뜰과 넓이를 가졌다.
정연한 포도론 다정하게 생긴 늙은 우체부가 지나간다.
부드리운 낡은 벽들의 골목길에선 아이늘이 고분고분하게 놀고 있고,
박해와 굴욕으로서 갇힌 이 무리들은 제네바로 간다 한다.
어린 것은 간겨져 가고 있었다.
먹을 거 한 조각 쥐어쥔채.
                                        -「終着驛 아우슈뷔치」 전문

위 세 편의 시는 모두 아우슈비츠를 소재로 하고 있다. 공포와 학살로 표상되는 아우슈비츠와 전쟁은 근대의 가장 큰 부조리의 상징으로 개인들로 하여금 불가피한 실존을 경험하게 했다. 세 편의 시에서는 모두 언술행위의 주체가 텍스트의 바깥에 위치하고 있으며 텍스트 내의 언술내용의 주체들은 대부분 3인칭 인물들로 그들의 행동들이 전경화되며 실재의 상황이 재현되고 있다. 언술행위의 주체는 이들과 시공간적인 거리를 두며 관찰자적인 시점에서 사건에 직접 개입하거나 자신의 감정을 노출하지는 않으며 상황을 서술하고만 있다. 또한 세 시에서는 모두 '~있었다'를 반복적으로 사용함으로써 끔찍했던 사건이 이미 지났음에도 불구하고 아직까지 그 기억으로부터 벗어나지 못하고 있다는 것을 강조하고 있다. 전쟁은 비록 끝났지만 '지금도'(「달구지 길」) 아우슈비츠와 한국전쟁은 과거 어느 한 시점에서 끝이 난 것이 아니라 여전히 계속되고 있다는 것이다. 무엇보다 '아우슈비츠'는 장소를 뜻하기도 하지만 그 자체로 인간이 저지를 수 있는 모든 악의 상징적인 고유명사이기도 하다.[101] 전쟁은 종식되었지만 언술 주체는 여전히 직·간접적인 전쟁의 기억으로부터 자유롭지 못하다는 것을 알 수 있다.

「地帶」라는 제목은 독일군이 아우슈비츠 수용소 내에 구획해 놓은 유대인 거주지를 의미한다. '半世紀'가 지났지만 '입과 팔이 없는 標本'들은 여전히 '아우슈비치 수용소의 한 부분을 차지' 하고 있으며 그 地

---

[101] 알라이다 아스만은 『기억의 공간』에서 아우슈비츠라는 장소는 "일견 그렇게 보일 수 있지만 박물관이 아니다. 그곳은 본질적으로 그런 전제조건을 가지고 있긴 하나 공동묘지도 아니요 여행객들로 꽉 채워져 있지만 여행 장소도 아니다. 그곳은 이 모든 것이 하나로 녹아 있는 것이다. 우리의 언어는 아우슈비츠가 어떤 장소라는 것을 표현할 수 있는 범주를 가지고 있지 않다"라는 웨버의 말을 인용하며 아우슈비츠라는 장소가 가지는 의미를 깊이 해석하고 있다. (Aleida Assmann, 변학수 역, 『기억의 공간』, 그린비, 2011, 455면)

帶의 둘레를 선회하고 있다. 2연의 1행은 언술 행위의 주체가 옷을 벗은 여자들을 멀리서 관찰하고 있다면 2행에서는 클로즈업으로 확대해서 보고 있다. 눈이 '擴大'되어 가고 있다는 것은 어떤 놀라움에 처했다는 것을 의미하기도 하고, 수용소 내의 누군가가 죽어가고 있다는 것으로도 추측할 수 있는데 두 경우 모두 공포적 시선이 극대화되고 있다.

「아우슈뷔치1」에서는 어린 학생이 교문을 지나 부모에게 뛰어가는 평화로운 모습과 강아지 한 마리만이 아우슈비츠 철조망 사이로 보이는 두 장면이 동시에 겹쳐진다. 잡초만이 아우슈비츠에서 벌어졌던 그 모든 비극을 다 기억하고 있다는 듯 무성하다. 세 편의 시에 드러나는 아우슈비츠라는 장소는 죽음의 수용소라 불린 만큼 인간의 무차별적인 폭력을 상징하며[102] 죽음에 대한 공포적 시선이 내재되어 있는 곳이다.

　　四八세 男 交通 事故
　　연고자 있음

---

102) 아감벤은 홀로코스트가 인간의 이해를 넘어서는 재현 불가의 사건임은 인정하지만, "말할 수 없음"에서 말의 잠재력이 내장되어 있음을 부정하는 것에 반대하였다. 그는 침묵과 부재의 표상으로 여겨졌던 무젤만(Muselmann)을 축으로 증언의 구도를 만들었다. 무젤만은 만성적 기아로 몸무게가 3분의 1로 줄어드는 과정에서 기억과 언어를 잃어버리고 희로애락과 고통을 느끼지 못하게 되는 '죄수'를 가리키는 강제수용소의 은어이다. 아감벤은 강제수용소의 밑바닥 지층에서 무젤만과 맞대면하면서 이 침묵을 증언으로 바꿔놓는다. 그는 "말할 수 없음"에서 "말하지 않을 수 있음"을 읽어내 무젤만과 생존자로 구성되는 증언의 구조를 상정한 것이다. 나치체제는 뉘른베르크법으로 독일계 유대인의 시민권 박탈부터 온갖 탄압을 했으며, 유럽에 한 명의 유대인도 남겨놓지 않겠다는 '최종 해결책'의 실제 집행기관이 바로 강제수용소였다. 그곳은 유대인 스스로 인간임을 부정하게 만들겠다는 목표에 맞춰 설정된 실험실이었다. 물건처럼 화물차에 실려와서 가스실로 직행한 사람들은 물건처럼 폐기되었다. 이러한 상황에서 강제수용소의 간수들도 할 수 있는 한 이들을 외면하고 싶어 했다. (유명숙, 「아감벤의 "아유슈비츠"」, 『안과밖』 36, 영미문학연구회, 2014, 339-340면)

三日째 安置되어 있음. 車主側과
安協이 되어 있지 않음.

三一세 女 飮毒
연고자 없음.
이틀 전에 한 사람이 다녀갔다 함.

八세 病死
今日 入室되었다 함.
入官된 順別임.
(……)

四十세의 男子는 친구로서
以北出身의 基督人이다 十字架를 목에
건 機關銃 投手였다. 十九年 前
士兵으로 入臺. 三年 前에 除隊. 最近에
結婚하였다. 싱겁게 죽어갔다.
이름은 羅淳弼.
(……)

우리들은 달리는 列車 속에 앉아 있었다.
할 말이 남아 있지 않았다
터널 속을 지나고 있다.

-「屍體室」 부분

‘죽음’에 대해 더욱 사실적이며 극단적인 모습을 보이고 있는 위 시
에는 시체실에 안치된 여러 주검들을 상세히 나열하고 있다. 무엇보다
언술 주체는 연민이나 애도보다는 기록이나 증언자로서의 태도에 가

까운데 이것은 죽음의 정황과 이유에 대한 공포적 시선으로 이어진다. 교통사고를 당하고 차주 측과 타협이 되고 있지 않는 주검, 음독자살한 31살 여자의 주검, 병으로 죽은 8살의 아이, 친구이자 이북 출신의 기독교인 40세 남자 등. 마치 전쟁과 폭력이 휩쓸고 간 폐허의 장소와 같이 현실에서도 많은 주검들이 즐비하다. 하지만 '싱겁게 죽어갔다"라는 언술 주체의 표현에서 그 주검들의 이유나 상황에 대한 설명을 제한하거나 감정을 배제하고 있다. 아무런 감정의 동요 없이 던지는 주검에 대한 객관적인 시선은 인간의 가치나 존엄성을 의도적으로 격하시키려는 것이지만, 다른 한편으로는 연민이나 죄의식에 대한 역설적 표현이기도 하다. 즉 전쟁이나 폭력이 휩쓸고 간 죽음과 마찬가지로 현실에서 부딪치거나 목격한 무수한 죽음들 또한 끝내 채울 수 없는 부재와 부조리의 한 단면이라는 것이다. 현실의 주체들이 전쟁이나 자본의 문명 속에서 많은 죽음을 직간접적으로 경험하거나 목격하게 되는데 언술 주체는 그 기억의 공포와 죄책감에 늘 서성거릴 수밖에 없었을 것이다. 아울러 그러한 비윤리적인 현실과 자신의 삶에 대해 절망적이고 부정적이지만 쉽게 그것으로부터 벗어날 수 없는 자신의 한계 또한 스스로가 짊어져야 할 몫이기 때문이다.

　　몇 나절이나 달구지 길이 덜커덕거렸다. 더위를 먹지 않고 지났다
　　北으로 서너 마일 그런 표딱지와 같이 사람들은 길 가운데 그리스
도像을 세웠다
　　달구지 길은 休戰線以北에서 죽었거나 시베리아 方面 다른 方面으
로 유배당해 重勞動에서 埋沒된 벗들의 소리다
　　귓전을 울리는 무겁고 육중해가는 목숨의 소리들이다
　　북으로 서너 마일을 움직이고 있었다
　　벌거숭이 흙더미로 변질되어가고 있었다.

지금도 흔들리는 달구지 길.

-「달구지 길」 전문

고향에서 쫓겨나 이방의 땅으로 갈 수밖에 없는 실향민의 모습이 그려진 위 시는 몇 나절 동안 쉬지 않고 달구지가 갔던 풍경을 보여주고 있다. 그 길에는 휴전선 이북에서 죽었거나 시베리아로 가서 중노동으로 죽어 매몰된 벗들의 소리가 '무겁고 육중'하게 들린다. 먼 과거에 머물러 있는 기억은 귓전을 울리는 무거운 "목숨의 소리"이며 그것은 두려움과 공포의 소리이기도 하다. 이러한 가난과 질병의 고통 그리고 그 구원의 희망과 간절함이 가 닿은 곳이 바로 길 가운데 세워둔 "그리스도상"이다. 이러한 언술 주체의 시선에는 전쟁과 가난으로 인한 고통과 공포로부터 벗어나려는 절박함이 그대로 느껴진다.

1947년 봄
심야
황해도 해주의 앞바다
이남과 이북의 경계선 용당포

사공은 조심조심 노를 저어가고 있었다.
울음을 터트린 한 영아를 삼킨 곳
스무 몇 해나 지나서도 누구나 그 水深을 모른다

-「民間人」 전문

시에 드러나는 "민간인"은 언술 주체를 비롯해 월남하는 과정에서 살아남은 생존자들이다. 해방 이후 분단으로 인한 월남의 구체적인 날짜와 장소를 그대로 나열하는 언술 주체의 목소리가 더 단호하고 객관적이다. 이남과 이북의 경계인 '용당포'는 모두가 숨죽이며 아슬아슬하게 바다를 건너던 순간 느닷없이 "울음을 터뜨린 영아(嬰兒)"를 물에 빠뜨릴 수밖에 없었던 곳이다. 생과 사의 극한에서 어린 목숨을 희생한 부모의 명분과 자책 사이에는 인간의 본성에 대한 불편한 시선이 내재되어 있다. '누구도 모른다'는 말은 침묵 속에 은폐하고 싶은 혹은 의도적인 망각행위로 도덕적 책임을 둘러싼 공동체의 무의식적 태도일 것이다. 모두가 알고 있지만 아무도 그 수심을 알지 못한다는 것은 인간의 이기심과 윤리 그 이중성으로 인한 공포와 애도 때문이기도 하다. '스무 몇 해'가 지난 그 기억은 시인의 체험이거나 전해 들은 이야기일 수도 있겠지만, 그것은 현실에서 언제든지 문득문득 재현될 수 있는 것이다. 영아의 참혹한 죽음 앞에서도 살고 싶은 혹은 살아야만 했던 사람들에게 이 수심(水深)은 인간의 예의와 윤리에 대한 죄책감의 상징적 의미이기도 하다.

　김경복[103])은 이 시에서 살아남은 민간인은 모두 피해자이면서 가해자가 될 수 있다는 죄의식에 대한 윤리적 시선이 드러나는데 그것이 여러 층위의 아이러니로 나타난다고 보았다. 사람을 살리기 위해 사람을 죽이는 상황과 죽음에 대한 죄를 묻는 데서 이러한 아이러니가 작용한다고 보고 있다. 즉 죄를 가리고자 하면 울음을 터트린 아이의 잘못도 아니며 자기 자식을 물에 집어넣을 수밖에 없는 부모의 잘못도, 그 광경을 보고도 침묵할 수밖에 없는 동승자들의 죄도 아니다. 즉 죄가 있으나 죄를 물을 수 없는 혹은 모든 사람이 죄인인 여러 상황의 아이러니가 이 시에 복합적으로 존재한다는 것이다.

　과거 지향과 체험을 회고하는 공포적 시선이 드러나는 김종삼의 시

---

103) 김경복 외, 『시론』, 황금알, 2008, 172면.

는 해방과 전쟁을 겪으며 죽음과 소멸의 경험을 겪은 언술 주체의 비극적 세계관이 내재된 것이라 볼 수 있다. 이러한 시에서는 대체로 언술행위의 주체는 텍스트 바깥에 위치하고 텍스트 안에 있는 인물들의 행동을 관찰하거나 묘사한다. 또한 과거 시제를 사용하여 그 사건이 일어난 시간과 발화 시점 사이를 격리시킴으로써 감정의 개입 없이 객관적인 진술을 한다. 이러한 관찰적 언술 주체는 과거의 전쟁에 대한 공포와 기억 그리고 급변하는 자본주의의 현실에 대한 불신 등을 슬픔이나 죄의식과 결합하면서 애도적 시선을 보이게 되는 것이다. 무엇보다 '광막한 지대', '십자가의 칼', '흰 옷포기', '잿더미'와 같은 전쟁의 잔인함과 죽음에 대한 공포적 시선은 언술 주체로 하여금 세계와 화해할 수 없는 부정적이며 비극적인 세계관을 구축하게 한다.

3. 대조적 반복의 강조성과 비극적 쾌의 파토스[104)]

김종삼의 1960년대 시의 형식적 특징으로 다양한 실험적 기법과 함축적인 묘사 등이 드러나는데 이러한 절제된 묘사와 반복 그리고 생략의 언술 기법들에는 일정 부분 시인의 의도가 드러난다고 볼 수 있다. 언술에 드러나는 어휘나 문장의 반복은 배열되는 위치와 방향에 따라 시의 분위기나 어조가 달라진다. 특히 대립적인 음소와 어휘의

---

104) 헤겔이 제시한 파토스의 개념은 다음과 같다. 첫째, 파토스는 단순히 심정의 내적 동요에서 비롯된 정열이 아니라, 심사숙고하고, 아주 신중한 고민으로부터 나온다. 둘째, 파토스는 "인간의 가슴속에 살아 있으면서" 그 가장 깊은 곳에서 움직이는 일반적인 힘들에 관련된다. 이러한 힘들은 윤리와 진실 그리고 성스러움과 같은 것이다. 셋째, 파토스는 본질적이면서도 이성적인 것으로 심정에 깃들어 있으며, 그 자체로 정당한 힘이고, 이성과 자유로운 의지를 그 본질로 한다. (문광훈, 『비극과 심미적 형성』, 에피파니, 2018, 44-45면)

반복은 시의 전체적인 의미 구조 형성에도 영향을 미친다. 이러한 대조는 의미상 서로 반대되는 것뿐 아니라 대조의 짝을 이루는 어휘나 동어반복의 변주들도 모두 포함되는데, 이 어휘나 대상들이 서로 길항하고 갈등하면서 언술 주체의 비극적인 감정이 강조되거나 점점 고조된다.

이 시기 김종삼의 비극적 감정은 앞서 살핀 것처럼 전쟁으로부터 연유된 죽음에 대한 애도나 연민에서뿐 아니라 급격한 산업발달로 인한 경제적 결핍이나 소외와 같은 복합적인 감정에서 비롯되었다. 주체의 행동에 대한 윤리적 근거로서의 파토스는 이러한 비극 속에서 행동의 한계와 윤리적 삶의 가능성을 탐색한다. 비극이 하나의 진실과 진실 사이 혹은 하나의 정당성과 정당성 사이에서 일어난다면 그러한 대립과 대결 가운데서 주체의 강렬성과 깊이가 얻어지게 된다.[105] 주체들은 이러한 한계와 모순을 감내하며, 그 부당함을 스스로 견딤으로써 자신을 온건히 지켜나간다. 그러므로 파토스는 단순한 정열을 넘어 이성적이며 신중한 감성이다. 그것은 그 자체로 인간의 현존 속에 있는 강력한 그 무엇이다. 또한 그것은 어떤 교훈이나 신념으로부터가 아니라 도덕적이고 정신적 고양으로부터 연유되며 머무르는 것이 아니라 윤리적인 감정 너머로 한 걸음씩 나아가는 것이다.

한 걸음이라도 흠잡히지 않으려고 생존하여 갔다.

몇 걸음이라도 어느 성현이 이끌어 주는 고뇌인 삶의 쇠사슬처럼 생존되어 갔다.

---

105) 문광훈, 앞의 책, 56면.

아름다운 여인의 눈이 세상 욕심이라곤 없는 불치의 환자처럼 생
존하여 갔다.

환멸의 습지에서 가끔 헤어나게 되면은 남다른 햇볕과 푸름이 자
라고 있으므로 서글펐다.
서글퍼서 자리 잡으려는 샘터. 손을 잠그면 어질게 반영되는 것들.
그 주변으론 색다른 영원이 벌어지고 있었다.
-「이 짧은 이야기」 전문

내용 없는 아름다움처럼

가난한 아희에게 온
서양 나라에서 온
아름다운 크리스마스 카드처럼

어린 羊들의 등성이에 반짝이는
진눈깨비처럼
-「북 치는 소년」 전문

첫 번째 시 「이 짧은 이야기」의 제목은 시의 1연부터 3연에 걸쳐 반
복적으로 나오는 "~생존하여 갔다"는 말과 전체적으로 대조를 이룬
다. 언술 주체는 누군가에게 흠 잡히지 않으려고, 성현이 말하는 고뇌
적 삶을 살았으며 그것 때문에 조금의 욕심도 가지지 않고 불치의 환
자처럼 "생존"해 왔다는 것을 강조하고 있다. 이 주체가 '살아 왔다'라
는 말 대신 '생존하여 갔다'라는 어휘를 선택한 것에서 그동안 생존의
이유나 현실이 결코 녹록지 않았다는 것을 알 수 있다. 그렇기 때문에
복잡하고 많은 이야기를 '이 짧은 이야기'로 간략, 대조화하며 비극적

정서를 더하고 있다. '고뇌인 삶의 쇠사슬'과 '아름다운 여인의 눈', '환멸의 습지'와 '남다른 햇볕과 푸름' 등과 같이 대조적인 언술들을 반복함으로써 주체의 갈등을 드러냄과 동시에 생존하기 위해 겪은 고달픔을 드러내고 있다. 이 시는 1977년 2월 『新東亞』에 「평범한 이야기」라는 제목으로 재수록 되었는데, '평범한 이야기' 역시 평범하지 않다는 역설적인 의미로 시의 내용과 대조적으로 읽힌다고 할 수 있다.

「북치는 소년」은 많은 연구에서 이미 김종삼 시의 미학적 특징이 가장 잘 드러나는 시이며, 아울러 미완의 구문으로 해석의 다양한 여지를 많이 지니고 있는 시로 평가되고 있다. "~처럼"의 직유 또한 원관념이나 그 의미가 분명하게 밝혀졌다고 보기 어려우며, 내용상의 대립적인 병치를 기반으로 하고 있다. 둘째 행의 "가난한 아희"와 바로 다음 행의 "서양나라" 또한 서로 대조적인 의미를 지니고 있는데, 1960년대 한국의 사정에서 볼 때 크리스마스는 다른 나라의 일처럼 멀고 비현실적인 이야기다. 언술 주체가 동경하는 '순수'에 대한 이미지를 전경화하고 있지만 그 배후에는 가난과 죽음이 내면화되어 있다. 또한 "내용 없는 아름다움"과 "아름다운 크리스마스 카드" 그리고 "어린 양들의 등성이에 반짝이는 진눈깨비"가 서로 이질적으로 병치되어 있다.

이 시는 1969년 『십이음계』(삼애사)에 수록된 작품으로, '북 치는 소년'이라는 제목은 크리스마스 때면 거리에서 들을 수 있는 성탄절 노래의 세목이나. 어린 시설을 회상해보면 그 노래는 성탄절의 축복처럼 신비롭고 아름답지만, 가난한 나라의 아이들에게는 "어린 양들의 등성이에 반짝이는/ 진눈깨비처럼" 이내 녹아버리는 그런 헛된 꿈같은 것이기도 하다. 그렇게 서로 대립되는 대상들을 반복함으로써 순수한 동심의 세계와 크리스마스의 평화롭고 아름다운 세계 이면에 존재하는

"가난한 아희"의 쓸쓸함을 더 강조하고 있다.

　또한 김종삼의 미적 형식이 강조된 시들에서는 주어나 술어가 생략됨으로써 의미의 명확성보다는 애매성을 추구하거나 강조하는 경향이 있다. 언술 주체는 풍경이나 대상에 직접적으로 개입하지 않고 응시하거나 대상과의 소통이나 의미의 개진을 거부함으로써 시적 알레고리를 만든다. 단절이나 애매성과 같은 의미의 비완결성이 보이는 이러한 시에서는 대조적 반복이 더 명확히 부각된다.

> 　日月은 가느니라/ 아비는 石工노릇을 하느니라/ 낮이면 大地에 피어난/ 만발한 구름뭉게도 우리로다// 가깝고도 머언/ 검푸른/ 산 줄기도 사철도 우리로다/ 만물이 소생하는 철도 우리로다/ 이 하루를 보내는 아비의 술잔도 늬 엄마가 다루는 그릇 소리도 우리로다/ 밤이면 大海를 가는 물거품도/ 흘러가는 化石도 우리로다// 불현 듯 돌 쪼는 소리가 나느니라 아비의 귓전을 스치는 찬바람이 솟아나느니라/ 늬 棺　속에 넣었던 악기로다/ 넣어 주었던 늬 피리로다/ 잔잔한 온 누리/ 늬 어린 모습이로사 아비가 애통하는 늬 신비로다 아비로다/ 늬 소릴 찾으려 하면 검은 구름이 뇌성이 비 바람이 일었느니라 아비가 가졌던 기인 칼로 하늘을 수없이 쳐서 갈랐느니라/ 그것들도 나중엔 기진해 지느니라/ 아비가 노망기가 가시어 지느니라/ 돌 쪼는 소리가/ 간혹 나느니라// 맑은 아침이로다// 맑은 아침은 내려 앉고// 늬가 노닐던 뜰 위에/ 어린 草木들 사이에/ 神器와 같이 반짝이는/ 늬 피리 위에/ 나비가/ 나래를 폈느니라// 하늘 나라에선/ 자라나면 죄 짓는다고/ 하늘 나라에선/ 자라나면 죄 짓는다고/ 자라나기 전에 데려간다 하느니라/ 죄많은 아비는 따 우에/ 남아야 하느니라/ 방울 달린 은피리 둘을/ 만들었느니라/ 정성 드렸느니라/ 하나는 늬 棺속에/ 하나는 간직하엿느니라/ 아비가 살아가는 동안/ 만지작거리느니라
> 　　－「음악－마라의 <죽은 아이를 追憶하는 노래>에 부쳐서」 전문

자식을 잃은 아버지의 극렬한 고통과 절망감이 깊게 드러나는 이 시는 언술의 대조적 반복이 부분적으로 드러나고 있다. 시의 부제는 말러의 가곡 「죽은 자식을 기리는 노래」를 말하고 있는데, 이 곡은 독일의 상징 시인 프리드리히 뤼케르트가 자신의 죽은 두 아이를 추모하며 직접 쓴 시에다 곡을 붙인 것이다. 여기서 '~니라'와 '~로다' 의 반복은 당연하게 여길 만한 사실을 단정적으로 말하는 언술이다. 아이는 "하늘 나라"에 있고, 아비는 "따 우에" 있는 현실을 어떻게든 받아들여야 하는 언술 주체의 상황을 담담하게 서술하고 있다. 대지에 피어나는 뭉게구름, 큰 바다의 물거품 그리고 아비의 술잔과 엄마가 다루는 그릇 소리가 모두 "우리로다"로 반복되는 것은 부모보다 먼저 죽은 아이를 가슴에 묻은 아버지의 죄의식이 깊게 드러나는 부분이다.

또한 "어린 아이"나 "피리"는 순결하고 평화로운 천상의 이미지를 "日月"과 "石工의 아버지" 등은 지상의 죄 많은 영혼을 의미한다면 이것은 죽음과 삶에 대한 대조로 볼 수 있을 것이다. 석공이나 아비로 상징되는 현실적 삶은 고통스럽고 비극적이다. 악기와 아이는 이상적이고 순수한 영혼의 상징이지만 자라면서 죄를 짓기 때문에 더 자라기 전에 아이를 데려간다는 생각으로 이어진다. 천상과 지상, 순수와 죄악의 대조적인 반복을 통해 아버지의 비극적인 정서가 극대화되고 있다.

아이의 죽음에 대한 상처는 영원히 가슴에 남을 수밖에 없으며, 언술 주제는 서로 대립 되는 상황을 반복함으로써 그 죄책감이나 고통을 부각시키고 있다. 죽음과 삶, 현실과 환상 사이에서 드러나는 북받쳐 오르는 이러한 감정들을 파토스라 한다면 이것은 많은 모순과 역설 속에서 갈등과 충돌로 생성되는 열정이며, 그 한계의 성찰적 의식[106]에서 비롯된 것이라 할 수 있다.

나의 本籍은 늦가을 햇볕 쪼이는 마른 잎이다.

밟으면 깨어지는 소리가 난다.

나의 본적은 거대한 溪谷이다.

나무 잎새다.

나의 本籍은 푸른 눈을 가진 한 여인의 영원히 맑은 거울이다.

나의 本籍은 次元을 넘지 못하는 독수리다.

나의 本籍은

몇 사람밖에 안되는 고장

겨울이 온 敎會堂 한 모퉁이다.

나의 本籍은 人類의 짚신이고 맨발이다.

          -「나의 本籍」 전문

주체의 정체성을 뜻하는 '본적'과 관련된 병치된 은유들이 이 시에는 대조적으로 반복되고 있다. 특히 "늦가을 햇볕 쪼이는 마른 잎", "거대한 계곡", "푸른 눈을 가진 한 여인의 영원히 맑은 거울", "차원을 넘지 못하는 독수리", "겨울이 온 교회당 한 모퉁이", "인류의 짚신이고 맨발" 등과 같은 병치 은유[107]들이 강조되고 있다. 여기서 "나의 본적"이라는 언술 주체의 정체성의 범위가 다소 넓은데, <마른 잎>-<계곡>-<거울>-<독수리>-<모퉁이>-<짚신과 맨발>로 변화되는 모습은 언술 주체의 심적 변화를 암시하고 있다. 즉 주체의 정체성이라 할 수 있는 대상들에 대한 의미를 파악해 본다면, 우선 '마른

---

106) 문광훈, 「비극적 주체의 윤리적 장당성-헤겔 「미학」에서의 파토스 분석」, 『헤세연구』, 한국헤세학회, 2017, 209면.

107) 휠라이트는 병치은유를 병렬과 종합을 통해서 새로운 의미를 창조하게 되는 은유의 한 형태로 보았다. 이러한 의미론적 운동은 실제적이든 상상적이든 시인이 자기체험에서 얻은 요소들을 서로 병치시킴으로써 이루어진다. 때문에 그는 이렇게 빚어지는 새로운 결합의 형태인 병치은유를 의미론적 변용작용으로 보고 있다. (김준오, 『시론』, 앞의 책, 183면)

잎'은 밟으면 깨어지는 소리가 날 정도로 연약하고 상처받기 쉬운 것이다. 그렇지만 다음 행의 '거대한 계곡'은 푸른 나무 잎새처럼 강한 생명력을 지닌 것으로 <마른 잎>과 <계곡>은 생명력이라는 의미에서 서로 대조를 이루는 부분이다. 또한 '푸른 눈을 가진 여인의 영원히 맑은 거울'은 순수성과 영원성을 가지고 있지만 '차원을 넘지 못하는 독수리'는 폭력성과 한계성을 지님으로 서로 대조를 이룬다. 마지막으로 '교회당의 한 모퉁이'는 종교의 성스러움을 드러낸다면 '인류의 짚신과 신발'은 방황하는 비극적 현실을 나타낸 것으로 대조를 이루고 있다. 이러한 대조의 반복을 통해 언술 주체는 자신이 지향하는 진실되고 윤리적인 길로 나아가려 한다. 그런 점에서 독수리로 상징되는 공포와 마른 잎이나 맨발로 상징되는 연민은 정신의 진보를 수행하는 언술 주체의 파토스적 면모를 잘 보여준다.

결국 이 시는 "나의 본적"이라 할 수 있는 서로 이질적인 이미지들을 반복함으로써 주체의 비극적인 정체성을 드러내고 있다. 나는 상처받고 깨지기 쉬운 연약한 존재이지만 순수를 향한 의지와 강한 생명력으로 오랫동안 자신의 본적을 유지할 수 있었던 것이다. 그렇지만 폭력적인 현실에서는 그 한계를 자주 느낄 수밖에 없고 결국 종교의 성스러움이나 인간의 비극적인 방황만이 현실 속 나의 본 모습을 일깨워줄 뿐이다. 이러한 비극적 한계는 현실적인 자기모순에 빠지게 되고, 크고 작은 결함에 부딪친다. 윤리적인 정당성에 대한 자신의 한계 의식으로써 인간의 가장 깊은 곳에서 움직이는 비극적 파토스는 주체의 행동에 대한 윤리적 근거가 된다.

　　나는 옷에 배었던 먼지를 털었다.
　　이것으로 나는 말을 잘 할 줄 모른다는 말을 한 셈이다.

작은 데 비해

청초하여서 손댈 데라고는 없이 가꾸어진 초가집 한 채는

'미쇼'계, 사절단이었던 한 분이 아직 남아 있다는 반쯤 열린 대문

짝이 보인 것이다.

그 옆으론 토실한 매 한가지로 가꾸어 놓은 나직한 앵두나무 같은

나무들이 줄지어 들어가도 좋다는 맑았던 햇볕이 흐려졌다.

이로부터는 아무데구 갈 곳이란 없이 되었다는 흐렸던 햇볕이 다

시 맑아지면서,

나는 몹시 구겨졌던 마음을 바루 잡노라고 뜰악이 한 번 더 들여

다 보이었다.

그때 분명 반쯤 열렸던 대문짝.

―「문짝」 전문

「문짝」에서는 반쯤 열린 문의 이쪽과 저쪽을 경계로 지향하는 대상 세계를 대조적으로 보여주고 있다. 열린 문 안쪽으로는 주체가 지향하는 이상적인 세계가 있다면 문 바깥쪽에는 '옷에 묻은 먼지'로 대변되는 복잡한 현실이 있다. 또한 언술 주체가 반쯤 열린 대문 너머를 보는 것은 숭고를 지향하는 태도라면, 먼지를 털어내는 행위는 문밖 현실에서의 부정이나 비루함과 관련되어 있으며 그 모든 것에 대한 부정과 거부의 뜻이 담겨 있다. 이런 행동은 부차적인 말을 덧붙이는 것보다 하나의 행동을 통해 자신의 생각을 대변하는 것이라 볼 수 있다. 대문의 안쪽은 너무나 청초하고 아담하여 손댈 데가 없을 정도로 이상적인 곳이다. 그렇기 때문에 언술 주체는 선뜻 문을 열고 그 안으로 들어가지 못하고 있다. 다만 그가 눈여겨보거나 느끼고 있는 것은 '햇볕'이다. "맑았던 햇볕이 흐려졌"고 "흐렸던 햇볕이 다시 맑아지"는

대조적 반복을 통해, 자신이 느끼는 감정을 드러내고 있다. 즉 문밖에서 안쪽으로 들어가지도 그렇다고 돌아가지도 못하는 상황에서, "아무데구 갈 곳이란 없이 되었다"라는 언술은 경계인의 비극적인 정서를 잘 드러내고 있다.

이러한 반복은 「背育」에서도 잘 드러난다. 1연~3연은 바다라는 공간이 4연~5연에서는 대학건물과 석전이라는 현실적 장소가 대조되며, 두 장소로부터 "나비"와 "樂器를 가진 아이"가 각각 반복적으로 나타난다. 이러한 대조적 반복은 단어나 문장이 서로 대칭을 이루며 반복되거나 어순이 도치되는 등의 다소 변형된 모습으로 나타나기도 한다.

비극적 주체는 이 현실이 모순으로 이뤄져 있음에도 불구하고 어떤 한계를 전제하면서 계속 그렇게 또 움직인다. 비극적 주체를 이성적이고 진실되게 하는 근본적인 에너지를 파토스라 한다면 그것은 더 진실되고 더 숭고한 쪽으로 나아간다. 공감이란 단순히 불행이나 슬픔에 대한 동정이 아니라 윤리적인 힘에 의해 작동되고 그것은 또한 그 정당성을 기반으로 형성되며 움직이는 것이다.

김종삼의 1960년대 시에서는 대조적 반복을 통해서 비극적 감정을 강조하거나 고양시킨다. 주체의 자발적 자유 의지는 기존의 질서나 가치와 부딪치기도 하고 주저하기도 한다. 그 모든 것을 끌어안고 있는 그의 비극적 파토스는 윤리적이며, 현실과의 갈등을 회피하지 않고 공포나 비극적인 감정을 끝까지 견딘다. 때문에 그것은 비루하고 보잘것없는 현재의 모습과 속된 현실로부터 벗어나 또 다른 세계와 질서를 향해 나아간다.

4. '소외'적 주체와 절대 세계로의 숭고미

　김종삼의 시에 드러나는 언술 주체들은 대부분 소외된 주체들과 피
지배층들인데 그 주체가 바라보는 대상들 또한 자신과 비슷한 처지에
있는 존재들이다. 그들의 내면에 내재된 슬픔이나 실존의 고통에는 현
실을 견디기 위한 존엄함이 존재한다. 또한 전쟁과 자본주의의 비인간
적 문명 속에서 소외된 주체들에 대한 연민 의식과 비극적 현실을 통
해 절대 세계로 향하는 영원 지향적 특징이 선명하게 드러난다. 하지
만 그가 지향하는 세계는 현실과 무관한 유토피아나 자기 구원으로서
의 절대 세계라기보다는 비윤리적인 현실과 인간성 회복으로서의 세
계를 의미한다. 나아가 그것은 불의와의 타협을 거부하거나 자기반성
으로서의 견딤의 세계이기도 하다. 그는 사회나 공동체와의 갈등은 물
론 경제적인 가난으로 인한 절박한 고통에 대해[108] 그것을 극복하기
보다는 운명처럼 받아들이거나 견뎠다. "나는 살아가다가 '불쾌'해지
거나 '노여움'을 느낄 때 바로 시를 쓰고 싶어진다"[109]라는 그의 진술
로 미뤄볼 때 그가 직면하는 현실은 긍정적인 면보다 부정적인 측면
이 더 많다는 것을 짐작할 수 있다. 이러한 현실 인식은 그의 시에 드

---

108) 김종삼의 경제적 가난과 어려움에 대해 전봉건이 아래와 같이 밝혔다.
　　"경제력이 넉넉하여서가 아니라 타고난 생리 탓으로 해서 그리하여 가난한 주머니를
　　털면서도 가난을 알지 못하며 전쟁의 소용돌이 속에서 레코드판을 찾아 헤매이던 그
　　가 기실은 스스로 죽는 죽음을 시작한 그가 가정이라는 엄청난 짐을 걸머지고 말았던
　　것입니다. 결혼은 가정을 이루게 되는 것인데 가정은 적극적이고도 치열한 현실 타협
　　없이는 존립되지 아니합니다. 물론 이 무렵 그는 방송국 레코드판을 돌리는 일자리가
　　있어 여기에서 나오는 수입으로 가정을 지탱하였습니다. 그러나 실제로 그의 가정은
　　지탱이 되지를 아니하였습니다. 레코드판을 돌리는 수입으로는 가정의 지탱이란 매우
　　어려운 일이었습니다. 오늘 현재도 그러합니다만 그는 변두리 산턱 판자집 셋방에서
　　헤어나지를 못하였던 것입니다. (전봉건, 앞의 책, 111면)
109) 김종삼, 『김종삼 정집』, 북치는 소년, 2018, 303면.

러나는 언술 주체의 소외적 특징에서 더 잘 드러나고 있다.

물먹는 소 목덜미에

할머니 손이 얹혀졌다

이 하루도

함께 지났다고,

서로 발잔등이 부었다고,

서로 적막하다고,

-「墨畵」 전문

이 시는 제목인 '묵화'처럼 소와 할머니의 적막한 상황을 아무런 수식도 없이 고즈넉하게 보여주고 있다. 하루의 일을 마친 소의 목덜미에 얹힌 할머니의 손에는 많은 의미가 담겨있다. 김인환은 이 시의 언술 주체가 "할머니가 손을 얹었다"라고 하지 않고 "할머니 손이 얹혀졌다"라고 한 것에 주목했다. 이와 같은 언술은 대상을 피동적 객체로 진술하였을 뿐만 아니라 '지났다고,', '부었다고,', '적막하다고,'의 세 개의 쉼표를 찍음으로써 시의 객관성과 동시에 시적 여운을 확보한다고 보았다.[110] 물을 먹고 있는 소의 목덜미에서 느껴지는 촉감으로 서로의 친밀성을 공유하고 있으며, 주체의 시선이 닿아 있는 소와 할머니 사이의 동질감은 하루의 고된 노동을 마친 데 대한 안도감과 유대

---

110) 김인환, 『상상력과 원근법』, 문학과지성사, 1993, 95면.

감일 것이다. 서로를 의지하며 지내는 할머니와 소는 오늘도 하루를 보냈다고 "서로"의 부은 발잔등을 바라보며 그들의 적막을 견딘다.

> 醫人이 없는 病院뜰이 넓다.
> 사람들의 영혼과 같이 介在된 푸름이 한가하다.
> 비인 乳母車 한 臺가 놓여졌다.
> 말을 잘 할 줄 모르는 하느님의 것일까.
> 버리고 간 것일까.
> 어디에도 없는 戀人이 그립다.
> 窓門이 열리어진 파아란 커튼들이
> 바람 한 점 없다.
> 오늘은 무슨 曜日일까.
>
> ―「무슨 曜日일까」 전문

　첫 행에서 드러난 것처럼 이 시는 '병원뜰'이 공간적 배경이다. '醫人'이 없는 그 장소에서 언술 주체는 "넓다"라는 인상을 받게 되는데, 이러한 묘사는 다른 행에서도 계속 이어지고 있다. "한가하다", "놓여졌다", "그립다", "한 점 없다"와 같이 고즈넉하고 조용한 병원의 풍경을 그대로 묘사하고 있다. 이러한 정적인 묘사는 "비인 유모차 한 대"처럼 의인의 부재에 대한 소외감을 드러내면서 그의 부재로 인해 치료할 수 없는 현실에 대한 불안을 동시에 보여주고 있다. 하지만 언술 주체는 "사람들의 영혼"처럼 어쩌면 이 부재가 주는 "푸름" 같은 것이 해방감일지도 모른다며 그 부재를 받아들인다. "말을 잘할 줄 모르는 하느님"에서는 이러한 상황에 대해 말을 아끼려는 의도이지만 "어디에도 없는 연인이 그립다"에서는 주체 내면에 잠재된 부재와 소외의 심정을 드러내고 있다.

 김종삼은 부정적인 현실과 거리를 두거나 그 현실을 맴돌았는데, 이러한 현실 주변화는 자기 세계로의 도피를 의미한다. 자신이 지향하는 이상과 몸담고 있는 현실과의 괴리가 현저하게 크다는 것을 깨달았고, 좁혀지지 않는 그 거리는 단절이나 소외의식으로 이어졌다. 그가 술로 지병을 얻으며 그로 인해 오랫동안 고통을 당했다는 것은 잘 알려진 사실이다. 현실의 많은 문제들은 폭음의 원인이 되었고, 그는 술로 안정을 찾으려는 현실 도피적인 태도를 보이며 스스로를 소외시켰다. 그에게 '술'은 가장 은밀한 도피처였지만 그런 이유로 현실과 더 단절된 소외를 겪을 수밖에 없었다. 자신이 직면한 현실과 이상 사이의 괴리가 크면 클수록 시나 음악으로 도피하는 경향이 짙었다. 그의 시에 음악가나 시인 그리고 사상가들의 이름 등이 많이 등장하는 것은 모두 자신이 관심을 가졌거나 그의 시작에 영향을 준 예술가들이다.

 김종삼은 김수영과 동갑내기로 1938년 일본으로 건너가 1945년 귀국할 때까지 일본에서 수학하였으며,[111] 형이 육군 중령 출신이라 '반동 가족'이라는 위험을 피하기 위해 1947년 월남하였다. '모든 예술은 음악의 상태를 동경한다'고 했던 그는 어려서부터 음악을 좋아했고, 월남 후에는 방송국에서 오랫동안 음악을 담당했다.[112]

---

111) 김종삼은 17살, 비교적 다른 시인들보다 이른 나이에 일본으로 갔다. 그는 1942년 동경문화원 문학과에 입학하였고 1944년 6월 중퇴하였는데, 일본에서의 생활에 대해서는 비교적 알려진 바가 드물다. 하지만 일본에 있었던 시기가 비교적 길었던 만큼 제국의 문화에 영향을 많이 받았을 것임을 알 수 있다.
112) 김종삼의 음악에 대한 집착에 가까운 열정은 다음의 글에서도 확인할 수 있다.
 "김종삼이라는 시인이 있습니다. 내가 이 시인을 만난 것은 6·25 전란 중의 일입니다. 9·29 수복 뒤의 폐허가 된 명동의 어느 지하실 다방에 나타난 그는 옆구리에 몇 장의 클래식 음악이 담긴 레코드판을 소중히 끼고 있었습니다. 설명이 없어도 그가 클래식 음악을 밥보다도 달갑게 여기는 사람이요 전란의 폐허에서 있는 돈 없는 돈을 털어서 레코드판을 걷우어 드리는 수집광임을 알 수 있습니다. 그 후 군에 입대하여 전선에 나갔다가 제대한 내가 다시 그와 만난 것은 대구에서였습니다. 그때에도 그는 여전히 레코드판을 끼고 있었습니다. 하루는 그를 만났더니 간신히 입수했다면서 레

김현은 김종삼 시에서 가장 중요한 키워드는 '방랑'과 '방황'이라 했고, 황동규는 '한국 현대 시단에서 가장 훌륭한 시인 중의 한 사람'[113]으로 평가하며, '희귀한 보헤미안 생존자'[114]라고 칭하였다. 그러므로 김종삼은 세속적인 가치나 지위에서 멀어진 '소외된 단독자'[115]로 스스로를 위치시켰다고 볼 수 있다. 또한, 지성과 감성 그리고 질서와 무질서의 상호 충동 속에서 그의 시는 슬픔이나 우울 그리고 연민 같은 비극을 담고 있다. 유년기에 죽은 동생과 친구뿐 아니라 6·25 전쟁 중에 목격한 많은 죽음들은 정신적 외상으로 깊이 각인되었을 것이다.

이러한 김종삼의 비극이나 죽음에 대한 인식에는 기존의 아름다움이나 감성으로 포괄되지 않는, 초월 세계에 대한 '숭고(sublime)'가 존재한다.[116] 숭고는 강한 윤리성과 연결되며 기존의 미학을 넘어 가능성 혹은 불가능성으로 존재한다. '그립다거나 슬프다 운다'와 같은 감정의 파동은 음악을 들을 때 가능하다고 했던 것처럼 김종삼이 창작의 영감을 음악적 체험에서 얻었다는 것은 잘 알려진 사실이다. "나처럼 덕지덕지 살아온 인생으로서는 음악에서 감정을 정화시킬 수가 있지요. 나같이 어지럽게 사는 사람에게 음악은 지상(地上)의 양식(糧食)같은 거지요"[117] 라고 한 그는 음악을 들을 때라야 비로소 생각을 할 수 있

코드 두 장이 든 얇다란 쟈케트를 나에게 건네주었습니다. 바하의 『두개의 바이올린을 위한 협주곡』이었습니다. 내가 그것을 받아들고 매우 기뻐하는 것을 바라보면서 파이프에 불을 붙여 문 그는 세상에도 없이 태평스럽고 여유만만하게 행복스럽기까지 한 표정이었습니다."(전봉건, 『말하라 사랑이 어떻게 왔는가를』, 홍익출판사, 1967, 111면)
113) 황동규, 『북치는 소년』, 「잔상의 미학」(해설), 민음사, 1979.
114) 황동규, 위의 책, 254-255면.
115) 김우창, 「시인의 보석」, 『오늘의 한국시』, 민음사, 2014, 243면.
116) 숭고는 미와 분리되지 않고 서로 연결되어 있으며, 이 숭고의 현시는 '거대하고 위압적인 대상', '일정한 거리', '자유로운 관찰', '고도의 정신적 평정심', '인간성 고양', '정서적 자유', '도덕적 요구'와 같은 조건이 갖추어졌을 때 이루어진다. (이재복, 「한국 현대시의 숭고성에 대한 연구-'죽음'의 문제를 중심으로」, 『한국언어문화』 45, 한국언어문화학회, 2011, 324-325면)

다고 했다. 실제로 그의 시에는 음악가들의 이름이나 음악 용어들이
빈번히 등장한다. 바로크 시대의 음악을 대표하는 바하와 헨델, 고전
주의의 모차르트 그리고 낭만주의를 이끈 슈베르트와 베토벤을 비롯
해서 프랑스 상징주의 음악의 대가인 드뷔시와 말러에 이르기까지 다
양하다. 그는 절대 세계나 순수의 가치를 지닌 영감의 원천으로, 음악
이 빚어내는 이미지를 시의 언어로 구성하였던 것이다.[118]

> 그런데
> 한 아이는
> 처마밑에서 한 걸음도
> 나오지 않고
> 짜증을 내고 있는데
>
> 그 아이는
> 얼마 못가서 죽을 아이라고
>
> 푸름을 지나 언덕가에
> 떠오르던
> 음성이 이야기ㄹ 하였습니다
>
> 그리운
> 안니·로·리라고 이야기 ㄹ
> 하였습니다
>
> -「그리운 안니·로·리」 부분

---

117) 김종삼, 권명옥 편, 『김종삼 전집』, 나남출판, 2005, 313면.
118) 1960년대 김종삼 시에서 '음악'과 관련된 시는 「드뷧시 山莊」, 「요한 쎄바스챤」, 「音」,
「쎄잘·프랑크」의 音」, 「背音」, 「음악」, 「12층계의 層層臺」, 「라산스카」, 「앙포르멜」, 「그
리운 안니·로·리」 등이 있다.

'안니로리'는 스코틀랜드 가곡으로 아름다운 첫사랑 소녀였던 안니
로리를 그리워하는 노래다.[119] 순수하고 맑은 아이들이 여한 없이 뛰
어노는 모습과는 다르게 처마 밑에서 나오지 않는 아이는 "얼마 못 가
서 죽을 아이"이다. '안니로리'는 맑고 순수하지만 이룰 수 없는 사랑
이라는 점에서 언제나 그리움의 대상일 수밖에 없다. '그리운' 상태로
영원히 남는 것은 현실에서는 이룰 수 없는 꿈이며 이상이기 때문이
다. 동심의 아이 또한 자신에게 닥칠 비극적인 운명을 어떻게 받아들
일지 그 아이를 바라보는 언술 주체의 연민적 시선이 엿보인다. 죽음
에 직면했을 때의 고통이라는 것은 우리가 상상할 수 없는 그 이상일
것이다. 죽음을 앞둔 소외적 주체가 부딪쳐야 하는 세속의 삶과 고통
을 음악의 절대 세계에 내재된 숭고에 기대고 있다.

귀가 주볏이 일어서는
(빠흐)가 틀고 있는 나직한
흡
山上.

그 밑에서 흰손처럼
누구하고 얘기하고 있다.

-「요한 쎄바스챤」 전문

---

119) 이 곡은 1825년 스코틀랜드의 존 스콧(1810-1900)이 작곡한 스코틀랜드 민요로 티
없이 아름답고 고왔던 소녀를 그리워하며 부른 것이다. 애니 로리는 스코틀랜드 덤프
리스시(市) 맥스웰턴 하우스에 살던 로버트 로리 경의 딸로서 실제 인물이다. 그녀는
사관학생 윌리엄 더글러스를 사랑했지만 결혼은 다른 남자와 하였다. 더글러스는 자
기 곁을 떠난 애니 로리를 그리워하며 1820년에 이 시를 지었다. 그 뒤 1825년에 존
스콧 부인이 시집 "스코틀랜드의 노래"에서 이 시를 발견하고 곡을 붙여 'Annie Laurie'
라고 하였고, 핀레이딘이 반주를 넣어 1838년 에든버러에서 출판된 "스코틀랜드 민요
집"에 실었다. 이후 크림전쟁이 일어나자 크림반도에 상륙한 스코틀랜드 군인들이 고
향에 두고 온 사랑하는 여인을 그리워하며 부르면서 널리 퍼진 노래이다.

神의 노래
圖形의 샘터가 설레이었다

그의 鍵盤에 피어 오른
水銀 빛깔의
작은 音階

메아린 深淵속에 어둠속에 無邊속에 있었다
超音速의 메아리

— 「쎄잘·프랑크」의 音」 전문

위 시에 나오는 세자르 프랑크는 김종삼이 시작(詩作)할 때 뮤즈 역할을 하는 음악가라고 밝힌 바 있다.[120] 1연에서 "신의 노래"와 "도형의 샘터"의 언술이 병치됨으로써 "설레이었다"는 감정을 유발하는데, 이 과정이 추상적이면서 낯설다. 그렇지만 피아노 건반의 연주들은 수은 빛깔처럼 아름답게 와 닿는다. 그 울림과 파장이 시공간을 초월하여 멀리 심연 속에 "초음속"으로 메아리친다. 세자르 프랑크의 음악은 깊은 어둠 속에 끝없이 울려 퍼지는 영혼의 노래로 "원형의 샘터"와 같은 절대 세계로 나아가는 숭고한 아름다움을 구현하고 있다. "어둠"과 "무변" 속에 "초음속"으로 퍼지는 세자르 프랑크의 음은 현실을 넘어 의식의 시공간을 자유자재로 넘나들며 정신의 고양을 경험하며 절대 세계로 나아가는 것이다. 이러한 비약의 힘이나 황홀한 瞬間의 숭

---

120) 김종삼은 자신이 詩作에 임할 때 뮤즈 구실을 해주는 네 요소를 다음과 같이 말했다. "명곡 「목신의 오후」의 작사자인 스테판 말라르메의 준엄한 채찍질, 화가 반 고흐의 광란 어린 열정, 불란서의 건달 장 폴 사르트르의 풍자와 아이러니컬한 요설(饒舌), 프랑스 악단의 세자르 프랑크의 고전적 체취—이들이 곧 나를 도취시키고, 고무하고, 채찍질하고, 시를 사랑하게 하고, 쓰게 하는 힘이다"라고 밝혔다. (김종삼, 「먼 시인의 영역」, 북치는 소년, 2018, 916면)

고와 관련하여 버크는 힘, 무한, 장대함, 빛, 소리와 굉음을 숭고의식을 발현하는 원천으로 보았다.[121] 즉 숭고는 영혼을 움직이게 하는 것, 불멸하는 영혼의 본질로 나아가는 것, 황홀함이나 장엄함과 관계있는데, 김종삼의 시에서는 음악과 관련하여 그러한 특징들이 잘 드러난다. 다니카와 슌타로(谷川俊太郎)가 음악은 의미에 얽매이지 않고 온몸에 감동을 전하는 힘이 강하다고 한 것처럼 슌타로를 언급했던 김종삼 또한 그가 시작(詩作)하는 데 있어 음악의 형식적 구조에서 많은 영향을 받았을 것이라고 추측할 수 있다.

이숭원은 김종삼 시에서 드러나는 정적인 것과 동적인 것, 밝음과 어두움 그리고 현실과 환상이 서로 교차되는 것은 음악의 형식인 대위적 구성에서 영향을 받은 것으로 보고 있다.[122] 음악에서 이 대위법은 두 개 이상의 선율을 대비시키거나 독립적으로 활용하여 조화로운 음악을 만드는 서양음악의 가장 기본적인 원리이다.

1) 결정짓기 어려웠던 구멍가게 하나를 내어 놓았다.

2) '한푼어치도 팔리지 않았음은 물론이고'

3) 오늘도 지나간 것은 분명 차 한 대밖에-

4) 그새
5) 키 작고 현격한 간격의 바위들과
6) 도토리나무들이
7) 어두움을 타 드러앉고

---

121) Michel Deguy, 김예령 역, 「고양의 언술-위 롱기누스를 다시 읽기 위하여」, 『숭고에 대하여』, 문학과 지성사, 2005, 27면.
122) 이숭원, 『20세기 한국시인론』, 국학자료원, 1997, 331면.

   8) 꺼먼 시공 뿐

   9) 선회되었던 차례의 아침이 설레이다.

   10) -드빗시 산장 부근

-「드빗시 산장(山莊) 부근」 전문

   이 시의 공간은 하루 종일 있어도 드나들거나 그 앞을 지나가는 사람이 거의 없거나 지나가는 것은 오직 자동차 한 대밖에 없는 작은 구멍가게다. 1)~3)의 1연은 아무도 오지 않는 구멍가게의 묘사와 그 장면을 관찰하며 '한푼어치도 팔리지 않았'다는 언술 주체의 발언이 주목된다. 더불어 의도적인 한 행 띄움은 손님이 없는 가게뿐 아니라 언술 주체의 적막함과 쓸쓸함을 강조하고 있다. 3행의 마지막 '밖에-'의 말줄임표 또한 언술 주체가 그 밖의 다른 설명이나 말을 생략하겠다는 의미로 읽힌다.

   이에 비해 4)행부터 9)행까지는 바위와 도토리나무들이 등장하거나 설레는 아침이 드러나는 등 1연과 대비되는 분위기가 묘사된다. 10)행의 '드빗시 산장'은 구멍가게의 부근에 있는 것으로 실제로 존재한다기보다는 환상 속에 있다고 볼 수 있다. 작곡가 드뷔시는 시인 말라르메의 살롱에 출입하면서 상징주의 시인들이나 인상파 화가들과 교류하였다. 그가 말라르메의 시 「목신의 오후」를 인상 깊게 읽고 작곡한 것이 바로 감각적이고 모호한 화음의 「목신의 오후에의 전주곡」이다. 이 시에서는 이러한 드뷔시와 낭만적인 환상이 가난하고 초라한 현실과 서로 대비되고 있다. 그런 점에서 이 시는 모순되는 것을 서로 대비시켜 이상적인 것과 통일하려는 서양음악에서의 고전적 형식미가 드러나고 있다고 볼 수 있다.[123] 조그만 구멍가게라는 공간의 소외된

---

123) 서영희, 「김종삼 시의 형식과 음악적 공간 연구」, 『어문론총』 53, 한국문학언어학회,

주체는 초라한 현실과 낭만적 환상을 오가며 자신의 갈등을 드빗시로
상징되는 음악의 낭만을 통해 보다 높은 곳의 숭고를 지향하게 된다.

> 石膏를 뒤집어 쓴 얼굴은
> 어두운 晝間.
> 毋魃을 만난 구름일수록
> 움직이는 나의 하루살이 떼들의 市長.
> 짙은 煙氣가 나는 뒷간.
> 주검 一步直前에 無辜한 마네킹들이 化粧한 陳列欌.
> 死産.
> 소리 나지 않는 完璧.
>
> —「십이음계의 층층대(十二音階의 層層臺)」 전문

> 몇 그루의 소나무가
> 얕이한 언덕엔
> 배가 다니지 않는 바다,
> 구름 바다가 언제나 내다 보였다
>
> 나비가 걸어오고 있었다
>
> 줄여야만 하는 생각들이 다가오는 대낮이 되었다
> 어제의 나를 만나지 않는 날이 계속되었다
>
> 골짜구니 大學建物은
> 귀가 먼 늙은 石殿은
> 언제 보아도 말이 없었다

2010, 381면.

어느 位置엔
누가 그럴지 모를
風景의 背音이 있으므로,
나는 세상에 나오지 않은
樂器를 가진 아이와
손쥐고 가고 있었다

-「背音」 전문

「십이음계의 층층대」는 서로 인과성이 없는 불연속적인 이미지들이 계단처럼 층층을 이루고 있다. 석고를 뒤집어 쓴 얼굴이나 하루살이 떼들, 주검 일보 직전의 무고한 진열장의 마네킹들은 모두 피폐한 현실에 존재하는 암울한 대상들이다. 12음계는 한 옥타브의 7음계에 각음의 반음 다섯 개를 합한 것을 의미하는데, 원음과 반음이 모두 갖춰지면 완벽한 화음이 된다. 하지만 제목과 달리 시의 내용에는 불안하고 혼란스러운 상황이 연출된다. 음악의 십이음계처럼 완벽한 조화를 이루는 것이 아니라 어두운 불협화음의 세계가 드러난다. 특히 마지막의 "死産/ 소리 나지 않는 完璧"에서는 더욱 아이러니하다. 화음은 들리는 소리로 해석되고 감상되는 것이다. 하지만 이러한 소리를 완벽하게 차단하는 것에서 완벽을 추구한다는 것을 알 수 있으며, 그것이 "死産"으로 이어지는 비극적 상상에서 소외된 언술 주체의 불완전하고 분열적인 내면이 드러난다. 현실에는 눈으로 보이지만 말할 수 없는 삶의 이면들이 있다. 예측불허의 가능성 혹은 불가능성이 있다. 생각이나 말로 표현하지 못하는 어떤 울림들 속에서 삶과 죽음을 경계 짓지 않고 그 죽음을 완벽의 세계로 보는 것은 죽음으로써 다시 태어나는 절대 세계에 대한 동경이 있기 때문이다. 김종삼에게 음악은 그 세계를 열 수 있는 매개의 역할을 하는 것이다.

「背音」에서 이 '배음'은 뒤에서 나는 소리 혹은 배경이 되는 소리를 뜻한다.[124] 즉 하나의 음 속에는 그 음의 뒤로 겹겹이 여러 음들이 동시에 들리는 것을 배음이라고 한다. 즉 시의 제목처럼 각각 다른 이미지들의 장면 장면이 모여 하나의 시를 구성하고 있다. 1연에는 바다가 보이는 낮은 언덕 위에 소나무가 있고, 그곳에서는 언제나 바다가 보인다. 2연에는 "걸어오고" 있는 "나비"의 풍경이 있고, 3연에는 언제나 예측 불허한 대낮의 현실이 드러난다. 4연에는 그런 현실에서도 시대의 지성을 상징하는 대학 건물과 석전은 여전히 침묵하고 있다. 이런 다양한 풍경과 다양한 위치에는 그 "풍경의 배음"이 존재한다. 모든 풍경과 사건 뒤에는 예기치 않은 혹은 거부할 수 없는 순간들이 있다. 두려움이나 불편함, 어색함이나 경외심과 같은 복합적인 감정 상태를 불러오는 풍경이나 상황에서 주체는 숭고를 느끼게 된다. 마치 음악에서의 배음처럼 보이지 않지만 여전히 존재하고, 지각할 수 있는 것. 예기치 않은 그런 순간으로부터 주체는 무한한 방랑과 자유를 느낀다. 마치 "세상에 나오지 않은/ 악기를 가진 아이와/ 손쥐고 가는" 것처럼. 현실 너머에 존재하는 영원이나 절대 세계로 나아가는 것처럼 음악은 그 숭고미를 추구하는 낭만적 도전이라 할 수 있다.

앞에서 살핀 것처럼 김종삼은 음악을 들으며 현실의 대상과의 내적 갈등과 윤리적인 심적 부담을 많은 부분 덜어내었으며, 자신의 한계를 인식하고 그것을 넘고자 했다. 그는 일반 대중음악이나 팝송과 같이 '이 세기에 찬란'하다고 한 것들은[125] 자신에게는 '너무 어렵'고 '난

---

124) 음악용어로 '배음'이란 바탕음의 진동수에 대해 정배수의 진동수를 갖는 윗음을 말하는 것으로 '배음열'이라고도 한다. (심성태, 『음악용어사전』, 현대음악출판사, 1996, 197면)

125) 1960년대는 '대중의 시대'였다. 대량생산과 소비 시스템을 통해 향유되는 대중문화 그

해'하여 (「난해한 음악들」) 듣는 것 자체가 고역과 다름없다고 하였다. 그런 음악을 들을 때마다 '메식거리'거나 '미친 놈처럼 뇌파가 출렁거'린다고 할 만큼 혐오에 가까운 부정적인 시선[126]에 있던 그를 구원해 준 것이 바로 고전음악이었다.

또한 시를 창작하는 데 있어 그는 어떤 경우에도 시와 타협하거나 화해하는 일이 없었는데 그는 이것을 음악가들의 태도와 비교하기도 했다. 「메시아」를 작곡할 때 헨델은 1주일을 굶으며 문을 잠갔다거나 미켈란젤로도 작품을 제작할 때 식욕을 못 느끼고 입맛을 모두 잃고 식음을 전폐했듯이 예술가라면 그런 태도를 섬겨야 한다고 했다. 때문에 시에 대해서도 결벽에 가까운 염결성으로 자신을 '시인'이라고 소개하는 것조차 저어했다. 김종삼은 시가 "사랑의 손길이 오고가는 아지랑이의 세계처럼 시인의 안막에 내려와 앉는 나비인지도 모르는 것"[127]이라고 했던 것처럼, 붙잡힐 듯 붙잡히지 않는 가물거리는 것이 시와 음악이라 하였다.

김종삼의 1960년대 시의 언술 주체는 물질문명과 과학 기술로 인한 인간 소외와 자신의 한계를 비극적 화해의 '숭고'로 관통해 나간다. 이

리고 그 주체로서의 대중은 1960년대 이르러서야 한국 사회에 본격적으로 진화된다. 이때는 신문, 잡지, TV, 라디오 등 대중매체가 제도적으로 정비되었다. 1960년대는 여러 계기를 통해 대중과 대중문화가 중요한 기표로 사람들의 의식에 각인되었다. 특히 1960년대 후반부터는 대중사회의 관심이 사회 전반에 미쳤으며 일상생활의 구석구석을 파고들었다. 이러한 상황은 1960년대 중반 이후 제1차 5개년 경제개발 계획의 성과가 물질적으로 가시화되고 경제적 풍요에 대한 기대감이 생겨나면서 더 가속화되었고, 교통망 혁신으로 전국의 일일생활권화를 가져온 경부고속도로의 착공 및 부분 개통으로 대중사회의 관심과 기대를 한걸음 앞당겼다. (송은영, 「1960~70년대 한국의 대중사회화와 대중문화의 정치적 의미」, 『상허학보』 32, 상허학회, 2011, 188-190면)

126) 장석주는 김종삼의 대중음악에 대한 혐오는 어쩔 수 없이 현실을 수락할 수밖에 없었던 현실세계에 대한 혐오이며 부정적 의미의 표현으로 보았다. (장석주, 「한 미학주의자의 상상세계」, 『김종삼 전집』, 청하, 1992, 27면)

127) 김종삼, 「의미의 백서」, 『김종삼 정집』, 북치는 소년, 2018, 903-905면.

비극적 화해의 주체는 현실의 곳곳에 투쟁과 불화의 흔적을 남기지
만,[128] 현실의 부정이나 자아 혹은 타자와의 구분을 넘어 절대 세계로
나아간다. 뿐만 아니라 이 주체는 자아와 현실의 갈등에서 비롯된 비
극적 대면에서의 파토스를 긍정적인 동시에 부정적인 화해의 가능성
으로 열어둔다. 그리하여 수동적인 이 윤리 주체는 무한한 가능성으로
서의 절대 세계와 숭고를 지향했던 것이다.

---

128) 홍승진은 김종삼의 1960년대에 쓴 「앙포르멜」이 말라르메와 사르트르의 영향 사이에
    서 쓴 메타 형식의 시로써 당대 역사적 맥락과 알레고리적 관계를 맺고 있다고 보았
    다. 즉 이 시기 김종삼의 작품 세계는 이전 시기와 다른 특성을 지니는데 이것은 역사
    적 상황에 대응하여 김종삼이 시의 참여 문제를 고민한 것이라고 설명했다. (홍승진,
    「1960년대 김종삼 메타시와 '참여'의 문제-말라르메와 사르트르의 영향을 중심으로」,
    『비교문학』 70, 한국비교문학회, 2016, 285면)

제4장

전봉건 시의 환상적 언술 주체와 전복적 '그로테스크'

전봉건[129]은 현대시의 특성을 시가 현실에 매달리거나 시종처럼 따라다니는 것이 아니라 현실과 대결하면서 그 위에 새로운 시적 현실을 창조하는 것이라고 보았다. 새로운 현실의 창조는 기존의 현실을 전복해야 가능한 것이고, 그러기 위해서는 무엇보다 시가 현실에 밀착되어 있어야 한다는 것이다. 김춘수는 「후반기」의 동인이었던 전봉건이 그들과 밀접해 있었지만, 누구보다 현실과 가까이 있었다고 했다. 그는 사회의 변화나 움직임에 지대한 관심을 가지고 있었으며 현실에 대한 치열한 고민과 동시에 시인으로서의 사명과 윤리의식에서도 자유롭지 못했다.

---

129) 전봉건(1928~1988)은 1950년에 『문예』지에 서정주의 추천으로 「願」, 「四月」을 발표하였고, 김영랑의 추천으로 「祝禱」를 발표하며 문단에 나왔다. 김종삼·김광림·전봉건 3인 연대시집 『전쟁과 음악과 희망과』(자유세계사, 1957)를 시작으로 『사랑을 위한 되풀이』(춘조사, 1959), 『춘향연가』(성문각, 1967), 『속의 바다』(문원사, 1970), 『피리』(문학예술사, 1979), 『북의 고향』(명지사, 1982), 『돌』(현대문학사, 1984)등을 출간하였다. 이외에 7권의 선시집과 1권의 시론집, 『시를 찾아서』(청운출판사, 1961)가 있다. 그 외에 산문집으로는 『플루트와 갈매기』(어문각, 1986), 『뱃길 끊긴 나루터에서』(고려원, 1987)가 있다.

이처럼 현실의 억압이나 제약이 많을수록 그것을 미학적으로 뛰어 넘고자 하는 문학적 욕망이 커진다. 그런 점에서 1960년대 전봉건의 장시집『춘향연가』와 연작시집『속의 바다』에는 환상적 언술 주체의 그로테스크적 시선이 공통적으로 드러난다. 캐스린 흄은 환상이 사실 적이고 정상적인 것들이 갖는 제약이나 억압에 대한 의도적인 일 탈130)로 기능한다고 보았다. 때문에 환상은 현실에 바탕을 두고 당대 의 정치나 사회의 모순을 밝히며 그것을 전복하는데 유효한 방법이다. 시에 드러나는 비현실적인 시간이나 공간에서의 사건들은 이러한 현 실적 억압이 환상을 통해 자유롭게 나타난 것이라 볼 수 있다.

앤서니 이스트호프 또한 이 환상은 의식적인 환상과 무의식적 환상 으로 나눌 수 있으며, 주체가 현존하는 상상적 장면이나 서사를 말하 는 것으로 주체의 욕망을 위해 변형되기도 한다고 보았다. 무엇보다 문학 텍스트는 이데올로기와 환상적 의미를 동시에 생성해내는 "사회 적 환타지(socialphantasy)"의 역할을 한다131)는 것이다. 그러므로 이 환 상은 사회에서 유리된 도피가 아니라 현실에 기반을 두고 그 사회의 내면을 드러내는 시적 장치이다. 기존의 현실이 억압적일 때, 그 현실 을 극복하려는 욕망이 때로는 상징이나 은유의 형태로 드러나는 것처 럼, 환상 또한 현실에 대한 '전복의 힘'132)을 내포하며 사회와 역사의 현실적 규제나 폭압에서 벗어나려는 의도성과 관련되는 것이다. 즉 이 러한 환상은 당시 필화사건이나 언론 통제 그리고 동백림이나 통혁당 사건과 같은 대규모 지식인 간첩 사건으로 위축되었던 1960년대 후반 한국사회의 억압으로부터 비교적 자유롭게 움직일 수 있는 서사 공간

---

130) Kathryn Hume, 한창엽 역,『환상과 미메시스』, 푸른나무, 2000, 20면.
131) 앤서니 이스트호프, 이미선 역, 『무의식』, 한나래, 2000, 40~45면.
132) Rosemary Jackson, 서강여성문학연구회 역,『환상성, 전복의 문학』, 문학동네, 2001, 18면.

을 마련해 준다고 볼 수 있다.

현실 사회의 여러 가지 모순된 문제들을 교묘하게 반영하며, 인간의 논리적인 이성을 뛰어넘는 환상적이고 비사실적인 장면을 드러내는 미의식으로서의 그로테스크는 이러한 현실과 환상의 팽팽한 긴장 사이에 있다. 그것은 시의 대상이나 세계를 왜곡하고 변형하는 등 자아와 세계를 새롭게 인식함과 동시에 기존의 미에 대한 가치를 전복하고 그것에 저항한다. 때문에 그로테스크는 낯설고 불편한 소재와 세기말적 불안이나 이율배반적인 불쾌감 등 기이함이나 균열을 강조하는 미적 특징들 중의 하나이다. 또한 기존의 것을 부정하면서 과장과 왜곡, 엽기와 잔혹의 모습으로 드러나는데, 이것은 중심과 주변, 지배와 피지배, 선과 악 등의 대립 사이에 있는 주체들의 정체성 위기를 잘 설명해 준다.

우리 문학에서 '그로테스크'는 대략 1930년대에 사용된 '그로'라는 용어에서 시작되었다. 이 말은 본래 '에로 그로 넌센스'[133]라는 개념에 포함된 것으로, 당시 모던하고 퇴폐적인 모습을 잘 드러내는 용어로 사용되었다. 주로 육체의 시각적인 인상과 주체 시선의 문제와 관련된 것으로 '부조화스러운 것', '괴기스러운 것', '이상한 것'을 가리키는 용어로 사용되었다.[134] 갈등과 충돌, 본질적으로 다른 것들의 혼

---

133) 1930년대 당시 가장 널리 읽혔던 『별건곤』이라는 잡지는 실화를 바탕으로 첫 번째 이야기는 '에로 백퍼센트의 애욕극', 두 번째는 '카페의 초특(超特) 그로', 세 번째는 '웃시 못할 넌센스'로 구분하여 기사를 실었다. 거의 매호마다 외국의 에로틱하고 그로테스크한 풍습이나 사건들 그리고 당시 조선에서 일어나는 흥미로운 이슈나 우스운 이야기들을 기사화했다. 당시 많은 독자들은 '에로 그로 넌센스'의 기사에 푹 빠져있었으며, 때로는 일시적인 위안을 얻었다고 한다. 이러한 '에로 그로 넌센스'는 당시 모든 문화적 현상들의 배후에 자리 잡고 있는 감각적이고 쾌락적인 근대적 욕망을 압축해서 이르는 말이다. (소래섭, 『에로 그로 넌센스-근대적 자극의 탄생』, 살림, 2007, 8-17면)
134) 김진송, 『현대성의 형성-서울에 딴스홀을 許하라』, 현실문화연구, 2002, 311-312면.

합으로서의 부조화는 시 자체에만 국한되는 것이 아니라 시가 유발하는 반응과 과정 속에서의 심리 구조나 당대 사회 현실이 동시에 포함된다. 그러므로 그로테스크는 현실에서 통용될 수 없는 비도덕적이고 비인간적인 것을 받아들여야 할 때 부딪치는 주체의 인식 문제와 결부된다. 이질적인 것의 부조화 즉 비정상적인 상태의 우스꽝스럽거나 기괴한 형상들은 결국 비논리적인 지배체계에 대한 비판과 전복의 의도로 놀라움이나 불편함과 같은 감정을 불러일으킨다.

전봉건의 1960년대 시에는 이러한 갈등과 부조리한 상황에서 인간의 불안과 욕망에 대한 저항과 해체가 반복적으로 형상화된다. 이러한 의도는 현실적인 논리를 다분히 왜곡하고 파괴함으로써 그것에 대한 새로운 인식과 비판적 성찰을 유도하기 위해서이다. 앞서 살핀 바와 같이 1960년대 한국 사회는 성장 이데올로기가 지배적이었고, 사회적으로 감시와 검열이 강화되어 사회 전체가 하나의 검열 공간이었다. 따라서 『춘향연가』의 '옥(獄)'이라는 공간과 『속의 바다』의 '벽(壁)'이라는 공간은 모두 유폐된 공간으로 당시 감시의 공간과 연관지어 생각해 볼 수 있을 것이다. 때문에 전봉건 시의 그로테스크는 이러한 주체의 비극성과 환멸에 대한 저항적 시선이 깔려있으며, 나아가 세계의 부조리와 공포에 대항하는 정치적·미학적 기제로 작용한다고 볼 수 있다.

1. 분열적 발화와 비인간적 욕망의 해제

1960년대 전봉건의 연작시 「속의 바다」나 장시인 「춘향연가」는 형식적으로는 다르지만,[135] 다양한 수사법과 자유분방한 실험적인 모습들이 공통적으로 드러난다. 이러한 시도는 전봉건이 현대적이고 감각적인 시의 언어를 창조하려는 노력[136]에서 비롯된 것이다. 무엇보다 현실과 대결하면서 그 위에 새로운 시적 현실을 창조해야 한다는 그의 생각이 반영된 것으로써 억압되고 모순된 현실을 상상적으로 재구성하였다. 이것은 기존의 가치나 제도에 대한 믿음이 깨지고, 부조리한 삶에 대한 환멸로써 그것에 대한 새로운 인식과 시작(詩作)의 방법론으로 볼 수 있다. 무엇보다 불안정한 시적 언술이 드러나고 시가 난해해질 수밖에 없는 것은 언술 주체의 상상과 분열적 발화 때문인데, 이러한 발화는 의미의 맥락을 흩뜨리거나 서사의 일관성을 방해한다고 할 수 있다.

1) 아마
2) 나는
3) 싸울 것이다
4) 山羊은 날래겠지
5) 얼마나 날랠까
6) 해는 하늘에 있고
7) 하늘에 해는 있고
8) 우리는 나란히 드러눕겠지
9) 뿔 분질러진 山羊의 머리
10) 나는 수없이 구멍 뚫린 누더기
11) 나는 볼 테시

---

135) 장시와 연작시의 구분에 대해 오세영은 「춘향연가」와 「사랑을 위한 되풀이」는 장시인 반면 「속의 바다」는 연작시로, 개개의 작품이 그 나름의 독립성과 완결성을 지니고 있다고 보았다. 따라서 연작시는 장시의 범주로 들지 않는다고 보았다. (오세영, 「장시의 가능성과 다양성」, 『현대시학』, 1988. 8월, 53면)
136) 최휘웅, 「분단 상황의 시적 대응」, 『현대시학』, 1987, 10-11월호, 57면.

12) 피

13) 죽는 山羊이

14) 토하는 것은 검은 필 테지

15) 왜 핏빛 피가 아닌가

16) 왜 現實의 털처럼

17) 왜 검은 핀가 왜 검은 핀가

18) 해는 하늘에 있고

19) 검은 피의 恐怖가

20) 나를 치켜세울 테지

21) 바람 속에 퍼덕이는 한 장의 누더기

22) 누더기 수없이 뚫린 구멍에서

23) 바람은 울테지 소리치겠지

24) 하나 없을 것이다

25) 내가 비틀어 죽일 나무

26) 죽으면서 푸른 것을 낳는 나무

27) 그걸 山羊이 마셔야겠는데

28) 山羊은 죽으면서

29) 핏빛 피를 토해야 할 텐데

30) 하늘에 해는 있는데, 나무가 없다

31) 없는 것이다

-「속의 바다 1」 전문

이 시는 1)-10), 11)-20), 21)-31)의 세 부분으로 나눌 수 있다. 1)-10)
에서는 '산양'과 직접 싸울 것이라고 말하는 언술 주체가 등장하는 반
면, 2)-20) 에서는 검은 피를 흘리며 죽어가는 산양을 지켜보겠다는 주
체가 21)-31)은 바람의 울음소리 속에서 나무를 비틀어 죽이는 주체가
각각 드러난다. 세 부분에서는 환상 속에서 죽음의 고통에 시달리는

대상들을 묘사하고 있다. 언술 주체는 현실에 아직 오지 않은 혹은 일어나지 않은 환상이나 환각 속의 일을 상상하고 있다. 즉 환각의 상황을 바라보는 주체와 환각 상황 속에 있는 주체가 서로 분리되거나 분열된다.

때문에 서로 낯선 이미지들의 결합이 의미들의 논리적인 통일성이나 서사를 어렵게 만든다. "뿔 분질러진 산양의 머리"나 "나는 수없이 구멍 뚫린 누더기" 등의 이미지들은 기괴하고 추상적이어서 구체적 이미지 생성이나 내용 연결이 쉽지 않다. 언술 주체가 "싸울 것이다"라고 말한 "나"와 뿔이 부러진 채 죽은 "산양" 그리고 "내가 비틀어 죽일 나무" 사이에는 어떠한 연관성이 없다. 산양이 죽어가는 비논리적이고 낯선 현실에 수긍하지 못하는 주체는 무의식적이거나 분열적인 발화를 통해 비극적 상황을 드러내고 있다. 검은 피의 진실에 대해 질문하지만 모든 것이 절연된 세계에서는 절망뿐이다.

"검은 피의 공포"와 피를 토하며 죽는 존재의 파멸은 비인간적인 욕망을 해체하며, 주체의 존엄성에 대한 환멸과 현실의 억압적 폭력을 부각시키고 있다. 이처럼 주어진 현실에 대한 저항으로서의 현실 부정은 그로테스크적인 왜곡으로 드러난다. 피, 냄소, 공포나 광기 그리고 상처 입은 몸과 같은 이미지들의 나열은 비인간적 욕망에 대한 부정적 시선을 보이며 시적 긴장을 만든다.

> 가을이었어
> 검은 비가 내리고 있었어
> 지붕에도 내리고 있었어
> 상한 새 한 마리가 지붕을 떠나고 있었어
> 비에 젖어서 떠나고 있었어
>
> 가을이었어

검은 비가 내리고 있었어
들에도 내리고 있었어
상한 풀 한 포기가 들을 떠나고 있었어
비에 젖어서 떠나고 있었어

가을이었어
검은 비가 내리고 있었어
잠 속에도 내리고 있었어
상한 야수 한 마리가 잠 속을 떠나고 있었어
비에 젖어서 떠나고 있었어

나는 보고 있었어
알몸인 너를 보고 있었어
검은 비 내리는 가을 어둠 바닥에
엎질러진 삭은 포도즙

                              ─「속의 바다 2」 부분

하늘은 맑고
사슴이 달렸다
하늘은 푸르고
화살이 지나갔다
하늘은 맑고
사슴이 곤두박질
하늘은 푸르고
곤두박질하면서
사슴이 달렸다
하늘은 맑고
화살이 지나갔다

> 하늘은 푸르고
> 사슴의 목덜미
> 털 날렸다 피 날렸다
> 하늘은 맑고
> 화살이 지나갔다
>
> -「속의 바다 4」 부분

1연에서 3연에는 '상한 새 한 마리'와 '상한 풀 한 포기', '상한 야수 한 마리' 등 지구를 떠나거나 죽어가는 대상들이 순차적으로 호명되고 있다. 또한 마지막 연에서는 언술 주체가 보고 있는 '알몸의 너'가 주체 자신인지 타자인지의 구분이 애매하고 비에 젖어서 떠나고 있는 시간과 공간 자체도 모호하다. 즉 현실과 환상의 구분이 명확하지 않은데 환상적 언술 주체는 이러한 일그러지고 뒤틀린 대상들을 통해 자신이 처해 있는 현실 즉 불안하고 공포스러운 상황을 추측하게 된다. 중요한 것은 이러한 대상들이 지구를 떠난다는 것인데, 그럼에도 "알몸"인 채로 비를 맞고 있는 나와 너는 "검은 비"를 맞으며 이 불안한 현실에 존재할 수밖에 없다는 것이다.

언술 주체가 바라본 검은 빗속의 대상들이 하나씩 지구를 떠나는 것은 이 세계와의 불화를 의미한다. 전쟁과 근대 문명에 대한 불안과 비극을 암시하는 검은 비는 현실뿐만 아니라 잠 속에서도 내린다. 모든 대상들이 떠나는 공간에서 비를 맞으며 서 있는 "너"를 비현실적으로 제시하는 것은 시대의 이데올로기나 근대의 자본 문명이 가지고 있는 비인간적 욕망의 세계에 대한 언술 주체의 비판적 시선 때문이다.

「속의 바다 4」에서는 사슴이 곤두박질치며 달리는 모습을 되풀이해서 말하고 있다. '달렸다', '지나갔다'와 같은 서술어와 '모조리' 등과 같은 부사의 반복을 통해 급박한 상황을 강조하고 있다. 푸른 하늘 아래 곤두박질치고 있는 "사슴"과 피를 흘리고 있는 목덜미 그리고 화살이 지나가는 속에 연거푸 달리고 있는 사슴의 모습은 흡사 그로테스크한 상황에 있는 인간의 모습과 겹쳐진다.

즉 고통받는 사슴을 통해 존재의 존엄성을 인정하지 않는 세계의 부조리와 억압을 폭로하며 언술 주체의 모순되고 불안한 심리를 사슴에게 투사하고 있다. 이러한 과정은 세계의 분열을 내면화하는 동시에 광기로 드러난 세계에 맞서는 것이고 인간성 안에 존재하는 비인간적 욕망에 대한 발설이라 할 수 있다.

> 병졸들은 강철 갑판을 거쳐
> 가파른 계단을 내려 어둠침침하고
> 왈칵 역겨워지는 기름 냄새에 찌든
> 선실에 몸을 풀었다 갈매기는 울었는데
> 항해는 한없이 계속되었다 가지가지
> 색깔의 테이프가 날렸는데
> 병졸들은 비좁은 마루 통로 에서
> 카드 놀이를 했다 테이프는 날리다가
> 여자들의 모가지에 감겨들었는데
> 한 친구는 기관총으로 사람을 쏘면
> 꼭 야구방망이로 얻어맞은 것처럼 털썩
> 뒤로 넘어졌다간 펄쩍 뛰어 일어나
> 그랬다가 다시 빙그르르 쓰러지는 것이
> 보고 싶어서 간다고 했다 여자들이 가지가지
> 색깔의 엉덩이가 뒤틀리는 물결이었는데
> 또 한 친구는 날마다 그의 소총을 애인의
> 팔목처럼 닦고 또 닦고 기름칠을 했다 항구엔 부두가 있고

그리고 거기엔 여자들이 득실거리고 있었는데
-「속의 바다 14」 부분

위 시에서처럼 실제로 『속의 바다』 전 편의 시에서는 많은 여자들이 등장한다. 여자들은 모두 죽음과 현실의 폭력에 맞서는 욕망의 주체들이기도 하다. 하지만 현실은 이러한 주체들을 비이성적이고 폭력적인 방법으로 억압한다. 뒤틀리고 비정상적인 이미지와 무분별한 사건들이 몽타주 형식으로 드러나고 있다. 또한 과거와 현재 그리고 꿈과 현실이 모호하여 환상과 실재가 구분되지 않는다.

기관총으로 사람을 쏘면 꼭 야구방망이로 얻어맞은 것처럼 "털썩 뒤로 넘어졌다간 펄쩍 뛰어 일어나" "빙그르르 쓰러"진다는 희극적 언술은 불안과 광기의 느낌을 유발한다. 사람을 죽이는 것에 대해 다소 과장된 것 같이 아무런 죄책감 없는 농담은 시의 분위기를 긴장과 두려움의 상태로 몰고 간다. 색색깔의 테이프가 날리고 화려한 옷을 입은 여자들이 관능적으로 춤을 추고 있는 축제의 항구 또한 묘하게 어둡고 스산하다. "애인의 팔목처럼 소총을 닦고 또 닦고 기름칠" 하는 군인 친구의 묘사도 어둡고 우울하다. 전쟁의 실존과 공포는 부정적이고 일그러진 현실을 그로테스크한 이미지를 통해 보여주거나 자신의 내면적 모습을 극단적으로 대상에 투사하며, 불안과 공포의 분열적 시선을 드러내 보인다.

겨울이 오는데
우리는 갔다. 나는 이등병
군번은 0157584 중등부전선.
배화여고의 수학교사이던 강이등병이랑 함께
우리는 갔다.

우리는
밤에도 갔다.
길 양쪽 가장자리에 줄지어 늘어서서
건빵을 씹으면서 갔다.
우리가 가는 밤의 어둠 속에는
밤의 어둠보다 더 짙은 나무와 다리가 있었고
그리고 지붕과 담벽도 있었다.

눈이 내리는데
우리는 갔다.
바람 사나운 산마루를 넘어가면서 우리는 보았다.
하얀 전우의 시체. 그의 꽁꽁 얼어붙은 손에는
조그만 사진 한 장이 쥐어져 있었다.
사진 속에서 그는 젊은 여자와 함께 웃고 있었다.
그리고 그의 손에는 바이올린이 들려 있었다.
화가 박고우의 친구이던 강이등병이랑 함께
우리는 바람 사나운 산마루에 울리는
바이올린의 가락을 들으면서 갔다.

0157584
내 군번처럼 연달은 산 산 또 산에
눈은 퍼붓고 마침내 왼통 눈에 뒤덮인 중동부전선
(중략)

우리는 새벽마다 착검(着劍)을 하고
타오르는 불길 속을
달려서 갔다.

                                 -「우리는 갔다」 부분

죽음과 삶이 매순간 공존하는 전장에서, "우리는 갔다"를 연속적으로 반복하는 언술 주체의 발화는 전장의 급박함을 알리며 선명한 이미지를 그리는 데 기여한다. 하지만 시의 처음부터 마지막까지 그 주체가 가는 곳이 어디인지가 명확하게 드러나지 않는다. 마치 전쟁 상황에서는 전쟁이 언제 끝날지 아무도 모르는 것처럼 끝없이 어딘가를 향해 가고 있을 뿐이다. 종전을 알 수 없는 전장에서의 주체는 현실 사이에서 미끄러지고 또 미끄러지며 스쳐 지나가는 대상들을 통해 불안한 예감들을 반복적으로 내면화하고 있을 뿐이다. 계절이 바뀌고 하루가 가고 또 다른 하루가 오더라도 다만 "우리는 갔다"는 것만이 진실이고 희망이다. 이러한 불안과 고통 속에서 "0157584"라는 군번의 숫자는 인간의 고유한 가치나 감정을 버리고 사물화되어가는 비인간성을 강조한다. 개인의 존엄성이 존재하지 않는 전장에서 한 개인의 가치는 하나의 숫자에 불과하기 때문이다.

전봉건의 몇몇 시에서는 이처럼 자신의 군번을 고유명사처럼 제시하는데, 이 숫자는 주체를 사물로 동질화시킨다. 개인의 사물화는 인간관계를 획일화시키려는 이데올로기의 지배 논리에서 비롯된 것으로, 이러한 논리 뒤에는 이 시에서처럼 그로테스크한 많은 죽음들이 존재한다. 검을 차고 "타오르는 불길 속으로" 달려가는 주검이 있고, "시신을 태우는 연기"가 있고, 젊은 여자가 웃고 있는 사진을 쥐고 있는 "전우의 시체"가 있다.

주로 진쟁과 관련된 전봉건 시의 괴기스럽고 부자연스러운 이미지들에는 현대 과학기술문명과 전쟁 속에서 비인간화되어가는 현실에 대한 비판적 시선이 내재되어 있다. 전쟁이나 물질문명은 개인들의 개별성을 인정하지 않으며 그들의 희망과 신뢰를 근원적으로 흔든다. 이러한 상황에서 언술 주체가 추구하는 비인간적 욕망의 해체는 불안과 희망을 모두 부정하는 것인데 이것은 세계 자체의 비극이나 부조리에 대한 저항적 인식이자 실천이라 볼 수 있을 것이다.

2. 미래의 불안한 유예와 부조리에 대한 저항적 시선

이북이 고향인 전봉건은 6·25전쟁에 참전했지만 부상으로 제대했고 부산 피난 시절, 시인이었던 친형 전봉래의 자살 등은 그의 시작(詩作)의 동기이자 극복의 대상이 되기도 했다. 전봉건은 이러한 시적 현실을 미래 시제의 지향으로 극복하여야 했다. 어떤 삶과 어떤 죽음은 아직 오지 않은 것처럼 어떤 미래 또한 아직 오지 않는다. 불안한 정치와 사회적인 상황 그리고 고향 상실이라는 현실 사이에서 아직 오지 않은 그 미래를 향해 시와 시인은 자기 창조와 자기 파괴를 끝없이 반복하며 자신을 증명해야 한다.

> 이미 세상은 폐허입니다. 아무리 많은 집들이 서 있어도 그 속에 사람이 살고 있지 아니하는 이상 이미 그것은 광대한 폐허일 뿐 그 밖의 또 무엇이겠습니까. 그리고 이런 폐허에서 살기 위해서는 엘류아르가 아니더라도 「있을 수 없을 것만 같이 고혹적(蠱惑的)인 여자들」의 존재가 필요하게 되는 것입니다. 즉 꿈=이데아가 필요하게 되는 것입니다. 그러니까 이 꿈은 있어도 좋고 없어도 좋은 그런 시시한 꿈이 아닙니다. 알몸으로 무인도에 표착한 사람이 찾아서 입수해야만 하는 마시고 먹을 수 있는 음식물과 같은 것입니다. (중략) 그러니까 이메지란 맨 처음에 말했듯이 강력한 희망, 그리고 탐욕스런 생명이 넘쳐나는 꿈인 것입니다. 그렇기 때문에 이메지는 현실과 대립하는데 그치는 것이 아니라 한 발자국 더 나아가서 현실에 반항

하는 것이 됩니다.[137]

전봉건이 말하는 이미지는 이러한 불안한 현실 속에서의 강력한 희망이고 생명의 꿈이다. 때문에 그는 이미지를 통해 부조리한 현실에 반항하거나 그 현실을 버틴다. 어떠한 근거로도 설명이 불가능한 세계, 소통이 절연된 부조리한 세계에서 주체들의 실존적 의미와 가치는 무의미하다. 그러므로 주체는 폐허의 한복판에서 스스로 자기 길을 찾아야 한다. 1960년대 전봉건은 이러한 개인적인 실존의 문제와 사회・역사적인 현실의 부조리에 대응하며 다양한 실험정신과 시의 기법을 모색했다.

카뮈는 이 부조리한 감정의 근원이 자신과 삶 사이의 단절과 절연에서 온다고 했다. 또한 그것은 자신에게 부여된 고통을 거부하지 않고, 스스로의 힘으로는 어쩔 수 없는 현실과의 대결에서 오는 절규를 기꺼이 받아들이는 것이라고 말했다.[138] 이러한 부조리에는 존재하는 모든 질서 체계에 대한 총체적 부정과 그것의 해체적 의지가 투영되어 있다. 주체는 부조리가 불가해한 세계의 비밀과 직면하는 순간 끊임없이 분열되고 비인간적 욕망의 세계에 저항하게 된다. 그렇기 때문에 어느 것 하나 분명한 것이 없고 주체가 가진 것이라고는 오직 자신의 존재와 더불어 스스로를 에워싸고 있는 벽에 대한 명확한 인식뿐이라는 것이다.[139] 이러한 인식을 바탕으로 하는 그로테스크는 현실

---

137) 전봉건, 앞의 책, 152-160면.
138) Albert Camus, 이가림 역, 『시지프의 신화』, 문예출판사, 1991, 49면.
139) 카뮈는 자신의 부조리한 현실과 싸우고 있는 인간의 상황에 대해 다음과 같이 언급하고 있다. "그는 위안과 도덕 그리고 안식의 원리 일체를 거부한다. 그는 자신의 심장에 박힌 가시의 고통을 진정시키려고 하지 않는다. 오히려 그러한 고통을 일깨우며 십자가형을 달게 받는 자가 느끼는 절망적인 기쁨 속에서 명증성, 거부, 희극 등 악마적인 것의 범주를 하나씩 하나씩 구축해나간다. 다정하면서도 냉소적인 이 얼굴, 영혼의

의 논리를 의도적이고 계획적으로 파괴함으로써 현실의 부조리에 대한 새로운 인식과 비판적 성찰의 계기를 마련해 준다.

이제
당신은 볼 것이다
얼어붙은 샘터의 눈이 어지럽게 헤쳐지고
어둠의 숲속길 덮은
깊은 눈도 사납게 흩어진 것을
또한
깊고 큰 눈 덮인 들판
깊숙이 빠진 발톱 가진 발자국을 볼 것이다
그 발자국에 고여 있는
핏빛 달빛을 볼 것이다

마침내 당신을 볼 것이다
가장 깊고 큰 눈 덮인 곳에
어지럽게 사납게 헤쳐진 한 여자를
낭자한 꽃잎처럼 펼쳐져 흐트러진 한 여자를

이제
당신은 볼 것이다
가장 깊고 큰 눈 덮인
가장 춥고 깜깜한 꿈 덮쳐 헤쳐 죽이고
갈기갈기 찢어발기는 한 마리 겨울 야수를.

―「겨울 야수(野獸)」 전문

밑바닥에서 울려 나오는 절규를 동반한 이 표변, 이것은 바로 스스로의 힘으로는 어떻 수 없는 현실과 대결하는 부조리의 자신 그 자체이다." (Albert Camus, 앞의 책, 51면)

볼/ 것이다// 들에서가 아니다/ 산에서가 아니다/ 아지랑이 강기슭/
거기서도 아니다/ 꽃집에서도/ 아니다// 가장/ 가난한 사람의/ 가난해
서 하늘처럼/ 큰 눈의 안쪽을/ 볼 수가/ 있다면// 볼 것이다// 봄날의/
꽃/ 작디작은 아주 작디작은/ 꽃 한 송이/ 그러나 온 누리의/ 빛 보다
도 눈부신 빛 한 점// 그 빛 한 점으로/ 핀/ 꽃 한 송이// 볼/ 것이다
　　　　　　　　　　　　　　　　　　　　　　　－「아주 작디작은」 전문

　두 편의 시에 공통적으로 드러나는 "볼 것이다"는 가까운 미래의 행
위에 대한 단정적 약속이자 자신이 보려고 하는 대상을 강조하려는
것이다. 「겨울 야수」에서 주체가 볼 것이라고 강조하고 있는 대상은
"깊숙이 빠진 발톱 가진 발자국"과 "핏빛 달빛" 그리고 "사납게 헤쳐
진 한 여자"이다. 이 대상들은 모두 세계와의 질서로부터 분리된 혹은
불화하는 존재들로 그로테스크적이며 파멸적인 이미지를 가지고 있
다. "갈기갈기 찢어발기는 한 마리 겨울 야수"는 언술 주체가 투영되
고 변형된 것으로 모순의 세계를 내면화한 것이며 부조리한 현실에
대한 저항적 태도라 할 수 있다.
　"가장 춥고 깜깜한 곳"으로 암시되는 1960년대의 현실에서는 누구
도 정치적 폭력이나 편벽된 이념으로부터 자유로울 수 없고 벗어날
수도 없다. 억압적이고 비이성적인 세계를 그로테스크적으로 드러내
는 것은 부조리한 현실에 대한 적극적인 반항의 의도가 깔려있다. 이
러한 현실에서 살아남기 위해 주체는 자기모순과 존재의 부조리를 견
딜 수밖에 없기 때문이다. "당신"은 볼 것이라고 했던 확신적 어조가
미래의 어느 지점에서는 변화되기도 한다. 왜냐하면 그 가능 여부나
명확한 답을 찾을 수 없기 때문이다. 그럼에도 "당신"은 볼 것이라고
거듭 말하는 것은 현실에 대한 저항과 도전으로 읽히는데, 그런 점에

서 그로테스크는 다분히 계획적이고 의도적이라 할 수 있다.

「아주 작디작은」에서도 "볼/것이다"의 의지적인 미래 시제가 반복적으로 사용되고 있다. 언술 주체가 보려고 하는 것은 이전까지 우리가 봐왔던 것 즉 모순되거나 부정적인 힘의 세계 이면에 있는 공포의 대상이 아니라 그와 대조적으로 아주 작고 힘없는 것들이다. 그들은 너무 "가난해서 하늘처럼/ 큰 눈"을 가졌거나 아주 작디작은 꽃 한 송이처럼 어떤 죄도 짓지 않는 연약하고 착한 존재들이다.

> 춤출 뿐
> 맨발로 춤출 뿐
>
> 모래는 반짝이면서 뜨겁고
> 물새는 날고
> 바다는 무수한 깃발을 흔들고 있어
> 감청(紺青)과 빛의 깃발을 무수히 흔들고 있어
> 내가 노래할 수야 있지
> 내가 선언할 수야 있지
> 한 그루의 꽃나무는 꽃으로 해서 향기롭다
> 가야금의 한 줄은 바람으로 해서 소리를 울린다
> 한 사람의 남자는 여자로 해서 언어를 가진다
> 내가 선언할 수야 있지
> 내가 노래할 수야 있지
> 그러나 이제 바다가 모래를 들먹이는 여기에
> 네가 있어 알몸인 네가 있어
> (중략)
> 춤출 뿐
> 맨발로 춤출 뿐

오오 일식의 춤 출 뿐

-「속의 바다 20」 부분

이 시의 부제는 '처용(處容)의 노래'로, 아내가 역신과 동침하는 것을 보고 달려들지도 도망가지도 못하고 마당에서 춤을 추며 노래를 부르던 「처용가」가 그 모티브이다. 언술 주체가 "내가 선언할 수"도 있고 "내가 노래할 수"도 있지만, 그저 "춤출 뿐"이라는 것은 '처용'과 유사한 태도를 보이고 있는 부분이다. 역신과의 대결이 그 자체로 패배와 좌절을 의미하는 것이라면 이것은 부조리한 이데올로기나 부패한 권력 앞에서 좌절하는 현대인의 모습과 동일하다. 선언할 수도 없고 노래할 수도 없는 상황에서 그저 춤출 뿐이라는 발언은 좌절된 투쟁의 모습이며 출구 없는 저항일지도 모른다. 그러므로 이러한 저항은 죄와 용서, 인간 실존의 모순성, 권력과 억압 등으로 표현될 수 있는 절망의 비극이다. 거대한 힘, 접근 불허의 불가침의 세계 앞에서는 어떤 힘도 통하지 않으며 주체의 무력감과 무참함만이 존재를 증명할 뿐이다.

아내를 다른 사람에게 빼앗긴 처용의 춤과 노래는 전봉건이 말한 '하아프를 잃어버린 올페우스'[140]의 노래를 연상시킨다. '오늘의 올페우스와 현대 시인들이 그 모두에게 있었던 낭만과 서정을 잃어버렸기 때문'이며 그들이 가지고 있었던 하아프를 던져버렸다고 생각하는 전봉건은 '속의 바다' 즉 '벽(壁)속의 바다' 제목에서도 그대로 드러난다. '벽 속'의 현실에서 '나는 싸울 것이다'라고 한 첫 문장이니 "오오 일식의 춤 출 뿐"이라는 마지막 문장에서 알 수 있는 것은 이 어둠의 현실을 회피하거나 부정하지 않는다는 것이다. 이 시에서처럼 '서정'이 사라진 현실에서는 그 현실을 전복하고 또 다른 현실을 새롭게 찾아

---

140) 전봉건, 「하아프를 잃어버린 올페우스」, 『세대』, 1964. 3, 176-177면.

야 한다는 것이 그의 생각이었던 것이다.

시를 구성하고 있는 언어나 의미 자체는 이미 사회적인 것이어서 언술 주체의 위치나 입장과 태도에는 당대의 사회적 관념 등이 내재되어 있다. 1960년대 자유당 정권을 유지하던 독재 정치는 반공 이데올로기를 종용하였으며, 시인들 또한 이러한 사회의 영향을 받을 뿐 아니라 시로써 사회에 영향을 미치기도 했다. 전봉건 또한 여러 지면에서 전쟁의 경험과 분단 이데올로기에 대해 언급했다.[141] 반공 이데올로기는 월남한 시인의 입장에서는 사회 정치적으로 불화의 가장 큰 대상이며 부조리를 대변하는 것일 것이다. 이 시기 전봉건의 시에는 정치 사회적인 이데올로기를 직접적으로 드러내거나 환상의 방식으로 그것을 적극적으로 형상화하고 있다.

① 너는/ 구름을 본다/ 너는 말이 없었다/ 해안에서는 군대를 실은 배가/ 떠나고 있었다// 너는 꽃을 본다/ 너는 웃고 있었다/ 사막에서는 삼 개의 전차사단과 칠 개의/ 전차사단이 싸우고 있었다// 너는 내리는 빗줄기를 보고 있었다/ 너는 낮은 콧노래를 부르고 있었다/ 네 마음은 어둠 거리에는 함부로 뿌려진/ 핏방울 같은 불이 널려 있었다// 너는/ 다시 아침의 바다를 보고 있었다/ 너는 기어이 맨발로 달려가고 있었다/ 거기서는 군대를 실은 배가/ 떠나가고 있었다
　　　　　　　　　　　　　　　　　　　　　　　－「속의 바다 9」 전문

---

141) 전봉건은 전후 분단의 상황이 좋아지지 않자, 말년에 낸 시집의 후기에 자신의 시력의 바탕을 이룬 것이 바로 전쟁 체험이며 그것을 바탕으로 한 이데올로기라는 것을 고백했다. "내 30년의 여기저기에는 핏방울이 튕겨져 있고 핏자국이 번지었다. 내가 총을 메고 말려들었던 6 · 25의 그 핏방울이요, 핏자국이며, 이것이 부르는 또 어떤 핏방울과 핏자국들이다. 그래도 한 마디 내가 할 말을 가지고 있다면, 그 핏방울 그 핏자국은 앞으로도 계속해서 내 길에 여기저기에 튕길 것이고 번지어날 것이라는 것이다. 아마도 철조망 쳐진 삼팔선이라는 것이 없어지고 통일 오는 그날까지는 그러하리라는 것이다." (전봉건, 『꿈 속의 뼈』(후기), 근역서재, 1980, 134면)

　② 원색 사진은// 가장 무덥고 긴 날/ 상륙전(上陸戰) 공정부대(空挺
部隊) 풀빛/ 가슴에 걸린 자동소총의/ 검은 총구와 풀빛/ 어깨 위에
펼쳐진 하얀/ 하늘의 거리가/ 한 뼘/ 아니다/ 그렇게도 안 된다/ 그렇
게도 안 되는/ 사진 뒷장엔/ 여자가 앉았다/ 길게 펴서 드러낸/ 태양
을 삼킨 사과껍질 그/ 다리가 별이 무수히/ 터져나는 어둠을 가두고/
배꼽은 풀빛으로 가리고서/ 풀빛이 기어오른 어깨 위에/ 펼쳐진 벽
그 벽 속에 새 한 마리 새가/ 하얀 날개를 펴서 날고 있었다/ 날개
끝은 여자의 허리께로/ 그러나 태양을 삼킨/ 사과껍질 타는 그곳에/
바람은 없고/ 바람도 없이/ 새는/ 여자보다 더 큰 새는/ 언제까지나
날고 있었다// 벽에 그 속에

─「속의 바다 10」 전문

　①의 "해안에서는 군대를 실은 배가", "삼 개의 전차 사단과 칠 개
의/ 전차 사단이 싸우고 있었다", " 핏방울 같은 불"이나 ②의 "원색
사진", "상륙전 공정 부대", "자동소총"과 "검은 총구" 등은 모두 남성
적 언술 주체의 전쟁에 대한 상상이나 기억의 풍경들이다. 사진의 뒷
장에 있는 여성의 육체 사진과 "태양"이나 "별" 그리고 "큰 새" 등은
생명을 상징하는 것이지만 그것이 "벽에 그 속에" 있다는 것은 그 현
실이 환상이나 상상 속에만 존재하는 좌절된 것이라는 것을 알 수 있
다. 절박한 전쟁과 죽음의 공포에서 느끼는 生에 대한 본능은 "원색
사진"이나 "여자의 허리께" 등의 환상적 이미지로 표현된다. 이러한
환상들은 '불꽃 유방'이나 거기로 달려가서 껴안고 파묻히는 남지의
모습들이 반복해서 나타나고 있는 「속의 바다 6」에서도 드러난다. 전
쟁의 상황이나 전장에서의 남녀의 관능적인 모습 등에서는 서정이 부
재된 현실의 죽음과 암울함이 내면화되어 있다.
　연작시 「속의 바다」는 하나의 서사를 가지고 있는 장시 「춘향연가」

와 달리 한 편 한 편이 독립성과 완결성을 갖추고 있다. 뿐만 아니라 파격적인 묘사나 자유분방한 상상력 등이 다분히 실험적이다. 전봉건은 이 「속의 바다」 연작시를 쓰기 시작한 시점에서부터 새로운 시정신과 시작 태도로 작업에 매진했다. 여기서 "새로운 시정신이란 야생 그 자체가 되겠다는 것이며, 시작 태도란 이런 시정신에 맞추어 무의식의 단절 상태를 그대로 적어 보겠다는 것"[142]을 의미한다고 했다. 이것은 전쟁이나 근대 문명과 같은 비인간적이고 부조리한 것에 대한 부정과 비판의 의미를 내포하고 있다.

전봉건은 '속의 바다'의 원래 원제인 '璧 속의 바다'에서 '璧'자가 냄새가 나서 지웠다고 언급했다.[143] 연작시를 발표할 당시 번호를 붙여 놓았는데, 발표할 때마다 이것이 시가 될지 오랜 고민을 했었다고 밝혔다. 그럼에도 이 연작시를 포기하지 않은 것은 "그전까지의 모든 작품들에 대한 불만과 저항"이 있었기 때문이라고 했다. 따라서 그가 시작을 하며 끝없이 고민한 것은 '어떻게'의 문제뿐 아니라 '무엇을 노래하느냐'의 문제도 같은 맥락에 있었던 것이다. 따라서 이 연작 또한 분열된 자아의 내면의식을 통해 전쟁의 비인간적이고 획일적인 근대의 부정성을 말함과 동시에 시대 현실에 대한 경험과 진지한 성찰에서 비롯된 것이라 볼 수 있다.

전봉건은 이미 1959년의 「사랑을 위한 되풀이」에서도 '노래하리라'는 언술을 통해 절망적인 현실이 언젠가는 끝이 나고 가난한 마음들에 따뜻한 햇볕이 스며들기를 바라는 미래의 다짐과 같은 약속을 했

---

142) 전봉건은 이승훈과의 대담에서 이 시기 보통 인간의 언어가 의미하는 어떠한 의미도 지니고 있지 아니한 언어에의 지향, 이른바 언어 표현의 절대적 갱신을 개척해 나아가는 그런 시를 쓰려고 했다고 말했다. (전봉건·이승훈, 「김춘수의 허무 또는 영원」, 『현대시학』, 1973. 11, 75~96면)
143) 전봉건, 「MEMO」, 『세대』, 1963. 7, 293면.

다. 너와 나 그리고 우리 모두가 어두운 과거에서 현재로 넘어왔듯이, 피폐하고 절망적인 이 현실 또한 언젠가는 노래하는 희망적인 미래가 될 것이기 때문이다. 언술 주체는 누구도 말할 수 없고 아무도 말하지 않는 존재의 부조리함에 대한 대응으로써 말 대신 "노래"를 선택한 것이다.

> 나 / 혼자서는 하지 않는다/ 너하고 둘이서/ 둘의 손으로 우리 손으로/ 거리에 웅크린/ 저기 아이 머리를 쓰다듬어주겠다// 결코 나/ 혼자서는 하지 않는다/ 너하고 둘이서/ 둘의 손으로 우리 손으로/ 들판에 누운/ 저 풀잎사귀 하나를/ 일으켜 세우겠다// 절대로 나/ 혼자서는 하지 않는다/ 너하고 둘이서/ 둘의 손으로 우리 손으로/ 새벽에 오는/ 저 햇덩이/ 눈부신 바다째 떠올리겠다// 일 년/ 삼백육십오 일/ 하루도 빠짐없이/ 자유와 평화 또 풍요의 바다 거느린/ 저 햇덩이/ 우리들 머리 위를/ 돌고 돌게 하겠다
>
> ―「둘의 손으로 우리 손으로」 전문

이 시에서 "~겠다"라는 미래 지향적인 의지를 확연하게 드러내고 있는 언술 주체는 "너"라는 대상에게 연대적 의지를 보인다. 결코 혼자서 하지 않고 둘이서 "우리 손"으로 "햇덩이"를 바다째 떠올리겠다는 주체의 발언에는 전쟁과 분단의 부조리함에 대한 저항적 시선이 강하게 깔려있다. 자유와 평화를 상징하는 햇덩이를 우리들 머리 위에서 "돌고 돌게 하겠다"는 것은 이데올로기를 극복히고 민족에 대한 희망과 낙관을 제시하고자 하는 미래 지향적 의지의 언술 태도이다.

이처럼 대체적으로 「속의 바다」 전편에는 전쟁으로 파편화된 생명성과 비인간적인 현실의 부조리에 대한 저항적 시선이 드러난다. 이러한 시선은 미래에 대한 '전망'과 현실 '너머'의 무한한 희망이나 가능

성을 전제로 한다. 하지만 이 미래는 현실이나 대상을 떠나서는 존재할 수 없다. 때문에 언술 주체는 우연한 어떤 것 비가시태에 있는 아직 오지 않는 것들 그리고 부재하고 확정지을 수 없는 현실과 미래에 대해서도 불안한 유예의 모습으로써 혼돈과 저항의 태도를 동시에 보이고 있다.

3. 점층적 반복의 긴장성과 억압에 의한 데포르마시옹

언술 주체의 반복적 발화를 통해 대상이나 의미를 더 뚜렷하게 드러내는 것은 현실의 재현이라기보다는 어떤 목적성을 띠고 있다고 볼수 있다. 그런 점에서 전봉건 시의 점층적 반복은 의미를 강조하거나, 세계를 위상학적으로 배치시킴으로써 긴장을 강화시키는 역할을 한다. 즉 어떤 대상을 관찰하고 새롭게 위치시킴으로써 언술 주체가 의도한 질서나 새로운 의미를 부각시키는 것이다. 특히 점층적 반복 기법은 반복이 실현될수록 의미가 강조되거나 첨가되는데, 이러한 의미부여의 방법은 주체가 가지는 타자와 사회에 대한 인식을 전제로 한다. 따라서 언술의 점층적인 반복을 통한 그로테스크적인 긴장은 불가해한 세계와 억압으로부터 벗어나려는 욕구로 주체나 대상을 탈이미지화하거나 탈사물화하려는 의도적인 '변용'이 뒤따른다.

'데포르마시옹(deformation)'의 어원은 'Form'의 명사형 'Formation'에 부정적 접두어인 'De'가 결합된 프랑스어로, 작가의 사상이나 감정 표현을 위해 기존 사물의 형태에다 주관적인 왜곡을 더한다는 의미[144)

---

144) 월간 미술, 『세계미술용어사전』, 중앙M&B, 1998, 89면.

이며, 일반적으로 왜곡(歪曲)과 변형(變形)의 의미를 지닌다. 주로 대상
의 신체나 이미지를 '과장'이나 '기형', '절단이나 훼손'과 같은 방법으
로 왜곡시키는데 이것은 작가의 의도성과 연관되며, 주로 육체의 모습
에서 자주 나타난다. 육체의 이질적인 혼합이나 과장된 외형을 통해
이성이나 관념의 허상을 역설적으로 드러내기 때문이다. 실재 세계를
해체하고 분해하는 과정에는 작가의 계획된 의도나 지성이 개입되게
된다. 이러한 데포르마시옹으로 만들어진 세계는 더이상 억압적이고
규범적인 현실의 지배를 받지 않고 언어 속에서도 자족적이고 비실재
적인 형상체가 된다.145)

　최현식146)은 1960년대 신진 모더니스트들의 시세계를 조망하는 글
에서 데포르마시옹을 통해 이 시기 시인들이 궁극적으로 얻으려 하는
것이 '자유'이며, 이것은 현실에 대한 시인들의 미적 태도와 관련된다
고 보았다. 정상적이고 논리적인 사고를 뛰어넘는 기법들로 인해 전봉
건의 시가 환상적이고 비사실적으로 읽혀지는 것 또한 시인이 처해
있는 현실의 갈등과 모순을 반영하려는 것이기 때문이다.

　　1
　　아무 일 없다.
　　아무 일 없는

　　키 작은 몇 그루의 나무들
　　저만치 두고 알맞게 놓인
　　빈 벤치도 아무 일 없다

---

145) Hugo Friedrich, 『현대시의 구조』, 한길사, 지만지(지식을 만드는 지식), 2013.
146) 최현식, 『한국 근대시의 풍경과 내면』, 작가, 2005, 173면.

빈
벤치에
내려서 쌓인 하얀 눈
그저 그뿐 아무 일 없다

그러나 귀 기울이라.

저만치
아무 일 없이 서 있는
몇 그루의 나무뿌리가 듣고 있는
하얀 눈 덮인 땅 속 어디메쯤 오고 있는
재갈거리는 그 소리 들릴 것이다

내려서 쌓인
하얀 눈만 가득하니 앉아서
아무 일 없는 저 빈 벤치가 듣고 있는
하얀 눈 덮인 거리 먼 뒷골목 어디메쯤에 오고 있는
두 사람의 발자국 소리 그 소리
들릴 것이다

-「겨울 사중주」 부분

이 시에서는 "아무 일 없다"는 언술이 반복적으로 사용되었다. 뒤이
어 "빈/ 벤치에/ 내려서 쌓인 하얀 눈"과 "몇 그루의 나무뿌리"가 더해
지고 아무 일이 일어나지 않은 대상들이 점점 증가되며 긴장이 강화
된다. 또한 3연에서 "그러나 귀 기울이라"처럼 반복을 강조한 이유나
당위를 드러내며 긴장이 더욱 고조된다. 귀를 기울여야 하는 이유가
시의 제일 마지막에 등장한 "뒷골목 어디메쯤에 오고 있는/ 두 사람의

발자국 소리"이기 때문이다. 하지만 그 '두 사람'이 누구인지 시에는 명확하게 밝혀 놓지 않았다. 다만 언술 주체의 "아무 일 없다"는 발언과 주체의 시선이 가 닿은 대상들만 시를 전개해나가면서 점층적으로 반복하고 있을 뿐이다.

'겨울 사중주'라는 제목에서는 1960년대 사회를 유추해 볼 수 있는데, 당대의 현실은 이 시에서처럼 '아무 일이 없는' 상황이 아니다. 이 시기는 물질 중심주의의 불평등한 사회 구조뿐만 아니라 군부의 정치 장악으로 인한 독재로 억압적 감시체계를 형성하거나 심각한 사회적 불평등을 초래했다.[147] 이러한 영향 아래 문학은 자기 세계나 자유에 대한 욕망이 강해졌으나 개인들이 부딪치는 현실에서는 오히려 제도와 규율에 의한 억압이 더욱 증대되는 모순의 시기였다. 때문에 '아무 일 없는' 대상들의 점층적인 나열은 반어적이거나 역설적인 표현으로 긴장을 강화시키고 있다는 것을 알 수 있다. '비에 젖은 어둠은 자꾸 불어나'(「서정(抒情)」)고 현실에서의 이러한 긴장은 삶과 시를 알 수 없는 불안과 초조감으로 점점 고조시킨다.

---

147) 1960년대는 합리적인 노동 현실을 갖추지 못했기 때문에 불구적인 형태의 산업자본주의가 급속히 팽창하여 노동 소외와 인간 소외를 동시에 불러왔다. 경제개발 5개년 계획 또한 '잘살아보자'라는 구호 아래 수립되어 실천되었고, 국익이라는 슬로건 아래 농민과 노동자들의 노동을 착취해 산업사회가 굳건하게 자리 잡았다. 이 시기 가장 심각한 사회적 불평등은 가진 자와 못가진 자 사이의 상대적 빈곤이었다. '보릿고개'라는 절대적 빈곤은 벗어났지만 많은 부를 축적한 가진 자들과 달리 대부분의 사람들은 현실적 가난이 더욱 내면화되었으며, 극대화된 국가의 폭력에 시달려야 했다. 1961년 5월 16일의 군사쿠데타는 독점자본주의체세를 확립함으로써 한국 사회의 급격한 사회 변동을 초래했다. 쿠데타에 성공한 박정희 군부 세력은 사회정화 차원에서 깡패와 불량배 5,000여 명을 검거하였고, 공산주의 동조자 및 협조자 2,000여 명을 구속했다. 또한 당시 부정축재자를 대거 구금하고 57억 5,000여만 환을 국고로 환수하였으며, 41,000여 명의 공무원을 부패 및 무능을 혐의로 지위를 박탈했다. 김종필 중령을 부장으로 중앙정보부를 신설(6.10)하여 공안정치를 시작하고, 박정희가 국가최고회의 의장이 되었으며(7.3) 방공법을 공포하였다.(7.4) (임환모, 「1960년대 한국문학의 분기 현상」, 『현대문학이론연구』 58, 현대문학이론학회, 2014, 377-379면)

이상하게도
거울과 식기는
모조리 금이 가거나 깨진
그런 것들이었다

그래서
모조리 손이 베어지거나
석석 눈도 베어진 그런 여자들이었다

봄이 오는 언덕에서는
바다가 보이었고
거기 피 흘리는 손 들고
서성거리는 여자는
우리의 여자였다
가을 깊은 언덕에서는 바다가 보이었고
거기 피 흘리는 눈 들고
앉은 여자도
우리의 여자였다
먼
남쪽 나라
월남에서는
남자가
돌아오지 않았다

그리고 이상하게도 거울과 식기는
모조리 금이 가거나 깨진
그런 것들이었다

-「속의 바다 8」 전문

"모조리 금이 가거나 깨진" 거울과 식기는 공포와 불안을 암시한다. 거울은 주체의 심리가 투영되거나 자신의 현실을 비출 수 있는 도구이다. 거울이나 식기들이 모조리 깨짐은 언술 주체의 정신 분열을 단적으로 보여주는 것이다. 언술 주체가 이상하다고 생각하는 대상이 점층적으로 확대되어 나타난다. 처음에는 금이 깨진 거울이나 그릇에서부터 손과 눈이 점점 훼손된 이미지들을 점층적으로 보여주며 긴장을 조성한다. 이 공포와 불안은 앞의 연작시에서도 계속 드러났던 "피"로 상징되는데, 전쟁이나 죽음과 밀접한 관련이 있다. "모조리 금이 가거나 깨진"/ "모조리 손이 베어지거나"/ "석석 눈도 베어진"/ "피 흘리고 손들고 서성거리는" 그로테스크적인 이미지들이 점층적으로 반복되며, 긴장을 고조시키고 있다. 이 연작시를 본격적으로 쓰기 시작했던 1960년대 초반의 혼란스러운 정치 상황은 개인들이 자신의 정체성과 위치를 끊임없이 탐색하거나 성찰했던 시기이다. 전쟁과 실향 그리고 당시의 사회 정치적 상황과 관련한 상처와 암울한 현실을 이 시기 개인들은 누구보다 뼈아프게 실감하고 있었기 때문이다. 이러한 상황에서 '속의 바다' 연작에 계속 등장하는 "피"는 영원히 지울 수 없는 물리적이고 정신적인 고통의 상흔이다.

훼손된 육체의 여자와 거울과 식기들이 모두 깨지거나 금이 간 이미지는 현실 세계의 폭압이 언술 주체의 눈에 선명하게 노출되어 있음을 보여준다. 손이 부러지거나 눈이 빠지는 등 육체를 훼손하거나 불구로 만드는 데포르마시옹적 이미지가 연속적으로 출현한다. 무엇보다 이질적인 것들의 결합이 구체적인 시각을 통해 제시되는데, 상당 부분 몸과 관련되어 있다. 언술 주체의 분열된 자의식은 부서지고 찢어지는 파편화된 육체의 모습을 통해 잘 드러난다. 「속의 바다 4」에서도 드러난 것처럼 전봉건의 시에서 주로 피를 흘리는 대상들은 새나

사슴 그리고 여자 등 약한 짐승이나 생명체들인데 이들은 모두 서정
이 부재된 현실에서 단절되거나 상처받는 존재들이다. 이러한 존재들
을 대변하고 있는 환상적 언술 주체의 분열적 발화는 다음 연작시에
서 더 확연하게 드러난다.

바람이 불고 있었다

어린 소녀와 함께 날려가서 꽃과
풀밭 위에 펄럭이며 떠 있는 여자를
껴안고 구르고 솟구치는
나의 전부에 꽃이 묻었다
그러나 그때다 갑자기 내가
구멍 뚫린 한 마리 새가 되어
공중에 못 박혀서 처진 다리 사이로
꽃보다 진한 정액을 흘린 것은
저만치
꺼뭇한 초가지붕이 내려다보이는
언덕에 바람이 있고 여자는 총을
꺾어들고 하얗게 웃고 있었다
또 하얀 총소리가 나고
또 공중에 못 박힌 나는 구멍이 나고
또 꽃보다 진한 죽은 정액을 흘렸다.

-「속의 바다 13」 부분

이 시에서도 "구멍 뚫린 한 마리 새"나 "공중에 못 박혀서 처진 다
리"와 같은 비정상적이고 부자연스러운 이미지들이 등장한다. "꽃보
다 진한 정액"이나 "총을/ 꺾어들고 하얗게 웃고 있"는 여자의 모습

또한 기괴하고 섬뜩한 모습으로 훼손된 육체의 모습을 드러내고 있다. 공중에 못 박힌"과 "구멍이 뚫린"과 같이 반복되는 언술 속에는 자신이 처한 현실에 대한 부정적인 시선과 그 현실로부터 벗어나고자 하는 욕망이 서로 길항하며 구체적인 긴장을 드러낸다. 데포르마시옹은 조화로움을 위한 것이 아니라 논리적 이성을 뛰어넘고자 하는 시인의 '의도'가 작용된 것이다. 따라서 당대의 암울한 현실이 부조리하고 아이러니한 만큼 시 또한 일상적인 질서와 사고를 넘어 기존 언어 질서를 해체하거나 파편적으로 결합되어 현실과 다른 변형된 이미지를 보여주고 있다. 이러한 데포르마시옹적 사고는 현실적 논리에 대한 반론과 함께 그에 대한 의문을 동시에 제기한다. 시에 드러나는 장면의 흐름에서도 사건에 대한 이유나 설명을 생략한 채 인물이나 상황을 나열하고 있다. 언어의 논리적인 일탈은 언술 주체의 일탈 욕구와 크게 다르지 않은데, 이것은 당대의 관습적인 틀이나 경계에서 벗어나고픈 욕구와 의도가 반영된 것이라 볼 수 있다.

전봉건의 시에서 부자연스러운 신체가 훼손되고 변형된 데포르마시옹적 이미지는 구멍 난 몸이나 못 박힌 몸 혹은 꺾인 허리와 훼손된 눈의 이미지 등으로 드러난다. 이것은 육체적 상처이면서 정신적 상처라는 이중적 의미를 말하는 것이기도 하다. "하얀 총소리"는 전쟁이 가져다 주는 공포와 죽음을 의미한다. 이러한 훼손된 신체의 고통에서 벗어나는 방식으로 전봉건은 여성과의 합일이나 자신의 신체를 더 학대시키는 방식 혹은 훼손의 원인과 싸우는 방법 등을 택한다. 이 시에서는 신체 훼손의 부각을 더 극적으로 보여주면서 해결되지 않는 갈등이나 결말을 통해 불안이나 공포를 환기하고 있다.

한 사람의 시체(屍體)는 떨어져 있었다
그는 약간 무거운 보스턴백을 고쳐 들었다
그 여자는 시체의 가장자리에 있었다
그는 언제나처럼 약간 카메라가 무겁다고 느꼈다
여자는 노래 불렀다 노래는 육정(肉情)의 콧소리가 되면서
그는 천천히 카메라를 들어 올렸다
노래는 달콤하고 나직한 속삭임이 되면서
그는 셔터를 눌렀다
여자는 시체에 덮여 들었다
거기서 그는 지하도로 내려갔다
한 사람의 시체의 육편(肉片)을 뜯어 발리는 여자
그는 지하도 반대 쪽으로 나갔다
그 여자의 둥구렇게 떨리는 궁둥이
그는 거기서 전차를 탔다
얼어 붙은 땅 위에 아직도 남아서 숨 쉬는 유일한 것
거기서 전차를 타면 집에 돌아 가기가 안성맞춤이었다
그 여자의 그것은 유일한 건강, 그리고 감동이었다.

―「속의 바다 20」 부분

　인용시에서 언술 주체는 여자가 시체를 뜯어 발리는 장면을 자세히
묘사하고 있다. 이것은 흡사 정글이나 동물의 모습과 다르지 않은데,
전쟁이나 근대 자본의 비극은 인간을 도구의 존재나 비인간의 물질적
존재로 전락시킨다. 하물며 시체의 가장자리에서 "육정(肉情)의 콧노
래"를 부르고 서 있는 여자의 모습은 고결한 이성을 가진 인간에 대한
이상적인 환상을 깨고 있다. 이 시에서처럼 "한 사람의 시체의 육편(肉
片)을 뜯어 발리는 여자"는 섬뜩함과 기괴함을 부른다. 이러한 식인 이
미지는 그 자체로 비인간적 욕망을 상징하며, 이 현실 또한 불모의 세

계로 식인을 연상하는 정글의 세계와 다르지 않다는 것을 제시하고
있다.

이처럼 부조리하고 모순된 현실 속의 환상적인 언술 주체는 현실에
서의 비인간적인 욕망을 그로테스크적 이미지로 형상화하고 있다. 즉
한 사람의 시체의 육편을 뜯고 있는 여자는 인간으로서는 가질 수 없
는 욕망의 한계를 넘은 것이다. 하지만 이러한 비인간적이고 기괴한
모습을 "그 여자의 그것은 유일한 건강, 그리고 감동"이라고 일축해버
리는 것은 그 상황을 역설적으로 드러내면서 동시에 전복하고 있는
것이라 볼 수 있다.

> 굶주림이 모가지를 졸랐습니다
> 그래서 꿈을 꾸었습니다
> 썩은 물고기의 창자도 없었습니다
> 꿈은 주춤거리는 아지랑이였습니다
> 눈보라가 몰려왔습니다
> 꿈은 간격 없이 서 있는 몇 그루의 나무들이었습니다
> 여기저기에서 싸움이 벌어졌습니다
> 꿈은 적당한 빛과 그늘 속에 잠긴 고용한 방이었습니다
> 비명 소리가 비며 소리를 부르고 또 부르고
> 또 부르면서 언 땅을 흔들었습니다
> 꿈은 가만히 흔들리는 나뭇가지였습니다
> 비명 소리가 비명 소리를 부르고 또 부르고
> 또 부르면서 언 하늘도 흔들었습니다
> 꿈은 서로 섞이는 맑은 풀잎이었습니다
> 깨지고 꺾이고 잘리고 찢기고 터지고 박살이 났습니다
> 꿈을 물러나다가 다시 와서 얹히는 따뜻한 볼이었습니다
> 척추가 소리내어 부서지기도 했습니다

꿈은 와서 감기는 따뜻한 팔이었습니다
부서진 눈알은 피거품을 뿜었습니다
(중략)

그리고 그때였습니다
꿈 밖에서 누가 울었습니다
꿈 안에서 누가 울었습니다

-「속의 바다 19」 부분

2행의 "꿈을 꾸었습니다"라는 언술이 초판에서는 '幻想이 있었다'로 기술되어 있는데, 재수록하면서 전체적으로 수정되었다.148) "비명소리가 비명 소리를 부르고 또 부르고"나 "꿈 밖에서 누가 울었습니다" "꿈 안에서 누가 울었습니다"과 같은 언술의 점층적인 반복은 억압되고 규범적인 현실의 질서나 그 통제로부터 벗어나려는 것이다. 고통스럽고 불균형적인 이미지는 현대문명으로 파괴되어 가는 인간성을 표현한 것이다. 특히 "굶주림이 목을 조르는 꿈"과 "창자도 없는 썩은 물고기"와 같은 데포르마시옹적 이미지는 "여기저기서 싸움이" 벌어지고 있는 악몽 같은 비극적인 현실 그 자체를 보여주는 것이다. 꿈의 안과 밖에서 누군가 울고 있다는 것은 분열적 언술 주체가 현실의 어디에도 안주하지 못한다는 것을 의미한다.

---

148) 「속의 바다」는 초판 22편에서 1985년 『사랑을 위한 되풀이』에 재수록 될 때, 20편으로 재편되었다. 이 시편 또한 초판과는 조금 다르게 수록되었는데 다음과 같다.
굶주림이 모가지를 졸랐다/ 그리고 幻想이 있었다, 봄/ 썩다 남은 물고기의 창자도 없었다/ 그리고 幻想, 주춤거리는 아지랑이/ 그날의 눈보라는 그리 사납지 않았다/ 그리고 幻想, 間隔 없이 무성한 몇 그루의 나무들/ 그 女子는 指揮를 했다. 사람들은 곰을 襲擊했다/ 幻像이, 適當한 빛과 그늘에 잠긴 房 안은 고요하다 (중략)/ 그리고 밤보다도 더 진한/ 검은 것이/ 얼어붙은 밤을 뚫고 돋아났다/ 한 사람의 女子의 허리로부터/ 그 하늘빛 반짝이는 가장 豊饒한/ 部分의 그림자였다// 항아리였다. (「속의 바다 21」 부분)

"꿈은 주춤거리는 아지랑이"나 "부서진 눈알은 피거품" 그리고 "척추가 소리내어 부서지기도"하는 장면들에서는 수식들이나 어색한 단어들이 인위적으로 결합되어 있다. 이것은 정상적인 범주에서 벗어난 것으로 이질적인 것의 혼합이나 변형을 통해 현실의 부조화를 드러내 보이고 있는 것이다. 언술의 점층적 반복이 지속적으로 드러나거나 변형된 데포르마시옹적 이미지들이 실제와 더 멀고 기괴할수록 현실의 부조리나 억압을 더욱 뚜렷하게 부각시킨다.

> 태양에 탄 여자가
> 태양의 바로 아래 바다를 온다
> 그 숨막힐 듯 걸은
> 가래가 솟게 목젖이
> 터지게 도발적인 냄새에 절은 배를 타고
> 날리는 머리칼에 손이 가면서
> 여자는 다리를 고쳐 얹는다
> 그러나 바다는 나의 무릎으로부터
> 허리로부터 위로는 오지 않는다
> 사라진 칼슘 탈회(脫灰)된 나의 대퇴골에 뚫린
> 요추에 뚫린 무수한 구멍에 거품이 일어
> 쏟아져 나가는 바다 바다는 언제까지나
> 나의 가슴에까지 오지 않는다
> 언제까지나 여자는 나의 총알 구멍이
> 뚫린 손이 자꾸 바다가 새어나가는
> 손이 안 닿는 저만치서
> 날리는 머리칼에 손이 가면서
> 태양에 탄 다리를 또 한번 고쳐 얹는다
> ─「속의 바다 15」 전문

이 시의 언술 주체는 불연속적인 상황을 제시하며 현실과 이상, 이
성과 본능이 서로 대립하는 이중의식 속에 놓여있다. 언술 주체는 태
양이 내리쬐고 바람이 불고 있는 바다 가운데 떠 있는 배 안의 한 여
자를 보고 있다. 휘날리는 머리칼의 여자는 태양에 검게 탄 다리를 고
쳐 앉는다. 여자를 바라보는 언술 주체의 시선이 점층적으로 확대되지
만 언술 주체의 몸은 이와 반대로 점점 훼손되고 있다. "탈회된 나의
대퇴골에 뚫린, 요추에 뚫린" 그리고 "총알 구멍이 뚫린 손" 안으로
자꾸 바닷물이 새어나가는 이미지들은 모두 데포르마시옹적이라 할
수 있다. 언술 주체는 여자를 보고 있지만 그녀는 언술 주체의 존재를
모른다. 내 온몸에 뚫린 무수한 구멍으로 거품이 쏟아져 들어오지만
여자는 "저만치" 앉아 있을 뿐이다.

비사실적이고 환상적인 데포르마시옹은 현실과 비현실의 긴장 사이
에 놓여 있으며, 일그러지거나 해체된 형상을 제시하거나 변형한다.
또한 확실성보다는 불확실성에 가깝고, 조화로움보다는 부조화에 가
까운 방법론으로 혼란스러운 현실을 보여준다. 즉 이질적인 두 대상을
병치시킴으로써 새로운 의미를 창출하는데, 전봉건 시에 등장하는 이
질적이고 기괴한 이미지들을 정리하면 다음과 같다.

데포르마시옹적 모습	인용 시구절과 시 제목	
육체적으로 일그러진 혹은 기형의 모습	모조리 손이 베어지거나, 석석 눈도 베어진 그런 여자들(「속의 바다」8), 당신의 심장을 물고 어쩌면 질근질근 씹기도 할 것이다(「제비」), 한 사람의 시체의 육편(肉片)을 뜯어 발리는 여자(「속의 바다 20」), 공중에 못 박혀서 처진 다리 사이로 꽃보다 진한 정액을 흘린 것은(「속의 바다 13」), 대퇴골에 뚫린 요추에 뚫린 무수한 구멍에 거품이 일어(「속의 바다 16」), 총알이 뚫린 손(「속의 바다 15」), 스테인레스에 꽃 피게 하는(「챔피언」), 일점의 피	17곳

	를 물고 새까만 날개를 편다(「제비」), '물고기의 썩은 창자'(「속의 바다 19」), 하얀 전우의 시체. 그의 꽁꽁 얼어붙은 손에는(「우리는 갔다」), 그 아래 살도 물어, 살점을 헤친다면(「속의 바다 20」), 그의 소총을 애인의 애인의 팔목처럼 닦고 또 닦고 기름칠을 했다(「속의 바다 14」), 사슴의 목덜미 털 날렸다 피 날렸다(「속의 바다 4」), 칼을 쓰고 앉아 있다고요(「춘향연가」158), 팔다리가 갈라지나요// 나는 네 가닥으로 떨어져 나간대도 팔 다리가 머리를 이고, 가슴과 허리는 받쳐 들고//육천 번을 죽인대도(「춘향연가」90), 큰 칼 쓴 채 흘리는 피가 발가락도 적시고 있어(「춘향연가」196) 지금은 살 찢긴 엉덩이 난장판/ 지금은 살 찢긴 사타구니 난장판(「춘향연가」)	
인간의 육체와 다른 생물과의 결합 또는 훼손된 동물의 육체	갈기갈기 찢어발기는 한 마리 /겨울 야수를(「겨울 야수(野獸)」, 구멍 뚫린 한 마리 새(「속의 바다 13」), 목메 달아 죽은 귀신(「춘향연가」160), 저것은 곤장 맞아 죽은 귀신, 저것은 형장 맞아 죽은 귀신(「춘향연가」160)	4곳
이치에 맞지 않거나 비논리적인 비유와 기이한 모습들	이상하게도 거울과 식기는 모조리 금이 가거나 깨진 그런 것들이었다(「속의 바다 8」), 굶주림이 목을 졸랐다(「속의 바다 14」), 어머니는 구슬을 낳았어요, 나도 낳는 다면 구슬을 낳고 싶어요(「춘향연가」157), 상한 야수 한 마리가 잠 속을 떠나고 있었어(「속의 바다 2」), 우는 핏덩이의 울음은 창에서 뒤치고 또 뒤친다(「속의 바다 3」), 그 벽 속에 새 한 마리 새가/ 하얀 날개를 펴서 날고 있었다(「속의 바다 10」)	6곳

'데포르마시옹'은 초현실적이고 그로테스크한 긴장을 유발시킨다. 인지가능하고 감각적인 실재 세계를 부분들로 분해하거나 해체하는 작업으로, 너이상 규범적 현실의 실서에 의해 봉제되지 않으며 결합 불가능한 것을 비정상적으로 결합시키기 때문에 비실재적인 형상체가 된다. 객체들을 변형시키고 탈실체화하는 데포르마시옹은 인간 중심적인 사고를 지양하고 현실에 대한 부정과 회의를 동시에 추구한다. 대상의 신체나 이미지를 '과장', '절단'하거나 훼손과 같은 방법으로

왜곡시키는 것은 주체가 처한 억압되고 혼란스러운 현실에 대한 반항
적이며 저항적인 태도이다.

> 해가 집니다. 당신의 이마에서 해가 집니다. 논두렁에서도 해가 집
> 니다. 해는 당신의 눈썹에서도 집니다. 해는 먼 데까지 한켠으로 한
> 켠으로 뉘어지는 벼이삭에 엷은 이불을 덮어주면서 집니다. 당신의
> 어깨에서도 해가 집니다. 당신의 어깨는 차갑습니다. 됐어요. 이제
> 돌아서세요. 당신의 가슴의 단추, 거기서도 해가 집니다. 해가 지는
> 당신의 가슴의 단추. 그 가까이에 당신의 심장이 있습니다. 내 입술
> 은 그 가까이에 있습니다. 해는 내 입술에서도 집니다. 하지만 해가
> 지는 내 입술은 이렇게 빨갛고 뜨겁습니다. 먼 남쪽 나라. 그곳의 전
> 쟁처럼……정말이에요. 내 입술이 당신의 단추를 물어 으깨어. 당신
> 의 옷도 물어뜯어 발리고 그 아래 살도 물어, 살점을 헤친다면. 심
> 장도 물 수도 있습니다. 나는 그렇게 하고 싶습니다. 내 입술은 당신
> 의 심장을 물고, 어쩌면 질근질근 씹기도 할 것입니다.
>
> ―「제비」 부분

포르마시옹은 언어의 애매성과 다의성이 그 특징으로 드러난다. 또
한 의미를 왜곡하고 서사의 진행이나 장면들을 뒤섞는 등 난해함과
소통 불가능적 모습이 드러난다. 즉 통일성 있는 의미를 단절시키며
극단적인 상황에서 긴장을 조성한다. 위 시에서 언술 주체는 '해가 진
다'는 것을 반복적으로 이야기하면서 "당신"에 대한 감정을 점층적으
로 고조시킨다. 사실적인 감정에서 출발하여 점차 긴장이나 불안으로
이어지는데 이러한 긴장이 "당신의 심장을 물고, 어쩌면 질근질근 씹
기도 할 것입니다"처럼 파괴적이고 엽기적인 장면으로 전환된다. 즉
친숙한 감정과 분위기를 몰고 가서 실험적이고 해체적인 분위기나 상

황을 만든다. 그리고 "먼 남쪽 나라 그곳의 전쟁처럼……"에서의 주체
는 미처 하고 싶은 말을 다 하지 못하는데, 이것은 그 전쟁에 대한 경
험과 트라우마 속에 내재된 비판적 인식이 작동하고 있기 때문이다.
이처럼 언술 주체의 수습되지 않는 불완전하고 부조화적인 감정들은
"해가 집니다"라는 언술을 반복적으로 나열하면서 긴장을 조성하고
데포르마시옹적 이미지를 드러내면서 잔혹한 역사와 현실에 비판의
시선을 개입시킨다.

그는
전신
스테인리스다

튀고
날고
휘고
닫는
스테인리스
(중략)

그에게는 패배가
없다
다운도
그에게는
회기(回起)의
기점

그는

전신
스테인리스다

ㅡ「챔피언」 부분

이 시에서는 링 위에 서 있는 복싱 챔피언을 "전신 스테인리스"라고
부른다. "스테인리스"라는 언술의 반복을 통해 사각의 링 위에서 혈투
를 벌이고 있는 복싱 선수의 급박함에 긴장을 더한다. 스테인리스는
강철 합금으로 "튀고/ 날고/ 휘고/ 닫는"다고 해서 결코 깨지거나 휘어
지지 않는 금속이다. 스윙에 피가 터진 챔피언을 "스테인리스에/ 피는/
꽃"이라고 명명하며 점층적 언술을 반복하고 있다. 한 번 링 위에 오
른 그에게 패배나 다운은 없다. 오직 상대를 이기는 것만이 유일한 길
이고 최고일 뿐이다. 그러므로 "그는/ 전신/ 스테인리스"가 될 수밖에
없다. "스테인리스"와 "꽃"의 이질적인 결합은 몸을 다른 몸이나 이질
적인 것과 결합하여 새로운 의미를 획득하면서 비인간적인 상황에 대
한 모순을 부각하려는 것이다. 챔피언의 몸에 돋아나는 꽃은 분열된
자의식으로 비극적이고 불구적인 결핍 상황을 극대화하며 부조리한
현실을 웃음거리로 만들어 버린다.

링 위에서의 싸움은 불안과 웃음, 과장과 공포 등 많은 갈등적 요소
들을 잘 보여준다. 약육강식과 비정상적인 삶의 축소판이라고 할 수
있는 링은 모순되고 비인간적인 욕망이 투영된 현실 그 자체이다. 존
재를 파괴하려는 열망과 비틀어진 웃음 그리고 인간의 존엄성이 무시
된 링에서 싸우는 챔피언의 육체를 "스테인리스"라고 조롱하듯 비아
냥거리는 것은 부조리한 현실에 대한 비판적 시선으로 볼 수 있다.

이상에서 살핀 전봉건 시의 언술의 반복은 언술 주체의 불안과 긴
장을 고조시킨다. 또한 죽음과 공포, 불길한 욕망과 불안, 반인간주의

와 사물화에 따른 좌절은 데포로마시옹적 이미지를 통해 드러난다. 이 것은 전쟁의 외상과 정치적 억압 등 사회 전반의 상황에서 비롯되는 문제점 등을 표출하며, 합리주의와 기존 질서로부터 해방되려는 욕구 에서 비롯된 것이었다. 하이드지크는 이러한 그로테스크의 특징을 "데 포르마시옹"이나 "현실 일그러뜨리기"로 규정하며, 환상적이고 허구 적인 요소가 현실과 융합되면서 기이하고 변형된 형태의 모습을 드러 낸다고 보았다.[149]

인간의 몸은 그로테스크한 상상력이 가장 리얼하게 재생되는 장소 이다. 몸의 절단이나 관통하는 살 그리고 몸의 변형이나 욕망, 배설이 나 부패와 같은 대상은 데포로마시옹의 중심적 이미지이다. 이러한 이 미지들은 몸의 경계를 넘어 다른 대상이나 세계와 연결되면서 기존의 세계관이나 가치를 전복하거나 새로운 의미를 창출해낸다.

4. '유폐'적 주체와 전도적 매혹으로서의 관능미

전봉건의 장시 「춘향연가」와 연작시 「속의 바다」에서는 '옥(獄)'과 '벽(壁)'이라는 공간에 유폐된 언술 주체들이 존재한다. '옥'과 '벽'은 갇힌 세계를 상징하는 대표적인 공간이다. 이러한 갇힌 공간에서의 고 립은 주체로 하여금 자신의 방어벽을 세우며 그로테스크한 심리를 드 러내게 한다. 현실적으로 차단된 공간에서의 언술 주체는 환상의 세계 에 빠질 수밖에 없다. 그러므로 그 속에 갇힌 유폐된 언술 주체는 끊 임없이 그 공간의 안과 밖을 비교하며 분열적인 모습을 보인다. 내면

---

149) 전영운·류신, 「그로테스크 형식·내용·수용: Wolfgang Kayser와 Arnold Heidsieck 의 이론을 중심으로」, 『중앙대인문연구』 31, 중앙대학교 인문과학연구소, 2001, 2면.

의 외로움이나 어떤 기다림이 절실할수록 주체는 유폐라는 특유의 공간에서 주체의 위기를 원초적인 감정으로 드러내게 된다. 즉 이곳과 그곳, 현재와 과거, 현실과 환상이라는 대립 속에서 에로스적 탐미를 그 특징으로 드러낸다.

주체의 사랑은 타자의 사랑 속에 존재하고자 하는 욕망에서 비롯되며, 그 사랑 속에서 자신의 정체성을 확인하고 해석한다. 타자의 존재와 그 세계를 받아들임은 주체의 인식을 확장하거나 스스로의 세계를 풍요롭고 창조적으로 변화시킨다. 하지만 고립된 공간에서의 유폐된 주체는 타자와의 단절로 분열되고, 이러한 결핍과 관련된 부재의식이 에로스에 집착하게 되면서 기존 세계나 질서를 매혹으로써 전복하게 한다.

「춘향연가」에서는 '춘향'이라는 언술 주체의 여성성이 두드러진다. 이 시기 전봉건은 남성들의 권력욕과 부조리함에 대한 저항으로써 여성을 언술 주체로 부각시킨다. 시 속에서 뚜렷하게 드러나는 여성성은 불안정한 상황이나 억압적인 현실에 대한 패배가 아니라 그것을 전복하려는 의지의 소산이다. 이광호는 이러한 전봉건 시의 관능적 상상과 여성주의는 유린당한 경험 세계로부터 탈출하려는 욕망을 반영한 것이며 그 세계에 대한 연민을 표현하려는 의지라고 보았다.[150]

> 여자예요
> 그래요 나는 여자예요
> 그런데 나는 옥(獄)에 갇혀 있어요
> 여자는 아기를 낳아요
> 나도 낳을 수 있어요

---

150) 이광호, 「폐허의 세계와 관능의 형식」, 『1950년대 시인들』, 나남, 1994, 282-283면.

어머니가 나를 낳은 것처럼
그런데 나는 갇혀 있어요 옥 속이예요

-「춘향연가」 (157)[151]

어머니는 구슬을 낳았어요
그것이 나였어요
그런데 나는 옥에 갇혀 있어요
나도 낳는다면 구슬을 낳고 싶어
구슬 같은 아기를
그런데 나는 갇혀 있어요 옥 속이에요
어릴 적에는 새가 나는 것을
제비가 나는 것을 나비가 나는 것을
한 마리 또 한 마리 그렇게 세었어요
지금은 안그래요 한 마리 한 마리가
기실은 쌍을 지어 나는 것을 알고 있어요

-「춘향연가」 (158)

「춘향연가」는 1053행의 장시로 옥중에 갇힌 춘향의 사랑과 이몽룡의 부재로 인한 슬픔 그리고 유폐된 자의 고통 등을 형상화하고 있다. 1부는 춘향의 태생과 이몽룡과의 만남 등 행복했던 과거를 회상하면서 사랑을 고백하는 언술 주체가 있고, 2부에서는 이몽룡이 춘향에게 불러주었던 사랑의 노래를 환상 속에서 들으며 옥중과 대비시키고 있다. 또한 3부에서는 이몽룡과의 사랑을 상상하지만 변학도의 명령으로 다시 고문을 당하는 현실로 돌아온다. 때문에 이 시에서는 "나는 갇혀 있어요 옥 속이예요"를 반복하는 유폐된 언술 주체의 환상적 시

---

151) 전봉건, 『전봉건시전집』, 문학동네, 2008, 157면. (「춘향연가」가 장시인 관계로 전집의 페이지 번호를 적음)

선이 시 전반에 나타난다.

어머니가 "구슬"을 낳은 것처럼 언술 주체인 나도 구슬을 낳을 수 있다는 것은 기이하고 비정상적인 발상이다. 어머니가 낳은 구슬이 자신이라는 것 그리고 자신이 구슬에 갇혔다가 나온 것처럼 지금은 "옥" 속에 갇혀 있는 것만이 진실이라는 것이다. 그러므로 그 주체의 사랑은 결코 응답받을 수 없으며, 대상의 주변을 맴도는 환상 속의 불구적 사랑일 뿐이다.

> 그런데 나는 옥에 있어요
> 남산에 피는 꽃은 내 마음에 피는 꽃,
> 북산에 물드는 분홍빛은 내 온몸에 물드는 분홍빛
> 그런데 나는 옥에 있어요
> 버드나무 천사만사(千絲萬絲)로 늘어진
> 가지 사이에서 우는 황금조는
> 내 가슴 둘레를 돌면서 우는 새
> 그런데 나는 옥에 있어요
> 나는 사랑하고 있어요
>
> —「춘향연가」 (158)

> 여기서요
> 광한루 여기서 만났어요
> 지금도 나는 여기 있어요
> 나는 사랑하고 있는걸요
> 이제는 우거진 숲에 들어도 무섭지 않고
> 햇살이 안 드는 어둔 곳이 오히려 정다워요
> 풀잎에 손이 닿으면 슬며시 허리께가 부끄러워져
> 나는 사랑하고 있는걸요

그래요 나는 여기 그날처럼 앉아 있어요
그이도 그날처럼 저만치에 서 있어요
(중략)
무어라고요 이곳은 광한루가 아니라고요
무어라고요 나는 지금 칼을 썼다고요
나는 지금 이곳에 칼을 쓰고 앉아 있다고요
칼을 쓰고 칼을 쓰고 칼을 쓰고
저만치 서성거리는 것은
목매달아 죽은 귀신

나는 이곳에 갇혀 있어도
나는 옥중에 앉아 있어도
나는 광한루에 앉아 있는 것
육천 마디로 맺힌 마음인 것을 육천 마디로 얽힌 사랑인 것을
보세요 저만치에 섰는 그이
환하게 섰는 그이

―「춘향연가」 (158)

광한루는 춘향과 이도령의 사랑에 대한 상징적 장소이며 언술 주체가 있는 현실적인 감옥과 대조되는 공간이다. 언술 주체인 춘향은 이도령의 모습을 묘사하거나 광한루에서의 기억들을 반복적으로 회고하며 고백한다. 특히 "그래요 나는 여기 그날처럼 앉아 있어요"에서는 현실과 환상의 경계에 있는 주체의 모습이 강조된다. 부정직이고 억압받는 현실에서 사랑하는 대상인 이몽룡은 더이상 자신의 곁에 존재할 수 없고, 부재하는 에로스를 갈망하는 환상적 주체만 있을 뿐이다. 무엇보다 자신의 이야기를 들을 대상이 없을뿐더러 갇힌 현실에서는 지금 사랑하고 있다는 사실만을 스스로에게 각인시킬 뿐이다. 그러므로

대상에 대한 부재와 좌절 같은 비극적인 감정은 '옥'이라는 폐쇄된 공간 안에서 더욱 고조되게 된다.

옥에 갇혀 있다는 고백은 시가 중반으로 진행될수록 더 노골적으로 드러나며, 욕망의 실현 불가능성을 적극적으로 표현한다. 즉 사랑하고 싶다는 마음의 개방성과 몸이 갇혔다는 폐쇄성이 서로 충돌하는데, 옥은 그런 개방성과 폐쇄성 그리고 실제와 환상이 공존하는 공간이다. "무어라고요 이곳은 광한루가 아니라고요/ 무어라고요 나는 지금 칼을 썼다고요"처럼 춘향은 환상에서 빠져나와 환상과 현실의 경계에서 분열적인 모습을 보인다. 하지만 옥에서는 이 현실이라는 실제와 환상의 구분이 의미가 없다. 춘향은 자신에게 결여된 것을 이몽룡을 통해 보고, 그것을 욕망하려고 한다. 동시에 춘향은 이몽룡이 자신을 사랑하는 대상으로 여기기를 욕망한다. 하지만 이몽룡의 부재는 이러한 두 가지의 욕망을 모두 실현 불가능한 것으로 만들어 버린다. 유폐된 주체의 독백은 이런 부재를 인식하며, 충족되지 않는 자신의 욕망을 지속적으로 확인한다.

> 『이년! 잡아 내리라! 형틀에 올려 매어
> 물고를 내어라! 매우 쳐라! 매우 쳐라!』
> 팔다리가 갈라지나요
> 어머니, 팔다리가 갈라지나요
> 어머니, 그러나 나는 죽지 않아요
> 그이는 살아서 있는 것을
> 나는 네 가닥으로 떨어져 나간대도
> 팔 다리가 머리를 이고, 가슴과
> 허리는 받쳐 들고, 그이에게로 가요
> 나는 가서 그이와 함께 살아요, 나는 사랑하고 잇는걸요

육천 번을 죽인대도 매한가지
육천 마디 얽힌 사랑인 것을
육천 마디 맺힌 마음인 것을

–「춘향연가」(160)

인용한 부분의 첫 행은 변학도의 목소리인데 춘향이 자신의 수청을 거부한 데 대한 분노와 격앙된 감정이 드러난다. 춘향은 옥에 들기 전에 모진 고문을 당했을 것이고, "팔다리가 갈라지고", 그것이 "네 가닥으로 떨어져"도 자신의 사랑은 변함이 없음을 말하고 있다. "육천 번을 죽인대도 매한가지"라고 한 춘향의 마음엔 이몽룡에 대한 사랑만 있을 뿐, 그 사랑은 어떠한 경우에도 변함없다. 사랑에 대한 방해나 저지가 심할수록 그 감정이 더 강화되는데, 무엇보다 위 시의 모진 고문은 춘향의 사랑을 숭고하게 만드는 역할을 하고 있다. "당신"으로 지칭되는 사랑하는 대상은 지금 내 곁에 없고, 다만 "나는 가서 그이와 함께 살아요"처럼 이상적 대상에 대한 환상만이 현재 자신의 고통을 이길 수 있는 유일한 방법인 것이다.

「춘향연가」가 고전인 『춘향전』에서 소재를 따왔지만, 전체적인 플롯뿐만 아니라 춘향이라는 인물 또한 다른 모습으로 그려진다. 특히, 감옥 속에서 억압받고 유린당한 현실 상황을 춘향의 에로스적 상상력과 독백으로써 억압받는 현실에 대응한다. 때문에 옥중에 유폐된 춘향은 기존의 부조리한 가치에 대한 비판과 억압된 현실을 해체하고 재구성하려고 한다.

무엇보다 이 시에서의 춘향은 남성의 환상으로서의 '여자'나 그들의 호명에 대답하는 존재가 아니다. 사랑하는 대상의 부재와 불합리한 타자의 요구에 직면해 그것을 거부하거나 상징적 질서에서 빠져나가는 존재이다.152) 이러한 춘향은 부조리한 현실이나 타자에 의존하지 않는 주체이며, 변학도의 명령을 거부하고 스스로 매혹적인 에로스의 주체가 된다. 따라서 현실과 손쉽게 화해하지도 절망하지도 않으며 에로스의 대상인 이몽룡의 부재와 자신이 갇혀 있다는 현실을 지속적으로 이야기할 뿐이다. 대상 부재라는 '현실'을 안고 살아갈 수밖에 없는 이 언술 주체는 실험적이고 해체된 모습으로 기존 세계의 질서에 의문을 던지거나 낯선 이미지와 언술을 끊임없이 시에 호출하고 있다.

전봉건은 「춘향연가」에서 '춘향'을 통해 사랑과 생명력을 잃은 현실을 드러내었다. 이것은 시나 예술에 나타난 에로스의 모습을 '근대 산업 사회나 합리주의의 부패에 대한 저항'으로 해석했기 때문이다. 그러므로 춘향의 테마 역시 당시 양반 제도에 대한 서민층의 저항인데, 그 저항이 '래디컬한'것이 되기 위해서는 그와 비등한 에로스153)가 필요하다고 본 것이다. '근대 산업 사회와 합리주의의 횡포'에 대한 '래디컬한 대결'이 '에로스'이며, 이 시에서의 춘향의 이미지 또한 열녀임과 동시에 에로스의 여인으로 존재한다는 것이다.154) 이러한 에로스가 궁극에 이르는 곳이 두 가지인데, 하나는 '광기의 세계'이고 다른 하나는 '상상의 세계'이다.155) 때문에 춘향은 사랑의 기쁨과 에로스의 순간을 갈망함과 동시에 절망적이고 피폐한 현실을 반복적으로 보여 준다.

주체의 내면에 존재하는 이중적이고 양가적인 감정, 즉 내면성과 현

---

152) 박슬기, 「춘향의 사랑, 향유의 노래」, 『한국현대문학연구』 24집, 한국현대문학회, 2008.
153) 전봉건은 자신이 생각하는 에로스나 성(性)은 공허함을 넘어서 영혼과 육체가 생명력의 진실성 속에 거듭날 수 있는 광의(廣義)의 에로스 개념에서 비롯된다고 역설했다. (전봉건·이승훈, 「시와 에로스」, 『현대시학』, 1973. 9, 21~22면.)
154) 전봉건, 「시와 에로스」, 『전봉건·이승훈의 대담 시론』, 문학선, 2011, 156면.
155) 전봉건, 위의 책, 160~168면.

실 지향성은 서로 길항하는데, 이러한 내적 긴장이 오히려 시의 역동
적인 힘을 만들어낸다. 세계의 부조리나 모순을 문제 삼으며 그것을
해체하기도 하고 조화될 수 없는 것들의 모순적 관계들이 서로 양립
하면서 충돌하기도 한다. 이러한 과정들이 과장이나 왜곡으로 폭로되
고, 해체와 파괴의 이미지를 통해 기존의 인식이나 질서를 흔들어 놓
는다. 때문에 혐오나 공포, 에로적인 묘사 등을 통해 금기된 일탈의 지
점으로 나아가며 중심과 주변, 지배와 피지배, 선과 악이라는 대립을
통해 새로운 인식을 요구하는 것이다. 이러한 관점에서 그로데스크는
이질적인 형식이나 내용을 통해 혐오와 인정, 배척과 수용 등의 양가
적인 감정이 작동되는 자기 인식의 문제와 연관된다. 상당 부분 몸과
많이 관련되어 표현되는 그로테스크는 대부분 분열된 자의식의 형상
이나 파편화된 육체의 이미지로 드러난다. 「춘향연가」에 드러나는 그
로테스크는 기존의 명령이나 체계에 저항하거나 전도하기 위해 에로
스적인 춘향을 등장시켜 매혹적인 탐미의 모습을 보여준다.

　　오오 벌거숭이
　　오오 도련님 알몸인 내가
　　알몸인 당신을 업고 있었네
　　당신을 업고 나는 말이었네

　　무지갯빛 벌거숭이 암말이었네
　　당신은 나를 몰아
　　싸움북 두둥 두두둥 둥둥 둥둥둥 울리는
　　수레 종횡무진으로 마구 달렸네
　　당신은 나를 몰아 구름이게도 하고
　　당신은 나를 몰아 목메어 울기 잘하는 따오기

또 당신은 나를 몰아 숨차서 뒤치는 고래이게도 하였네,
당신은 나를 몰아 바다 배이게도 하였네
무지갯빛 부글거리는 바다 파도에 엎어질 듯
엎어질 듯 흔들리는 배 작은 배

―「춘향연가」 (185)

위 시에서 보이는 것처럼 언술 주체인 춘향의 에로스적 발화는 매혹적이며 거침이 없다. 옥에 갇혀 있는 현실과 환상을 오가는 춘향의 독백은 억압적이고 황폐한 현실 너머 또 다른 현실과 대상에 대한 매혹적 욕망이 그로테스크적으로 표현된다. 무지갯빛 벌거숭이 암말이나 싸움북처럼 두둥 울리며 종횡무진 달리는 모습들은 유폐된 언술 주체가 부재하는 대상에 대해서 억눌렸던 감정들이 표출된 것이다. 이것은 실존을 위협하는 대상이나 배제되고 소외되었던 주체들의 현실 전복적인 모습을 전면적으로 부각시킨다.

에로스를 비롯한 에로티즘은 금기에 대한 위반 형식이다. 이러한 에로스는 성의 본질적인 속성으로 '금기'라는 제도적 장치에 대한 일탈이며 기존 사회를 유지하고 있는 지배 이데올로기에 대한 비판적 장치이기도 하다.156) 즉 피지배계층은 지배계층이 만들어 보존하려는 그들의 권위나 틀에 대해 일탈과 위반의 방식으로 대항하려는 것이 바로 성적인 표현이다. 그러므로 이 시에서 춘향은 감옥이라는 억압적인 현실적 질서에서 벗어나 언젠가는 또 다른 현실이나 존재로 거듭나기를 욕망하고 있는 것이다.

전봉건은 '춘향'을 "유교로 무장한 당시의 권력 사회에 맞서기 위한 존재이며, 에로스가 필요 불가결한 인물"157)로서 "그녀를 옥중에 갇혀

---

156) Georges Bataille, 조한경 역, 『에로티즘』, 민음사, 1989, 102면.

있는 것으로 설정한 것은 이제는 더없는 학대를 문명에게서 받고 있
다는 것을 말하려 했다"[158]고 진술했다. 갇힌 공간에서의 육체와 정신
의 분열은 폭압적인 세계의 모습을 역설적으로 드러낸다. 이러한 공간
에서 현실과 환상을 넘나들며 에로스를 추구하려는 환상적 주체인 춘
향은 현실의 고통을 더 강렬하고 구체적인 그로테스크적 표현으로 드
러낸다.

> 나 혼자 피 흘리고 있어요
> 나 혼자 피 젖어 있어요
> 내가 무슨 죄를 지었단 말이던가
> 나라의 곡식을 훔쳤단 말이던가
> 산 사람을 죽였단 말이던가
> 역률(逆律)하였던가 강상(綱常)을 범하였던가
> 나는 사랑을 하였는데
> 나는 오직 사랑만을 하였는데
> 푸른 하늘 그 한 장 종이에 부끄러움 없이
> 듬뿍 번져나는 사랑만을 하였는데
> 그러나 지금 당신은 없고
> 나 혼자 칼날 같은 달빛에 젖어 피 흘리고 있어
> 큰 칼 쓴 채 흘리는 피가 발가락도 적시고 있어
>
> ―「춘향연가」 (196)

> 반만 열린 내 입술은 어디에 있는가요
> 흰 돌에 흐르는 물은 어디에 있는가요
> 목욕하고 앉은 물새는 어디에 있는가요

---

157) 전봉건, 「시와 에로스」, 『현대시학』, 1973. 10, 48면.
158) 전봉건, 위의 책, 19면.

어디에 있는가요 별도 같고 옥도 같은
내 눈은 어디에 있는가요
피 흘러서 아랫배는 젖어 있는데
피 흘러서 무릎도 발가락도 젖어 있는데
아아 당신은 없어
아아 당신은 없어 내 살과 넋의 가장 속 깊은 중심에서
터지는 것이 없는데 넘치는 것이 없는데
-「춘향연가」 (197)

위 내용은 춘향이 환상에서 돌아와 혼자 옥에 앉아 냉혹한 현실과
마주하는 장면이다. 자신이 기다리고 바랐던 "꿈 몽(夢)자 용 용(龍)자"
몽룡은 자기 앞에 존재하지 않으므로 소유할 수 없다는 것을 다시 확
인한다. 피를 흘리며 피에 젖어 있는 언술 주체인 춘향의 모습은 그
자체로 그로테스크적 이미지를 연상시킨다. 감옥이라는 폭압적인 공
간에서 육체의 자유는 한계를 가질 수밖에 없다. "지금 당신은 없고"
나는 "큰 칼"의 폭력 앞에 "나 혼자", "피"를 흘리는 상황에서, 이 "피"
는 많은 상징성이 부여되는데 춘향의 개인적인 아픔이나 상처를 의미
하는 동시에, 현실의 상흔이 쉽게 극복될 수 있는 것이 아님을 나타낸
다. 무엇보다 지금까지 자신이 절대적이라고 믿었던 현실적 가치에 대
한 전복과 자기 극복에 대한 욕망을 암시하는 부분이기도 하다. 칼날
같은 달빛 아래서 피 흘리는 육체, 발가락까지 피를 적시고 있는 춘향
의 그로테스크적인 모습은 에로스적인 대상에 대한 강한 욕망이며 아
울러 부당한 권력이나 비극적 현실에 대항하는 복합적 이미지가 중첩
되어 있다.

춘향이 '당신'이라는 대상의 부재를 인정하고 자신의 주체성을 찾아
가려고 하지만 그 대상은 여전히 부재로 존재한다. 대상에 대한 사랑

의 고백이 성공하기 위해서는 그 대상이 명확히 에로스의 대상으로서
의 타자로 정립되어야 하는데, 에로스의 부재로 인한 환상적 주체의
분열적 모습은 '나를 온통 지워버리며' 자신의 정체성을 새롭게 규정
한다.

전봉건은 "현실 사회에서 자유를 유린하고 학살하려는 것에 반대하
며 사회를 구성하는 모든 사람들의 자유를 옹호하고 저항"하는 주체
가 '시인'이 되어야 하며, 그 현실에 대한 저항과 대결로 '환상'을 제
시했다. 이것은 절대적이라고 믿었던 모든 가치들을 표면화시켜 그것
을 문제시하는 동시에 불가능하다고 생각했던 것을 전복'하고자 했던
바타이유의 생각과 맞닿아 있다.159)

따라서 실존적 위기와 전후의 폐허를 환상적 주체로 거듭나게 하고
현실을 전복하려는 춘향은 '열녀' 보다는 '에로스'적 이미지에 더 가
깝다고 할 수 있다. '나는 옥 속에 갇혀 있다'와 '나는 사랑하고 있다'
라는 현실적 폭력과 대상 부재의 상황은 언술 주체의 비참한 현실을
여실히 보여줌과 동시에 현실을 바꾸려는 욕구를 드러내고 있다. 즉
사랑하는 대상의 부재는 환상이나 기억을 통해 소환시킬 수밖에 없으
며, 현실과 환상을 반복적으로 오가는 이 언술 주체는 "사랑하고 있
다"는 반복적인 발화로 부재하는 에로스의 주체가 되기를 바라며 지
금의 현실이 아닌 또 다른 현실을 욕망한다.

당신은 없어요
당신의 손은 없어요
복숭아 냄새나는 당신의 손
당신의 빛의 손은 없어서

---

159) Rosemary Jackson, 앞의 책, 101면.

산호 채찍같은 당신의 손은 없어서
나의 속 깊은 중심에 뜨거운
끓어서 넘치는 것이 없는데
나는 지금 피에 젖어 뒤틀리는 속살
나는 지금 피에 젖어 뒤틀리는 무릎
그래요, 나는 여자인 것을
그래요, 나는 젖어 있어요
젖어 있어요.

-「춘향연가」 (197)

장시의 마지막 부분인 위 내용에서 언술 주체는 '피에 뒤틀리는 속살'의 현실을 받아들인다. 결국 '당신' 즉 '에로스'의 대상은 몸과 마음이 만신창이가 되도록 기다렸음에도 돌아올 수 없고, 소유할 수 없는 대상이라는 것을 인정한다. '큰 칼'로 상징되는 현실의 폭력 앞에서 "당신은 없어요" 라고 말하는 언술 주체는 누구에게도 의지할 수 없다는 것이다. "그래요, 나는 여자"로 대변되는 언술 주체는 자신이 옥 속에 유폐된 여자임을 인정하고 환상에서 벗어나 다른 가능성을 찾으려고 한다. 이는 곧 언술 주체인 춘향이 폭압적 현실을 전복시킬 수 있는 새로운 주체로 재탄생하려는 것이며 동시에 유폐된 세계에서 열린 세계로 나아가려는 것이다.

'옥'이라는 공간은 누군가 끊임없이 감시하는 공간이고, '이곳은 어디일까?/ 지금은 언제일까/ 마침내 귀도 지워버리네요'처럼 언술 주체가 끊임없이 자신을 회의하고 부정했던 장소이다. 즉 자신을 완성시킬 대상의 부재는 현실에 대한 강한 부정과 그 현실을 전복하려는 현실 대결 의식으로 이어지게 된다.

시에 있어서의 언술 주체는 시의 성격을 규정하는 동시에 표현하려

는 대상들에 대한 태도를 드러내게 된다. 그러므로 현실에서의 제약이
나 억압이 많을수록 문학적인 미학으로 전이하려는 욕망 또한 커진다.
그런 점에서 '환상'은 당대의 정치나 사회와 관련된 결핍이나 이상을
밝히는 유효한 수단으로 작용한다.[160] 전봉건에게 이런 환상적 주체
의 발언들은 '주체할 수 없는 상처의 그늘을 아름다운 환상 외에는 달
리 그려 볼 길이 없는 세계'[161]에 대한 대응이며, 절제된 감정이나 파
편적 이미지 또한 불합리한 현실의 대항 혹은 현실을 바꾸려는 욕망
을 의미한다. 그로테스크는 이러한 욕망과 세계의 부조리에 대응하는
하나의 인식론적 저항체계이면서 매우 넓은 범주와 기법을 동시에 포함
한다.

　　1960년대의 구체적인 경험에 대한 차이는 인식의 차이를 가져오고,
그것을 기반으로 한 감정의 대응에는 시인마다 차이가 있을 수밖에
없다. 전봉건은 비인간적이고 부조리한 현실에서 기존의 관습이나 지
배 이데올로기의 규정에서 벗어나 미학적 저항과 부정으로서의 그로
테스크를 시적 전략으로 삼았다. 이 시기 작품에는 전쟁으로 인한 윤
리의 붕괴와 당대 정치나 산업화에 따른 비인간적 삶의 양식을 낯설
고 이질적인 모습으로 드러내고 있다. 이처럼 비정상화, 비인간화와
기형화 등과 같은 이미지는 현실의 모순과 부조리에 대한 저항과 대
결로서의 전략이라 볼 수 있다.

　　현실의 위기 앞에서 세계나 대상을 왜곡하고 변형하는 그로테스크
는 주체의 사기 인식의 문제와 이 세계에 대한 반성적 물음을 동시에
제기한다. 나아가 주체의 파국적인 상상력은 체제의 뒷면에 작동하는

---

160) 캐스린 흄 또한 환상이 정상적이거나 사실적인 것들이 항상 가지고 있는 억압이나 불
　　안에 대한 의도적인 일탈로 기능한다고 보았다. (Kathryn Hume, 한창엽 역, 『환상과
　　미메시스』, 푸른나무, 2000, 20면)
161) 전봉건, 「환상과 상처」, 『세대』, 1964, 244면.

기존 세계의 질서나 이데올로기에 대한 도전이며 전복이다. 그런 점에서 전봉건의 그로테스크적 미학은 비인간화와 문명비판 등의 사회 부조리에 대한 시적 대응이며 전략이라 할 것이다.

제 5 장

1960년대 시의 미적 부정성의 특성과 문학사적 의의

　1960년대를 거치면서 현대시는 현실의 모순과 실존적 위기의 극복을 시대적 과제로 인식하면서 이를 시의 근대성이나 부정성과 병행하여 사유하였다. 이때 시의 미적 부정성은 억압되고 부조리한 현실을 부정하는 방법이자 시의 새로움을 위한 필요조건이라 할 수 있다. 이 시기는 4 · 19 혁명과 5 · 16 쿠데타, 한일협정과 월남 파병 등의 국내 정세뿐 아니라 미국을 중심으로 한 국제 정세에도 많은 변화가 있었다. 이로 인해 시문학에 있어서도 자율성과 다양성 면에서 큰 영향을 받을 수밖에 없었고, 시인들은 어떤 식으로든 당대의 현실적 문제들에 맞서 시의 새로운 변화를 시도하거나 내적 질서를 지켜나가는 등 다양한 시적 방법들을 모색하였다.

　김수영, 김종삼 그리고 전봉건의 1960년대 시에 드러나는 세 언술 주체는 이러한 현실 속에서 억압되고 모순된 세계의 동일성을 공통적으로 부정하였다. 이때 동일성이란 근대 자본주의 사회의 특징으로 주체들의 고유한 개성이나 가치를 인정하지 않는 획일적인 사고나 체재를 의미한다. 때문에 세 시인의 시에 드러나는 미적 부정성은 사회가 행하는 이러한 동일화의 원리에 시의 내용과 형식으로써 이에 저항하고 거부하는 것이다. 시인이 새로운 시적 방법을 시도하는 것은 자신의 체험을 단순히 미적으로 추구하기 위해서만은 아니다. 그것은 현실 이면의 정치나 제도적 억압 등 무수한 부정성들이 객관화된 현대의 역사를 비판하고 대응하기 위한 의도의 소산이다. 사회적 규제나 정치적 억압에 맞서 시는 고통의 언어와 형식의 새로움을 통해 부조리하고 폭력적인 세계를 부정적으로 보여주기 때문이다.

그런 의미에서 앞서 살핀 1960년대 세 시인의 시에 드러나는 미적 부정성의 특징은 다음과 같다. 첫째, 김수영의 시에 드러나는 침묵적 '전위'이다. 김수영은 1960년대 당시 강화되었던 검열이나 '금제의 힘'으로부터의 탄압을 거부하고 기존 사회의 질서와 시에 의문을 제기하는 등 '예술과 문화의 원동력'으로서의 불온을 추구하며 전위를 꿈꾸었다. 그의 시론이 '침묵을 위한 운산'인 것은 침묵이 바로 시에 대한 믿음이며 구체적인 실천이기 때문이다. 김수영 시에서 이 '침묵'의 의미는 일상의 소음이나 소리까지 포함한 것이다. 그가 주변의 소리나 소음을 그대로 시로 형상화했던 것은 자동기술법의 한 방법으로 당시 유행했던 다다이즘이나 비트의 전위적인 발상에서 영향을 받았기 때문이다. 그는 불온한 역사나 현실로부터 벗어나 우회적인 방법으로 스스로의 미학적 전위로서의 침묵을 만들어 내려했던 것이다. 문학의 전위성과 정치적 자유가 유착된 것이 1960년대 김수영 시의 특징이라면 실험적 언어 전략이 현실의 부정이나 억압을 수용하며 정치적인 성격을 띨 때 '무언(無言)'으로서의 미적 전위가 드러난다. 이러한 침묵적 전위 앞에서는 모순과 갈등은 아무런 힘이 없으며 자기 파괴와 자기 창조를 동시에 실천하며 새로운 시와 현실을 추구하게 되는 것이다.

둘째, 김종삼 시의 비극적 '숭고'이다. 이 '숭고'는 전쟁의 경험에서 오는 고통과 근대 자본주의 사회에서의 극심한 가난 속에서도 안일한 자신과 타협하지 않으며, 그것을 윤리적으로 정당화하지 않는 것이다. 그는 정치나 역사에 대한 직접적인 감정의 토로나 지나친 피해 의식을 지양하였다. 이러한 그의 부정적인 화해나 한계 의식으로서의 심미적 비극이 내면의 진실이나 비극적 고통과 연결되면서 숭고로 이어진다. 즉 윤리와 연민 그리고 모순된 현실로부터 자신을 지켜야 한다는 이중적인 감정과 비극이 고양되어 나아가면서 숭고의 절대 세계와 대면하게 된다. 이러한 숭고는 죽음의 공포나 비극적 세계관과 근본적으로 관련된다. 김종삼의 경우 1960년대 자본주의의 비인간화와 속된 현실에서 벗어나려고 하였다. 그는 치열한 문학 논쟁과 사조에서 벗어나거나 대중음악을 멀리하려고 했다. 때문에 그의 시에서 이 숭고는 고전 음악 속에서 의식의 시공간을 자유자재로 넘나들며 황홀함이나 장엄함과 같은 정신의 고양을 통해 절대 세계로 나아가게 된다.

셋째, 전봉건 시의 전복적 '그로테스크'이다. 이 그로테스크는 이질적이고 기괴한 이미지를 통해서 현실의 억압이나 비인간적인 욕망과 같은 모순이나 부조화를 드러낸 것으로 현실과 환상의 팽팽한 긴장 사이에 있다. 그로테스크는 시의 대상이나 세계를 왜곡하거나 변형함으로써 자아와 대상을 새롭게 인식하고 사회의 억압이나 모순된 가치를 전복하고 이에 저항한다. 1960년대 전봉건의 장시나 연작시에는 유폐된 공간에서의 환상적 언술 주체가 등장하는데 이 주체가 욕망하는 에로스는 외부 세계나 타자와 단절되어 있다. 이 단절에 의한 불안이나 부조리함은 주체로 하여금 에로스에 더욱 집착하게 한다. 또한 부재의 결핍을 기존 세계나 부정적인 질서에 대항하여 그것을 전복함으로써 대신하게 한다. 그로테스크는 과장이나 왜곡, 엽기와 잔혹과 같은 불쾌하고 낯선 감정의 미의식으로 현실과 환상의 긴장 사이에 있다. 그것은 중심과 주변, 지배와 피지배 등의 대립 사이에 있는 주체들의 비극성과 환멸에 대한 반항적 시선이 깔려있으며, 나아가 세계의 부조리와 공포에 대항하는 정치적·미학적 기제로 작용한다.

1960년대가 안고 있었던 정치, 사회 그리고 문화의 혼동과 모순들로 하여금 시는 그에 대응하여 새로운 미적 형식에 대한 다양한 실험을 감행했다는 것이 이 연구의 출발점의 하나였다. 그런 점에서 위에서 살핀 것처럼 세 시인의 시에 드러나는 미의식이 '부정성'을 공통으로 함유하고 있다면 이 부정성은 자기 자신의 허위를 벗고 내면적 반성의 힘으로 세계를 비판적으로 인식하고 새로운 시적 변화를 기하는 추동의 힘일 것이다. 예술은 자율적이지만 사회적 현상이기도 하고, 기존의 미의 개념으로 충족되지 않는 부정으로서의 미는 세계에 대한 비판적 시선이자 이 세계의 잔인성을 폭로하는 비화해적 시선이다. 진정한 예술과 사회는 부정을 통해 이루어지며 이러한 부정은 끊임없이 스스로가 자율적인 주체가 되기 위한 반성을 통해 가능한 것이다. "예술은 화해의 가상을 단호히 거부함으로써 화해되지 않은 것 가운데서 화해를 견지"한다면,162) 시는 더욱더 저항적일수록 자율성을 획득하게 된다. 때문에 이 부정적 미학의 시는 이 세상의 억압과 부조리에 대한 저항으로써 새로운 형식의 시를 모색하는 것이다.

그러므로 세 시인의 시에 각각 드러나는 전위와 숭고와 그로테스크라는 미적 부정성은 당대 현실의 모순이나 위기의식이 반영된 것이다. 인간의 모든 행위나 말이 자신이 살고 있는 현실과 연관된다면, 타인이나 세계와의 관계를 전제로 성립되는 이 '현실'은 이상적인 것과 대

---

162) Theodor Adorno, 『미학이론』, 문학과지성사, 1984, 62면.

치되는 모든 사실적인 것을 의미한다. 시는 이러한 현실 속의 인간과 사회의 문제들을 다루는 예술이므로, 시인 또한 한 인간으로서 자신이 처한 현실에 맞서기도 하지만 때로는 스스로의 한계를 벗어나지 못하고 자기 안에서 사투를 벌이기도 한다. 따라서 시인은 존재의 본질을 향해 끊임없이 고민하는 흔적, 혹은 이러한 의지들을 내면화시켜 시로 형상화한다. 1960년대 시인들은 전후의 상처를 극복하고 문학의 본질과 역할에 대한 근본적인 사유를 시작하게 되었다. 문학과 현실, 시의식과 창작 방향에 대한 성찰에서부터 '시'와 '현실'이라는 상관관계 속에서 서로 공통적이면서도 변별되는 현실 인식의 양상을 보였으며 그것은 자신만의 시작이나 시론으로 이어졌다.

시가 어떤 방법으로 이러한 당대 현실과 관계를 맺으려고 했는지는 어떤 시인보다 김수영에게서 잘 드러난다는 것은 널리 알려진 사실이다. 그는 삶의 태도와 시에 대한 태도를 일치시키며, 현실의 모순을 적극적으로 시 속에 반영했다. 또한, 자신의 '현실'을 바르게 인식하는 데서 새로운 시가 창조되며 시에 대한 양심을 지킬 수 있다고 보았다. 현실을 직시(直視)함은 실존적 인간이 자신의 이상을 가로막는 현실 속에서 '있는 그대로'의 현실을 인정하고 받아들이는 것이다. '현실'이 시인의 '스승'이라는 것 또한 시인과 시론 이전에 현실이 시의 모든 것이며 또한 현실이 시보다 앞서야 한다는 것이다. 때문에 시인은 자신이 처해 있는 현실에 두 발을 딛고 끝없이 그 현실을 향해 질문을 던지는 사람이다. 그러므로 김수영은 현대시의 양심과 작업은 이 현실에 대한 "자각의 밀도"이며 그것이 곧 "현대시의 밀도"라고 강조했다.

우리 시는 우리의 생활 현실과 너무 동떨어진 소리를 하고 있다─
이 엄청나게 난해한 시들은 누구를 위해 쓰는 것이며, 너무나 독자

를 무시한 무책임한 소리를 하고 있다ㅡ 한국의 시인들은 현실도피
를 하지 말고 현실을 이기고 일어서라. 이러한 그의 누차의 발언에
서 내가 느낀 것은 그가 아무래도 시의 본질보다 시의 사회적인 공
리성에 더 많은 강조를 하고 있다는 점이다. 나는 시를 쓰는 사람으
로서 그의 발언에 대해서 실제로 이런 상상을 해 보게 된다. 우리나
라의 현실을 가장 잘 대변할 수 있는 시는 어떤 시인가? 가장 밑바
닥에서 우러나오는 가장 절박한 시는 어떤 시인가? 163)

　김수영의 산문이나 시론은 생활과 현실에 밀착되어 있으며 그의 시
적 사유의 연장 선상에 자리하고 있다. 그는 지속적으로 월평을 쓰면
서 현실 참여나 창작의 자유에 대한 지적 작업을 수행해나갔다. 그러
므로 「시여, 침을 뱉어라」나 「반시론」과 같은 시론에는 현대성과 현실
참여 그리고 시의 윤리 등이 내면화되어 있다. 특히 「시여, 침을 뱉어
라」에서는 '시를 쓰는 것'과 '시를 논하는 것'을 구분하였는데, 전자를
'시의 형식으로서의 예술성과 동의어'로, 후자를 '시의 내용으로서의
현실성과 동의어'로 보았다.164) 여기서 시의 내용과 형식이 서로 길항
하는 것처럼 시의 예술성과 현실성 또한 서로 상생 관계에 있다고 보
았다. 또한 그는 이 글을 통해 60년대를 통과하며 한국 사회의 '<근대
화>의 해독'과 이 시대의 모순점을 짚어냈으며, 무엇보다 1960년대를
1950년대보다 더 나쁜 시대로 규정하였다. 지난 시절에는 자유는 없었
다고 해도 최소한 혼란은 존재했지만 이 시대의 통치 권력 아래서는
'혼란'마저 철저하게 구속당하고 있다는 것이다. 그리하여 '<내용>'은
언제나 밖에다 대고 <너무나 많은 자유가 없다>는 말을 계속해서 지
껄여야 한다는 것이다. 이것을 계속해서 지껄이는 것이 이를테면 38선

163) 김수영, 「생활 현실과 시」, 『전집 2』, 262면.
164) 김수영, 「시여, 침을 뱉어라」, 『전집 2』, 497-498면.

을 뚫는 길'이라고 했던 것처럼 김수영은 헛소리가 참말이 될 때까지 새로운 시를 쓰고 또 써야 한다고 역설했다. 그런 '시'의 형식은 내용에 의지하지 않고 그 내용 또한 형식에 의지하지 않으며 온몸으로 시와 현실을 밀고 나가야 한다고 보았다.

이에 반해 김종삼은 자신이 지향하는 이상과 몸 담고 있는 현실의 괴리가 현저하게 크다는 것을 깨달았고, 좁혀지지 않는 그 거리를 단절적이고 소외된 모습으로 드러내었다. 그는 사회나 주변인들과의 갈등은 물론 자기 자신과도 모순적 상황에 종종 빠졌으며 더구나 경제적인 가난은 삶의 불안과 악순환으로 이어지게 하는 가장 큰 원인이었다. 그가 시를 쓰는 원인에 대해 "나는 살아가다가 '불쾌'해지거나 '노여움'을 느낄 때 바로 시를 쓰고 싶어진다"라고 했다. 이러한 진술을 미뤄볼 때도 그가 직면하는 현실과 시적 자아의 이상 사이의 괴리가 크다는 것을 짐작할 수 있다.

> 폭탄에 마구 불타버리는 현실과 생명을 보고서도 눈을 감고 오히려 다른 에고이즘의 위장을 꾸미기에 바빴던 타기(唾棄)할 만한 시인들을 나는 아직도 역력하게 기억하고 있다.[165]
> 어쨌든 나는 소란스런 그릇(용기 容器)속에서 물결처럼 흔들리는 과정에서 내가 닦고 있는 언어에 때가 묻어버리면 큰일이라고 생각하는 일종의 「퓨리탄」에 속하는 것이 사실이다.(중략) 아닌게 아니라 새로운 경지로서의 새로운 시의 언어라는 것이 참새와 같이 지저귀는 언어의 때 묻은 집단의 소란 속에는 없을 것이 분명하다.[166]
> 시인의 참 자세는 남대문 시장에서 포목장사를 하더라도 거짓부렁 없이 물건을 팔 수 있어야 된다고 믿는다. 그러나…… 공연히 시

---

165) 김종삼, 「특집 작고 문인 회고─피난때 연도 전봉래」, 『현대문학』, 1963. 2.
166) 김종삼, 『韓國戰後問題詩集』, 新丘文化社, 1961.

인을 자처하는 자들이 영탄조의 노래를 읊조리거나, 자기 과장의 목
소리로 수다를 떠는 것을 보면 메슥메슥해서 견디기 어렵다. 시가
영탄이나 허영의 소리여서는, 또 자기 합리화의 수단이어서는 안된
다고 믿는다.167)

김종삼 또한 폭탄과 죽음이 난무했던 전장이나 1960년대 현실의 한
복판에서 그 현실을 외면하거나 위장하는 시인들과 거리를 두었다. 그
는 누구보다 현실과 역사적 상황에 대해 깊이 생각하고 오래 고민했
다. 하지만 자신을 시인이라 자처하거나 과장하는 시인들 혹은 시를
자기 합리화의 수단으로 생각하는 그들을 제일 경계했다. 또한 대중문
화나 당대 많은 논쟁들과도 거리를 두었다. '참새와 같이 지저귀는 때
묻은 집단의 소란'을 멀리하고 대신 그는 인간의 영혼에 내재한 사랑
이나 영원성에 가치를 두고 현실의 진실과 삶의 윤리에 대해 탐문했
던 것이다. 이러한 현실 인식과 대응은 오히려 그가 누구보다 현실에
서 경제적으로든 심리적으로든 많은 어려움을 당하거나 고통을 받았
기 때문이었다.

전봉건은 그의 시론집 『시를 찾아서』168)에서 '저쪽의 현실'과 '이쪽
의 현실'에 대해 논의하였다. 시인은 '두 개의 현실' 속을 살아가는 사
람이고, 두 현실은 각각 객관적 현실과 시적 현실을 말하는 것이었다.
시가 현실에 매달리거나 시종처럼 따라다니는 것이 아니라 현실과 대
결하면서 그 위에 새로운 시적 현실을 창조하는 것이라면 그것은 기

---

167) 김종삼, 「먼 시인이 영역」, 『문학사상』, 1973. 3.
168) 전봉건의 시론집 『시를 찾아서』는 총 9장으로 구성되어 있다. 「두 개의 現實과 두 개
의 정말」, 「詩와 1+1=1이라는 것」, 「1+1=1의 快樂」, 「올페우스의 하아프」에서는
주로 시의 정의에 대해서 서술되어 있고, 「戀愛와 言語」, 「詩와 女子, 讀者와 돈·판」,
「素材, 動機, 主題」, 「이메지에 대하여」, 「音樂性에 대하여」에서는 시의 기법 그리고 마
지막 「現代詩란 무엇인가」에서는 시의 현대성에 대해 논의하고 있다.

존의 현실을 전복해야 가능한 것이다. 또한 그 전복은 무엇보다 현실
에 밀착되어 있어야 함을 강조하였다.

> 현대시가 우리를 감동케 한다면 그것은 그것이 현실 위에 새로이
> 창조된 시적 현실인 것이기 때문이며, 이 새로운 것을 조립하여 만
> 들어내는 것은 다름 아닌 시인의 기술인 것입니다.(중략) 시의 역사
> 상으로 보아 현대는 현대시의 특성(현실과의 정면대결, 치열한 교섭
> 을 거침으로써 생성된다)으로 해서 어느 때보다도 시인의 시를 만드
> 는 기술의 고독한 우수성이 강력하게 요구되는 시대일 것이다, 라는
> 나의 소견을 적어두기로 하겠습니다.
> 현대시란 무엇인가, 현대시란 어떤 것인가고 물었을 때, 나로서는
> 현대의 고뇌를 짊어진다는 시인 스스로의 생각을 토양으로 하고 이
> 루어진 시라고 대답하고 싶습니다(중략) 여기까지의 얘기의 내용이
> 이글의 맨 첫머리에 적었던 '그런데 그 결과로 이루어지는 1+1=3
> 이나 0의 상태, 계산되지 않고 해설이 불가능한 냄새, 소리, 빛깔이
> 바로 오늘의 것이어야 한다는 것을 잊어서는 안되겠다', 그 중에서
> 가장 문제가 되는 어구였던 '오늘의 것'이 의미하는 것이었습니
> 다.169)

전봉건이 말하는 현실에 충실하다는 것은 현실의 대상들을 있는 그
대로 나열하는데 그치는 것이 아니라, 그 현실을 바탕으로 그 위에
'새로운 시적 현실을 창조'하는 방법이 중요하다는 것이다. 때문에 그
는 현실에 저항하는 사상도 중요하지만 그것을 어떻게 형상화하느냐
를 더 중요하게 생각한 것이다. 또한 전봉건은 현대나 현대시를 운운
할 수 있는 자격은 '현대에 대한 자각에서 시작되는 인식'이라고 하였

---

169) 전봉건, 위의 책, 240–246면.

는데 이것은 현대가 어떤 곳인지 당대의 역사와 현실을 기반으로 정확하게 파악하는 것이라고 보았다.[170] 무엇보다 그가 말한 '현대의 고뇌'는 먼 과거의 것도 아니고, 외국의 것도 아닌 '주체적인 당대 현실'에 대한 고뇌를 의미한다고 볼 수 있다.

위에서 살핀 바와 같이 세 시인은 공통적으로 당대 현실에 대해 비판적이고 부정적이었다. 하지만 현실 인식을 기반으로 한 시에 대한 입장에서는 다소 견해의 차이를 보였는데, 1965년 김수영과 전봉건은 『세대지』를 통해 격렬한 논쟁을 벌였다. 이 논쟁의 발단은 김수영이 「난해의 장막」(『사상계』, 1964. 12.)에서 전봉건의 시와 평론을 두고 '양심은 없는 기술만을 구사하는 시를 주지적이고 현대적인 시라고 생각하는 모양'이라고 공격한 데서 비롯되었다. 이어 전봉건이 「사기론」을 통해 그의 참여시와 '양심론'을 반박했고, 김수영이 다시 「文脈을 모르는 시인들－詐欺論에 대하여」를 통해서 전봉건을 공격했다. 이 논쟁은 현실의 의미와 현실 지향적인 시에 대한 두 시인의 견해 차이를 보이는 논쟁이었지만 서로의 태도와 감정에 치우쳐 의미 있는 논의로 발전되지는 못했다.

하지만 위에서 살핀 것과 같이 1960년대 당대 사회 현실을 치열하게 바라보고 그것에 대항하면서 자신만의 현실 인식과 비판 정신을 가졌다는 것은 세 시인 모두의 공통점이었다. 무엇보다 비슷한 시기에 태어나 같은 시대와 역사를 경험하고 공유하며 1960년대를 살았던 세 시인은 당대 신진 시인들과 달리 해방과 전쟁 그리고 분단을 몸소 겪으며 그 시대를 바라보았다. 1960년대 사회적 모순을 목격하면서도 대부분의 시인들은 순응적인 태도를 보이거나 아무런 대응 없이 묵묵부

170) 박슬기, 「전봉건 시론에 있어서 시의 현대성」, 『관악어문연구』 30, 2005, 202면.

답으로 일관하기도 했다. 무엇보다 당시 새롭게 등단한 신진 시인들의 모험적이고 무절제한 난해시와 달리 이들은 자신들의 체험과 몸담았던 당대의 부조리한 현실에 대해 어떤 식으로든 기존과 다른 방식으로 변화된 그 현실을 수용하며 그것을 기반으로 시를 썼다. 한 시인에게 시의 변모 양상은 현실 인식과 그 대응을 의미한다고 볼 때 당대 신진 시인들보다는 1950년을 전후로 등단한 이들의 시에서 그 변화의 추이가 더 분명히 드러난다고 할 수 있다. 이러한 현실에 대해 이 시기 김수영은 현실과 밀착해서 생각하고 행동하기를 원했다면 김종삼은 그 현실과 거리를 두었으며 전봉건은 또 다른 현실을 만들어 두 현실 사이에 있었다.

세 시인의 미적 부정성의 특성이 이들의 이러한 현실 인식을 바탕으로 형성된 것이라고 볼 때 예술 작품 즉 시는 직접적인 방식으로 현실이나 정치에 태도를 취하는 것이 아니라 자율적이고 독자적인 방식으로 사회를 비판하고 부정한다. 시는 사회와 분리되어 추상적으로 제시되는 것이 아니라 형식적인 요소와 사회적인 요소의 상호 의존과 갈등 속에서 존재하는데 이 때문에 시 작품의 형식이 가진 사회 비판적 기능이 중요시된다고 할 수 있다.

해방 후 한국전쟁을 거치면서 우리 시단의 목표는 변화된 현실과 삶의 모습을 어떻게 시에 담아내느냐가 문제였다. 1950년대 시에 드러나는 미적 부정성은 이러한 전쟁의 폐허로 인한 급격한 의식의 단절과 굴절을 드러냈으며, 동족상잔의 비극에 대한 생생한 증언으로서의 면모를 그 특징으로 드러냈다. 전후 현실의 가치와 신념 체계가 붕괴된 상황에서 시는 세계의 황폐화뿐만 아니라 자아 상실이라는 문제와 직결되어 파편화된 자아의 내면에 대한 깊이 있는 성찰이 요구되었다. 그러므로 이 시기 시는 개인적 우울과 불안 의식 그리고 절박한 생존

경쟁에 시달리는 속에 시와 언어에 대한 새로운 인식과 방법을 모색했다. 이러한 상황에서 전통 서정 시인들은 순수 서정의 세계를 통해 파탄된 자아와 현실을 복원하고자 하였다. 하지만 전후 ≪후반기≫ 동인들을 중심으로 한 모더니즘 시인들은 기성의 권위와 질서 그리고 문학적 관습을 부정하고, 미학적 실험을 추구하였다. 그런 점에서 1950년대 모더니스트들은 1930년대 모더니즘의 한계로 지적되어 온 형식적 방법에 대한 단절 의식과 정치적인 비판 그리고 현실 감각의 부족을 전면화시키며 근대 문명에 대한 철저한 반항과 성찰을 자신들의 미적 토대로 구축하였다. 전통 서정시와 모더니즘으로 나뉘는 1950년대 시적 경향은 전쟁을 경험한 세대의 불행한 자의식과 세계 상실의 체험에 그 뿌리를 두고 있었다. 하지만 서로 간의 언어와 세계에 대한 인식의 차별성에도 불구하고, 이들은 세계와 존재에 대한 탐색과 성찰의 시선으로 폐허의 현실에 대응하는 시학을 구축하였는데 이러한 노력은 절망과 환멸로 가득 찬 전후의 시대를 관통하며 1960년대로 이어졌다.

1960년대 시는 전 시대에서 벗어나 새로운 시대에 맞는 삶과 정서를 담아내어야 했다. 근대화와 인간 소외 현상이 심화되었던 이 시기는 '환부 없는 아픔'이라는 이율배반적인 사회 구조 속에서 시문학에서도 이에 대응하는 새로운 시가 요구되었다. 하지만 급박한 현실 속에서 시인들이 그 현실을 문학적으로 인식하고 방향을 전환하기에는 시간적 여유가 충분치 않았다. 무엇보다 4·19와 5·16은 시인들에게 현실에 대한 관심을 증폭시켰으며, 시가 부조리한 현실과 맞서야 한다는 사회적 역할에 대한 인식을 확인시킨 것은 사실이었다. 또한 군부 정권에 의한 본격적인 경제개발에 따라 1960년대 후반기는 사회적 계층의 갈등이 가시화되었다. 근대화나 반민주적인 지배 담론에 대한 시

적 응전이 뚜렷하게 드러났는데 창비와 문지의 대립으로 이어진 문학
적 분화 현상이 그것이라 할 것이다. 이러한 근대화와 인간 소외의 정
조가 1960년대 시의 전의식으로 자리 잡게 되었다면, 1970년대 들어서
면서 유신체제가 공고화되고 산업화가 더욱 가속화되었다. 이러한 급
속한 변화는 소득 분배 구조의 약화나 정경 유착 뿐만 아니라 억압적
감시체제를 제도화시켰는데 이로 인해 민중문학·민족문학·리얼리
즘 시가 부각되었다.

모든 존재가 총체적으로 부인되고 현실적 관념체계와 시공간조차
폐기되는 세계[171]에서의 상실감은 필연적으로 세계의 본질에 대한 인
식을 동반하며, 앞 시대나 기존 시의 언어체계에 대한 회의와 불신을
가질 수밖에 없었다. 그런 점에서 세 시인의 시를 통해 보았던 1960년
대 시나 시사는 혼란과 모순들이 서로 대립되거나 갈등을 일으키기도
하지만 미래적 선취로서의 현대성을 전망하기도 했다. 즉 그들은 당대
의 현실에 대한 새로운 자각을 자신들의 시의 개성으로 발전시켰으며
군부 독재나 자본주의적 삶의 체제가 구축하는 현실로부터 벗어나 구
체적인 현실과 역사 속에서 개인의 체험을 기반으로 한 문학적 공간
을 마련했다. 이러한 맥락에서 볼 때 이 시기 세 시인의 미적 부정성
이 가지는 문학사적 의의는 다음과 같다.

첫째, '시 문단의 다양성의 확보'이다. 세 시인의 미적 부정성은 당
대의 참여나 순수와 같은 이분법적 규정이나 획일적인 사조에서 벗어
나 시대를 객관적으로 바라보았는데 그것은 이들이 이 시기를 상호모
순적인 대립 항들이 공존하는 시대로 인식했기 때문이다. 그런 점에서
세 시인은 현실 참여와 순수 예술을 동시에 확보하며 다양한 시적 실

---

171) 김준오, 「현대시의 추상화와 절대은유」, 『현대시사상』, 1995년 가을호, 146면.

험을 통해 이 시기 시의 또 다른 가능성을 실현했다고 볼 수 있다. 이들의 미적 부정성은 1960년대를 구성하는 여러 요인들이 충돌하고 겹치며 상호 영향을 미치지만 어느 하나의 서사나 사조로 환원되지 않는 독특한 복합성과 다원성의 특징을 지닌다. 나아가 그들은 현실 참여와 문학의 자율성을 동시에 지향하며 그 본질을 심화시켜 나갔다고 볼 수 있다.

둘째, '역사와 현실의 극복을 위한 시의 대응이자 비화해적 태도'이다. 이들의 미적 부정성은 시와 현실, 시와 언어 그리고 전통과 현재라는 첨예한 문학 정신 아래 당대의 모순된 현실과 역사에 대한 대응이었다. 즉 1960년대 복잡하고 혼란스러운 현실에 대한 역사적 대응이며 현실 속에 내재된 폭력성과 부조리함을 드러내려는 시적 전략이다. 따라서 그들의 미적 부정성에는 자아와 세계와의 갈등이나 정치적 환멸에 대한 성찰과 반항적 시선이 내재되어 있다. 그들은 이 '부정'을 통해 황폐한 현실 세계를 드러내는 동시에 새로운 의미 세계를 복원하려고 한 것이다.

셋째, 정치적인 검열로부터 '자유로운 미의식'을 선취하였다. 또한 이들의 미적 부정성은 기존의 문학 관념 혹은 지배 서사에 포섭되지 않는 시와 창작 방법에 대한 '폭넓은 시야'를 가지고 있었다. 이러한 미의식은 1970년대 이후 많은 시인들에게 시의 형식에 대한 가능성에 많은 영향을 미쳤다고 할 수 있다. 그들은 다양한 현실과의 긴장 관계 속에서 새로운 생성과 변화를 가장 중요한 출발점으로 여겼으며, 현실을 그대로 형상화하는 것이 아니라 스스로의 눈으로 해부하고 비판하였으며 자신만의 개성과 창조적인 자아에 충실하였다. 그렇기 때문에 이들의 미적 부정성은 당대의 치열했던 검열에 대한 압박으로부터 벗어나 자신만의 미적 전유를 가능하게 하였으며, 이것은 시인들의 섬세

한 의도이자 동일화를 추구하려는 권력 앞에 저항하고 비판하려는 의
지이다.

　시대적으로나 문학사적으로 혼란과 모순적인 것들이 상호 병존했던
1960년대 세 시인의 시에 드러나는 미적 부정성은 시인으로서의 정체
성을 찾으려 했던 그들의 현실적 고뇌와 새로운 시의 모색 과정을 잘
드러내 보여주고 있다. 또한 그것은 이 시기 문학의 복합적이고 다층
적인 심리와 정신 구조를 결정하는 중요한 원인이 되었다. 출구 없는
시대에 이들의 미적 부정성은 자신들이 처한 사회적 환경과 현실의
갈등을 내면화하며 역사적·문학적인 과제를 미의식으로 잘 보여주고
있다.

　이들의 시가 위와 같은 미적 부정성의 특징을 안고 있었기 때문에,
전통적인 서정시와 구별되고, 현실에 적극적인 관심을 보였던 참여적
경향의 시들과도 일정 부분 상이하며, 기법을 중시하며 시대의 변화에
대응하려고 했던 '대상 파괴'나 '비대상의 시'와 같은 새로운 경향의
시들과도 구별된다. 그러므로 이 시기 세 시인에게 부여되었던 풍자와
저항의 시인 그리고 초월적 낭만주의 혹은 여성성과 생명 의식에 심
취한 '데크니상과 레지스땅의 면모'를 지닌 시인이라는 기존의 평가에
대한 새롭고 다양한 해석이 필요하다. 무엇보다 이들의 시는 양립 불
가능해 보이는 현실 참여와 미적 자율성이 동시에 기능할 수 있다는,
즉 두 가지 힘이 서로 길항하여 시의 내용과 형식에 자리한다는 점에
서 이 시기 문학사의 하나의 중요한 지표가 되어줄 것이다.

　무엇보다 그들은 부정과 환멸의 세계를 예민하게 탐지하면서 그것
을 증언해야 한다는 윤리적 책임으로부터 자유로울 수 없었고, 시와
예술에 대한 미적 자율성으로부터도 놓여날 수 없었다. 미적 부정성은
이러한 심미적 인식의 언술 주체가 억압적 정치나 문학의 검열과 같

은 부조리한 현실에 대한 부정과 저항으로서의 미적 대응이었다. 그것은 삶과 시쓰기로부터 진실의 탐색을 멈추지 않으며, 모순된 현실의 절망에서도 괴로운 진실과 오롯이 대면하는 것이다. 나아가 억압되고 가려진 사회관계를 드러내는 언어의 새로운 형식이자 내용으로서의 미적 실천이다. 그러므로 그것은 가시적 현실을 그대로 복사하는 것이 아니라 새로운 사회적 관계를 개척해나가는 동시에 그 스스로가 또 다른 수단이자 목적이 되어 하나의 새로운 현실을 창조하는 것이다. 그러므로 세 시인의 미적 부정성은 문학의 범주 내에서의 저항이며 그 실현에 대한 가능 혹은 불가능을 예측하지 않고 그 자신의 한계를 끝까지 밀고 나감으로써 시대의 부정과 화해하지 않으려는 태도라고 할 것이다.

참고문헌

1. 기본 자료

가. 시집

김수영, 『김수영 전집1-시』, 민음사, 1981.
_____, 이영준 엮음, 『김수영 전집1』, 민음사, 2018.
김종삼, 홍승진 외 엮음, 『김종삼 정집』, 북치는 소년, 2018.
_____, 『누군가 나에게 물었다』, 민음사, 1982.
_____, 『시인학교』, 시현실사, 1988.
_____, 장석주 엮음, 『김종삼 전집』, 청하, 1988.
_____, 권명옥 엮음, 『김종삼 전집』, 나남출판사, 2005.
전봉건, 남진우 엮음, 『전봉건 시전집』, 문학동네, 2008.

나. 시선집

김수영, 『거대한 뿌리』, 1974.
_____, 『달의 행로를 밟을 지라도』, 민음사, 1976.
김종삼, 『북치는 소년』, 민음사, 1979.
_____, 『평화롭게』, 고려원, 1984.
_____, 『그리운 안니・로・리』, 문학과비평사, 1989.

다. 평론 및 산문

김수영, 『김수영 전집2 산문』, 민음사, 1981.
_____, 『전집 별권』, 민음사, 1981.
_____, 『퓨리턴의 초상』, 민음사, 1976.
_____, 『김수영 육필시고 전집』, 민음사, 2003.
_____, 이영준 엮음, 『김수영 전집2 산문』, 민음사, 2018.

전봉건, 『시를 찾아서』, 청운출판사, 1961.

_____, 『말하라 사랑이 어떻게 왔는가를』, 홍익출판사, 1967.

_____, 『꿈 속의 뼈』, 근역서재, 1980.

_____, 『플루트와 갈매기』, 어문각, 1986.

_____, 『뱃길 끊긴 나루터에서』, 고려원, 1987.

2. 논문과 평론

강경희, 「전봉건 시 연구-주요 이미지를 중심으로」, 『崇實語文』, 숭실어문학회, 2000.

강계숙, 「1960년대 한국시에 나타난 윤리적 주체의 형상과 시적 이념-김수영·김춘수·신동엽의 시를 중심으로」, 연세대학교 박사학위논문, 2008.

강계숙, 「그들이 '현대'의 가치를 높이 들어 올릴 때」, 『시와 반시』, 2008. 여름호.

강소연, 「1960년대 비평 문학 연구」, 이화여자대학교 박사학위논문, 2004.

_____, 「그들이 '현대'의 가치를 높이 들어 올릴 때」, 『시와 반시』, 2008. 겨울호.

강연호, 「金洙暎 詩 연구」, 고려대학교 박사학위논문, 1995.

강연호, 『1950년대 전봉건 시 연구』, 『현대문학이론연구』, 현대문학이론학회, 1998.

강웅식, 「전체주의적 반공주의와 순수·참여 논쟁 : 이어령과 김수영의 <불온시>논쟁을 중심으로」, 『상허학보』 15, 상허학회, 2005.

강웅식, 「자기 촉발의 힘에 이르는 길」, 『작가세계』, 2004.

강호정, 「김수영 시에 나타난 연극성」, 『한성어문학』 23, 한성대학교 한성어문학회, 2004.

공영희, 「시제의 문학적 양상」, 『국어국문학』 10, 부산대학교 국어국문학과, 1978.

권영진, 「전봉건 시에 나타난 '돌'의 시적 변용」, 『崇實語文』, 숭실어문학회, 2001.

김민국, 「한국어 주어 격표지 연구」, 연세대학교 박사학위논문, 2016.

김경복, 「한국 현대시의 양가성과 해체시」, 『국어국문학』 35, 부산대학교인문대학교 국어국문학과, 1998.

_____, 「송욱 시의 공간 연구」, 『배달말』 54, 배달말학회, 2014.

김명인, 「김수영의 <현대성> 인식에 관한 연구」, 인하대학교 석사학위논문, 1994.

김선영, 「가레스 퓨 컬렉션에 나타난 그로테스크의 표현 특성」, 『Journal of Korean Society of Fashion Design』 12, 한국패션디자인학회, 2012.

김성조, 「김종삼 시 연구 : 시간과 공간을 중심으로」, 한양대학교 박사학위논문, 2010.

_____, 「한국 현대시의 난해성과 도피적 상상력-1950년대 김수영, 김춘수, 김종삼의 시를 중심으로」, 『한국언어문화』 49, 한국언어문학학회, 2012.

_____, 「김수영 시의 알레고리 연구」, 『비교한국학』 24, 국제비교한국학회, 2016.

김소연, 「1950년대 시 연구-전봉건·김종삼·박영래의 초기시를 중심으로」, 성심여
　　자대학교 석사학위논문, 1994.

김재용, 「김수영의 문학과 분단 극복의 현재성」, 『역사비평』, 1997.

김준오, 「현대시의 추상화와 절대 은유: 1960년대 모더니즘 시의 전개」, 『문학사와 장
　　르』, 문학과지성사, 2000.

김영희, 「한국의 라디오시기의 라디오 수용현상」, 『한국언론학보』 제 47권 1호, 2003.

_____, 「페미니즘으로 김수영의 시를 읽을 때」, 『창작과 비평』 45, 창비, 2017년 가을호.

김유중, 「김수영 시의 모더니티(3)」, 『국어국문학』 134, 2003.

_____, 「김수영 시의 모더니티(4) : '언어'에 대한 존재론적인 이해」, 『어문학』 82,
　　2003.

김윤정, 「김종삼의 시 창작의 위상학적 성격 연구」, 『한민족어문학』 65, 한민족어문학
　　회, 2013.

김은송, 「1960년대 순수·참여 논쟁에 대한 고찰」, 『우리말글학회』 28, 한국말글학회,
　　2011

김인환, 「J. 크리스테바의 시적 언어 연구-「시적 언어의 혁명」을 중심으로」, 『韓國文化
　　硏究院 論叢』 62집, 이화여자대학교 한국문화연구원, 1993.

김지녀, 「「라산스카」의 의미에 대한 시론-김종삼의 시와 음악」, 『한국문학이론과비평』
　　60, 한국문학이론과비평학회, 2013.

김지선, 「한국 모더니즘시의 서술기법과 주체 인식 연구」, 한양대학교 박사학위논문,
　　2008.

김창환, 「1950년대 모더니즘 시의 알레고리적 미의식 연구 : 조향, 박인환, 김수영을
　　중심으로」, 연세대학교 박사학위논문, 2012.

김태선, 「부정(否定)에서 부정(不定)으로」, 『어문논집』 83, 민족어문학회, 2018.

김행숙, 「"시적인 것"과 "정치적인 것" : 김수영의 시론 「시여, 침을 뱉어라」를 중심으
　　로」, 『국제어문』 47, 2009. 12.

김화순, 「김종삼 시 연구 : 언술구조와 수사법을 중심으로」, 고려대학교 박사학위논문,
　　2011.

긴혜순, 「金洙暎 시 연구-담론 특성 연구」, 건국대학교 박사논문, 1993.

김혜진, 「김수영 문학의 '불온'과 언어적 형식」, 『한국시학연구』 55, 한국시학회, 2018.

나희덕, 「김수영의 매체의식과 감각적 주체의 전환」, 『현대문학의 연구』 40, 한국문학
　　연구학회, 2010.

_____, 「전봉건의 전쟁시에 나타난 은유와 환유」, 『인문학 연구』 43, 조선대학교 인문
　　학연구원, 2012.

남진우, 「미적 근대성과 순간의 시학 연구」, 중앙대학교 박사학위논문, 2000

노춘기, 「심미적 거리와 현실 인식-김수영, 황지우의 경우」, 『한국어문학국제학술포럼

학술대회』, 한국어문학국제학술포럼, 2007.

류순태, 「1950~60년대 김종삼 시의 미의식 연구」, 『한국현대문학연구』 10, 한국현대
　　문학회, 2001.

＿＿＿, 「김종삼 시에 나타난 현대미술의 영향 연구」, 『국어교육』, 한국어교육학회,
　　2008.

류명심, 「김종삼 시 연구 : 담화체계 및 은유를 중심으로」, 동아대학교 대학원 박사학
　　위 논문, 1999.

문광훈, 「비극적 주체의 윤리적 장당성-헤겔 「미학」에서의 파토스 분석」, 『헤세연구』,
　　한국헤세학회, 2017.

민병욱, 「전봉건의 서사정신과 서사갈래 체계」, 『현대시학』, 1985. 2월호.

박대현, 「1960년대 동인지 『신춘시』의 위상」, 『상허학보』 39, 상허학회, 2013.

박민규, 「김종삼 시의 숭고와 그 의미」, 『아시아문화연구』 33, 가천대학교 아시아문화
　　연구소, 2014.

＿＿＿, 「1950년대 전쟁체험의 시적 양상과 주체의 문제-박인환과 전봉건을 중심으로」,
　　『우리문학연구』 60, 우리문학회, 2018.

박민영, 「전봉건 시에 나타난 불 이미지의 변용연구」, 이화여자대학교 석사학위논문,
　　1989.

박성현, 「한국 전후시의 죽음의식 연구-김종삼·박인환·전봉건을 중심으로」, 건국대
　　학교 석사학위논문, 1997.

박수연, 「김수영 시 연구」, 충남대학교 박사학위논문, 1999.

박순원, 「김수영 시의 화자와 대상의 관계 양상 연구 -「레이판탄」, 「헬리콥터」, 「VOGUE
　　야」를 중심으로」, 『어문논집』 49, 민족어문학회, 2004.

박슬기, 「한국 전후시의 그로테스크 시학 연구-박인환, 고석규, 전봉건을 중심으로」,
　　서울대학교 석사학위논문, 2000.

＿＿＿, 「춘향의 사랑, 향유의 노래」, 『전봉건-전쟁의 상흔과 사랑의 언어』, 글누림,
　　2010.

＿＿＿, 「1950년대 전봉건의 전쟁 인식과 전투시」, 『한국현대문학연구』 45, 한국현대
　　문학회, 2015.

＿＿＿, 「1960년대 동인지 성격과 '현대시'동인의 이념」, 『한국시학연구』 18, 한국시
　　학회, 2007.

박옥순, 「김수영 시에 나타난 발언의 양상과 말하는 주체-하이데거의 언어 철학을 중
　　심으로」, 『인문학연구』 39, 경희대학교 인문학연구원, 2019.

박정선, 「한국 현대시의 모더니즘과 전통 : 정지용과 김수영의 시를 중심으로」, 고려대
　　학교 박사학위논문, 2011.

박주현, 「전봉건 시의 역동적 상상력 연구」, 서울대학교 석사학위논문, 1997.

백지은, 「1960년대 문학적 언어관의 지형」, 『국제어문』46, 국제어문학회, 2009.

백은주, 「김종삼 시 연구 : 환상의 구조와 의미를 중심으로」, 고려대학교 석사학위논문, 1994.

서동인, 「한국 현대시에 나타난 '생명성'연구」, 성균관대학교 박사학위논문, 2005.

서영희, 「김종삼 시의 형식과 음악적 공간 연구」, 『어문론총』 53, 한국문학언어학회, 2010.

서진영, 「1960년대 모더니즘 시의 공간의식 연구」, 서울대학교 박사학위논문, 2005.

송은영, 「1960~70년대 한국의 대중사회화와 대중문화의 정치적 의미」, 『상허학보』 32, 상허학회, 2011.

송현지, 「한국 현대시에 나타난 시인으로서의 자기 인식과 시쓰기 연구」, 고려대학교 박사학위논문, 2017.

신지연, 「김종삼 시 연구 : 언술 주체를 중심으로」, 고려대학교 석사학위논문, 2000.

_____, 「김수영의 아방가르드 메타포 연구-'반동'과 '불온'개념을 중심으로」, 『한어문 교육』 36, 한국언어문학교육학회, 2016.

_____, 「김수영의 아방가르드 시학 연구」, 조선대학교 박사학위논문, 2017.

신철규, 「김종삼 시의 심미적 인식과 증언의 윤리」, 고려대학교 박사학위논문, 2020.

신형철, 『김수영 시에 나타난 '사랑'과 '죽음'의 의미 연구」, 서울대학교 석사논문, 2002.

심혜경, 「1960년대 문화영화와 젠더, 그리고 가족-국가」, 『현대영화연구』 2, 현대영화 연구소, 2018.

양경언, 「전봉건의 『사랑을 위한 되풀이』에 나타난 '사랑'연구」, 『국제어문』 55, 국제 어문학회, 2012.

여진숙, 「김종삼 시에 나타난 숭고의 양상 연구」, 『한남어문학』 40, 한남대학교 한남어 문학회, 2017.

여태천, 「김수영 시에서 시적 실천의 문제와 미학적 가능성」, 『어문연구』 80, 어문연구 학회, 2014.

염무웅, 「풍속소설은 가능한가-현대소설의 여건과 리얼리즘」, 『세대』, 1965.

오문 석, 「김수영의 시론연구」, 연세대학교 박사학위논문, 2002.

오세영, 「장시의 가능성과 다양성」, 『현대시학』, 1988.

오생근, 「자동기술과 초현실주의적 이미지의 이미와 특성」, 『인문논총』 27, 서울대학 교인문과학연구소, 1992.

오형엽, 「풍경음 배음과 존재의 감춤」, 『1950년대 시인들』, 나남, 1994.

유명숙, 「아감벤의 "아유슈비츠"」, 『안과 밖』 36, 영미문학연구회, 2014.

유명심, 「전봉건 시집 『돌』의 지수적 상징 연구」, 동아대학교 석사학위 논문, 1995

유창민, 「1960년대 신진시인의 세대의식 연구-황동규, 마종기, 정현종을 중심으로」, 건국대학교 박사학위논문, 2013.

유재천, 「김수영 시 연구」, 연세대학교 박사학위논문, 1986.

유채영, 「김종삼 시에 나타난 음악과 주체의 상호 생성적 관계 연구」, 서울대학교 석사
　　학위논문, 2015.

유춘희, 「전봉건의 시 연구」, 동국대학교 석사논문, 1999.

윤정룡, 「1950년대 한국 모더니즘 연구」, 서울대학교 박사학위논문, 1993.

윤화영, 「아도르노의 미학이론과 베케트」, 『현대영미드라마』 23, 한국현대영미드라마
　　학회, 2010.

이경수, 「부정의 시학」, 『김종삼 전집』, 청하, 1988.

_____, 「한국 현대시의 반복 기법과 언술 구조–1930년대 후반기의 백석 · 이용악 · 서
　　정주 시를 중심으로」, 고려대학교 박사학위논문, 2002.

이광호, 「폐허의 세계와 관능의 형식」, 『1950년대 시인들』, 나남, 1994.

_____, 「문학사 인식과 시대구분」, 『남북한 현대문학사』, 최동호 편, 나남, 1995.

_____, 「김수영 시에 나타난 시선의 정치학」, 『한국문학이론과 비평』 52, 2011.

이기성, 「1960년대 시와 근대적 주체의 두 양상」, 『1960년대 문학연구』, 깊은샘, 1998.

이명희, 「전봉건 시에 나타난 에로스적 상상력과 고향 의식」, 『겨레어문학』, 겨레어문
　　학회, 1997.

이미순, 「김수영의 시론과 '소음'」, 『어문연구』 91, 어문연구학회, 2017.

이봉범, 「1960년대 검열체재와 민간검열기구」, 『대동문화연구』 75, 성균관대학교 대동
　　문화연구원, 2011.

_____, 「1960년대 등단제도의 문단적, 문학적 의의와 영향」, 『반교어문연구』 37, 반교
　　어문학회, 2014.

이성모, 「전봉건 시 연구」, 경남대학교 박사학위논문, 1999.

이성일, 「한국 현대시의 미적 근대성–김수영 · 김종삼을 중심으로」, 국민대학교 박사
　　학위논문, 2015.

이승규, 「전봉건의 「6 · 25」 연작시 연구–반복기법을 중심으로」, 『우리어문연구』 41,
　　2011.

이승훈, 「추락과 상승의 시학」, 『새들에게』(해설), 고려원, 1983.

이은정, 「김춘수와 김수영 시학의 대비적 연구」, 이화여자대학교 박사논문, 1993.

이은주, 「전봉건과 김종삼 시에 나타난 여성 표상 연구」, 중앙대학교 교육대학원 석사
　　학위논문, 2013.

이재복, 「한국 현대시와 숭고: 이육사와 윤동주를 주심으로」, 『한국언어문화』 34, 한국
　　문학비평과 이론학회, 2009.

_____, 「한국 현대시의 숭고성에 대한 연구–'죽음'의 문제를 중심으로」, 『한국언어문
　　화』 45, 한국언어문화학회, 2011.

이재훈, 「한국 현대시의 허무의식 연구」, 중앙대학교 박사학위논문, 2007.

이정은, 「제도로서의 인권과 인권의 내면과 1060년대 인권담론의 정치학」, 『사회와 역사』 79, 한국사회사학회, 2008.

이종대, 「김수영 시의 모더니즘 연구」, 동국대학교 박사학위논문, 1993.

이준우, 「전봉건의 「춘향연가」에 나타난 환상성 연구」, 『현대문학이론연구』 44, 현대문학이론학회, 2011.

이　찬, 「김수영 시와 산문에 나타난 알레고리적 방법론과 전복적 사유」, 『현대문학이론 연구』 59, 현대문학이론학회, 2014.

이현승, 「김수영 시의 화자 연구」, 『Journal of Korean Culture』 19, 한국어문학국제학술포럼, 2012.

이현희, 「시적 화자와 상흔의 변이과정」, 서강대학교 석사학위논문, 2000.

＿＿＿, 「전봉건 시 연구-시적 화자와 상흔(trauma)의 변이과정」, 서강대학교 석사학위논문, 2000.

임유경, 「1960년대 '불온'의 문화 정치와 문학의 불화」, 연세대학교 박사학위논문, 2014.

＿＿＿, 『불온의 시대-1960년대 한국의 문학과 정치』, 소명출판, 2017.

임지연, 「1950~60년대 현대시의 신체성 연구: 김수영과 전봉건을 중심으로」, 건국대학교 박사학위논문, 2011.

＿＿＿, 「1960년대 지식장에 나타난 '신체성'개념과 시적 전유-정현종과 마종기 시의 '몸과 사물'의 문제를 중심으로」, 『국제어문』 65, 국제어문학회, 2015.

임환모, 「1960년대 한국문학의 분기 현상」, 『현대문학이론연구』 58, 현대문학이론학회, 2014.

장만호, 「한국 근대 산문시의 형성과정 연구 : 1910년대 텍스트를 중심으로」, 고려대학교 박사학위논문, 2007.

＿＿＿, 「1960년대의 동인지와 『육십년대사화집』의 의의」, 『우리문학연구』 48, 우리문학회, 2015.

장병희, 「한국문학에서의 순수와 참여 논쟁 연구」, 『어문학논총』 12, 국민대 어문학연구소, 1993.

장석원, 「김수영 시의 수사적 특성 연구」, 고려대학교 박사논문, 2004

＿＿＿, 「김수영 시의 인칭대명사 연구」, 『한국시학연구』, 15, 한국시학회, 2006.

＿＿＿, 「김수영 시의 소리와 '역동성'」, 『한국근대문학연구』 19, 한국근대문학회, 2018.

전승주, 「1960년대 순수-참여 논쟁의 전개 과정과 그 문학사적 의미」, 『한국현대비평가연구』, 강, 1996.

전영운・류신, 「그로테스크 형식・내용・수용 : Wolfgang Kayser와 Arnold Heidsieck의 이론을 중심으로」, 『중앙대인문연구』 31, 중앙대학교 인문과학연구소, 2001.

전현영, 「1960년대 모더니즘과 현대시 동인 연구」, 건국대학교 석사학위논문, 2005.

정문선, 「한국 모더니즘 시 화자의 시각체제 연구」, 서강대학교 박사학위논문, 2003.

전병준, 「김수영 시의 알레고리적 미의식과 역사의식 연구」, 『Journal of Korean Culture』 39. 2017.

정영훈, 「김수영의 시론 연구」, 『관악어문연구』 27, 서울대학교 국어국문학과, 2002.

_____, 「최인훈 소설에 나타난 주체성과 글쓰기의 상관성 연구」, 서울대학교 박사학위논문, 2005.

정한아, 「'온몸', 김수영 시의 현대성」, 연세대학교 석사학위논문, 2003.

_____, 「비화해적 가상으로서의 김수영과 김춘수의 시학 연구」, 연세대학교 박사학위논문, 2008.

조강석, 「김수영 시에 나타난 시간의식 연구 : 근대성과의 관계를 중심으로」, 연세대학교 석사학위논문. 2001.

_____, 「김수영 시의식 변모 과정 연구–'시적 연극성'과 '자코메티적 전환'을 중심으로」, 『한국시학연구』 28, 한국시학회, 2010.

_____, 「1960년대 한국시의 이미지–사유와 정동(情動)의 정치학(2)–고원과 구상 시의 정동적 공간을 중심으로」, 『한국학연구』 56, 인하대학교 한국학연구소, 2020.

조남현, 「순수·참여논쟁」, 『한국근현대 문학연구 입문』, 한길문학편집위원회편, 한길사, 1990.

조영복, 「전봉건 시의 유희 의식과 반복 구조」, 『어문연구』 24, 한국어문연구회, 1996.

조연정, 「'번역체험'이 김수영 시론에 미친 영향」, 『한국학연구』 38, 고려대학교 한국학연구소, 2011.

조현일, 「김수영의 모더니티에 관한 연구」, 『작가연구』 5, 1998.

전봉건·이승훈, 「김춘수의 허무 또는 영원」, 『현대시학』, 1973. 11.

정한용, 「한국현대시의 초월지향성 연구 : 김종삼, 박용래, 천상병을 중심으로」, 경희대 박사학위논문, 1996.

조효주, 「김종삼 시 연구」, 경상대학교 석사학위논문, 2010.

진미정, 「전봉건 시와 생명회복의 원리」, 『국제어문』 30, 국제어문학회, 2004.

진순애, 「김종삼 시의 현대적 자아와 현대성」, 『반교어문연구』 10, 반교어문학회, 1999.

진은영, 「김수영 문학의 미학적 정치성에 대하여: 불호의 미학과 탈경계적 정치학」, 『현대문학의 연구』 40, 2010.

채상우, 「1960년대의 순수/참여문학논쟁 연구–김수영–이어령 간의 불온시논쟁을 중심으로」, 동국대학교 석사학위논문, 1999.

최동호, 「김수영의 시적 변증법과 전통의 뿌리」, 『문학과 의식』, 1998.

최병구, 「1920년대 프로문학의 형성과정과 '미적 공통성'에 관한 연구」, 성균관대학교 박사학위논문, 2013.

최종환, 「현대시에 나타난 기독교 죄의식의 심리학적 연구」, 경희대학교 박사학위논문, 2004.

최호영, 「전봉건의 '사랑'의 노래와 전통의 현재적 변용」, 『한국시학연구』 35, 2012.

최현각, 「김종삼 시 연구 : 내면의식을 중심으로」, 원광대학교 석사학위논문, 2018.

하상일, 「1960년대 현실주의 문학비평 연구 : 『한양』, 『청맥』, 『창작과 비평』, 『상황』을 중심으로」, 부산대학교 박사학위논문, 2005.

하정일, 「김수영, 근대성,민족문학」, 『실천문학』, 1998.

한강희, 「1960년대 한국 문학 비평 연구—전통론, 세대론, 참여론을 중심으로」, 성균관대학교 박사학위논문, 1998.

한주희, 「1960년대 시문학의 특성과 시사적 의의」, 『문예시학』 25 , 문예시학회, 2011.

한용국, 「김수영 시의 미의식 연구」, 『한민족어문학』 70, 한민족어문학회, 2015.

황인찬, 「전봉건의 현대성 연구」, 중앙대학교 석사학위논문, 2015.

홍성식, 「전후 순수—참여 문학론 연구」, 『한국문예비평연구』 2, 1998.

홍승진, 「1960년대 김종삼 메타시와 '참여'의 문제—말라르메와 사르트르의 영향을 중심으로」, 『비교문학』 70, 한국비교문학회, 2016.

＿＿＿, 「김종삼 시의 내재적 신성 연구: 살아남는 이미지를 중심으로」, 서울대학교 박사학위논문, 2019.

홍승희, 「『춘향연가』에 나타난 의인화 연구」, 『서강인문논총』 31, 서강대학교 인문과학연구소, 2001.

3. 단행본

강소연, 『1960년대 사회와 비평문학의 모더니티』, 역락, 2006.

권보드래, 천정환, 『1960년을 묻다』, 천년의 상상, 2012.

권혁웅, 『시론』, 문학동네, 2010.

김경린, 『한국 모더니즘 시운동 대표동인 시선』, 앞선책, 1994.

김경복, 『한국 현대시와 패러디』, 현대미학사, 1996.

＿＿＿, 『한국 현대시의 구조와 의식지형』, 빅이정, 2010.

＿＿＿, 『연민의 시학』, 시인동네, 2017.

김경복 외, 『시론』, 황금알, 2008.

김명인・임홍배 편, 『살아 있는 김수영』, 창비, 2005.

김상환, 『풍자와 해탈 혹은 사랑과 죽음—김수영론』, 민음사, 2000.

김성환, 『1960年代』, 거름, 1983.

김시태, 김용직 외, 『한국 현대시 연구』, 민음사, 1989.

김승희 편, 『김수영 다시 읽기』, 프레스 21, 2000.

김우창, 『시인의 보석』, 민음사, 1993.

_____, 『오늘의 한국시』, 민음사, 2014.

김윤배, 『온몸의 시학, 김수영』, 2003,

김인환, 『상상력과 원근법』, 문학과지성사, 1993.

_____, 『비평의 원리』, 나남, 1994.

김준오, 『도시와 해체시』, 문학과 비평사, 1988.

_____, 『시론』, 삼지원, 1996.

_____, 『詩論(4판)』, 삼지사, 2008.

_____, 『한국현대문학사』, 현대문학, 2014.

_____, 『문학사와 장르』, 문학과지성사, 2000.

김재홍, 『한국 전쟁과 현대 시의 응전력』, 평민서당, 1978.

_____, 김용직 외, 『한국현대시연구』, 민음사, 1989.

_____, 『한국 현대시사의 쟁점』, 시와시학사, 1991.

김진송, 『현대성의 형성-서울에 딴스홀을 許하라』, 현실문화연구, 2002.

김치수, 「작가와 반항의 한계」, 『사상계』, 1968.

김화순, 『김종삼 시 연구』, 월인, 2011.

김 현, 『想像力과 人間』, 一志社, 1973.

_____, 『상상력과 인간』, 일지사, 1973.

_____, 『시인을 찾아서』, 민음사, 1975.

_____, 『사회와 윤리』, 일지사, 1974

_____, 『입 속의 검은 입』, 문학과지성사, 1989.

_____, 『김현문학전집 3』, 문학과지성사, 1991.

_____, 『분석과 해석』, 문학과지성사, 1992.

_____, 『현대한국문학의 이론』, 민음사, 2003,

김현승, 「김수영의 역사적 위치와 업적」, 『전집 별권』.

남진우, 『미적 근대성과 순간의 시학-김수영, 김종삼 시의 시간의식』, 소명출판사, 2001.

문광훈, 『시의 희생자, 김수영』, 생각의나무, 2002.

_____, 『비극과 심미적 형성』, 에피파니, 2018.

문혜원, 『한국 현대시와 모더니즘』, 신구문화사, 1996.

_____, 『한국 현대시문학사』, 소명출판사, 2005.

박길성 『1960년대 사회변화 연구』, 백산서당, 1999.

박이문, 『認識과 實存』, 문학과지성사, 1991.

박지영, 『살아 있는 김수영』, 창비, 2005.

박진·김행숙,『문학의 새로운 이해』, 민음사, 2013.

박철희,『서정과 인식』, 이우출판사, 1982.

박태순,『1960년대의 사회운동』, 까치, 1991.

백낙청, 「'참여시'와 민족문제」,『김수영 문학』, 1983.

월간미술,『세계미술용어사전』, 중앙M&B, 1998,

심성태,『음악용어사전』, 현대음악출판사, 1996.

안성찬,『숭고의 미학』, 유로서적, 2004.

오세형,『사랑을 위한 되풀이』(전봉건의 장시집), 혜진서관, 1986.

오형엽,『1950년대 시인들』, 나남, 1994.

우찬제·이광호 엮음,『4·19와 모더니티』, 문학과지성사, 2010.

유재천, 「시와 혁명-김수영 론」, 김승희 편, 2000.

윤재근, 「황홀한 체험」,『돌』, 현대문학사, 1984.

이광호,『1950년대의 시인들』, 나남, 1994.

이미순,『한국현대문학연구』29, 한국현대문학회, 2009.

_____,『김종삼 시 연구』, 월인, 2011.

이숭원,『근대시의 내면구조』, 새문사, 1988.

_____,『20세기 한국시인론』, 국학자료원, 1997.

이성모,『전봉건 시 연구』, 월인, 2009.

이성복,『그대에게 가는 먼 길』, 살림, 1990,

이승훈,『문학사』, 1978. 3.

_____,『한국 모더니즘 시사』, 문예출판사, 2000.

이어령,『韓國戰後問題詩集』, 신구문화사, 1957.

임유경,『불온의 시대-1960년대 한국의 문학과 정치』, 소명출판, 2017.

이종구,『1960~1970년대 한국의 산업화와 노동자 정체성』, 한울아카데미, 2004.

장만호,『한국시와 시인의 선택』, 서정시학, 2015.

장석주, 「한 미학주의자의 상상세계」,『김종삼 전집』, 청하, 1992.

정영훈,『윤리의 표정』, 민음사, 2018.

정현종, 「시와 행동, 추억과 역사-金洙暎의 시를 읽으면서 생각해 본 詩의 문제」,『김
      수영 전집 별권-김수영의 문학』, 민음사, 1981.

조만영,『문예미학』, 2권, 1996.

조재룡,『앙리메쇼닉과 현대비평-시학·변역·주체』, 도서출판 길, 2007.

진미정,『한국현대시와 에로티시즘』, 새미, 2002.

최동호,『한국현대시사의 감각』, 고려대학교 출판부, 2004.

최하림,『김수영 평전』, 실천문학사, 2001.

최현식,『한국 근대시의 풍경과 내면』, 작가, 2005.

한국신문윤리위원회, 『한국의 신문윤리』, 1965.
한국정신문화연구원편, 『1960년대의 정치사회변동』, 백산서당, 1999.
한명희, 『김수영 정신분석으로 읽기』, 월인, 2002.
황동규, 『김종삼 전집』, 청하, 1988.
황동규, 『북치는 소년』, 민음사, 1979.

4. 국외논저

Albert Camus, 이가림 역, 『시지프의 신화』, 문예출판사, 1991.
Aleida Assmann, 변학수 역, 『기억의 공간』, 그린비, 2011.
Antony Easthope, 이미선 역, 『무의식』, 한나래, 2000,
_____, 김인환, 박인기 역, 『시와 담론』, 지식산업사, 1994.
Brooks Cleanth, 이경수 역, 『잘 빚은 항아리』, 홍성사. 1983.
Edmund Burke, 김동훈 역, 『숭고와 아름다움의 이념의 기원에 대한 철학적 탐구』, 서
        울: 마티, 2006.
Edmund Husserl, 이종훈 역, 『시간의식』, 한길사, 1996.
Edward W. Said, 김정하 역, 『저항의 인문학-인문주의와 민주적 비판』, 마티, 2008.
Émile Benveniste, 황경자 역, 『일반언어학의 제문제 I 』, 민음사, 1992.
Georges Bataille, 조한경 역, 『에로티즘』, 민음사, 1989,
Henri Meschonnic, 조재룡 역, 『리듬의 시학을 위하여』, 인간사랑, 2007.
Hugo Friedrich, 정희창 역, 『현대시의 구조』, 한길사, 1996.
Immanuel Kant, 백종현 역, 『판단력 비판』, 서울: 아카넷, 2009.
Jacques Dubois, 용경식 역, 『일반 수사학』, 한길사, 1989.
Jean-François Lyotard, 민승기・이삼출 역, 『포스트 모던의 조건』, 민음사, 1992.
Jean Genet, 윤정임 역, 『자코메티의 아틀리에』, 열화당, 2009.
Jean-Luc Nancy, 김예령 역, 『숭고에 대하여』, 문학과지성사, 2005.
Julia Kristeva, 김인환, 이수미 역, 『언어, 그 미지의 것』, 민음사, 1997.
Julia Kristeva, 김인환 역, 『시적 언어의 혁명』, 동문선, 2000.
Kathryn Hume, 한창엽 역, 『환상과 미메시스』, 푸른나무, 2000,
Matei Calinescu, 이영욱 외 역. 『모더니티의 다섯 얼굴』, 시각과 언어, 1993.
Marc Aronson, 장석봉 역, 『도발-아방가르드의 문화사』, 이후, 2002.
Max Picard, 최승자 역, 『침묵의 세계』, 까치, 2009.
Meyer Howard Abrams, 『문학비평용어사전』, 권택영・최동호(편역), 새문사, 1985.
Meyer Howard Abrams, 최상규 역, 『문학용어사전』, 보성출판사, 1995.

Michel Deguy, 김예령 역, 『숭고에 대하여』, 문학과지성사, 2005.

Michel Foucault, 김성기 편, 『모더니티란 무엇인가』, 민음사, 1994.

Mikhail Bakhtin, 이득재 역, 「소설 속의 말」, 『바흐찐의 소설미학』, 열린책들, 1988.

Octavio Paz, 『활과 리라』, 김홍근·김은중 역, 솔, 1998.

Peter Büger, 이광일 역, 『아방가르드 예술이론』, 동환출판사, 1986.

Philip Thomson, 김영무 역, 『그로테스크』, 서울대출판부, 1986.

René Wellek, Austin Warren, 『문학의 이론』, 이경수 역, 문예출판사, 1995.

Roland Barthes, 곽광수 역, 『현대문학비평론』, 한신문화사, 1994.

Roman Jakobson, 신문수 역, 『문학 속의 언어학』, 문학과지성사, 1989.

Rosemary Jackson, 서강여성문학연구회 역, 『환상성, 전복의 문학』, 문학동네, 2000.

Seymour Chatman, 한용완 역, 『이야기와 談論』, 고려원, 1990.

Susan Sontag, 이병용·안재연 역, 『급진적 위기의 스타일』, 현대미학사, 2004.

Theodor Adorno, 홍승용 역, 『미학이론』, 문학과지성사, 2005.

_____ 김유동 역, 『미니아 모랄리아』, 도서출판 길, 2005.

Victor Shklovsky, 문학과사회연구 역, 『러시아 형식주의 문학이론』, 청하, 1993.

Walter Benjamin, 최성만 역, 『발터 벤야민 선집6-언어 일반과 인간의 언어에 대하여, 번역자의 자세』, 2008.

Wilhelm Dilthey, 이한우 역, 『체험·표현·이해』, 책세상, 2015.

Wolfgang Welsch, 심혜련 역, 『미학의 경계를 넘어』, 향연, 2005.

Yuri M. Lotman, 유재천 역, 『예술 텍스트의 구조』, 고려원, 1991.

_____, 유재천 역, 『시 텍스트의 분석; 시의 구조』, 가나, 1987.

저자 소개

김 지 율

2009년 시사사 등단
2013년 서울문화재단 창작기금 수여
2018년 문화체육관광부 우수도서 선정
경상대학교 국어국문학과 석·박사 졸업
경상대학교 인문도시 사업단 공동연구원

주요 논문
「김수영 시 연구」
「1960년대 시의 언술 주체와 미적 부정성 연구」
「백석 시의 장소와 화자의 시선」
「1970년대 전봉건 시의 내면화 방식 연구」
「김기림의 '기상도'에 드러나는 헤테로토피아와 다중 시선」 등

저서
시집 『내 이름은 구운몽』(현대시, 2018)
대담집 『침묵』(시인동네, 2019)
詩네마 산문집 『아직 오지 않은 것들』(발견, 2020)
학술서 『한국 현대시의 근대성과 미적 부정성』(역락, 2021)

한국 현대시의 근대성과 미적 부정성

초판 1쇄 인쇄 2021년 2월 10일
초판 1쇄 발행 2021년 2월 22일

지은이 김지율
펴낸이 이대현

책임편집 임애정 | **편집** 이태곤 권분옥 문선희 강윤경
디자인 안혜진 최선주 | **마케팅** 박태훈 안현진
펴낸곳 도서출판 역락 | **등록** 1999년 4월 19일 제303-2002-000014호
주소 서울시 서초구 동광로46길 6-6 문창빌딩 2층(우06589)
전화 02-3409-2060(편집부), 2058(영업부) | **팩시밀리** 02-3409-2059
전자우편 youkrack@hanmail.net
홈페이지 www.youkrackbooks.com

ISBN 979-11-6244-636-2 93810

정가는 뒤표지에 있습니다.

*잘못된 책은 바꿔 드립니다.